HEYNE BÜCHER

Fantasy

Herausgegeben von Wolfgang Jeschke

HENRY RIDER HAGGARD

Der Ring der Königin von Saba

Roman

27. Band der Haggard-Ausgabe

Deutsche Erstveröffentlichung

WILHELM HEYNE VERLAG
MÜNCHEN

HEYNE SCIENCE FICTION & FANTASY
Band 06/5144

Titel der englischen Originalausgabe
QUEEN SHEBA'S RING
Deutsche Übersetzung von Irene Holicki
Das Umschlagbild malte Thomas Thiemeyer

Redaktion: Wolfgang Jeschke
Ein Vorabdruck des Romans erschien in *Nash's Magazine*
zwischen April und November 1909 (vol. 1, no. 1—8) in London
Die englische Buchausgabe erschien
im September 1910 im Verlag Everleigh Nash in London,
die amerikanische am 8. September 1910
im Verlag Doubleday, Page in New York

Printed in Germany 1994
Technische Betreuung: Manfred Spinola
Satz: Schaber Satz- und Datentechnik, Wels
Druck und Bindung: Elsnerdruck, Berlin

ISBN 3-453-07789-X

Inhalt

1

Wie der Ring in meine Hände kam

Gewiß hat jedermann die Monographie – wie man dergleichen ja wohl nennt – meines lieben Freundes Professor Higgs – mit vollem Namen Ptolemy Higgs – gelesen, worin er das Tafelland von Mur im Nördlichen Zentralafrika, die alte, unterirdische Stadt in den umliegenden Bergen und den eigenartigen Stamm abessinischer Juden beziehungsweise ihrer gemischtrassigen Abkömmlinge beschreibt, die diese Stadt bewohnen oder zumindest damals bewohnten. Ich sage ganz bewußt ›jedermann‹, denn obwohl derartige Werke im allgemeinen nur in sehr kleinem Kreis studiert werden, stoßen sie doch auf ein wahrhaft breites Interesse, sobald es sich beim Autor um einen gleichermaßen gelehrten wie streitlustigen Mann handelt. Um keinerlei Zweifel aufkommen zu lassen, sollte ich vielleicht unverzüglich erläutern, wie ich dies verstanden wissen will.

Die Rivalen und Feinde von Professor Higgs, deren Zahl infolge seiner Genialität, vielleicht auch wegen seiner doch recht schroffen und scharfen Praktiken der Auseinandersetzung ganz beträchtlich ist, haben sich erhoben oder vielmehr hingesetzt, um ihn schriftlich als … nun, als Individuum zu brandmarken, das es mit der Wahrheit nicht so genau nimmt. Erst in der heutigen Morgenzeitung erkundigte sich einer aus ihren Reihen in einem Leserbrief unter Anspielung auf einen abenteuerlustigen Reisenden, der meines Wissens vor mehreren Jahren Vorträge bei der British Association hielt, ob Professor Higgs in Wirklichkeit etwa gar nicht, wie behauptet, auf einem Kamel quer durch die Wüste nach Mur geritten sei, sondern auf einer ungewöhnlich großen Landschildkröte.

Die Spitze in dieser Epistel hat den Professor, der, wie bereits angedeutet, nicht gerade der Sanftmütigsten einer ist, in höchsten Zorn versetzt. Ich konnte ihn nicht davon abhalten, vor einer knappen Stunde sein Haus in London zu verlassen, bewaffnet mit einer Peitsche aus Nilpferdhaut von der Art, die man in Ägypten als *Kurbatsch* bezeichnet, und fest entschlossen, sich an dem Verleumder handgreiflich zu rächen. Um jedoch einen öffentlichen Skandal zu vermeiden, habe ich mir erlaubt, jenem Gentleman, der zwar auf dem Papier kühn und gefährlich erscheinen mag, in Wirklichkeit jedoch eher klein und von schüchternem Naturell ist, fernmündlich zu empfehlen, schleunigst das Weite zu suchen. Dem abrupten Ende unseres Gespräches nach zu urteilen, nehme ich an, daß mein Rat befolgt wurde. Jedenfalls hoffe ich das Beste, habe mich aber vorsichtshalber obendrein noch mit den Anwälten meines zu Recht empörten Freundes in Verbindung gesetzt.

Der Leser hat inzwischen sicher erfaßt, daß ich dieses Buch weder schreibe, um mich selbst oder andere ins Licht der Öffentlichkeit zu rücken, noch um Geld zu verdienen, dessen ich gegenwärtig nicht bedarf, noch zu irgendeinem anderen Zwecke, sondern nur, um die Ereignisse so zu Papier zu bringen, wie sie sich wirklich zugetragen haben. Es wird so viel gemunkelt, wo wir gewesen sind und was uns widerfahren ist, daß dies fast unumgänglich geworden ist. Sobald ich die oben erwähnte, von erbarmungslosem Spott und Anzüglichkeiten nur so strotzende Kolumne aus der Hand legte – ja, erst heute morgen vor dem Frühstück –, wurde diese Überzeugung in mir so übermächtig, daß ich Oliver, Captain Oliver Orme, den Helden meiner Geschichte – falls sie denn einen solchen überhaupt hat –, der sich derzeit auf einer gewiß überaus erfreulichen Reise um die Welt befindet, in einem Telegramm um seine Einwilligung dazu bat. Vor zehn Minuten traf aus Tokio die Antwort ein. Sie lautet folgendermaßen:

»Tun Sie, was Sie wollen und für nötig halten, aber ändern Sie bitte alle Namen etc., da ich Rückreise über Amerika plane und Reporter fürchte. Japan ganz famoses Land.« Dann folgt noch eine private Bemerkung, die ich hier nicht wiederzugeben brauche. Bei Telegrammen neigt Oliver stets zur Übertreibung.

Ehe ich mit der Erzählung beginne, wäre es vielleicht angebracht, mich dem Leser kurz vorzustellen.

Ich heiße Richard Adams und bin der Sohn eines Kleinbauern aus Cumberland und einer Waliserin. In meinen Adern fließt also keltisches Blut, was neben anderen Dingen vielleicht auch meine unbändige Reiselust erklärt. Inzwischen bin ich ein alter Mann und wohl fast am Ende meines Weges angelangt; jedenfalls war mein letzter Geburtstag der fünfundsechzigste. Wenn ich mich im Spiegel betrachte, sehe ich eine große, hagere Gestalt (ich wiege nicht mehr als einhundertvierzig Pfund – alles überschüssige Fleisch, das ich jemals auf den Knochen hatte, ist in der Wüste geblieben, denn mir erging es wie Falstaff, ich spickte die mag're Erde, wo ich ging*, freilich in einem heißeren Klima); ich habe braune Augen und ein längliches Gesicht, und mein Spitzbart paßt in der Farbe zu meinem weißen Haupthaar.

Meine Wahrheitsliebe zwingt mich hinzuzufügen, daß das Bild in diesem Glas, das niemals trügt, mich an einen betagten Ziegenbock erinnert; ja, um ganz offen zu sein, die Eingeborenen, bei denen ich weilte, und besonders die Untertanen der Khalifa, deren Gefangener ich war, nannten mich oft den Weißen Bock.

---

* Shakespeare, König Heinrich der Vierte, I/1/2; Übersetzung August Wilhelm von Schlegel.

Soviel zu meinem doch recht alltäglichen Äußeren. Was meinen Beruf angeht, so bin ich ein Arzt der alten Schule. Man denke nur! Als ich in Bart.'s studierte, war die Desinfektion noch eine ganz neue Methode und wurde, wenn überhaupt, mit Hilfe einer auf Rädern laufenden Maschine angewandt, die mit einer Pumpe Antiseptika versprühte, ganz ähnlich, wie es heute der fortschrittliche Gärtner in seinem Treibhaus tut.

Als Student und in meinen ersten Jahren als Arzt waren meine Leistungen überdurchschnittlich. Doch irgendwann geschehen im Leben jedes Menschen Dinge, für die man zwar mannigfaltige Entschuldigungen finden mag, die aber nicht unbedingt den besten Eindruck machen, wenn man sie schwarz auf weiß vor sich sieht (traditionell und pharisäisch verstanden, verträgt sich ohnehin kein Lebenslauf mit Tinte und Papier); auch lag mir etwas im Blut, dem ich nicht widerstehen konnte. Kurzum, da ich zu Hause keine festen Bindungen hatte und den dringenden Wunsch verspürte, die Welt zu sehen, streifte ich so manches Jahr durch ferne Länder und verdiente mir meinen Lebensunterhalt auf der Wanderschaft, was mir nie besonders schwerfiel, da ich stets ein Meister meines Faches war.

An meinem vierzigsten Geburtstag praktizierte ich in Kairo, was ich nur deshalb erwähne, weil ich dabei Ptolemy Higgs kennenlernte, der schon damals als junger Mann wegen seiner beachtlichen Kenntnisse in der Altertumsforschung und in fremden Sprachen berühmt war. Wie ich mich erinnere, kursierte in jenen Tagen der Scherz, er könne in fünfzehn Sprachen wie ein Eingeborener und in zweiunddreißig weiteren mit hinreichender Geläufigkeit fluchen und lese Hieroglyphen so mühelos wie ein Bischof die *Times*.

Nun, ich betreute ihn bei einem schweren Typhusanfall, berechnete ihm jedoch, da er seinen letzten Penny für Skarabäen oder dergleichen ausgegeben hatte, kein Honorar. Diese kleine Gefälligkeit hat er mir nie vergessen, wie ich zugeben muß, denn Ptolemy mag mancherlei Schwächen haben (ich persönlich würde ihn mit keinem Gegenstand allein lassen, der älter ist als tausend Jahre), aber er ist ein guter und treuer Freund.

In Kairo heiratete ich eine Koptin, eine Dame aus vornehmem Hause, deren Familie ihren Ursprung auf einen der ptolemäischen Pharaonen zurückführte, was durchaus möglich, ja sogar wahrscheinlich ist. Außerdem war sie Christin und auf ihre Weise sehr gebildet. Trotzdem blieb sie natürlich Orientalin, und wie ich immer wieder zu erklären versuche, ist eine Heirat mit einer Orientalin für einen Europäer ein fragwürdiges Unterfangen, besonders wenn er weiterhin im Osten bleiben will, wo er fortan gesellschaftlich geächtet und vom freundschaftlichen Umgang mit seinesgleichen ausgeschlossen ist. Doch obwohl dieser Schritt mich zwang, Kairo zu verlassen, in das damals noch wenig bekannte Assuan zu übersiedeln und hauptsächlich bei den Eingeborenen zu praktizieren, waren wir weiß Gott glücklich miteinander, bis die Pest sie und mit ihr meine ganze Lebensfreude dahinraffte.

Auf all dies will ich nicht weiter eingehen, gibt es doch Dinge, die zu schrecklich und gleichzeitig zu heilig sind, als daß man darüber schreiben sollte. Sie hinterließ mir ein Kind, einen Sohn, der, um meinen Sorgenbecher bis zum Rand zu füllen, im Alter von zwölf Jahren von Anhängern des Mahdi entführt wurde.

Damit komme ich zur eigentlichen Geschichte. Es gibt sonst niemanden, der sie schreiben könnte. Oliver will nicht. Higgs ist dazu nicht fähig (wo es nicht um rein akademische Fragen der Altertumsforschung geht, ist mit ihm nichts anzufangen); also muß ich es tun. Auf jeden Fall wird es an mir liegen und nicht an der Geschichte selbst, sollte sie den Leser nicht fesseln können, denn was ich zu erzählen habe, ist wahrlich seltsam genug.

* * *

Wir haben jetzt Mitte Juni, und im vergangenen Dezember war es gerade ein Jahr her, daß ich nach einem halben Leben zum erstenmal wieder nach London kam und noch am gleichen Abend an die Tür von Professor Higgs' Wohnung in der Guildford Street, W.C. klopfte. Seine Haushälterin, Mrs. Reid, eine dürre, finster dreinblickende alte Frau, die mich bis auf den heutigen Tag an eine von den Toten auferstandene Mumie erinnert, öffnete mir. Sie sagte, der Professor sei zwar zu Hause, habe aber einen Gast zum Dinner, und empfahl mir sodann verdrießlich, am nächsten Morgen wieder vorzusprechen. Nur mit Mühe konnte ich sie wenigstens dazu überreden, ihrem Herrn mitzuteilen, ein alter Freund aus Ägypten sei gekommen und habe ihm etwas mitgebracht, was ihn gewiß interessiere.

Fünf Minuten später tastete ich mich in Higgs' Wohnzimmer vor, zu dem mir Mrs. Reid lediglich von unten den Weg gewiesen hatte. Es ist ein großer Raum, der die ganze Breite des Hauses einnimmt und von einem Torbogen unterteilt wird, der in georgianischen Zeiten mit einer Falttür verschlossen werden konnte. Alles lag im Dunkeln, der Schein des Feuers fiel nur auf einen gedeckten Tisch und eine außergewöhnliche Sammlung von Antiquitäten, darunter zwei Mumien mit goldenen Gesichtsmasken, die in ihren Sarkophagen an der Wand lehnten. In einem Erker am anderen Ende brannte jedoch eine elektrische Lampe über einem zweiten Tisch, auf dem sich viele Bücher stapelten, und dort entdeckte ich auch meinen Gastgeber, den ich seit zwanzig Jahren nicht gesehen, mit dem ich aber häufig korrespondiert hatte, ehe ich in der Wüste verschwand. Bei ihm saß der Freund, den er zum Dinner eingeladen hatte.

Ich will zuerst Higgs beschreiben, einen der sachkundigsten Altertumsforscher und besten Kenner toter Sprachen in ganz Europa, was ihm, wie ich hinzufügen darf, selbst seine Feinde zubilligen, auch wenn man es dem etwa Fünfundvierzigjährigen auf den ersten Blick niemals zutrauen würde. Untersetzter, kräftiger Körperbau, ein rundes Gesicht von gesunder Farbe, Haar und Bart feuerrot, die Augen, falls man sie zu sehen bekommt – denn meist trägt er eine große, blaue Brille –, klein und von unbestimmter Farbe, aber messerscharf. Die Kleidung so schäbig, exzentrisch und abgetragen, daß er angeblich jedesmal, wenn er sich des Nachts auf der Straße blicken läßt, von einem Polizisten zum Weitergehen aufgefordert wird. Dies war und ist mein bester Freund, Professor Ptolemy Higgs, und ich kann nur hoffen, daß er nicht gekränkt ist, wenn er sich schwarz auf weiß so beschrieben sieht.

Einen ganz anderen, geradezu gegensätzlichen Eindruck vermittelte sein Gast, der bei ihm am Tisch saß, das Kinn in die Hand gestützt hatte und nicht allzu aufmerksam irgendwelchen gelehrten Ausführungen lauschte. Ein großer, gutgewachsener junger Mann, schlank, aber breitschultrig, schätzungsweise fünf- oder sechsundzwanzig Jahre alt. Klare Züge – so klar, daß allein die dunklen Augen den Anflug von Härte milderten; kurzes, glattes Haar, braun wie die Augen; insgesamt das Gesicht eines besonnenen, tüchtigen Menschen, besonders anziehend, wenn er lächelte. Das war und ist Captain Oliver Orme, der diesen Rang, wie ich erwähnen sollte, nur bei den Freiwilligen Pionieren führen darf, obwohl er sich im Südafrikanischen Krieg, aus dem er erst kurz zuvor heimgekehrt war, als fähiger Soldat erwiesen hatte.

Des weiteren sollte ich erwähnen, daß er mir vorkam wie ein Mann, der sein Schicksal nicht liebte oder vielmehr von diesem nicht geliebt wurde; sein junges Gesicht war unübersehbar von Traurigkeit gezeichnet. Vielleicht war das der Grund, warum ich mich vom ersten Moment an so stark zu ihm hingezogen fühlte – ich, dem das Schicksal desgleichen schon seit so vielen Jahren seine Gunst versagte.

Während ich noch dastand und die beiden betrachtete, blickte Higgs von dem Papyrus oder was sonst er gerade in Händen hielt auf (später erfuhr ich, daß er den ganzen Nachmittag lang mit dem Auswickeln einer Mumie beschäftigt gewesen war, deren Schätze er nun begutachtete) und entdeckte mich im Schatten.

»Wer, zum Teufel, sind Sie?« rief er, und seine Stimme klang, wie immer, wenn er wütend oder erschrocken ist, schrill und schneidend, »und was haben Sie in meinem Zimmer zu suchen?«

»Immer mit der Ruhe«, sagte sein Besucher. »Ihre Haushälterin sagte doch, einer Ihrer Freunde wolle Ihnen seine Aufwartung machen.«

»O ja, gewiß, nur kann ich mich an keinen Freund erinnern, der ein Gesicht und einen Bart wie ein Ziegenbock hätte. Kommen Sie näher, mein Freund, dann ist alles gut.«

Also trat ich in den Lichtkreis der elektrischen Lampe und blieb abermals stehen.

»Wer ist das? Wer mag das nur sein?« murmelte Higgs vor sich hin. »Dieses Gesicht – ich hab's –, es ist das Gesicht des alten Adams, doch der ist seit zehn Jahren tot. Es hieß, die Khalifa habe ihn erwischt. Antiker Schatten des längst verschollenen Adams, hab' doch die Güte und nenne mir deinen Namen, auf daß wir nicht mit sinnlosem Rätselraten unsere Zeit vergeuden.«

»Dessen bedarf es nicht, Higgs, denn Sie führen ihn bereits im Munde. Ich hätte Sie übrigens sofort erkannt, aber *Ihr* Haar wird schließlich auch nicht weiß.«

»Nein; zuviel Farbstoff; direkte Folge meines hitzigen Temperaments. Nun, Adams – denn Sie müssen Adams sein –, ich bin aufrichtig entzückt, Sie zu sehen, insbesondere, da Sie mir meinen letzten Brief nicht beantwortet hatten, in dem ich Sie fragte, woher jene Skarabäen aus der Ersten Dynastie stammen, deren Echtheit, wie Sie vielleicht wissen sollten, von gewissen mißgünstigen Subjekten angezweifelt wird. Adams, mein lieber, alter Junge, seien Sie tausendmal willkommen« – damit ergriff er meine Hände und schüttelte sie, und als sein Blick auf einen Ring an meinem Finger fiel, rief er aus: »Oh, was ist das? Ein außergewöhnliches Stück. Aber lassen wir das jetzt; Sie können mir nach dem Essen davon erzählen. Zuerst will ich Sie meinem Freund, Captain Orme, vorstellen, der über ganz beachtliche Arabischkenntnisse verfügt und auch in den Anfangsgründen der Ägyptologie bewandert ist.«

»*Mr.* Orme«, verbesserte der junge Mann und verbeugte sich vor mir.

»Mr. oder Captain, wie Sie wollen. Er will damit nur sagen, daß er kein Berufssoldat ist; obwohl er den ganzen Burenkrieg mitgemacht hat und dreimal verwundet wurde, einmal war es ein glatter Lungenschuß. Da kommt die Suppe. Mrs. Reid, legen Sie noch ein Gedeck auf. Ich habe einen Bärenhunger. Nichts regt meinen Appetit mehr an als das Auswickeln von Mumien, eine Tätigkeit, die nicht nur den Körper fordert, sondern auch den Geist. Essen Sie, Mann, greifen Sie zu. Unterhalten können wir uns hinterher.«

Wir ließen es uns also schmecken, wobei Higgs, der stets einen ausgezeichneten Appetit hatte, vielleicht deshalb, weil er damals fast keinen Alkohol trank, große Mengen vertilgte, Mr. Orme sich sehr zurückhielt und ich mich bediente wie ein Mann, der monatelang ausschließlich von Datteln leben kann – das heißt, vor allem beim Gemüse, das zusammen mit Obst meine Hauptnahrung darstellt –, immer vorausgesetzt, sie sind verfügbar, denn notfalls komme ich auch mit gar nichts aus.

Als der Tisch abgeräumt war und wir den Portwein vor uns stehen hatten, schenkte Higgs sich ein Glas Wasser ein, setzte die große Meerschaumpfeife in Brand, die er immer raucht, und schob uns den Tabaksbehälter zu, ein Gefäß, in dem man einst das Herz eines alten Ägypters beigesetzt hatte.

»Nun, Adams«, sagte er, als auch wir uns die Pfeifen angesteckt hatten, »erzählen Sie uns, wie Sie aus dem Reich der Schatten wiedergekehrt sind. Kurzum, Mann, Ihre Geschichte, wir wollen Ihre Geschichte hören.«

Ich zog den Ring vom Finger, der ihm bereits aufgefallen war, ein breites Band aus ziemlich hellem Gold, weit genug für den Zeige- oder Mittelfinger einer normalen Frau. In der Mitte war ein herrlicher, mit seltsamen, archaischen Zeichen gravierter Saphir eingelassen. Auf diese Zeichen deutete ich nun und fragte Higgs, ob er sie entziffern könne.

»Entziffern? Aber gewiß«, antwortete er und zog ein Vergrößerungsglas hervor. »Sie nicht? Nein, ich erinnere mich; von Dingen, die älter sind als fünfzig Jahre, haben Sie noch nie viel verstanden. Hallo! Das ist ja Althebräisch. Aha, ich hab's.« Und er las vor:

»›Ein Geschenk des Herrschers – nein, des Großen –, Salomon von Israel, Geliebter des Jah, an die Königin Maqueda von Saba-Land, Königstochter, Kind der Weisheit, Schönste der Schönen.‹

Das steht also auf Ihrem Ring, Adams – der übrigens ein wahres Prachtstück ist. ›Königin von Saba –,

Bath-Melachim, Königstochter‹, und als Zugabe unser alter Freund Salomon. Großartig, ganz großartig!« – Damit berührte er das Gold mit der Zunge und prüfte es mit den Zähnen. »Hm – wie sind Sie an diese raffinierte Fälschung gekommen, Adams?«

»Oh!« lachte ich, »natürlich ganz wie immer. Ich habe sie für dreißig Schillinge einem Eselstreiber in Kairo abgekauft.«

»Was Sie nicht sagen«, gab er mißtrauisch zurück. »Ich hätte den Stein für wertvoller geschätzt, aber er könnte selbstverständlich nur aus Glas sein. Auch die Gravur ist erstklassige Arbeit. Adams«, fuhr er streng fort, »Sie wollen uns an der Nase herumführen, obwohl sie inzwischen eigentlich klüger sein müßten – Ptolemy Higgs fällt nicht auf Sie herein. Der Ring ist eine schamlose Fälschung; aber wer hat die hebräische Inschrift gemacht? Der Mann kennt sich jedenfalls mit der Sprache aus.«

»Keine Ahnung«, antwortete ich. »Wußte bisher nicht einmal, daß es sich um Hebräisch handelt. Dachte, ehrlich gesagt, es sei Altägyptisch. Ich kann Ihnen nur sagen, daß er mir von einer Dame, die den Titel Walda Nagasta trägt und angeblich von König Salomon und der Königin von Saba abstammen soll, gegeben oder vielmehr geliehen wurde.«

Higgs nahm den Ring und sah ihn sich noch einmal an, dann schob er ihn scheinbar geistesabwesend in seine Westentasche.

»Ich will nicht unhöflich sein, und deshalb werde ich Ihnen nicht widersprechen«, stöhnte er. »Ich werde gar nichts dazu sagen, außer, daß ich jeden anderen, der mir dieses Märchen aufgetischt hätte, als gemeinen Lügner bezeichnen würde. Natürlich weiß jeder Schuljunge, daß Walda Nagasta – das heißt auf Äthiopisch Königskind – ungefähr das gleiche bedeutet wie Bath-Melachim – Hebräisch für Königstochter.«

Hier brach Captain Orme in schallendes Gelächter aus und bemerkte: »Allmählich kann ich mir vorstellen, wie Sie es geschafft haben, sich unter den Altertumsforschern so unbeliebt zu machen, Higgs. Sie gehen an jede Auseinandersetzung heran wie ein Wilder mit einer Steinaxt.«

»Wenn Sie Ihren Mund nur aufmachen, um Ihre Unwissenheit kundzutun, Oliver, dann sollten Sie ihn lieber geschlossen halten. Als die Menschen Steinäxte hatten, waren sie über das Stadium von Wilden längst hinaus. Aber ich schlage vor, Sie geben Dr. Adams nun Gelegenheit, seine Geschichte zu erzählen. Kritisieren können Sie dann hinterher.«

»Vielleicht sollte ich Captain Orme damit besser nicht langweilen«, sagte ich, worauf er sofort widersprach:

»Ganz im Gegenteil, ich möchte zu gerne hören, was Sie zu berichten haben – vorausgesetzt, Sie sind bereit, nicht nur Higgs, sondern auch mich ins Vertrauen zu ziehen.«

Ich überlegte einen Moment lang, denn wenn ich ehrlich sein soll, dann hatte ich aus verschiedenen Gründen vorgehabt, mich nur dem Professor zu offenbaren, den ich trotz seiner ungehobelten Art als grundehrlichen Menschen kannte. Doch riet mir eine innere Stimme, zugunsten von Captain Orme eine Ausnahme zu machen. Der Mann war mir sympathisch: etwas in seinen braunen Augen sprach mich an. Außerdem mutete es mich merkwürdig an, daß er ausgerechnet bei meinem Besuch anwesend sein sollte, denn ich bin der Ansicht, daß nichts auf der Welt Zufall ist; selbst die banalsten Nebensächlichkeiten sind entweder vom Schicksal so gewollt oder werden von einem ehernen Gesetz bestimmt, dessen Ziel zwar uns noch verborgen sein mag, der Macht, die unsere Schritte lenkt, jedoch längst bekannt ist.

»Gewiß bin ich dazu bereit«, antwortete ich. »Ihr

ehrliches Gesicht sowie Ihre Freundschaft mit dem Professor genügen mir als Legitimation. Nur müssen Sie mir bei Ihrer Ehre versprechen, niemandem ohne meine Erlaubnis auch nur ein Wort von dem zu verraten, was ich Ihnen nun erzählen werde.«

»Gewiß«, antwortete er, worauf Higgs dazwischenfuhr:

»Damit aber genug; oder müssen wir auch noch die Bibel küssen? Wer hat Ihnen den Ring verkauft, wo waren Sie in den letzten zwölf Jahren, und woher kommen Sie jetzt?«

»Unter anderem war ich Gefangener der Khalifa. Dieses Vergnügen hatte ich fünf Jahre lang, und ich brauchte mich nur auszuziehen, dann würde mein Rücken Zeugnis dafür ablegen. Ich dürfte so ziemlich der einzige Mensch sein, der am Leben gelassen wurde, obwohl er sich nicht zum Islam bekehrte, was ich nur der Tatsache zu verdanken habe, daß ich Arzt bin und deshalb gebraucht wurde. Danach durchwanderte ich die Wüsten Nordafrikas, um nach meinem Sohn Roderick zu suchen. Sie werden sich hoffentlich an den Jungen erinnern, schließlich sind Sie sein Pate, und als er noch klein war, habe ich Ihnen immer wieder Fotos von ihm geschickt.«

»Natürlich, natürlich«, beteuerte der Professor in ganz anderem Ton. »Neulich erst fiel mir ein Weihnachtsbrief von ihm in die Hände. Aber, mein lieber Adams, was ist denn mit ihm geschehen? Ich habe nie mehr etwas gehört.«

»Als er etwa zwölf Jahre alt war, nicht lang nach dem Tod seiner Mutter, ging er trotz meines Verbotes flußaufwärts, um Krokodile zu schießen – und wurde von umherstreifenden Anhängern des Mahdi entführt und als Sklave verkauft. Seither bin ich auf der Suche nach ihm, denn der arme Junge wurde von einem Stamm zum anderen weitergereicht, und ich konnte ihm nur folgen, weil er musikalisch so begabt ist. Die

Araber nennen ihn wegen seiner herrlichen Stimme den ägyptischen Sänger, und offenbar hat er auch gelernt, die Instrumente der Eingeborenen zu spielen.«

»Und wo ist er jetzt?« fragte Higgs, und es klang, als fürchte er sich vor der Antwort.

»Er war oder ist der Lieblingssklave eines barbarischen, halb-negroiden Volkes, das sich die Fung nennt und tief im Inneren des Nördlichen Zentralafrika lebt: Nach dem Sturz der Khalifa folgte ich ihm dorthin – es hat mich mehrere Jahre gekostet. Ein paar Beduinen rüsteten eine Handelskarawane zu diesen Fung aus, und ich verkleidete mich als einer von ihnen.

Eines Nachts lagerten wir am Eingang eines Tales vor einer großen Mauer, die das Heiligtum ihres Götzen umschließt. Ich ritt dicht an die Mauer heran, und da hörte ich durch das offene Tor einen wundervollen Tenor in englischer Sprache singen, eine Hymne, die ich meinen Sohn gelehrt hatte, und die so beginnt:

›Oh, steh mir bei, der Abend sinkt hernieder.‹

Da mir die Stimme bekannt vorkam, stieg ich ab, schlüpfte durch das Tor und gelangte schließlich auf einen freien Platz, wo ein junger Mann, flankiert von brennenden Lampen, auf einer erhöhten Bank saß und sang. Ein großes Publikum hörte ihm zu. Ich sah sein Gesicht, und trotz seines Turbans und seiner orientalischen Tracht – ja, auch trotz der vielen Jahre, die inzwischen vergangen waren – wußte ich, daß ich meinen Sohn vor mir hatte. Da fuhr ein Dämon des Wahnsinns in mich, ich rief laut: ›Roderick, Roderick!‹ und er zuckte zusammen und sah sich wie gehetzt um. Auch die Zuhörer schnellten in die Höhe, und einer entdeckte mich in meinem dunklen Winkel.

Mit wütendem Geschrei gingen sie auf mich los, ich hatte nämlich ihr Heiligtum entweiht. Feigling, der ich war, flüchtete ich durch das Tor nach draußen, um dem Tod zu entrinnen. Ja, nach all den Jahren der Suche flüchtete ich lieber, als zu sterben, und obwohl ich von einem Speer und mehreren Steinen getroffen und verletzt wurde, gelang es mir, mein Pferd zu erreichen und mich auf seinen Rücken zu schwingen. Da ich mich von unserem Lager wegbewegt hatte, galoppierte ich einfach irgendwohin, nur um mein elendes Leben vor diesen Wilden zu retten, denn so tief ist der Selbsterhaltungstrieb in uns verwurzelt. In einiger Entfernung drehte ich mich um und sah im Schein der brennenden Zelte, daß die Fung die Araber angriffen, mit denen ich gekommen war, vermutlich, weil sie sie verdächtigten, an meinem Frevel beteiligt zu sein. Hinterher hörte ich, daß die armen Beduinen bis auf den letzten Mann hingeschlachtet wurden, wohingegen ich, der ich ungewollt dieses Schicksal auf sie herabbeschworen hatte, entkommen konnte.

Ich galoppierte immer weiter eine steil ansteigende Straße hinauf. Ich kann mich erinnern, daß ich ringsum im Dunkeln Löwen brüllen hörte, und ich weiß noch, daß einer davon mein Pferd ansprang und das arme Tier einen gellenden Schrei ausstieß. Von da an weiß ich nichts mehr, bis ich – es muß mehr als eine Woche später gewesen sein – auf der Veranda eines schmucken Hauses erwachte und eine hübsche Frau von abessinischem Gesichtsschnitt vor mir sah.«

»Klingt eher nach einem der verlorenen Stämme Israels«, bemerkte Higgs sarkastisch und stieß dichte Wolken aus seiner großen Meerschaumpfeife.

»Etwas dergleichen, ganz recht. Genaueres erfahren Sie später. Wichtig ist, daß diese Leute, die mich vor ihren Toren auflasen, Abati genannt werden, in einer Stadt namens Mur leben und von sich behaupten, die Nachkommen abessinischer Juden zu sein, die vor vier- oder fünfhundert Jahren vertrieben wurden und dorthin zogen. Kurzum, sie haben einige Ähnlichkeit mit den Juden, üben eine sehr primitive Form der jüdischen Religion aus, sind auf ihre Art zivilisiert und tüchtig, befinden sich aber infolge von Inzucht im letzten Stadium des Niedergangs – ihre gesamte Streitmacht umfaßt nicht mehr als neuntausend Mann, während es vor drei oder vier Generationen noch zwanzigtausend waren – und müssen zudem stündlich befürchten, von den ringsum lebenden Fung ausgerottet zu werden, ihren Erbfeinden, die ihnen den Besitz dieser einmaligen, früher den Ahnen der Fung gehörenden Bergfestung mißgönnen.«

»Die alte Geschichte mit Gibraltar und Spanien«, vermutete Orme.

»Ja, mit einem Unterschied – die Verhältnisse sind genau umgekehrt, die Abati dieses zentralafrikanischen Gibraltar degenerieren zusehends, während die Fung, die den Spaniern entsprechen, ein robustes Volk sind, das ständig wächst.«

»Und was geschah dann?« fragte der Professor.

»Nichts weiter. Ich habe versucht, die Abati zu einem Feldzug zur Rettung meines Sohnes zu bewegen, erntete aber nur Gelächter. Allmählich kam ich dahinter, daß in diesem ganzen Volk nur ein einziger Mensch etwas taugte, und das war zufällig die Herrscherin, eine bezaubernde und couragierte junge Frau mit den hochtrabenden Titeln *Walda Nagasta* oder Königskind und *Takla Warda* oder Rosenknospe, die jedoch in Wirklichkeit Maqueda heißt ...«

»Der eine Name der ersten, bekannten Königin von Saba«, murmelte Higgs; »der andere war Belchis.«

»Unter dem Vorwand einer medizinischen Behandlung«, fuhr ich fort, »denn sonst hätte mir das verdammte Protokoll den Zugang zu einer so hochstehenden Persönlichkeit mit Sicherheit verwehrt, besprach ich die Angelegenheit mit ihr. Sie sagte mir, der Götze der Fung habe die Gestalt einer riesigen Sphinx, so verstand ich jedenfalls ihre Beschreibung, denn gesehen habe ich das Ding nie.«

»Was!« rief Higgs und sprang auf. »Eine Sphinx im Nördlichen Zentralafrika! Nun, warum auch nicht! Immerhin sollen einige der ersten Pharaonen Beziehungen zu diesem Teil der Welt unterhalten haben oder sogar von dort ausgewandert sein. Soviel ich weiß, steht die Legende auch bei Makrisi.* Die Statue hat vermutlich einen Widderkopf.«

»Sie erzählte mir auch«, fuhr ich fort, »von einer Tradition oder einer Überzeugung, einer Art Dogma ihres Stammes. Sollte diese Sphinx, beziehungsweise dieser Gott, der übrigens keinen Widder-, sondern einen Löwenkopf hat und Harmac genannt wird ...«

»Harmac!« unterbrach Higgs mich abermals. »Das ist einer der vielen Namen der Sphinx – Harmachis, der Gott der Morgenröte.«

»Sollte dieser Gott«, wiederholte ich, »zerstört werden, so muß die Nation der Fung, deren Vorfahren die Statue angeblich geschaffen haben, das Land verlassen und über den großen Fluß im Süden ziehen. Seinen Namen habe ich momentan vergessen, aber es handelt sich wohl um einen Nebenarm des Nil.

Ich empfahl ihr, unter diesen Umständen sollten ihre Untertanen doch versuchen, den Götzen zu zerstören. Maqueda lachte und sagte, das sei unmöglich, da das Ding so groß sei wie ein kleiner Berg, und dann fügte sie hinzu, die Abati hätten seit langem allen Mut und alle Tatkraft eingebüßt und begnügten sich damit, in ihrem fruchtbaren, von Bergen umgebenen Land zu sitzen, sich Geschichten über ihre einstige Größe zu erzählen und so lange um Ränge und bombastische Titel zu streiten, bis das Verhängnis schließlich über sie hereinbreche.

Ich erkundigte mich, ob auch sie damit zufrieden sei, und sie antwortete ›Gewiß nicht‹; aber was könne sie schon tun, um ihr Volk aufzumuntern, sei sie doch

* arab. Geschichtsschreiber, 1364–1442 – *Anm. d. Übers.*

nur eine Frau und das letzte Glied in einer endlosen Kette von Herrschern?

›Befreie mich von den Fung‹, fügte sie leidenschaftlich hinzu, ›und ich werde dich so reich belohnen, wie du es dir in deinen kühnsten Träumen niemals vorgestellt hättest. Die alte Höhlenstadt quillt über von Schätzen, die man, lange bevor wir nach Mur kamen, den dort beigesetzten, alten Königen ins Grab mitgab. Für uns sind sie wertlos, da wir niemanden haben, mit dem wir Handel treiben könnten, aber ich hörte, daß die Völker draußen in der Welt das Gold verehren.‹

›Ich will kein Gold‹, antwortete ich; ›ich will nur meinen Sohn befreien, der dort unten als Gefangener schmachtet.‹

›Dann‹, sagte das Königskind, ›mußt du uns zuerst helfen, den Götzen der Fung zu zerstören. Gibt es denn kein Mittel, um das zu erreichen?‹

›Solche Mittel gibt es‹, antwortete ich, und dann versuchte ich, ihr die Eigenschaften des Dynamit und anderer, noch stärkerer Sprengstoffe zu erklären.

›Kehre zurück in deine Heimat‹, rief sie begeistert aus, ›und komm mit diesem Stoff und zwei oder drei Männern wieder, die damit umzugehen verstehen, ich verspreche ihnen dafür alle Schätze von Mur. Nur so kannst du meinen Beistand zur Befreiung deines Sohnes gewinnen.‹«

»Und wie ging die Geschichte aus?« fragte Captain Orme.

»Folgendermaßen: Man gab mir Gold, eine Eskorte und Kamele, die man doch wahrhaftig auf einen geheimen Pfad in den Bergen abseilte, um eine Begegnung mit den ringsum lebenden Fung zu vermeiden, vor denen alle sich schrecklich fürchten. Mit diesen Begleitern durchquerte ich, eine Reise von vielen Wochen, die Wüste und gelangte wohlbehalten nach Assuan, wo ich die Männer vor sechzehn Tagen in einem

Lager zurückließ, mit der Anweisung, bis zu meiner Wiederkehr auf mich zu warten. Heute morgen traf ich in England ein, und begab mich, nachdem ich einem *Who's Who* genannten Almanach, den man mir im Hotel gab, entnommen hatte, daß Sie noch lebten und wo Sie wohnten, unverzüglich hierher.«

»Warum gerade zu mir? Was wollen Sie von mir?« fragte der Professor.

»Ich komme zu Ihnen, Higgs, weil ich ihre glühende Begeisterung für alles Antike kenne und Ihnen daher als erstem die Chance bieten wollte, nicht nur zu großem Reichtum zu gelangen, sondern auch als Entdecker der herrlichsten Altertümer, die es auf der ganzen Welt noch gibt, berühmt zu werden.«

»Verbunden mit der Aussicht, die Kehle durchgeschnitten zu bekommen«, brummte Higgs.

»Was ich von Ihnen will«, fuhr ich fort, »ist folgendes. Sie sollen mir jemanden suchen, der sich mit Sprengstoffen auskennt und es auf sich nimmt, den Götzen der Fung in die Luft zu jagen.«

»Nichts leichter als das«, rief der Professor und deutete mit seiner Pfeife auf Captain Orme. »Er ist von Beruf Ingenieur«, fügte er hinzu, »Soldat und ein ganz passabler Chemiker; außerdem spricht er Arabisch und ist in Ägypten aufgewachsen – falls er dazu bereit ist, wäre er genau der richtige Mann für Sie.«

Ich überlegte kurz, dann folgte ich meiner inneren Stimme, blickte auf und fragte:

»Wären Sie bereit, Captain Orme, falls wir uns über die Bedingungen einigen könnten?«

»Gestern«, antwortete er leicht errötend, »hätte die Antwort noch ›Auf keinen Fall‹ gelautet. Heute sage ich, ich werde mir die Sache überlegen – vorausgesetzt, Higgs kommt ebenfalls mit, und Sie können mir noch über einige Punkte Auskunft geben. Aber ich muß Sie warnen, ich bin auf den drei Gebieten, die der Professor eben erwähnte, nur Amateur, wenn auch zugegebenermaßen nicht ganz unerfahren.«

»Wäre es indiskret, Captain Orme, Sie zu fragen, was Ihre Pläne und Ansichten binnen vierundzwanzig Stunden so von Grund auf geändert hat?«

»Nicht indiskret, nur etwas peinlich«, antwortete er, und seine Röte vertiefte sich. »Trotzdem, Offenheit ist immer das beste, und deshalb sollen Sie es erfahren. Gestern glaubte ich noch, ein Onkel, dessen schwere Erkrankung mich vorzeitig aus Südafrika nach England zurückrief und als dessen Erbe ich auch erzogen wurde, habe mir ein großes Vermögen hinterlassen. Heute erfahre ich nun, daß er im letzten Jahr heimlich geheiratet hat, eine Frau, die gesellschaftlich weit unter ihm steht, und daß aus dieser Ehe ein Kind existiert, das natürlich den ganzen Besitz bekommt, da kein Testament vorhanden ist. Doch damit nicht genug. Gestern betrachtete ich mich noch als verlobt; heute wurde mir auch diese Illusion genommen. Die Dame«, fuhr er verbittert fort, »war zwar bereit, sich mit Anthony Ormes Erben zu vermählen, aber sie ist nicht willens, die Frau von Oliver Orme zu werden, dessen gesamte Habe sich auf weniger als £ 10 000 beläuft. Nun, ich kann es ihr, vielleicht auch ihren Verwandten, nicht verdenken, insbesondere, da sie dem Vernehmen nach eine bessere Partie in Aussicht hat. Jedenfalls hat ihre Entscheidung für mich alles sehr vereinfacht.« Damit stand er auf und ging ans andere Ende des Zimmers.

»Ein Skandal«, flüsterte Higgs. »Abscheuliche Niedertracht«, und dann machte er seinem Herzen Luft, indem er die betreffende Dame, ihre Verwandten und den seligen Anthony Orme, seines Zeichens Reeder, mit Ausdrücken belegte, die hier nicht wiedergegeben werden können, da die Geschichte sonst nicht mehr zur Lektüre im Familienkreise geeignet wäre. Professor Higgs' unverblümte Sprache ist in der Welt der Altertumsforscher wohlbekannt, folglich besteht für mich kein Anlaß, mich noch weiter darüber zu verbreiten.

»Eines begreife ich noch nicht ganz, Adams«, fügte er laut hinzu, als er sah, daß Orme sich wieder umgedreht hatte. »Dabei wüßten wir sicher beide gerne, wo bei diesem Angebot *Ihre* Interessen liegen.«

»Dann habe ich mich wohl nicht klar genug ausgedrückt. Ich dachte, ich hätte ganz deutlich gesagt, daß ich nur ein Interesse habe – die Befreiung meines Sohnes, falls er, was ich glaube, noch am Leben ist. Higgs, versetzen sie sich doch in meine Lage. Stellen Sie sich vor, Sie hätten nichts und niemanden mehr, woran Sie hängen, außer einem Kind, und dieses Kind sei Ihnen von Wilden geraubt worden. Stellen Sie sich weiter vor, Sie vernähmen nach jahrelanger Suche seine Stimme, sähen gar sein Gesicht, erwachsen, aber immer noch das seine, Züge, von denen Sie seit Jahren träumten und nach denen Sie sich sehnten; für die Sie tausendmal Ihr Leben hingäben, ließe man Ihnen nur Zeit zum Überlegen. Doch schon stürmt der fanatische Pöbel johlend auf Sie ein, Ihr Mut, Ihre Liebe, alle Ihre edleren Triebe müssen dem Druck jenes Urinstinktes weichen, der nur ein Lied kennt – Rette dein Leben. Und stellen Sie sich zuletzt vor, dieser Feigling würde tatsächlich gerettet, er lebte nur wenige Meilen entfernt von ebendem Sohn, den er im Stich ließ, und habe doch keine Möglichkeit, ihn zu befreien oder auch nur mit ihm in Verbindung zu treten, weil nämlich die Menschen, bei denen er Zuflucht fand, zu kleinmütig sind.«

»Schön«, knurrte Higgs, »ich habe mir die ganze schwülstige Geschichte eingehend ausgemalt. Na und? Wenn Sie meinen, sich schuldig fühlen zu müssen, so kann ich Ihnen nicht beipflichten. Was hätte es Ihrem Sohn genützt, wenn Sie gewartet hätten, um sich die Kehle durchschneiden zu lassen und ihm vielleicht noch mit dazu?«

»Ich weiß nicht«, antwortete ich. »Ich habe so lange über die ganze Sache nachgegrübelt, daß ich mich nur noch schämen kann. Doch als sich mir eine Chance bot, habe ich zugegriffen. Diese Walda Nagasta, Maqueda oder wie immer sie hieß, hatte wohl auch über einiges nachgegrübelt und machte mir ein Angebot – ohne Wissen und Zustimmung ihres Kronrates, nehme ich an. ›Hilf mir‹, sagte sie, ›und ich helfe auch dir. Rette mein Volk, und ich werde versuchen, deinen Sohn zu retten. Ich kann dich und alle, die du mitbringst, für eure Dienste bezahlen.‹

Ich antwortete, es sei aussichtslos, da niemand mir die Geschichte glauben würde, worauf sie sich den Thronring oder das Staatssiegel, das nun in Ihrer Tasche steckt, Higgs, vom Finger zog und sagte: ›Diesen Ring haben meine Vorfahren seit den Tagen Maquedas, der Königin von Saba getragen. Falls es bei deinem Volk gelehrte Männer gibt, so werden sie ihren Namen darauf lesen und wissen, daß ich die Wahrheit spreche. Nimm ihn mit als Unterpfand, und nimm zudem soviel von unserem Gold mit, wie du brauchst, um den Stoff zu kaufen, von dem du mir erzählt hast, jenen Stoff, der Feuer in sich birgt und Berge gen Himmel zu schleudern vermag, und um vertrauenswürdige Männer zu bezahlen, die Meister sind in diesen Dingen. Wirb jedoch nur zwei oder drei von ihnen an, denn mehr können nicht durch die Wüste geführt werden. Dann komm zurück, um deinen Sohn zu retten und mich.‹ Das ist die ganze Geschichte, Higgs. Sind Sie dabei, oder soll ich mich anderswo umsehen? Sie müssen sich schnell entscheiden, denn ich muß mich sputen, wenn ich vor Beginn der Regenzeit wieder in Mur sein will.«

»Haben Sie etwas von dem Gold bei sich, von dem sie sprachen?« fragte der Professor.

Ich zog einen Lederbeutel aus meinem Mantel, schüttete den Inhalt auf den Tisch, und er untersuchte ihn gründlich.

»Ringmünzen«, sagte er endlich. »Könnten angelsächsischer Herkunft sein, aber auch von anderswoher stammen; Datierung völlig ungewiß, dem Aussehen nach würde ich jedoch einen geringen Silbergehalt vermuten; ja, da ist ein Stückchen oxydiert – das ist zweifellos alt.«

Dann zog er das Siegel aus seiner Tasche und untersuchte den Ring wie den Stein gewissenhaft mit einer starken Lupe.

»Scheint in Ordnung zu sein«, sagte er. »Natürlich bin auch ich schon hereingelegt worden, aber inzwischen passiert mir das kaum noch. Wie meinen Sie, Adams? Sie müssen den Ring zurückhaben? Er wurde Ihnen anvertraut! Nur geliehen! Schon gut, nehmen Sie ihn nur an sich! *Ich* will das Ding doch nicht haben! Tja, die Sache ist riskant, und jedem anderen, der mir mit einem solchen Angebot gekommen wäre, hätte ich empfohlen, sich nach … nach Mur zu scheren. Aber Sie, Adams, Sie haben mir einmal das Leben gerettet, mein Junge, ohne eine Rechnung zu schicken, weil ich damals knapp bei Kasse war, und das habe ich Ihnen nicht vergessen. Außerdem ist der Boden im Moment hier ziemlich heiß, es tobt da eine wissenschaftliche Kontroverse, von der Sie aber in Zentralafrika wohl nichts mitbekommen haben. Ich glaube, ich bin dabei. Und was sagen Sie, Oliver?«

»Oh!« Captain Orme schien aus einem Traum zu erwachen. »Wenn Sie keine Bedenken haben, ich bin einverstanden. Mir ist es egal, wohin ich gehe.«

2

Der gute Rat des Sergeant Quick

In diesem Moment erhob sich draußen ein entsetzlicher Tumult. Die Haustür wurde zugeschlagen, eine Droschke fuhr in wildem Tempo davon, die Trillerpfeife eines Polizisten schrillte, schwere Schritte waren zu hören. Dann ertönte die Zauberformel: »Im Namen des Königs«, und darauf die Antwort: »Ja, und im Namen der Königin und der ganzen Königlichen Familie, da habt ihr sie, wenn ihr so versessen drauf seid, ihr vernagelten, plattfüßigen, schmerbäuchigen Polypen.«

Nun folgte ein wüstes Gepolter, begleitet von empörten und ängstlichen Ausrufen, es klang, als rollten Menschen und schwere Gegenstände die Treppe hinab.

»Was, zum Teufel, ist das?« fragte Higgs.

»Die Stimme klang wie die von Samuel – ich meine, Sergeant Quick«, antwortete Captain Orme sichtlich erschrocken. »Was mag er nur wollen? Ach, ich weiß schon, es hat sicher mit der verdammten Mumie zu tun, die Sie heute nachmittag ausgewickelt haben. Sie baten ihn doch, sie nach dem Essen hierher zu bringen.«

In diesem Moment wurde die Tür aufgestoßen, ein hochgewachsener Mann mit einer in ein Laken gehüllten Leiche in den Armen stolzierte in soldatisch strammer Haltung ins Zimmer und legte seine Last auf dem Tisch zwischen den Weingläsern ab.

»Zu meinem Bedauern, Captain«, wandte er sich an Orme, »habe ich den Kopf des Verstorbenen verloren. Wahrscheinlich liegt er mitsamt den Polizisten unten an der Treppe. Hatte nichts, um mich gegen die ungerechtfertigten Angriffe zu verteidigen, Sir, präsentierte deshalb die Leiche und ging zur Attacke über. Hielt sie für steif und stabil, doch leider brach der Hals ab, und nun befindet sich der Kopf des Toten in Arrest.«

Kaum hatte Sergeant Quick seine Erklärung beendet, als die Tür abermals aufging und zwei erregte, völlig abgekämpfte Polizisten erschienen. Einer hielt den ergrauten Kopf einer Mumie an den langen, noch am Schädel anhaftenden Haaren so weit wie möglich von sich ab.

»Wie kommen Sie dazu, so mir nichts dir nichts in mein Haus einzudringen? Wo ist Ihr Durchsuchungsbefehl?« fragte der aufgebrachte Higgs mit seiner schrillen Stimme.

»Da!« antwortete der erste Polizist und deutete auf die vermummte Gestalt auf dem Tisch.

»Und da!« stimmte der zweite ein und hielt den ekelhaften Kopf in die Höhe. »Wir verlangten von diesem Mann pflichtgemäß eine Erklärung für die klammheimliche Beförderung einer Leiche auf offener Straße, worauf er uns mit selbiger Leiche angriff, wofür ich ihn vorbehaltlich genauerer Untersuchung besagter Leiche in Haft nehme. Wie ist es, Chef« (damit war Sergeant Quick gemeint), »kommen Sie ohne Aufsehen mit, oder müssen wir Sie abführen?«

Der Sergeant, dem der Zorn offenbar die Sprache verschlagen hatte, machte einen Satz auf das vermummte Ding auf dem Tisch zu, offenbar in der Absicht, sich seiner noch einmal als Angriffswaffe zu bedienen, und die Polizisten zogen drohend ihre Knüppel.

»Halt«, sagte Orme und stellte sich zwischen die Fronten. »Sind denn hier alle verrückt geworden? Wissen Sie überhaupt, daß diese Frau schon seit mehr als viertausend Jahren tot ist?«

»Mein Gott!« sagte der Polizist, der immer noch den Kopf in der Hand hielt, zu seinem Begleiter. »Das muß eine von den Mumien sein, die sie im Britischen Museum ausgraben. Sieht ziemlich alt aus und riecht appetitlich, was?« Damit schnüffelte er an dem Schädel und stellte ihn sodann auf den Tisch.

Nun folgten einige Erklärungen, und nachdem die in ihrer Würde verletzten Polizeibeamten mit mehreren Gläsern Portwein und einer handschriftlichen Liste mit den Namen aller Beteiligten einschließlich der Mumie besänftigt worden waren, zogen sie schließlich ab.

»Noch einen guten Rat von mir, ihr Bobbies«, hörte ich den tief gekränkten Sergeant vor der Tür wettern. »Denkt immer daran, daß der Schein auch trügen kann. Nicht jeder muß betrunken sein, nur weil er auf der Straße herumtorkelt und hinfällt; er könnte auch verrückt oder hungrig oder ein Epileptiker sein; und nicht jede Leiche ist eine Leiche, nur weil sie tot und kalt und steif ist. Ihr habt es eben erlebt, Männer, es könnte auch eine Mumie sein, und das ist etwas ganz anderes. Bin ich etwa schon ein Polizist, wenn ich nur euren blauen Rock anziehe? Du lieber Himmel! Das hoffe ich doch nicht, um der Armee willen nämlich, der ich als Reservist immer noch angehöre. Man kann euch Bobbies nur immer wieder ermahnen, die menschliche Natur zu studieren und eure Beobachtungsgabe zu schulen, denn das wird euch lehren, eine frische Leiche von einer Mumie zu unterscheiden, und noch vieles andere. Und nun nehmt euch meine Worte zu Herzen, dann werdet ihr alle beide noch zum Polizeichef befördert, anstatt bis zu eurer Pensionierung ›Betrunkene‹ aufs Revier zu schleppen. Gute Nacht.«

Nachdem der Frieden wiederhergestellt und – da Captain Orme behauptete, in Gegenwart einer wenn auch noch so alten Leiche nicht über Geschäfte reden zu können – die kopflose Mumie ins Schlafzimmer des Professors verbracht worden war, setzten wir unser Gespräch fort. Als erstes erstellte ich auf Higgs' Anregung einen kurzen Vertrag, worin das Ziel der Expedition beschrieben und außerdem festgelegt wurde, alle daraus erwachsenden Gewinne gleichmäßig unter uns aufzuteilen und im Falle des Todes eines oder mehrerer Teilnehmer die dabei freiwerdenden Anteile auf den oder die Überlebenden zu übertragen.

Gegen diese Regelung erhob ich für meine Person Einspruch, da ich weder an Schätzen noch an Altertümern, sondern nur an der Befreiung meines Sohnes interessiert war. Darauf entgegneten die anderen, vielleicht müsse ich wie die meisten anderen Menschen auch in Zukunft irgendwie meinen Lebensunterhalt bestreiten, und selbst wenn nicht, so gelte dies, vorausgesetzt, die Flucht gelänge, auf jeden Fall für meinen Sohn. So gab ich schließlich nach.

Dann machte Captain Orme den durchaus vernünftigen Vorschlag, das Aufgabengebiet jedes einzelnen zu definieren, und wir einigten uns darauf, daß ich als Führer an der Expedition teilnehmen sollte, Higgs als Altertumsforscher, Dolmetscher und, wegen seines immensen Wissens, als Gutachter in allgemeinen Fragen und Captain Orme als Ingenieur und Befehlshaber in militärischen Dingen, mit dem Vorbehalt, daß im Falle einer Meinungsverschiedenheit der Andersdenkende sich loyal der Entscheidung der Mehrheit zu beugen habe.

Nachdem dieses absonderliche Dokument in Reinschrift ausgefertigt worden war, unterzeichnete ich und reichte es dem Professor weiter, der erst ein wenig zögerte, doch nachdem er sich mit einer weiteren, eingehenden Untersuchung des Saba-Ringes erquickt hatte, mit der Bemerkung, er sei ein verdammter Narr, meinem Beispiel folgte, um sodann das Blatt über den Tisch zu Orme zu schieben.

»Einen Moment«, bat der Captain. »Ich habe etwas vergessen. Ich möchte, daß Sergeant Quick, mein alter Diener, uns begleitet. Wenn es hart auf hart geht, kann man sich immer auf ihn verlassen, besonders da wir, wenn ich recht verstanden habe, mit Sprengstoffen hantieren sollen und er auf diesem Gebiet bei den Pionieren und anderswo viel Erfahrung gesammelt hat. Wenn Sie einverstanden sind, rufe ich ihn herein und frage, ob er mitkommt. Er ist sicher nicht weit.«

Ich nickte, denn nach der Episode mit der Mumie und den Polizisten hielt auch ich den Sergeant für einen brauchbaren Mann. Da ich am nächsten saß, öffnete ich dem Captain die Tür, worauf die stramme Gestalt von Sergeant Quick, die ganz eindeutig dagegen gelehnt hatte, buchstäblich ins Zimmer fiel und mich dabei frappant an einen umkippenden Spielzeugsoldaten erinnerte.

»Hallo!« sagte Orme, als sein Faktotum sich ohne eine Miene zu verziehen wieder aufrichtete und Haltung annahm. »Was, zum Teufel, tun Sie denn da?«

»Stehe Wache, Captain. Dachte mir, die Polizei könnte ja ihre Meinung ändern und noch einmal wiederkommen. Irgendwelche Befehle, Captain?«

»Ja. Ich reise ins Nördliche Zentralafrika. Wann können Sie aufbruchbereit sein?«

»Die Post nach Brindisi geht morgen abend ab, Captain, falls Sie über Ägypten reisen wollen, sollten Sie freilich Tunis vorziehen, so fährt der Zug Samstag morgen 7.15 von Charing Cross. Da jedoch Sprengstoff und Waffen benötigt werden, soweit ich mitbekommen habe, könnte es etwas länger dauern, bis alles beschafft und so verpackt ist, daß der Zoll nichts merkt.«

»Soweit Sie mitbekommen haben!« sagte Orme. »Und wie, bitteschön, haben Sie das mitbekommen?«

»Die Türen in diesen alten Häusern neigen dazu, sich im Rahmen zu verziehen, Captain, und die

Stimme dieses Herrn hier« – damit deutete er auf den Professor – »trägt so weit wie eine Hundepfeife. Oh, nichts für ungut, Sir. Eine klare Stimme ist eine schöne Sache – immer vorausgesetzt, die Türen schließen dicht.« In dem hölzernen Gesicht des Sergeants zuckte kein einziger Muskel, doch ich sah die grauen Augen unter den buschigen Augenbrauen belustigt funkeln.

Wir brachen alle, Higgs eingeschlossen, in schallendes Gelächter aus.

»Sie sind also gewillt, uns zu begleiten?« sagte Orme. »Hoffentlich sind Sie sich auch darüber im klaren, daß die Sache nicht ohne Risiko ist und Sie vielleicht nicht wieder nach Hause kommen.«

»Spion Kop war auch nicht ohne Risiko, Captain, genau wie die Sache im Donga, wo außer Ihnen, mir und dem Seemann jeder getroffen wurde, und trotzdem sind wir zurückgekehrt. Wenn Sie mir die Bemerkung gestatten, ist Risiko eigentlich etwas, das es gar nicht gibt. Der Mensch kommt zur Welt, wann er muß, und stirbt, wann er muß, und was er dazwischen treibt, ändert daran überhaupt nichts.«

»Hört, hört«, sagte ich. »Wir beide vertreten ja mehr oder weniger die gleichen Ansichten.«

»Diese Ansichten wurden schon öfter vertreten, Sir, seit der alte Salomon besagter Dame den hier zum Geschenk machte« – damit deutete er auf den Ring der Königin von Saba auf dem Tisch. »Aber verzeihen Sie die Frage, Captain; wie sieht es denn mit einer Zulage aus? Als Junggeselle hinterlasse ich weder Frau noch Kinder, aber ich habe Schwestern, bei denen es anders aussieht, und wenn ein Soldat stirbt, stirbt auch seine Pension. Sie dürfen mich nicht für gierig halten, Captain«, fügte er hastig hinzu, »aber die Herren wissen ja selbst, was zu Anfang schwarz auf weiß festgelegt wird, macht am Ende keinen Ärger« – Damit deutete er auf unseren Vertrag.

»Ganz recht. Was verlangen Sie, Sergeant?« fragte Orme.

»Nicht mehr als meinen Sold, wenn bei der Sache nichts herausspringt, Captain, sollte aber nun doch etwas herausspringen, wären dann fünf Prozent zu viel?«

»Es könnten auch zehn sein«, bot ich an. »Sergeant Quick hat genau wie wir anderen nur ein Leben zu verlieren.«

»Verbindlichsten Dank, Sir«, antwortete er; »aber das fände ich übertrieben. Fünf Prozent, und dabei soll es bleiben.«

Also wurde zu Protokoll genommen, daß Sergeant Samuel Quick gegebenenfalls fünf Prozent des Gesamtgewinns erhalten sollte, vorausgesetzt, er benahm sich anständig und tat, was man ihm befahl. Dann unterzeichnete auch er den Vertrag und bekam ein Glas Whisky mit Wasser, um darauf anstoßen zu können.

»Und nun, meine Herren«, sagte er anschließend – den von Higgs angebotenen Stuhl hatte er abgelehnt, er zog es offenbar aus alter Gewohnheit vor, wie ein Spielzeugsoldat an der Wand zu lehnen – »möchte ich als bescheidener Fünf-Prozent-Teilhaber an diesem doch sehr abenteuerlichen Unternehmen darum bitten, ein paar Worte sagen zu dürfen.«

Dies wurde ihm ohne weiteres zugestanden, worauf er sich erkundigte, welche Felsmassen denn bewegt werden sollten.

Ich erklärte, das wisse ich nicht, da ich den Fung-Götzen nie gesehen hätte, dem Vernehmen nach handle es sich jedoch um einen rechten Koloß, wahrscheinlich so groß wie die St.-Pauls-Kathedrale in London.

»Die als massiver Block auch keine Kleinigkeit wäre«, bemerkte der Sergeant. »Mit Dynamit wäre es zu machen, aber das könnte man in diesen Mengen nicht auf Kamelen durch die Wüste schaffen, dazu ist es zu sperrig. Was halten Sie von Pikraten, Captain? Erinnern Sie sich noch an die neuen Burengranaten, die damals so viele von uns in tausend Stücke zerrissen und die übrigen vergiftet haben?«

»Ja«, antwortete Orme, »ich erinnere mich; aber heute gibt es stärkere Stoffe – Azo-Imide werden sie, glaube ich, genannt –, phantastische, neue Stickstoffverbindungen. Wir werden uns morgen danach erkundigen, Sergeant.«

»Jawohl, Captain«, stimmte Quick zu. »Die Frage ist nur, wer das alles bezahlen soll. Höllenfeuer en gros gibt es nicht umsonst. Wenn ich den Sprengstoff, sagen wir, fünfzig Armeegewehre mit Munition und alles andere, was nötig ist, die Kamele nicht eingeschlossen, zusammenrechne, werden wir für die Ausrüstung dieser Expedition nicht unter £ 1500 veranschlagen müssen.«

»Ich glaube, diesen Betrag kann ich in Gold aufbringen«, antwortete ich, »wovon mir die Herrin der Abati so viel gab, wie ich bequem tragen konnte.«

»Wenn das nicht reicht«, mischte Orme sich ein, »so könnte auch ich notfalls noch £ 500 auftreiben, obwohl ich jetzt ein armer Mann bin. Also zerbrechen wir uns des Geldes wegen nicht den Kopf. Die Frage ist – Sind wir uns alle einig, die Expedition zu unternehmen und bis zum Ende durchzuführen, was immer auch kommen mag?«

Darauf antworteten wir mit Ja.

»Hat sonst noch jemand etwas zu sagen?«

»Ja«, meldete ich mich. »Ich habe noch eines vergessen: Sollten wir Mur jemals erreichen, so darf sich keiner von Ihnen in die Walda Nagasta verlieben. Sie ist so etwas wie eine Heilige und darf sich nur innerhalb ihrer eigenen Familie verheiraten. Wenn einer von uns eine Liebschaft mit ihr anfinge, so könnte das bedeuten, daß man uns die Kehle durchschneidet.«

»Haben Sie das gehört, Oliver?« fragte der Professor. »Ich nehme an, die Warnung unseres Doktors war auf Sie gemünzt, wir anderen sind über dergleichen doch wohl hinaus.«

»Gewiß«, antwortete der Captain und errötete wieder, wie es seine Art war. »Nun, um ganz ehrlich zu sein, auch ich habe ein wenig das Gefühl, darüber hinaus zu sein, und soweit es mich betrifft, brauchen wir die Reize dieser schwarzen Schönen sicher nicht ins Kalkül zu ziehen.«

»Prahlen Sie nicht, Captain. Bitte, prahlen Sie nicht«, flüsterte Sergeant Quick heiser. »Eine Frau ist etwas, dessen man niemals sicher sein kann. Heute ist sie Gift und morgen Honig – und nur Gott und der Himmel wissen, warum. Bitte, prahlen Sie nicht, sonst erleben wir am Ende noch, wie sie gerade dieser einen auf allen vieren hinterherkriechen, gefolgt von diesem bebrillten Gentleman, und mit Samuel Quick, der das ganze Geschlecht gründlich verabscheut, als Nachhut. Versuchen Sie das Schicksal, wenn Sie wollen, Captain, aber versuchen Sie nicht die Frauen, denn sie könnten den Spieß umdrehen, und es wäre nicht das erste Mal.«

»Hätten Sie wohl die Güte, mit dem Unsinn aufzuhören und uns eine Droschke zu rufen?« fuhr Captain Orme ihn kalt an. Aber Higgs lachte nur auf seine derbe Art, und ich sah die ›Rosenknospe‹ vor mir, wie sie ihren Prunkschleier hob, hörte ihre sanfte, ernste Stimme und wurde nachdenklich. Von wegen ›schwarze Schöne‹! Was, so fragte ich mich, würde dieser junge Herr wohl sagen, wenn ihm dieses liebreizende Gesicht tatsächlich vor die Augen kam?

Ich fand Sergeant Quicks Bemerkungen nicht so töricht, wie sein Herr sie aufzufassen beliebte. Captain Orme war gewiß in jeder Hinsicht ein geeigneter Partner für dieses Unternehmen, dennoch hätte ich es vorgezogen, wenn er etwas älter gewesen wäre, oder wenn die Dame, mit der er noch vor kurzem versprochen gewesen war, nicht gerade diesen Zeitpunkt gewählt hätte, um das Verlöbnis zu beenden. Wenn man mit Schwierigkeiten und Gefahren zu rechnen hat, ist es meiner Erfahrung nach besonders im Orient immer ratsam, die Möglichkeit einer Liebesaffäre von vornherein auszuschließen.

3

Der Professor unternimmt einen Jagdausflug

Auf unserer endlosen Reise durch Wüste und Wald bis zu der großen Ebene, in deren Mitte sich die Berge von Mur erheben, gab es, wie ich meine, nur einige wenige Begebenheiten, die den Leser interessieren könnten. Als erstes wäre da wohl Assuan zu erwähnen, wo ein Brief und etliche Telegramme auf Captain Orme warteten. Da wir inzwischen gute Freunde geworden waren, zeigte er sie mir. Man teilte ihm darin mit, das Kind seines Onkels aus jener heimlichen Ehe sei ganz überraschend an einer Kinderkrankheit gestorben, so daß er sich abermals als Erbe des bereits verloren geglaubten Vermögens betrachten dürfe, da der Witwe nur die lebenslange Nutzung an einem Teil der beweglichen Habe zustehe. Nachdem ich ihm gratuliert hatte, bemerkte ich, nun müßten wir wohl auf das Vergnügen seiner Begleitung verzichten.

»Wieso denn?« fragte er. »Ich habe gesagt, ich komme mit, und genau das werde ich auch tun, habe ich mich doch sogar vertraglich dazu verpflichtet.«

»Das mag schon sein«, antwortete ich, »aber die Voraussetzungen haben sich grundlegend geändert. Ein Abenteuer, das einem jungen Mann aus gutem Hause, reich gesegnet mit Mut und Unternehmungsgeist, nicht aber mit weltlichen Gütern, durchaus entsprochen haben mag, taugt, wie ich meine, nicht mehr für jemanden, dem das Schicksal den Ball vor die Füße gelegt hat. Und was für einen Ball! Wenn ein Mann Ihrer Herkunft, Ihrer Intelligenz und Ihres Werdegangs nun auch noch in jungen Jahren zu einem großen Vermögen kommt, so stehen ihm in England doch alle Türen offen. Sie können ins Parlament eintreten und das Land regieren; auf Wunsch wird man Sie sogar in den Adelsstand erheben. Sie können jede Frau heiraten, die nicht gerade königlichen Geblüts ist; kurzum, Ihr Glück ist gemacht, ohne daß Sie sich besonders dafür anzustrengen bräuchten. Einen solch hochkarätigen Silberlöffel sollten Sie nicht wegwerfen, um vielleicht irgendwo in der Wüste zu verschmachten oder in einem Krieg zwischen unbekannten Stämmen ums Leben zu kommen.«

»Ach, ich weiß nicht so recht«, antwortete er. »Ich habe mein Herz nie an Löffel gehängt, auch wenn sie aus Silber waren. Ich habe nicht geweint, als ich den hier verlor, und ich werde nicht singen, weil ich ihn wiedergefunden habe. Ich gehe auf jeden Fall mit Ihnen, und laut Vertrag können Sie mich daran auch nicht hindern. Doch da ich nun so viel zu hinterlassen habe, empfiehlt es sich wohl, ein Testament zu machen und es nach Hause schicken, so lästig das auch sein mag.«

In diesem Moment trat der Professor ein, gefolgt von einem Gauner von arabischem Händler, mit dem er um irgendeine Antiquität feilschen wollte. Als wir den Händler hinausgeworfen und dem Professor die Lage erklärt hatten, sagte Higgs, der sich trotz seiner kleinen Schwächen in wichtigen Dingen ausnehmend selbstlos zu zeigen pflegt, er sei ganz meiner Ansicht, unter diesen Umständen solle uns Orme in eigenem Interesse allein weiterziehen lassen und nach Hause zurückkehren.

»Sparen Sie sich Ihren Atem, alter Junge«, antwortete der Captain, »aus diesem, wenn schon aus keinem anderen Grund.« Damit warf er ihm einen Brief quer über den Tisch, den hinterher auch ich zu lesen bekam. Um es kurz zu machen, er stammte von jener jungen Dame, seiner ehemaligen Verlobten, die ihm den Laufpaß gegeben hatte, als er sein Vermögen verlor. Nun hatte sie sich offenbar abermals anders besonnen, und obwohl sie kein Wort davon erwähnte, darf man bei aller Nachsicht doch wohl vermuten, daß die Kunde vom Tode jenes unerwünschten Kindes an ihrer Entscheidung nicht ganz unbeteiligt war.

»Haben Sie ihr geantwortet?« fragte Higgs.

»Nein«, antwortete Orme und preßte die Lippen zusammen. »Ich habe ihr nicht geantwortet und gedenke es auch nicht zu tun, weder schriftlich noch persönlich. Ich werde morgen nach Mur aufbrechen und diese Reise so lange fortsetzen, wie das Schicksal es mir gestattet, und jetzt will ich mir die Steinskulpturen am Katarakt ansehen.«

»Das war deutlich«, bemerkte Higgs, nachdem Orme gegangen war, »und ich für mein Teil bin froh darüber, denn ich habe so ein Gefühl, als könnten wir ihn noch gut gebrauchen, wenn wir mit diesen Fung zu tun bekommen. Außerdem würde der Sergeant vermutlich ebenfalls abspringen, wenn Orme ginge, und was wären wir ohne Quick, können Sie mir das verraten?«

Hinterher hatte ich mit besagtem Quick eine Unterredung zu demselben Thema, wobei ich meine Ansichten äußerte und er mit dem Respekt zuhörte, den er mir gegenüber liebenswürdigerweise stets an den Tag legte.

»Nichts für ungut, Sir«, hub er an, als ich fertig war, »aber ich finde, Sie haben recht und unrecht zugleich. Jeder Fisch hat einen Kopf und einen Schwanz, nicht wahr? Sie sagen, es wäre schlimm für den Captain, wenn er jetzt getötet würde, da er so viel Geld hat, für das es sich zu leben lohnt, schließlich ist das Leben so alltäglich wie Dreck, während Geld kostbar, selten und schwer zu erlangen ist. Nicht die Könige bewundern wir, sondern ihre Kronen; nicht die Millionäre, sondern ihre Millionen; andererseits können auch die Millionäre ihre Millionen nicht mitnehmen, denn wie die Natur haßt das Schicksal jegliche Verschwendung, und es weiß, daß sie sonst schmelzen würden. Folglich ist des einen Tod des anderen Brot, wie schon das Sprichwort sagt, auch wenn man in diesem Fall vielleicht besser von Kuchen sprechen sollte.

Gleichwohl will ich Ihnen alles in allem insoweit recht geben, als es sündhaft ist, sein Glück mit Füßen zu treten. Doch nun zur anderen Seite unseres Fisches. Ich kenne die junge Dame, die mit dem Captain verlobt war, wozu es übrigens nie gekommen wäre, hätte er auf meinen Rat gehört, denn von allen eiskalten, kleinen Schlangen, die mir jemals unter die Augen gekommen sind, ist sie die größte, wenn auch zugegebenermaßen die hübscheste. Salomon sagte etwas übereilt, er habe nirgendwo eine ehrliche Frau gefunden, doch wenn er die Ehrenwerte Miss – nun, ihr Name tut nichts zur Sache – gekannt hätte, so hätte er es wohlüberlegt und immer wieder gesagt. Nun sollte man niemals einen Diener wieder einstellen, der erst kündigt, um dann zu sagen, es täte ihm leid, wenn man zuletzt nicht selbst derjenige sein will, der etwas zu bedauern hat, und noch viel weniger sollte man eine ›*fiancée*‹ (Quick sprach es wie Finanzen aus) zurücknehmen, da wäre es noch besser, man ertränkte sich – ich habe es einmal versucht und weiß Bescheid. Das wäre also der Schwanz unseres Tierchens.

Aber«, fuhr er fort, »es hat auch noch zwei Flossen wie jener Aal, den ich einmal im Nil gefangen habe. Mit der einen Flosse meine ich, daß der Captain feierlich geschworen hat, bei diesem Unternehmen bis zum Ende dabeizusein, und wenn ein Mann schon sterben muß, dann doch besser in Ehren und ohne sein Wort gebrochen zu haben. Die zweite Flosse ist das, was ich Ihnen bereits in London erklärte, als ich den Vertrag unterzeichnete, er wird sterben, wenn seine Zeit abgelaufen ist, und keine Minute früher, und widerfahren wird ihm nur, was ihm bestimmt ist. Deshalb hat es überhaupt keinen Sinn, sich Sorgen zu machen, in diesem Punkt ist der Osten dem Westen übrigens weit voraus.

Und nun, Sir, werde ich nach den Kamelen sehen und nach diesen jüdischen Mischlingsbengeln, die Sie Abati nennen, ich aber elende Diebe, denn wenn ich sie wieder wie gestern dabei erwische, daß sie ihre langen Finger in die Kanister mit dem Pikrinsalz stecken, weil sie glauben, es sei Marmelade, könnte es in Ägypten ein Unglück geben, daß sich die Pharaonen in ihren Gräbern umdrehen und die zehn Plagen daneben aussehen wie ein schlechter Scherz.«

Da Quick damit seine Predigt beendet hatte, ging er tatsächlich, und als alles bereit war, brachen wir nach Mur auf.

Die zweite Begebenheit, die vielleicht einer Erwähnung wert ist, war ein Abenteuer, das wir etwa in der Mitte unserer vier Monate dauernden Reise erlebten.

Nachdem wir endlose Wochen lang durch die Wüste gestapft waren – genau zwei Wochen, wenn ich mich recht erinnere, nachdem der Hund Pharao, von dem bald viel die Rede sein wird, in Ormes Besitz übergegangen war –, erreichten wir eine Oase namens Zeu, wo ich schon auf dem Weg nach Ägypten haltgemacht hatte. In dieser zwar nicht besonders großen Oase, die jedoch Quellen mit wohlschmeckendem Wasser und ganze Wälder von Dattelpalmen aufzuweisen hat, hieß man uns herzlich willkommen, denn ich hatte bei meinem letzten Besuch das Glück gehabt, den Scheich von einer bösen Augenentzündung heilen und mehrere seiner Leute erfolgreich von verschiedenen Gebrechen kurieren zu können. Deshalb stimmte ich, obwohl ich darauf brannte, ans Ziel zu gelangen, den anderen darin zu, daß es richtig sei, der Bitte unseres Karawanenführers, eines geschickten und tüchtigen, meiner Ansicht nach freilich unzuverlässigen Abati namens Shadrach, zu entsprechen und etwa eine Woche in Zeu zu bleiben, um uns auszuruhen und unsere Kamele aufzufüttern, die infolge des kargen Pflanzenwuchses in der Wüste fast zum Skelett abgemagert waren.

Das auffallendste an diesem Shadrach, den seine Gefährten aus einem mir damals noch unbekannten Grund ›die Katze‹ nannten, möchte ich gleich hier erwähnen, drei parallel verlaufende Narben auf seiner Wange nämlich, die seinen eigenen Worten nach von den Krallen eines Löwen stammten. Nun waren die Löwen die schlimmsten Feinde der Bewohner von Zeu, sie kamen zu bestimmten Jahreszeiten, wahrscheinlich, wenn die Nahrung knapp wurde, von den Hängen einer etwa fünfzig Meilen nördlich der Oase von Osten nach Westen verlaufenden Gebirgskette herab, durchquerten die Wüste und rissen viele Schafe, Kamele und andere Tiere der Oase, oft genug auch alle Stammesmitglieder, die sie zu fassen bekamen. Da die armen Zeu so gut wie keine Feuerwaffen besaßen, waren sie den Löwen, die dementsprechend immer kühner wurden, auf Gnade und Ungnade ausgeliefert. Bald sahen sie bloß noch den einen Ausweg, das Vieh bei Nacht in einen Kraal aus Steinmauern zu bringen, selbst Zuflucht in ihren Hütten zu suchen und sich zwischen Sonnenuntergang und Sonnenaufgang lediglich ins Freie zu wagen, um die Feuer zu schüren, die sie allein zu dem Zweck unterhielten, alle vielleicht durch die Stadt streifenden Raubtiere zu erschrecken.

Obwohl es die Löwen gerade zur Zeit unserer Ankunft besonders toll trieben, bekamen wir in den ersten fünf Tagen unseres Aufenthalts in Zeu keine der großen Katzen zu Gesicht, sondern hörten sie nur nach Einbruch der Dunkelheit in einiger Entfernung brüllen. In der sechsten Nacht weckte uns jedoch ein lautes Geheul aus dem etwa eine Viertelmeile entfernten Dorf, und als wir am nächsten Morgen hingingen, um uns zu erkundigen, was denn geschehen sei, kam uns bereits ein Trauerzug entgegen. An der Spitze marschierte der grauhaarige, alte Scheich, gefolgt von einer Schar wehklagender Frauen, die es in der Aufregung, vielleicht auch zum Zeichen der Trauer, unterlassen hatten, Toilette zu machen, und von vier Männern, die auf einer geflochtenen Tür ein gräßlich verstümmeltes Etwas trugen.

Wir erfuhren bald, was vorgefallen war. Offenbar waren zwei oder drei hungrige Löwen durch das Palmblätterdach in die Hütte einer der Frauen des Scheichs eingedrungen, deren Überreste nun auf besagter Tür lagen, und hatten nicht nur sie getötet, sondern auch noch seinen Sohn verschleppt. Nun bestürmte er uns, die weißen Männer mit den Gewehren, in seinem Namen an den Löwen Rache zu nehmen, die andernfalls, nachdem sie nun einmal Menschenfleisch gekostet hätten, noch viele Angehörige seines Volkes töten würden.

Durch einen arabischsprechenden Dolmetscher – denn nicht einmal Higgs konnte den eigenartigen Dialekt der Zeu verstehen – erklärte er uns stotternd vor Aufregung, die Bestien lägen nicht weit entfernt an einer kleinen, mit dichtem Schilf bewachsenen Quelle zwischen den Sanddünen. Ob wir nicht hinausgehen, sie töten und uns damit die ewige Dankbarkeit der Zeu verdienen wollten?

Ich äußerte mich nicht dazu, obwohl ich die Jagd immer genossen hatte, einfach deshalb, weil uns noch große Anstrengungen bevorstanden und ich nicht wollte, daß einer von uns sich nun darauf einließ, diese Löwen zu verfolgen. Manchmal ist es am Platze, auf die Jagd zu gehen, manchmal ist es jedoch besser, darauf zu verzichten, und für diese Reise schien mir letzteres zu gelten, ausgenommen, wenn es darum ging, uns mit Fleisch zu versorgen. Wie ich jedoch schon erwartet hatte, stürzte Oliver Orme sich förmlich auf diesen Vorschlag, und auch Higgs, der in letzter Zeit fleißig mit der Flinte geübt hatte und sich nun einiges auf seine Schießkünste zugute tat, war Feuer und Flamme. Er rief lauthals, nichts würde ihm mehr Vergnügen bereiten, besonders, da er sicher sei, die Löwen würden weit überschätzt und seien in Wirklichkeit feige.

Von diesem Augenblick an befürchtete ich insgeheim das Schlimmste. Trotzdem erklärte ich mich bereit, die beiden zu begleiten, teils, weil ich seit längerem keinen Löwen mehr geschossen und außerdem eine Rechnung mit jenen Bestien zu begleichen hatte, die mich, wie man sich vielleicht entsinnt, in den Bergen von Mur fast getötet hätten, teils aber auch, weil ich die Wüste sowie die Zeu viel besser kannte als der Professor oder Orme, und annahm, ich könne ihnen möglicherweise nützlich sein.

So holten wir unsere Gewehre und Patronen, packten nachträglich noch zwei große Flaschen Wasser dazu und nahmen ein herzhaftes Frühstück ein. Als wir uns zum Aufbruch bereitmachten, trat Shadrach, der Anführer der Abati-Kameltreiber, der Mann mit dem Narbengesicht und dem Spitznamen ›die Katze‹, zu mir und fragte, was wir denn vorhätten. Als ich es ihm sagte, meinte er:

»Was habt ihr mit diesen Wilden und ihren Sorgen zu schaffen, ihr Herren? Ob von ihnen ein paar mehr oder weniger getötet werden, ist nicht von Belang, und wenn du Löwen jagen willst, o Doktor, so müßtest du wissen, daß es in dem Land, in das du zu reisen gedenkst, deren genug gibt, ist doch der Löwe der Abgott der Fung und wird daher niemals getötet. Doch die Wüste im Umkreis von Zeu ist tückisch, und ihr könntet zu Schaden kommen.«

»Dann begleite uns doch«, mischte sich der Professor ein, der Shadrach nicht ausstehen konnte, was übrigens auf Gegenseitigkeit beruhte. »Unter deinem Schutz wären wir natürlich völlig sicher.«

»O nein«, gab der Abati zurück, »ich und meine Leute brauchen Ruhe; nur Verrückte gehen auf die Jagd nach nichtsnutzigen wilden Tieren, anstatt sich auszuruhen. Haben wir noch nicht genug von der Wüste und ihren Gefahren? Wenn du so viel über die Löwen wüßtest wie ich, würdest du sie in Ruhe lassen.«

»Auch wir haben genug von der Wüste, aber vom Schießen noch lange nicht«, bemerkte der Captain, der gut arabisch sprach. »Legt euch nur in eure Betten; wir werden die Bestien töten, auf daß sie diese armen Leute, die uns so freundlich aufgenommen haben, nicht länger quälen.«

»So sei es denn«, sagte Shadrach mit einem Lächeln, das mir recht hämisch vorkam. »Die hat ein Löwe gemacht« – er deutete auf die drei schrecklichen Narben in seinem Gesicht. »Der Gott Israels möge euch vor den Löwen beschützen. Bedenkt, ihr Herren, die Kamele sind wieder frisch und munter, und wir werden übermorgen aufbrechen, falls das Wetter es erlaubt, denn wenn der Wind über die Dünen fegt, bleibt niemand am Leben, der sich dort aufhält.« Damit hob er die Hand vor die Augen, studierte in ihrem Schatten sorgfältig den Himmel, drehte sich um und verschwand brummend hinter einer Hütte.

Sergeant Quick war die ganze Zeit über in einiger Entfernung damit beschäftigt gewesen, das Blechgeschirr vom Frühstück abzuwaschen, und hatte allem Anschein nach von dem ganzen Geschehen nichts mitbekommen. Als Orme nun nach ihm rief, trat er heran und nahm Haltung an. Ich dachte noch bei mir, wie merkwürdig unpassend er in dieser Umgebung wirkte – die große, hagere, mit militärischer Strenge gekleidete Gestalt, das hölzerne, makellos glattrasierte Gesicht, das eisengraue, sauber gescheitelte und nach alter Soldatenart mit Pomade oder dergleichen angeklatschte Haar, die scharfen, grauen Frettchenaugen, denen nichts entging.

»Kommen Sie mit uns, Sergeant?« fragte Orme.

»Nur, wenn Sie es befehlen, Captain. Ich gehe gelegentlich ganz gern auf die Jagd, aber wenn alle drei Offiziere abwesend sind, sollte doch jemand die Vorräte und die Transportmittel bewachen, und deshalb finde ich, der Hund Pharao und ich sollten zurückbleiben.«

»Vielleicht haben Sie recht, Sergeant, aber binden Sie Pharao an, sonst läuft er mir nach. Nun, was wollten Sie noch sagen? Heraus damit.«

»Nur eines, Captain. Ich habe zwar drei Feldzüge bei den Arabern mitgemacht (für Quick waren alle nördlich des Äquators lebenden afrikanischen Eingeborenen Araber und alle südlich davon angesiedelten Neger), aber ich kann nicht behaupten, daß ich ihr Kauderwelsch gut spreche. Trotzdem habe ich mitbekommen, daß der Bursche, den sie Katze nennen, von Ihrem Ausflug nicht sehr angetan ist, und nichts für ungut, Captain, man mag zu dieser Katze stehen, wie man will, ein Narr ist sie jedenfalls nicht.«

»Daran ist nun nichts mehr zu ändern, Sergeant, schon deshalb, weil es nicht in Frage kommt, daß wir uns seinen Launen beugen.«

»Ganz recht, Captain. Ob richtig oder falsch, wenn die Fahne einmal gehißt ist, dann muß sie auch fliegen, und wenn es Ihnen bestimmt ist, kommen Sie auch gewiß heil und gesund wieder.«

Nachdem der Sergeant seinem Herzen auf diese Weise Luft gemacht hatte, begutachtete er unsre Ausrüstung daraufhin, ob auch nichts vergessen worden war, vergewisserte sich rasch, daß die Gewehre funktionierten, und kehrte dann zu seinem Geschirr zurück. Keiner von uns ahnte, unter welchen Umständen wir uns wiedersehen sollten.

Nachdem wir die Stadt verlassen hatten und in Begleitung einer Schar mit Speeren und Bogen bewaffneter Zeu etwa eine Meile weit an der Oase entlanggegangen waren, führte uns der trauernde Scheich, der sich auch als Fährtensucher betätigte, hinaus in die umliegenden Sanddünen. Ich hatte diesen Teil der Wüste zwar gut in Erinnerung, aber er unterschied sich von allen Regionen, die wir auf unserer Reise bisher kennengelernt hatten, denn hier ragten riesige, steile Sandberge, durch tiefe, vom Wind ausgehöhlte Täler voneinander getrennt, manchmal bis zu dreihundert Fuß hoch in den Himmel.

Solange wir uns noch im Bereich der feuchten Atmosphäre der Oase befanden, wuchsen auf diesen Dünen die verschiedensten Pflanzen. Bald gelangten wir jedoch tiefer in die Wildnis hinein und mußten eine ganze Weile die schroffen, rutschigen Hänge hinauf- und hinabklettern, bis endlich der Scheich von einer Kuppe aus auf eine mit grünem Schilf bewachsene Pfanne oder ein *Vlei* zeigte, wie man in Südafrika sagt, und uns mit Gesten mitteilte, dort hätten sich die Löwen verkrochen. Wir stiegen eine steile Böschung hinab und bezogen Stellung, ich oberhalb, Higgs und Orme etwas weiter unten zu beiden Seiten des *Vlei*. Dann schickten wir die Zeu los, um die Tiere aufzuscheuchen, denn das Schilf wuchs zwar entlang des unterirdischen Wasserlaufs sehr dicht, aber die Pfanne war insgesamt sehr schmal und höchstens eine Viertelmeile lang.

Kaum waren die Treiber – sichtlich zögernd, denn vielen von ihnen war dieses Abenteuer nicht so recht geheuer – zwischen den hohen Schilfrohren verschwunden, als uns auch schon ein lautes Aufheulen verriet, daß etwas geschehen sein mußte. Wenige Minuten später erschienen zwei von ihnen mit einem übel zugerichteten Leichnam, vermutlich den Überresten des in der Nacht zuvor verschleppten Scheichsohnes.

Im gleichen Augenblick geschah noch etwas. Etwa in der Mitte des Sumpfgeländes verließ ein großer Löwe die schützende Deckung und wollte sich in Richtung auf die Sanddünen davonschleichen. Er war etwa zweihundert Yard von Higgs entfernt, der ihm am nächsten war, also praktisch außer Schußweite, wie jeder Großwildjäger weiß. Der Professor freilich, völlig unerfahren, dafür aber, wie alle Anfänger, heftig vom Jagdfieber gepackt, hob sein Gewehr und feuerte, als habe er ein Kaninchen vor sich. Wie durch ein Wunder hatte er gut gezielt, und die Kugel aus dem Jagdgewehr traf den Löwen genau hinter der Schulter und fuhr ihm durchs Herz, so daß er tot umfiel wie ein Stein.

»Donnerwetter! Haben Sie das gesehen?« Higgs war außer sich vor Begeisterung und rannte, ohne auch nur den abgeschossenen Lauf nachzuladen, so schnell ihn seine Beine tragen wollten, auf die am Boden liegende Bestie zu. Orme und ich folgten ihm, sobald wir uns von unserem Staunen erholt hatten.

Higgs lief am Rand des Sumpfes entlang und hatte an die hundert Yard zurückgelegt, als plötzlich aus dem hohen Schilf ein zweiter Löwe oder vielmehr eine Löwin auf ihn zustürmte. Der Professor fuhr herum und feuerte, ohne zu zielen, den linken Büchsenlauf ab, aber die Kugel streifte das gereizte Tier nicht einmal. Im nächsten Augenblick sahen wir unseren Gefährten zu unserem Entsetzen auf dem Rücken liegen, die Löwin stand mit peitschendem Schwanz über ihm und knurrte wütend.

Wir begannen im Weiterlaufen laut zu rufen, und die Zeu taten es uns nach, machten aber weiter keine Anstalten, Higgs zu Hilfe zu kommen. Immerhin erreichten wir damit, daß die Löwin, anstatt Higgs in Stücke zu reißen, nur ratlos den Kopf hin und her drehte. Inzwischen war ich, der ich Orme weit voraus war, auf etwa dreißig Yard herangekommen, wagte aber noch keinen Schuß abzugeben, aus Angst, dabei meinen Freund zu treffen. In diesem Moment überwand die Löwin ihre Verwirrung, hockte sich auf den liegenden Higgs und senkte, obwohl er mit beiden Fäusten auf sie einschlug, offenbar in der Absicht, ihm den Kopf abzubeißen, die Schnauze.

Nun wagte ich nicht weiter zu zögern, denn sonst wäre alles verloren gewesen. Die Löwin war viel länger als Higgs – ein kleiner, untersetzter Mann –, und so ragte ihr Hinterteil über seine Füße hinaus. Dieses Hinterteil nahm ich nun rasch ins Visier, drückte den Abzug durch und hörte gleich darauf, wie die Kugel klatschend das Fell des Tieres durchschlug. Die Löwin brüllte auf, sprang in die Höhe und humpelte nach kurzem Zögern, ein Hinterbein mühsam nachschleppend, in Richtung auf die Sanddünen davon.

Hinter mir feuerte jetzt auch Orme, und unter dem Bauch der Löwin wirbelte der Staub auf, doch obwohl er in seinem Gewehr, einem Mehrlader, noch mehrere Patronen hatte, verschwand das Tier, ehe wir noch einmal zu Schuß kommen konnten, hinter einem Hügel. Wir überließen es sich selbst und liefen weiter auf Higgs zu, fest überzeugt, er müsse tot oder doch schwer verletzt sein. Zu unserer Überraschung und Freude sprang der Professor, die blaue Brille immer noch auf der Nase, jedoch plötzlich auf und rannte, im Laufen sein Gewehr nachladend, hinter der verwundeten Löwin her.

»Kommen Sie zurück«, rief der Captain und folgte ihm.

»Nie und nimmer!« schrie Higgs mit seiner schrillen Stimme. »Wenn Sie meinen, jede Großkatze darf sich ungestraft auf meinen Bauch setzen, dann haben Sie sich schwer getäuscht.«

Auf der ersten Dünenkuppe holte der langbeinige Orme ihn ein, aber es gelang weder ihm, ihn zur Umkehr zu bewegen, noch mir, als ich endlich nachzog.

Bis auf einen brennenden und blutenden Kratzer auf der Nase war er völlig unverletzt und fühlte sich lediglich in seinem Stolz gekränkt. Vergeblich flehten wir ihn an, sein Glück nicht zu versuchen und sich mit den bereits errungenen Ehren zufriedenzugeben.

»Warum?« antwortete er. »Adams hat das Vieh angeschossen, und ich erlege lieber zwei Löwen als einen; außerdem habe ich noch eine Rechnung zu begleichen. Aber Sie beide können ja umkehren, wenn Sie Angst haben.«

Nun, ich muß gestehen, daß ich gute Lust hatte, dieser Aufforderung zu folgen, doch Orme, der sich brüskiert fühlte, rief:

»Nun kommen Sie, damit ist die Entscheidung doch wohl gefallen? Sie müssen noch von Ihrem Sturz benommen sein, Higgs, sonst würden Sie nicht so reden. Passen Sie auf, da läuft die Spur – sehen Sie das Blut? Ganz ruhig jetzt, wir müssen unsere Kräfte schonen. Wir können jeden Moment auf sie stoßen, aber versuchen Sie nicht mehr, auf große Entfernung zu schießen. Auf zweihundertundfünfzig Yard töten Sie sicher nicht noch einmal einen Löwen.«

»Schon gut«, lenkte Higgs ein. »Nun seien Sie nicht gleich beleidigt. Es war nicht böse gemeint, ich will diesem Vieh nur zeigen, welch ein Unterschied zwischen einem weißen Mann und einem Zeu besteht.«

Also machten wir uns auf den Weg und folgten den Blutspuren die steilen Sandhänge hinauf und wieder hinab. Nachdem wir vielleicht eine halbe Stunde dahingestapft waren, munterte uns der Anblick der Löwin auf einem Kamm in fünfhundert Yard Entfernung ein wenig auf. Zu diesem Zeitpunkt überholten uns auch einige Zeu, um sich, freilich ohne große Begeisterung, an der Jagd zu beteiligen.

Inzwischen wurde mit fortschreitender Tageszeit die Hitze immer größer und brachte schließlich, obwohl die Sonne hinter einem Dunstschleier verborgen war, die Luft über den Sandhängen zum Flimmern, so als tanzten dort Milliarden von Mücken. Eine merkwürdige, selbst für die Wüste ungewohnte Stille erfüllte Himmel und Erde; wir konnten jedes einzelne Sandkorn von den Dünenkämmen rieseln hören. Die Zeu, die sich uns angeschlossen hatten, wurden unruhig und deuteten mit ihren Speeren erst himmelwärts und dann zurück zur Oase, die wir längst aus dem Blick verloren hatten. Als wir einen Moment lang nicht achtgaben, waren sie plötzlich verschwunden.

Da ich mir denken konnte, daß es für diesen überstürzten Aufbruch einen guten Grund gab, wollte ich ihnen folgen. Doch Higgs wollte nicht mitkommen, und Orme, der die dumme Bemerkung des Professors offenbar noch immer nicht verdaut hatte, zuckte nur schweigend die Achseln.

»Lassen Sie die schwarzen Memmen ruhig laufen«, rief der Professor, während er seine blaue Brille polierte und sich den Schweiß von der Stirn wischte. »Das sind doch nichts als feige Diebe. Sehen Sie nur! Da ist sie, schleicht sich nach links davon. Wenn wir um diese Düne herumlaufen, kommt sie uns geradewegs entgegen.«

Wir rannten also um die Düne herum, ohne jedoch auf die Löwin zu treffen, nach langem Suchen fanden wir allerdings die Blutspur wieder und verfolgten sie über mehrere Meilen erst in die eine und dann in die andere Richtung. Orme und ich konnten uns über Higgs' verbissene Ausdauer nur wundern. Als schließlich sogar er die Hoffnung aufgeben wollte, scheuchten wir die Löwin in einer Senke auf, und als sie über den Gegenhang humpelte, gaben wir mehrere Schüsse auf sie ab. Einer davon traf, denn sie rollte in den Sand, raffte sich aber brüllend wieder auf. Eigentlich stammte der Schuß aus der Büchse des Captain, aber Higgs, der wie so mancher unerfahrene Jäger keinem anderen den Erfolg gönnte, behauptete, es sei seine Kugel gewesen, und wir machten uns nicht die Mühe, ihm zu widersprechen.

Mühsam schleppten wir uns weiter, um unmittelbar hinter dem Kamm vor der Löwin zu stehen, die da hockte wie ein großer Hund. Sie war so schwer verletzt, daß sie nur noch drohend fauchen und mit den Pranken in die Luft schlagen konnte.

»Jetzt ist die Reihe an mir, meine Liebe«, rief Higgs, schoß und verfehlte sie aus einer Distanz von fünf Yard. Beim zweiten Schuß hatte er besser gezielt, und sie brach tot zusammen.

»Kommen Sie«, jubelte der Professor, »wir ziehen ihr das Fell ab. Sie hat auf mir gesessen, und dafür gedenke ich nun so manchen Tag auf ihr zu sitzen.«

Wir gingen also ans Werk, obwohl ich, der ich diesen Teil der Wüste kannte und dem Wetter nicht traute, das Tier am liebsten liegengelassen hätte und zur Oase zurückgekehrt wäre. Da ich als einziger praktische Erfahrung mit dem Abziehen von Tierhäuten hatte, gestaltete sich diese ekelhafte Arbeit sehr langwierig, und die Hitze trug nicht dazu bei, sie angenehmer zu machen.

Endlich war es geschafft, und nachdem wir die Haut über ein Gewehr gehängt hatten, um sie abwechselnd zu zweien tragen zu können, erfrischten wir uns mit einem Schluck aus den Wasserflaschen (ich ertappte den Professor sogar dabei, wie er sich mit dem kostbaren Naß das Blut von Gesicht und Händen wusch). Dann traten wir den Rückweg zur Oase an, nur um alsbald festzustellen, daß zwar jeder von uns überzeugt war, den Weg dorthin zu kennen, keiner aber die leiseste Ahnung hatte, in welcher Richtung sie nun wirklich lag. Bei unserem überhasteten Aufbruch hatten wir vergessen, einen Kompaß mitzunehmen, und die Sonne, nach der wir uns unter normalen Umständen hätten orientieren können und auf die wir uns in der offenen Wüste stets verließen, war hinter dem bereits erwähnten, sonderbaren Schleier verborgen.

Also faßten wir den vernünftigen Entschluß, zu der Sandkuppe zurückzukehren, wo wir die Löwin getötet hatten, um von da aus unsere eigenen Spuren zurückzuverfolgen. Das erschien uns ganz einfach, wir sahen den Kamm ja vor uns, kaum eine halbe Meile entfernt.

Doch als wir ihn, murrend unter der Last der Löwenhaut, endlich erreichten, mußten wir entdecken, daß es sich um einen ganz anderen Kamm handelte. Nachdem wir eine Weile überlegt und debattiert hatten, wußten wir genau, wo unser Fehler lag, und strebten nun dem garantiert richtigen Berg entgegen – mit dem gleichen Ergebnis.

Wir hatten uns in der Wüste verirrt!

4

Der Todeswind

»Tatsache ist«, erklärte Higgs schließlich im Tonfall eines Orakels, »Tatsache ist, daß diese verfluchten Sandhügel einander so ähnlich sehen wie die Perlen an einem Mumienhalsband, und das macht es sehr schwierig, sie auseinanderzuhalten. Geben Sie mir die Wasserflasche, Adams; meine Kehle ist ausgedörrt wie ein Kalkofen.«

»Nein«, sagte ich knapp; »Ihr Durst könnte noch größer werden.«

»Was soll das heißen? Ach so, ich verstehe! Aber das ist Unsinn; die Zeu werden uns schon finden, und schlimmstenfalls brauchen wir nur zu warten, bis die Sonne herauskommt.«

Noch während er sprach, erfüllte plötzlich ein merkwürdig singender, kaum zu beschreibender Ton die Luft. Ich hatte ihn schon oft gehört und wußte, daß er durch Millionen winziger Sandkörner erzeugt wurde, die sich aneinander rieben. Als wir uns umdrehten, um zu sehen, aus welcher Richtung der Laut kam, erblickten wir noch in weiter Ferne eine riesige, undurchdringliche Wolkenwand, die ungemein schnell auf uns zugerast kam. Vereinzelte Säulen und Trichter von ganz ähnlicher Beschaffenheit eilten ihr voran.

»Ein Sandsturm«, sagte Higgs, und sein blühendes Gesicht wurde ein wenig blasser. »Pech für uns! Das kommt davon, wenn man morgens mit dem falschen Fuß aus dem Bett steigt. Nein, Adams, Sie sind an allem schuld; Sie haben mir gestern abend trotz aller Vorhaltungen das Salz gereicht.« (Der Professor hängt einer Unzahl von derart abergläubischen Vorstellungen an, was bei einem so gelehrten Mann besonders lächerlich wirkt). »Was machen wir denn jetzt? Stellen wir uns in den Windschatten der Dünen, bis er sich gelegt hat?«

»Glaube nicht, daß er sich legt. Beten ist das einzige, was uns noch bleibt«, bemerkte Orme schicksalsergeben. Ich kenne kaum einen Menschen, der in einer Notlage besonnener reagierte als Oliver, abgesehen vielleicht von Sergeant Quick, der aber natürlich so alt ist, daß er sein Vater sein könnte. »Sieht so aus, als sei das Spiel zu Ende«, fügte er hinzu. »Immerhin haben Sie zwei Löwen getötet, Higgs, und das ist besser als gar nichts.«

»Ach, zum Henker! Sie können ja sterben, wenn Sie wollen, Oliver. Ihnen wird niemand eine Träne nachweinen; aber bedenken Sie den unersetzlichen Verlust, sollte *mir* etwas zustoßen. Ich gedenke nicht, mich von einem garstigen Sandsturm einfach auslöschen zu lassen. Ich gedenke vielmehr, ihn zu überleben, um ein Buch über Mur zu schreiben.« Damit drohte Higgs den anrückenden Wolken auf wahrhaft majestätische Art mit der Faust. Man fühlte sich an Ajax erinnert, wie er den Blitzen trotzte.

Ich hatte währenddessen nachgedacht.

»Hören Sie«, sagte ich. »Unsere einzige Chance besteht darin, zu bleiben, wo wir sind, denn wenn wir uns von der Stelle rühren, werden wir mit Sicherheit von den Sandmassen verschüttet. Sehen Sie, da haben wir auch eine feste Unterlage.« Ich deutete auf einen Felsgrat, gewissermaßen ein verpreßter Sandkern, dessen Oberfläche vom Wind blankgefegt war. »Nieder mit Ihnen, schnell«, fuhr ich fort. »Und die Löwenhaut ziehen wir uns über den Kopf. Vielleicht schützt sie uns soweit, daß wir nicht am Staub ersticken. Rasch, Männer; da ist er schon!«

In der Tat raste der Sturm mit markerschütterndem Geheul heran. Wir hatten uns kaum hingelegt, dem

Wind den Rücken zugewandt, Mund und Nase an den Boden gedrückt, wie es die Kamele in solchen Situationen zu tun pflegen, Kopf und Oberkörper mit der Löwenhaut bedeckt und die Pranken seitlich unter den Körper geschoben, damit sie nicht davongeweht werden konnte, als er auch schon mit voller Wucht über uns herfiel und es dunkel wurde um uns. Stunde um Stunde lagen wir so da, ohne etwas zu sehen. Der ohrenbetäubende Lärm machte jedes Gespräch unmöglich. Hin und wieder stemmten wir uns mit Händen und Knien ein wenig in die Höhe und wälzten die Sandberge, die sich auf unseren Körpern abgelagert hatten, von uns ab, um nicht irgendwann lebendig darunter begraben zu werden.

Wir litten Höllenqualen – unter dem stinkenden Löwenfell war es drückend heiß, die staubige Luft nahm uns fast den Atem, und der Durst war kaum zu ertragen, denn unsere ohnehin spärlichen Wasservorräte waren außer Reichweite. Doch am schlimmsten peinigten uns wohl die mit Hurrikangeschwindigkeit auf uns niederprasselnden, scharfen Sandkörner, die uns, auch wenn es sich unglaublich anhört, irgendwann Löcher in unsere dünne Kleidung scheuerten und uns die Haut blutig schürften.

»Kein Wunder, daß die ägyptischen Denkmäler so prächtig glänzen«, raunte mir der arme Higgs, der mit der Zeit ganz wirr im Kopf wurde, immer wieder ins Ohr. »Kein Wunder, kein Wunder! Quick wird meine Schienbeine gut gebrauchen können, um seine hochschäftigen Reitstiefel damit blankzuwienern. Oh, zur Hölle mit den Löwen. Warum haben Sie mir das Salz gereicht, Sie alter Esel; warum haben Sie mir das Salz gereicht? Jetzt werde ich von hinten gepökelt.«

Schließlich stammelte er nur noch unverständliche Laute und stöhnte von Zeit zu Zeit.

Vielleicht war der Schmerz sogar ein Segen, denn sonst hätten uns Erschöpfung, Durst und Staub womöglich das Bewußtsein geraubt, und wir wären in tiefen Schlaf gesunken, um nie wieder zu erwachen. Damals kam jedoch keine Dankbarkeit auf, und schließlich ging das Elend fast über unsere Kräfte. Hinterher gestand mir Orme, das letzte, woran er sich erinnern könne, sei die fixe Idee, er habe ein gewaltiges Vermögen damit verdient, den Chinesen eine neue, geheime Foltermethode zu verkaufen – glühend heißer Sand, der mit Druckluft gegen das Opfer gepeitscht wurde.

Nach einer Weile kam uns jegliches Zeitgefühl abhanden, und so erfuhren wir erst später, daß der Sturm volle zwanzig Stunden gedauert hatte, wobei wir gegen Ende trotz unserer diversen Leiden wohl doch mehr oder weniger die Besinnung verloren haben mußten. Jedenfalls weiß ich noch, wie das gräßliche Heulen und die beißenden Peitschenhiebe des Sandes plötzlich von einer Art Vision abgelöst wurden und ich das Gesicht meines Sohnes vor mir sah – meines geliebten, lange verschollenen Sohnes, den ich seit so vielen Jahren suchte und um dessentwillen ich dies alles auf mich nahm. Fast unmittelbar darauf spürte ich ein Brennen, als würden meine Gliedmaßen mit glühenden Eisen oder einem Brennglas versengt, raffte mich mit übermenschlicher Willenskraft auf und stellte fest, daß der Sturm vorüber war und unter der stechenden Sonne auf meiner wundgeriebenen Haut Blasen entstanden. Als ich mir den Schmutz aus den Augen gerieben hatte und den Kopf senkte, erblickte ich zwei Erhebungen, Grabhügeln ähnlich, aus denen ehemals weiße Beine hervorragten. Genau in dem Moment regte sich das eine Beinpaar, das längere von beiden, der Sand wurde heftig aufgewirbelt, und dann kam, mit heiserer Stimme sinnlose Worte krächzend, die Gestalt Oliver Ormes zum Vorschein.

Eine Weile standen wir, zwei wahrhaft fremdartige Erscheinungen, nur da und starrten uns an.

»Ist er tot?« murmelte Orme und zeigte auf den immer noch im Sand steckenden Higgs.

»Steht zu befürchten«, antwortete ich, »aber wir werden nachsehen.« Und dann begannen wir, ihn mühsam freizulegen.

Als wir die Löwenhaut wegzogen, sahen wir sein Gesicht, schwarz war es, ein grauenhafter Anblick, doch konnten wir zu unserer Erleichterung gleichzeitig feststellen, daß er noch lebte, denn er bewegte eine Hand und wimmerte. Orme sah mich an.

»Mit Wasser könnte man ihn retten«, sagte ich.

Nun folgte ein Augenblick banger Sorge. Eine unserer Wasserflaschen war schon vor Ausbruch des Sturms leer gewesen, aber die andere, eine große, mit Filz bezogene Feldflasche mit einem Schraubverschluß aus Vulkanit* sollte eigentlich noch an die drei Quart enthalten – vorausgesetzt, die Flüssigkeit war in der Gluthitze nicht verdunstet. In diesem Fall mußte Higgs sterben, und falls uns niemand zu Hilfe kam, würden wir ihm bald folgen. Orme schraubte die Flasche auf, denn meine Hände versagten mir den Dienst, und zog mit den Zähnen den Korken heraus, den der fürsorgliche Quick zum Glück unter dem Schraubverschluß in den Flaschenhals gesteckt hatte. Ein Teil des Wassers, das zwar ziemlich heiß, aber gottlob *nicht* verdunstet war, spritzte ihm auf die ausgedörrten Lippen, und er biß sie sich blutig, so stark war die Versuchung, den brennenden Durst zu stillen. Aber er widerstand mannhaft und trank keinen Tropfen, sondern reichte mir die Flasche mit den schlichten Worten:

»Übernehmen Sie das, Adams, Sie sind der älteste von uns.«

Nun war ich derjenige, der in Versuchung geführt wurde, aber auch ich blieb fest, setzte mich, legte

* Hartgummi – *Anm. d. Übers.*

Higgs' Kopf auf meine Knie und träufelte ihm ein wenig Wasser zwischen die geschwollenen Lippen.

Es war wie ein Wunder. Keine Minute dauerte es, da richtete der Professor sich auf, griff mit beiden Händen nach der Flasche und wollte sie mir aus den Händen reißen.

»Sie grausamer Unmensch! Sie grausamer, egoistischer Unmensch!« wimmerte er, als ich sie ihm entwand.

»Hören Sie, Higgs«, krächzte ich. »Auch Orme und ich bräuchten dringend Wasser, und wir haben noch nichts getrunken. Trotzdem könnten Sie alles haben, wenn wir Sie damit retten könnten, aber dem wäre nicht so. Wir haben uns in der Wüste verirrt und müssen sparsam sein. Wenn Sie jetzt alles austrinken, sind Sie in ein paar Stunden wieder durstig, und dann müssen Sie sterben.«

Er überlegte eine Weile, dann blickte er auf und sagte:

»Verzeihen Sie – ich verstehe. Ich selbst bin der egoistische Unmensch. Aber wir haben doch noch eine ganze Menge Wasser, lassen Sie jeden einen Schluck trinken, sonst können wir unmöglich weitergehen.«

Also tranken wir, wobei wir das Wasser mit einem kleinen Gummibecher abmaßen, den wir bei uns hatten. Er faßte etwa so viel wie ein Portweinglas, und jeder von uns trank oder vielmehr nippte ganz langsam drei dieser Becher leer, dabei hatten wir das Gefühl, als könnten wir eine ganze Gallone hinunterschütten, und es wäre immer noch nicht genug. Doch so klein die Ration auch war, sie wirkte Wunder: sie machte uns wieder zu Menschen.

Wir standen auf und sahen uns um, doch der verheerende Sturm hatte alles verändert. Wo sich zuvor hundert Fuß hohe Sanddünen erhoben hatten, sahen wir nun Ebenen und Täler; wo Täler gewesen waren, ragten Dünen auf. Nur der hohe Kamm, auf dem wir gelegen hatten, war erhalten geblieben, weil er alles andere überragte und einen Felskern hatte. Wir versuchten, anhand des Sonnenstandes zu bestimmen, in welcher Richtung die Oase lag, aber vergebens, denn unsere beiden Uhren waren abgelaufen, und so wußten wir weder, wie spät es war, noch, wo die Sonne am Himmel stehen sollte. Und in dieser gewaltigen Wildnis gab es nichts, wonach man die Himmelsrichtungen hätte feststellen können.

Allgemein gesprochen mochte Higgs' Vitalität geschmälert worden sein, seine Hartnäckigkeit war jedoch unvermindert erhalten geblieben, und so vertrat er eine Ansicht und Orme eine andere, diametral entgegengesetzte. Die beiden stritten sogar darüber, ob die Oase rechts oder links von uns läge, denn in ihren armen Köpfen herrschte so große Verwirrung, daß sie kaum eines klaren Gedankens oder einer exakten Beobachtung fähig waren. Währenddessen setzte ich mich in den Sand und dachte nach. Durch den Dunstschleier waren Umrisse zu erkennen, die ich für die Gipfel jener Berge hielt, aus denen nach Aussage der Zeu die Löwen zu kommen pflegten. Sicher war ich natürlich nicht, es mochte sich auch um ganz andere Berge handeln.

»Hören Sie«, unterbrach ich die beiden. »Wenn in diesen Bergen Löwen leben können, dann muß es dort Wasser geben. Versuchen wir doch, sie zu erreichen; vielleicht sehen wir unterwegs die Oase liegen.«

Nun begann ein wahrer Schreckensmarsch. Die Löwenhaut, die uns das Leben gerettet hatte, inzwischen jedoch steif war wie ein Brett, ließen wir zurück, aber die Gewehre nahmen wir mit. Den ganzen Tag lang schleppten wir uns steile Sandhänge hinauf und wieder hinunter, blieben hin und wieder stehen, um ein Schlückchen Wasser zu nehmen, und hofften jedesmal von neuem, von der nächsten Kuppe aus einen Rettungstrupp unter Führung von Sergeant Quick oder vielleicht gar die Oase selbst zu erblicken. Einmal sahen wir sie tatsächlich, leuchtend grün, nicht mehr als drei Meilen entfernt vor uns liegen, doch als wir die Düne erklommen hatten, hinter der sie sich hätte befinden müssen, mußten wir erkennen, daß wir einer Fata Morgana aufgesessen waren, und die Enttäuschung brach uns fast das Herz. Oh! Auf uns, die wir dem Verschmachten nahe waren, wirkte dieses Trugbild wie wahrhaft grausamer Hohn.

Schließlich wurde es Abend, und die Berge lagen immer noch in weiter Ferne. Wir waren am Ende unserer Kräfte und sanken erschöpft zu Boden, bäuchlings, denn durch den peitschenden Sand und die sengende Sonnenhitze waren unsere Hintern so wund, daß wir nicht sitzen konnten. Wir hatten fast das gesamte Wasser verbraucht. Plötzlich stieß Higgs uns an, deutete nach oben, und wir folgten seiner Hand mit den Blicken. Da, keine dreißig Yard entfernt, zeichneten sich vor dem Himmel ganz scharf die Umrisse einer Antilopenherde ab, die auf ihrer nächtlichen Wanderung von einem Weidegrund zum anderen über den Dünenkamm zog.

»Schießen müssen Sie beide«, murmelte er; »ich könnte sie verfehlen und in die Flucht jagen.« In seinem Elend wurde der arme Higgs merklich bescheidener.

Orme und ich richteten uns langsam zum Knien auf und brachten die Büchsen in Anschlag. Inzwischen waren bis auf einen Nachzügler alle Tiere vorübergewechselt; es waren nur sechs gewesen, und dieses letzte trottete an die zwanzig Yard hinter den anderen her. Orme drückte den Abzug durch, aber sein Gewehr ging nicht los, weil nämlich, wie er hinterher entdeckte, Sand ins Schloß geraten war.

Inzwischen hatte auch ich den Bock im Visier, aber die untergehende Sonne schien mir direkt in meine ohnehin geschwächten Augen, und auch in den Armen hatte ich keine Kraft mehr. Zudem belastete mich meine verzweifelte Hoffnung auf einen Treffer, denn ich wußte ja, daß an diesem einen Schuß unser aller Leben hing. Aber es hieß jetzt oder nie, drei Schritte noch, und das Tier wäre in der Senke verschwunden.

Ich feuerte, und eine Übelkeit erregende Schwäche befiel mich, denn ich wußte sofort, daß der Schuß vorbeigegangen war. Die Antilope sprang mit einigen Sätzen bis an den Rand der Senke, wurde dort, da sie so ein Geräusch noch nie gehört hatte, von tödlicher Neugier übermannt, blieb stehen, drehte sich um und schaute wie gebannt dahin zurück, woher sie gekommen war.

In meiner Verzweiflung feuerte ich noch einmal, fast ohne zu zielen, und diesmal drang die Kugel am Halsansatz schräg ein und das Tier fiel um wie ein Stein. Hastig kletterten wir den Hang hinauf und schwelgten alsbald in einem grausigen Mahl, an das wir später nicht gerne zurückdachten. Zum Glück mußte die Antilope kurz zuvor Wasser getrunken haben.

Nachdem wir auf diese ekelhafte Weise Hunger und Durst gestillt hatten, schliefen wir eine Weile neben dem Kadaver, dann erhoben wir uns ausnehmend erquickt, schnitten ein paar Stück Fleisch als Wegzehrung ab und machten uns wieder auf den Weg. Am Stand der Sterne konnten wir nun bestimmen, daß die Oase irgendwo östlich von uns liegen mußte, doch dazwischen schien es meilenweit nichts anderes zu geben als diese ewigen Sanddünen, während sich vor uns, zu den Bergen hin, der Charakter der Wüste zu verändern schien, und so hielten wir es für sicherer, falls in diesem Zusammenhang überhaupt von Sicherheit gesprochen werden kann, weiterhin dieser Kette zuzustreben. Wir marschierten die ganze Nacht lang weiter, im Morgengrauen schlangen wir mangels Brennmaterial ein paar Brocken des mitgebrachten Fleisches roh hinunter und spülten mit den letzten Tropfen unseres Wasservorrats nach.

Inzwischen hatten wir die Dünen hinter uns gelassen, und nur noch eine weite Schotterebene trennte uns vom Fuß der Berge, die schon ganz nahe schienen, in Wirklichkeit aber noch weit entfernt waren. Zusehends schwächer werdend, stolperten wir weiter, ohne einer Menschenseele zu begegnen und ohne Wasser zu finden, nur hier und dort fanden wir kleine Büsche und kauten deren faserige, aromatisch duftende Blätter, da sie etwas Feuchtigkeit enthielten, auch wenn diese uns Mund und Kehle zusammenzog wie Alaun.

Higgs, der schwächste von uns dreien, kapitulierte als erster, hatte sich jedoch bis dahin erstaunlich wacker gehalten, selbst dann noch, als er bereits notgedrungen sein Gewehr fortgeworfen hatte, weil er es nicht länger tragen konnte, was wir damals freilich gar nicht bemerkten. Als ihm die Beine einzuknicken drohten, faßte Orme ihn auf der einen Seite unter und ich auf der anderen, und so schleppten wir ihn weiter wie zwei Elefanten einen verwundeten Herdengenossen.

Etwa eine halbe Stunde später war auch ich mit meinen Kräften am Ende. Trotz meines fortgeschrittenen Alters bin ich zäh und an die Wüste wie an Entbehrungen gewöhnt; welcher vormalige Sklave der Khalifa wäre das nicht? Doch jetzt konnte ich nicht mehr, ich blieb stehen und bat die anderen, weiterzugehen und mich zurückzulassen. Ormes einzige Antwort war, mir seinen linken Arm zu reichen. Ich nahm ihn, schließlich hängt man am Leben, besonders, wenn man etwas hat, was es lebenswert macht – einen unerfüllten Wunsch etwa, wie in meinem Fall, doch um ehrlich zu sein, schämte ich mich selbst damals dieser Haltung.

So schlurften wir denn noch ein Stück weiter, einem nüchternen Manne gleich, der mit allen Mitteln versuchte, seine beiden betrunkenen Freunde außer Reichweite des gestrengen Polizisten Tod zu bringen. Orme mußte über sagenhafte Kräfte verfügen, vielleicht befähigten ihn auch sein unerschütterlicher Mut und sein tiefes Mitgefühl für unsere Hilflosigkeit dazu, diese doppelte Last so lange zu tragen.

Doch plötzlich fiel er um wie von einer Kugel getroffen, und blieb besinnungslos liegen. Der Professor hatte sich seinen Verstand immerhin zum Teil bewahrt, auch wenn seine Gedanken immer wieder abschweiften. Nun wurde er freilich ganz wirr im Kopf und faselte, welch ein Wahnsinn es doch gewesen sei, uns auf seine solche Reise einzulassen, ›nur um zwei garstige Löwen abzuknallen‹. Ich gab ihm zwar keine Antwort, stimmte ihm aber innerlich von ganzem Herzen zu. Gleich darauf schien er mich für einen Geistlichen zu halten, kniete sich in den Sand und legte eine umfassende Beichte ab. Soweit ich mitbekam – ich hörte nicht sehr aufmerksam zu, dachte ich doch an meine eigenen Fehler –, bestanden seine Sünden hauptsächlich darin, daß er gewisse Antiquitäten widerrechtlich erworben oder andere beim Kauf solcher Dinge übervorteilt hatte.

Da ich fürchtete, er würde zu rasen beginnen, suchte ich ihn mit irgendeiner lächerlichen Absolutionsfloskel zu besänftigen, worauf der Ärmste in sich zusammensackte und neben Orme liegenblieb. Ja, mein geliebter Freund, den selbst seine Schwächen noch liebenswert machten, er war tot oder stand doch, ebenso wie der wackere junge Mann an seiner Seite, an der Schwelle des Todes, und auch ich lag im Sterben. Ich zitterte heftig an allen Gliedern; eine gräßliche Schwärze stieg in Wellen aus meinen Eingeweiden auf und quoll durch die Brust bis ins Gehirn, um dort in merkwürdig gezackten Linien und Flecken zu verdampfen, die ich wahrnahm, ohne sie wirklich sehen zu können. Fröhliche Erinnerungen an meine ferne Kindheit entstanden vor meinem geistigen Auge, besonders an eine Weihnachtsfeier, auf der ich ein kleines Mädchen in einem Elfenkostüm kennengelernt hatte, ein Mädchen mit blauen Augen, das ich volle zwei Wochen lang innig geliebt hatte, doch dieses Bild wurde niedergetrampelt, zermalmt, verschlungen von jener Vision des drohenden Schattens, der alle Menschen erwartet, dem schwarzen Schoß der Wiedergeburt, falls eine solche denn tatsächlich existieren sollte.

Was konnte ich tun? Ein Feuer entzünden vielleicht? Jedenfalls würde es Löwen und andere wilde Tiere verscheuchen, die uns sonst zerfleischen könnten, ehe wir noch ganz tot waren. Eine schreckliche Vorstellung, hilflos, aber nicht empfindungslos dazuliegen und die scharfen Fänge zu spüren. Doch um Brennmaterial zu sammeln, hatte ich nicht mehr die Kraft. Ich hätte es im besten Falle in weitem Umkreis zusammensuchen müssen, denn hier war nicht genügend vorhanden. Einige Patronen – drei, um genau zu sein – steckten noch in meinem Gewehr, die anderen hatte ich fortgeworfen, um sie nicht tragen zu müssen. Nun entschloß ich mich, sie abzufeuern, da ich glaubte, mir damit in meinem Zustand weder Nahrung beschaffen, noch mich verteidigen zu können, was übrigens, wie sich noch herausstellen sollte, ein Irrtum war. Andererseits bestand die Möglichkeit, daß selbst in dieser endlosen Wüste jemand die Schüsse hörte, und wenn nicht – nun, dann gute Nacht.

Ich richtete mich also auf, feuerte den ersten Schuß ab und fragte mich dabei fast wie ein Kind, wo die Kugel wohl niedergehen würde. Dann schlief ich eine

Weile. Das Geheul einer Hyäne weckte mich, und als ich mich umblickte, funkelten mich glühende Augen aus nächster Nähe an. Ich zielte, schoß, und hörte ein schmerzliches Jaulen. Diese Hyäne, so überlegte ich, hatte wohl fürs erste genug.

Die Stille der Wüste drohte mich zu erdrücken; sie war so schrecklich, daß ich mir fast die Hyäne zurückwünschte, nur um ein wenig Gesellschaft zu haben. Ich hielt das Gewehr hoch über meinen Kopf und feuerte den dritten Schuß ab. Dann ergriff ich Higgs' Hand, denn sie stellte immerhin ein Bindeglied dar – das letzte Bindeglied zur Welt und zur Menschheit –, und legte mich nieder, belauert vom Tod, der bereits seine schwarzen Schleier über mich zu werfen schien, um mich zu ersticken.

* * *

Ich erwachte davon, daß jemand mir Wasser in den Mund goß. Ich bin im Himmel! dachte ich bei mir, denn in diesem Augenblick waren Himmel und Wasser für mich ein und dasselbe. Ich trank eine gehörige Menge, bei weitem nicht so viel, wie ich wollte, aber doch so viel, wie der edle Spender mir zugestand, dann stützte ich mich mit den Händen auf und sah mich um. Die Sterne leuchteten in der klaren Wüstenluft ausnehmend hell, und in ihrem Licht erblickte ich über mir das Gesicht von Sergeant Quick. Außerdem sah ich Orme, der sich aufrichtete und verständnislos ins Leere starrte, während ihm ein großer, gelber Hund mit einem Kopf wie eine Bulldogge die Hand leckte. Den Hund erkannte ich sofort; Orme hatte ihn umherziehenden Eingeborenen abgekauft und ihm den Namen Pharao gegeben, weil alle anderen Hunde sich ihm unterwarfen. Auch die beiden etwas abseits stehenden Kamele waren mir nicht fremd. Ich befand mich also noch auf der Erde – es sei denn, wir wären alle zusammen auf eine höhere Ebene versetzt worden.

»Wie haben Sie uns gefunden, Sergeant?« fragte ich matt.

»Nicht ich hab' Sie gefunden, Doktor«, antwortete Quick; »Hund Pharao hat Sie gefunden. In solchen Fällen ist ein Hund nützlicher als ein Mensch, weil er wittern kann, was man nicht sieht. Und wenn Sie sich besser fühlen, Doktor, dann werfen Sie doch bitte einen Blick auf Mr. Higgs, ich fürchte nämlich, er ist hinüber.«

Ich tat wie geheißen und war der gleichen Meinung, was ich aber nicht aussprach. Higgs hing der Unterkiefer herab, und er lag schlaff und ohne Besinnung da; seine Augen waren unter der dunklen Brille nicht zu erkennen.

»Wasser«, sagte ich, und Quick goß ihm ein wenig in den Mund, wo es sofort verschwand.

Als der Professor daraufhin noch immer nicht erwachte, öffnete ich seine Kleider und tastete nach seinem Herzen. Zuerst regte sich gar nichts, dann spürte ich ein kaum merkliches Flattern.

»Es gibt noch Hoffnung«, beantwortete ich Quicks fragenden Blick. »Sie haben nicht zufällig Brandy dabei?« fügte ich hinzu.

»Bin noch nie ohne gereist, Doktor«, gab der Sergeant entrüstet zurück und brachte eine metallene Reiseflasche zum Vorschein.

»Geben Sie ihm einen Schluck«, sagte ich, und der Sergeant knauserte nicht. Die Wirkung trat fast schlagartig ein, Higgs richtete sich keuchend und prustend auf.

»Brandy; Dreckszeug; Abstinenzler! Verdammte Gemeinheit! Werde ich Ihnen nie verzeihen. Wasser, Wasser«, stammelte er krächzend.

Wir erfüllten ihm den Wunsch, und er trank gierig, bis wir ihm wirklich nichts mehr gaben. Nun kam er allmählich wieder zu sich. Er schob die dunkle Brille hoch, die er die ganze Zeit getragen hatte, und musterte den Sergeant mit seinen scharfen Augen.

»Verstehe«, sagte er. »Wir sind also doch nicht tot, was vielleicht sogar zu bedauern ist, nachdem wir die garstigen Präliminarien bereits hinter uns gebracht hatten. Was ist geschehen?«

»Weiß nicht genau«, sagte Orme. »Fragen Sie Quick.«

Doch der Sergeant war bereits vollauf damit beschäftigt, ein kleines Feuer zu entzünden, einen Kessel aufzusetzen und eine Büchse Fleischextrakt zu erhitzen, die er für den Fall, daß er uns fände, nebst anderen Lebensmitteln aus unserem Vorrat mitgenommen hatte. Eine Viertelstunde später bekamen wir alle Suppe zu trinken, denn feste Nahrung gestattete ich vorerst noch nicht. Oh, sie schmeckte wahrhaft himmlisch! Danach ging Quick zu den Kamelen, holte ein paar Decken und warf sie über uns.

»Legen Sie sich ruhig hin und schlafen Sie, meine Herren«, sagte er. »Pharao und ich halten Wache.«

Als letztes sah ich den Sergeant – auf seine Weise ein tiefreligiöser Mann, der sich dessen auch nicht schämte – im Sand knien und offenbar seine Gebete sprechen. Hinterher erklärte er, als Fatalist sei ihm natürlich durchaus bewußt, daß nur geschähe, was geschehen müsse, dennoch halte er es für angebracht, jener höheren Macht Dank zu sagen, die in diesem Fall für ein gutes anstelle eines bösen Endes gesorgt habe, eine Einstellung, der wir alle beipflichteten. Quick gegenüber, eines seiner treuen Augen unverwandt auf Orme gerichtet, saß Pharao und schien tief in Gedanken versunken. Als orientalischer Hund wußte er zweifellos um die Bedeutung des öffentlichen Gebets; vielleicht fand er aber auch, er hätte ebenfalls Anspruch auf ein wenig Dankbarkeit.

Als wir erwachten, stand die Sonne bereits hoch am

Himmel, und wie um uns zu zeigen, daß wir nicht geträumt hatten, briet Quick Speck aus Konserven über dem Feuer, während Pharao immer noch am gleichen Fleck saß und ihn – oder den Speck – bewachte.

»Sehen Sie nur«, sagte Orme zu mir und deutete auf die Berge, »sie sind immer noch Meilen entfernt. Wir waren wahnsinnig zu glauben, wir könnten sie erreichen.«

Ich nickte, dann drehte mich um und starrte Higgs an, der eben erwachte. Er bot einen wahrhaft grotesken Anblick. Sein feuerrotes Haar war voller Sand, seine Hose hatte er offenbar irgendwann im Verlauf des langen Marsches abgestreift, weil sie an seiner wunden Haut scheuerte, und durch die Sonneneinstrahlung hatten sich auf seiner hellen Haut überall, auch im Gesicht, Blasen gebildet. So entstellt, wie er war, hätte ihn selbst sein ärgster Feind nicht wiedererkannt. Nun gähnte er und streckte sich, was bei Menschen wie bei Tieren stets ein gutes Zeichen ist, und verlangte nach einem Bad.

»Sie werden sich leider mit Sand waschen müssen, Sir, wie die Araber«, bedauerte Quick und salutierte. »Hier inmitten der Wüste gibt es kein Badewasser. Aber ich habe eine Tube Haselöl, eine Haarbürste und einen Spiegel für Sie«, fügte er hinzu, während er dies alles zutage förderte.

»Ganz recht, Sergeant«, pflichtete Higgs ihm bei und griff nach dem Dargebotenen. »Schon der Gedanke, Wasser zum Waschen zu verschwenden, ist frevelhaft. Ich bin fest entschlossen, es nie wieder zu tun.« Dann sah er in den Spiegel, ließ ihn jedoch sofort in den Sand fallen und rief erschrocken: »Oh! Mein Gott! Bin das etwa ich?«

»Sie sollten etwas vorsichtiger sein, Sir«, mahnte der Sergeant streng; »erst neulich sagten Sie mir, es bringe Unglück, einen Spiegel zu zerbrechen; außerdem habe ich nur den einen.«

»Nehmen Sie ihn weg«, verlangte der Professor. »Ich will ihn nicht mehr, und Sie, Doktor, sind bitte so freundlich und ölen mir das Gesicht ein; ja, alles andere auch, falls genug Haselöl vorhanden ist.«

So trugen wir uns gegenseitig die Salbe auf, die anfangs fürchterlich brannte, und setzten uns dann sehr behutsam zum Frühstück.

»Und nun, Sergeant«, sagte Orme und leerte seinen fünften Becher Tee, »müssen Sie uns Ihre Geschichte erzählen.«

»Da gibt es nicht viel zu erzählen, Captain. Die Zeu kamen ohne Sie zurück, und da ich ihr Kauderwelsch nicht verstehe, wurde ich aus ihrem Gerede auch nicht schlau. Nun, ich machte Shadrach und Co. bald klar, daß sie mitzukommen und nach Ihnen zu suchen hätten, Todeswind – so werden derartige Stürme hier genannt – hin oder her, und so brachen wir schließlich auf, obwohl sie mich für verrückt erklärten und beteuerten, Sie seien gewiß bereits tot. Erst als ich diesen Shadrach fragte, ob er Wert darauf lege, auch tot zu sein« – hier klopfte der Sergeant mit grimmiger Miene auf seinen Revolver –, »erlaubte er den anderen endlich, mich zu begleiten.

Wie sich herausstellte, hatte er ganz recht gehabt, denn wir konnten Sie nicht finden, und nach einer Weile sträubten sich die Kamele, weiter gegen den Sturm anzurennen; dann ging auch noch einer der Abati-Treiber verloren, und wir haben seither nichts mehr von ihm gehört. Wir übrigen schafften es mit knapper Not, lebend in die Oase zurückzufinden, und Shadrach war um nichts in der Welt bereit, noch einmal hinauszugehen, auch dann nicht, als der Sturm sich bereits gelegt hatte. Gutes Zureden brachte nichts ein, und da ich auch das Blut dieses Schweins nicht an meinen Händen haben wollte, nahm ich zwei Kamele und machte mich allein, nur von dem Hund begleitet, auf den Weg.

Nun hatte ich mir, was ich freilich diesem Abati-Pack nicht begreiflich machen konnte, überlegt, daß Sie, falls Sie noch am Leben wären, mit großer Wahrscheinlichkeit auf die Berge zustreben würden, ich wußte ja, daß Sie keinen Kompaß bei sich hatten und sonst nichts würden sehen können. Also ritt ich außerhalb der Sanddünen über die Ebene zwischen der Wüste und den Bergen. Den ganzen Tag war ich unterwegs, doch als es Nacht wurde, hielt ich an, weil ich nichts mehr sehen konnte. Da saß ich nun in dieser endlosen Weite und dachte nach, und nach einer oder zwei Stunden fiel mir auf, wie Pharao die Ohren spitzte und nach Westen schaute. Also starrte auch ich angestrengt nach Westen und glaubte alsbald, einen schwachen Lichtblitz zu entdecken, der nach oben zuckte und deshalb keine Sternschnuppe sein konnte, aber dafür aus einem Gewehr stammen mochte, das himmelwärts abgefeuert worden war.

Ich horchte aufmerksam, aber kein Laut drang zu mir, doch wenige Sekunden später spitzte der Hund abermals die Ohren, als habe *er* etwas gehört. Das gab für mich den Ausschlag, ich saß auf und ritt in tiefer Nacht auf die Stelle zu, wo ich geglaubt hatte, den Blitz zu sehen. Zwei Stunden ritt ich so dahin und feuerte von Zeit zu Zeit meinen Revolver ab. Als ich keine Antwort erhielt, gab ich die Sache verloren und hielt an. Doch nun war Pharao nicht mehr zu halten. Er begann zu winseln und zu schnüffeln und machte immer wieder ein paar Sätze vorwärts, irgendwann stürmte er in die Dunkelheit davon, und schließlich hörte ich ihn ein paar hundert Yards entfernt bellen, vermutlich wollte er mich rufen. Als ich ihm folgte, stieß ich auf Sie, meine Herren, und hielt Sie alle drei für tot. Das war die ganze Geschichte, Captain.«

»Immerhin hat sie ein gutes Ende, Sergeant. Wir verdanken Ihnen unser Leben.«

»Verzeihung, Captain«, wehrte Quick bescheiden ab; »keineswegs mir, sondern erstens der Vorsehung, die vielleicht schon vor unserer Geburt alles so eingerichtet hat, und zweitens Pharao. Dieser Pharao ist ein kluger Hund, wenn auch manchmal etwas wild, und Sie haben einen guten Kauf gemacht, als Sie ihn gegen eine Flasche Whisky und ein Taschenmesser für einen Sixpence eintauschten.«

* * *

Die Oase sichteten wir erst im Morgengrauen des nächsten Tages, denn da wir zu wenig Kamele hatten, so daß immer zwei von uns zu Fuß gehen mußten, kamen wir nur langsam voran. Einer der beiden Fußgänger war, wie sich unschwer erraten läßt, stets der Sergeant, und der andere sein Herr, denn Orme legt in solchen Fällen eine wohl beispiellose Uneigennützigkeit an den Tag. Er war durch nichts zu bewegen, auch nur für eine halbe Stunde auf eines der Kamele zu steigen, so daß das Tier ohne Reiter blieb, wenn auch ich verzichtete. Andererseits war Higgs, obwohl ihm sein wundes Sitzfleisch Höllenqualen bereitete, nicht mehr zum Absteigen zu bewegen, wenn er erst einmal im Sattel saß.

»Hier bin ich, und hier bleibe ich«, erklärte er abwechselnd auf Englisch, Französisch und in etlichen orientalischen Sprachen. »Von Schusters Rappen habe ich genug für den Rest meines Lebens.«

Wir waren beide im Sattel eingenickt, als der Sergeant den Kamelen plötzlich zurief, sie sollten stehenbleiben, und ich fragte, was denn los sei.

»Sieht so aus, als kämen uns Araber entgegen, Doktor«, erklärte er und zeigte auf eine Staubwolke, die sich rasch näherte.

»Nun«, antwortete ich, »in diesem Fall ist es am besten, keine Angst zu zeigen und einfach weiterzugehen. Ich glaube nicht, daß sie Böses im Sinn haben.«

Also luden wir sämtliche Waffen, die wir mitführten, nahmen Orme und den Sergeant zwischen den beiden Kamelen in die Mitte und marschierten weiter, bis wir mit der Karawane zusammentrafen und zu unserem nicht geringen Erstaunen an ihrer Spitze niemand anderen als Shadrach erkannten. Er ritt auf dem Dromedar, das seine Gebieterin, die Herrin der Abati, mir geschenkt hatte. Dicht voreinander machten wir halt und starrten uns an.

»Beim Barte Aarons! Seid ihr es wirklich, ihr Herren?« fragte er. »Wir hielten euch für tot.«

»Beim Haar des Moses! Das dachte ich mir«, gab ich wütend zurück. »Schließlich seid ihr im Begriff, mit all unserer Habe abzuziehen.« Ich deutete auf die voll beladenen Lastkamele.

Nun folgten wortreiche Erklärungen und Entschuldigungen, die zumindest Higgs sehr ungnädig aufnahm. Da er sowohl das Arabische wie seine Dialekte perfekt beherrscht, bediente er sich dieser Sprache, um einen wahren Wasserfall orientalischer Beschimpfungen auf Shadrach und seine Begleiter niederprasseln zu lassen, der diese sehr erstaunt haben muß, vor allem, da ihm Sergeant Quick auf Englisch wacker sekundierte.

Orme hörte eine Weile zu, dann sagte er:

»Das reicht, alter Junge; wenn Sie so weitermachen, entfesseln Sie noch eine Prügelei, und auch Sie, Sergeant, sind jetzt so freundlich und halten den Mund. Wir sind uns ja begegnet, es ist also kein Schaden entstanden. Du, Freund Shadrach, wirst nun mit uns zur Oase zurückkehren. Wir wollen uns noch ein paar Tage ausruhen.«

Shadrach machte ein verstocktes Gesicht und brummte, viel eher müßten wir kehrtmachen, um mit *ihnen* weiterzuziehen, worauf ich den alten Ring der

Königin von Saba hervorkramte, den ich als Unterpfand von Mur mitgebracht hatte. Den hielt ich ihm nun unter die Nase und sagte:

»Gehorche, oder du wirst dich vor ihr zu verantworten haben, die dich ausgeschickt hat, denn selbst wenn wir alle vier umkommen sollten« – dabei sah ich ihn bedeutungsvoll an –, »hättest du keine Aussicht, diesen Vorfall geheimzuhalten. Dazu gibt es der Zeugen zu viele.«

Daraufhin grüßte er ohne Widerrede den heiligen Ring, und wir alle kehrten nach Zeu zurück.

5

Pharao stiftet Unruhe

Weitere sechs Wochen waren vergangen, allmählich begann sich die Landschaft zu verändern, und zu guter Letzt, nach vielen Hunderten von Meilen – mindestens tausend nach unseren Beobachtungen und Berechnungen, die ich immer wieder mit den von mir selbst auf der Reise nach Osten angestellten verglich – lag die endlose Wüste doch hinter uns. Nach dem großen Abenteuer bei der Oase war der Marsch ohne alle Überraschungen verlaufen, und wir hatten diese Eintönigkeit sogar als schrecklich empfunden, doch zugleich hatte sie merkwürdigerweise einen ganz eigenen Reiz – zumindest für Higgs und Orme, für die eine solche Erfahrung neu war.

Tag für Tag wanderten wir durch ein endloses Sandmeer, so weltentlegen, so verlassen, daß über Wochen kein Mensch, nicht einmal ein umherstreifender Wüstenbeduine unseren Weg kreuzte. Tag für Tag sahen wir im Osten die große, rote Sonnenscheibe aus dem Sand aufsteigen und, wenn sie ihre Bahn vollendet hatte, im Westen wieder im Sand versinken. Nacht für Nacht beobachteten wir, wie der Mond, derselbe Mond, zu dem die zahllosen Augen der Städte aufschauten, diesen Sand in ein silbernes Meer verwandelte, oder wie die Sternbilder, nach denen wir uns orientierten, in der glasklaren Luft majestätisch durch den Raum glitten. Und dabei waren wir uns bewußt, daß dieses unübersehbar große Gebiet, das uns so völlig einsam und trostlos erschien, den Füßen längst vergessener Menschen einst wohlvertraut gewesen war, Menschen, die durch den gleichen Sand geschlurft waren wie wir und die die Brunnen gegraben hatten, aus denen wir tranken.

Ganze Heerscharen waren durch diese Wüste marschiert und darin umgekommen. Einmal stießen wir auf eine Stelle, wo kurz zuvor ein heftiger Sturm den Felsgrund fast völlig freigelegt hatte, und entdeckten dort die Gebeine Tausender und Abertausender von Soldaten nebst ihrer Lasttiere, und dazwischen Pfeilspitzen, Schwertklingen, Teile von Rüstungen und Überreste bemalter Holzschilde.

Hier war ein Regiment bis auf den letzten Mann aufgerieben worden; vielleicht hatte Alexander es ausgeschickt, vielleicht auch ein Monarch aus weit früherer Zeit, dessen Name auf Erden längst nicht mehr widerhallte. Jedenfalls waren alle umgekommen, denn sie hatten ein Denkmal hinterlassen. Da lagen die Könige und die Feldherrn, die Soldaten und ihre Konkubinen, denn etwas abseits auf einem Haufen fand ich auch weibliche Gerippe, einigen der Schädel haftete sogar noch das lange Haar an. Hier hatten sich die armen, verängstigten Frauen wohl im letzten Stadium der Katastrophe zusammengedrängt, um schließlich niedergemetzelt zu werden oder zu verhungern, zu verschmachten oder im Sand zu ersticken. Oh, wenn diese Gebeine sprechen könnten, was hätten sie nicht alles zu erzählen!

Auch Städte hatte es in dieser Wüste gegeben, an ehemaligen Oasen, von denen bis auf die eine oder andere im Sand verschüttete Quelle nichts geblieben war. Zweimal stießen wir auf die von Wanderdünen freigelegten Fundamente solcher Orte, alte Mauern aus Stein oder Lehm, Gerippe von Häusern, in denen sich einst das ganze Theater menschlicher Hoffnungen und Ängste abspielte, wo die Menschen geboren wurden, liebten und starben, wo die Mädchen hübsch waren, wo Gut und Böse gegeneinander kämpften und kleine Kinder miteinander spielten. Vielleicht hatte hier ein Hiob gehaust und seine unsterbliche Klage verfaßt, oder ein König von Sodom hatte die völlige Zerstörung seiner Stadt erleben müssen. Die Welt ist sehr alt; das war das einzige, was wir Abendländer aus der Betrachtung dieser Scherben der Menschen und ihrer Werke lernten: die Welt ist sehr alt.

* * *

Eines Abends zeichneten sich vor dem klaren Himmel schwach die Umrisse hoch aufragender, wie ein Hufeisen geformter Felsen ab, die Berge von Mur, noch immer meilenweit entfernt, aber doch endlich gesichtet. Am nächsten Morgen stiegen wir über bewaldete Hänge hinab zu einem breiten Fluß, einem Nebenfluß des Nil vermutlich, was ich allerdings nicht mit Sicherheit sagen kann. Drei Tage später erreichten wir seine Ufer und konnten von da an einer alten Straße folgen. Hier lebten wir nun herrlich und in Freuden, denn es gab viel Wild sowie Gras in Hülle und Fülle für die Kamele, die sich nach der langen Fastenzeit vollfraßen, bis sie zu platzen drohten. Offenbar waren wir keine Stunde zu früh gekommen, denn schon waren die Berge von Mur in Wolken gehüllt, und auf den noch vor uns liegenden Ebenen regnete es. Die Regenzeit setzte gerade ein, und bereits eine einzige Woche später hätte der Fluß Hochwasser geführt, und wir hätten ihn vielleicht nicht mehr überqueren können. So gelangten wir jedoch durch die alte Furt mühelos ans andere Ufer, und unsere Kamele mußten kein einziges Mal weiter als bis zu den Knien durchs Wasser waten.

Drüben beratschlagten wir erst einmal, denn nun befanden wir uns auf dem Territorium der Fung, und die eigentlichen Gefahren dieser Reise waren in greifbare Nähe gerückt. In nur fünfzig Meilen Entfernung erhob sich die Festung Mur, doch das Problem, so erklärte ich meinen Gefährten, bestand darin, diese fünfzig Meilen unbeschadet hinter uns zu bringen.

Shadrach wurde zugezogen und legte auf meine Aufforderung hin die Verhältnisse dar.

Dort drüben, sagte er, erhob sich unbezwingbar die Bergfestung der Abati, doch die riesige Ebene innerhalb der Biegung des Flusses, den er Ebur nannte, war die Heimat der wilden Fung, deren Krieger nach Zehntausenden zählten und die ihre Hauptstadt Harmac gegenüber dem Steinbild ihres ebenfalls Harmac genannten Götzen errichtet hatten…

»Harmac – das ist Harmachis, der Gott der Morgenröte. Ihre Fung hatten etwas mit den alten Ägyptern zu tun, oder beide Völker gehen auf einen gemeinsamen Ursprung zurück«, unterbrach Higgs triumphierend.

»Mag sein, alter Junge«, antwortete Orme; »wenn ich mich nicht irre, haben Sie das schon in London behauptet; aber mit der Archäologie werden wir uns später beschäftigen, falls wir so lange leben. Lassen Sie Shadrach weitererzählen.«

Die Stadt, die an die fünfzigtausend Einwohner hatte, fuhr Shadrach fort, kontrollierte den Zugang zu dem Paß oder Felsspalt, durch den allein wir Mur erreichen konnten, da er ursprünglich wohl einzig zu diesem Zweck angelegt worden war.

Orme fragte, ob es keinen anderen Weg in die Festung gebe, wenn er recht verstanden habe, sei die Abordnung doch von oben über die Felsen hinabgelassen worden. Dies bestätigte Shadrach, man habe die Kamele und ihre Lasten in der Tat über die steilen Hänge hinabgelassen, doch da die Felsen stark überhingen, sei es den Abati mit den ihnen zur Verfügung stehenden Mitteln unmöglich, die Tiere auch wieder hinaufzuziehen.

Orme wiederholte seine Frage, ob es nicht einen anderen Weg gebe, ob dieses Ringgebirge keinen Hintereingang besitze. Shadrach erwiderte, ein solcher sei vorhanden und liege im Norden, etwa acht Tagesreisen entfernt. Doch könne man zu dieser Jahreszeit nicht dorthin gelangen, denn hinter den Bergen von Mur liege in dieser Richtung ein großer See, aus dem der Fluß Ebur in zwei Armen entspringe und die gesamte Fung-Ebene einschließe. Inzwischen sei dieser See gewiß bereits angeschwollen vom Regen, der auf die Berge Nordafrikas falle, und das Land zwischen ihm und dem Mur-Massiv habe sich in einen unpassierbaren Sumpf verwandelt.

Orme gab sich noch immer nicht zufrieden und erkundigte sich, ob wir nicht die Kamele zurücklassen und die Felsen erklettern könnten, über die man damals die Abordnung abgeseilt habe. Die Antwort darauf lautete – und ich mußte dies bestätigen –, das sei vielleicht möglich, wenn man oben von unserer Ankunft wisse und uns zu Hilfe käme, immer vorausgesetzt, wir gäben die Kamellasten preis.

»Wenn man bedenkt, was das für Lasten sind und wozu wir sie bis hierher gebracht haben, kommt das nicht in Frage«, entschied Orme. »Sag uns deshalb sofort, Shadrach, wie wir an den Fung vorbei nach Mur kommen.«

»Es gibt nur eine einzige Möglichkeit, o Sohn des Orme, falls es überhaupt Gottes Wille sein sollte, daß es uns gelingt; wir müssen uns bei Tag verbergen und dürfen nur bei Nacht weiterziehen. Morgen werden die Fung wie jedes Jahr zu dieser Zeit in der Stadt Harmac ihr großes Frühlingsfest abhalten und im Morgengrauen zu ihrem Götzen hinaufsteigen, um ihm zu opfern. Doch nach Sonnenuntergang essen und trinken und feiern sie, und dann pflegen sie die Wachen abzuziehen, um auch sie an den Festlichkeiten teilhaben zu lassen. Deswegen habe ich dafür gesorgt, daß wir am Vorabend des Festes, das sich nach dem Alter des Mondes bestimmen läßt, dort eintreffen, denn so können wir mit Gottes Hilfe im Schutz der Dunkelheit an Harmac vorbeischleichen und in aller Frühe am Zugang zur Straße nach Mur stehen. Außerdem werde ich mein Volk, die Abati, von unserem Eintreffen benachrichtigen, damit sie sich bereithalten und uns notfalls zu Hilfe kommen.«

»Wie?« fragte Orme.

»Indem ich das Schilf anzünde« – er deutete auf die vielen toten Pflanzenstengel ringsum –, »denn so habe ich es vor vielen Monaten, ehe wir Mur verließen, mit meinen Leuten abgesprochen. Wenn die Fung das Feuer sehen, werden sie denken, ein wandernder Fischer habe es entfacht.«

Orme zuckte die Achseln.

»Nun, Freund Shadrach«, sagte er, »du kennst diese Gegend und ihre Bewohner, ich dagegen nicht, folglich müssen wir tun, was du sagst. Aber du sollst wissen, daß ich deinen Plan für sehr gefährlich halte, denn soviel ich verstanden habe, werden die Fung uns töten, wenn sie irgend können.«

»Es ist in der Tat ein gefährlicher Plan«, antwortete Shadrach mit höhnischem Lachen, »aber ich hätte die Männer aus England nicht für feige gehalten.«

»Feige! Du Hundesohn«, fuhr Higgs mit seiner schrillen Stimme dazwischen. »Wie kannst du es wagen, so mit uns zu sprechen? Siehst du diesen Mann hier ...?« – damit deutete er auf Sergeant Quick, der in voller Lebensgröße dastand, den Auftritt grimmig beobachtete und auch zum größten Teil verstand, worum es ging. »Nun, er ist der Geringste unter uns – ein Diener nur« (hier salutierte der Sergeant), »aber ich sage dir, nach allem, was ich sehe, hat er mehr Mut in seinem kleinen Finger als du oder das ganze Volk der Abati im ganzen Leibe.«

Hier salutierte der Sergeant abermals und murmelte leise: »Hoffentlich, Sir. Als Christenmensch hoffe ich es, aber wissen kann man es immer erst genau, wenn es aufs Ganze geht.«

»Du sprichst große Worte, o Higgs«, gab Shadrach

unverschämt zurück, denn wie wohl bereits erwähnt, haßte er den Professor, der den Schurken in ihm witterte und ihn mit seiner scharfen Zunge beständig geißelte. »Die Stunde der Wahrheit käme freilich erst, solltet ihr tatsächlich den Fung in die Hände fallen.«

»Soll ich ihm eine Ohrfeige geben, Sir?« erkundigte sich Quick versonnen.

»Sie halten bitte den Mund«, fuhr Orme ihn an. »Vor uns liegen genug Schwierigkeiten, auch ohne daß wir sie selbst noch vermehren. Unsere Streitigkeiten können wir ausfechten, wenn wir erst an den Fung vorüber sind.«

Dann wandte er sich an Shadrach und sagte:

»Freund, dies ist nicht die Stunde für böse Worte. Du bist unser Führer, also führe uns, wie du willst, bedenke nur, wenn es zum Kampf kommt, so bin ich nach dem Wunsch meiner Gefährten der Hauptmann. Und noch etwas solltest du nicht vergessen – daß du nämlich am Ende vor deiner eigenen Herrscherin geradestehen mußt, vor ihr, die man Walda Nagasta nennt, das Königskind, wie ich von unserem Doktor hier weiß. Und nun kein Wort mehr; wir marschieren, wann du willst und wohin du willst. Du trägst die Verantwortung.«

Der Abati verneigte sich mürrisch. Dann wandte er sich mit einem haßerfüllten Blick auf Higgs ab und ging seiner Wege.

»Wäre viel besser gewesen, ihm die Ohrfeige zu geben«, bemerkte Quick wie zu sich selbst. »Hätte ihm gewiß nicht geschadet und uns vielleicht eine Menge Schwierigkeiten erspart, denn ganz ehrlich gesagt, ich traue diesem Kerl nicht über den Weg.«

Damit entfernte er sich, um nach den Kamelen und den Gewehren zu sehen, während wir übrigen uns in die Zelte zurückzogen, um zu schlafen, soweit die Moskitos es zuließen. Ich selbst fand keine Ruhe, denn die Angst vor dem, was uns bevorstand, lastete auf mir. Ich wußte zwar, daß jeder andere Weg in die Bergfestung Mur, wie etwa jener, auf dem ich sie verlassen hatte, mit enormen Schwierigkeiten verbunden war, schon gar, wenn man wie wir eine lange Karawane von Kamelen mit Gewehren, Munition und Sprengstoff mitführte, doch den Ausgang eines Versuches, an den barbarischen Fung vorbeizukommen, wagte ich mir kaum vorzustellen.

Außerdem fiel mir im Nachhinein auf, daß Shadrach mit geradezu verbissener Hartnäckigkeit auf seinem Plan bestanden hatte, aus Opposition gegen uns Engländer, die er im Innersten haßte, vielleicht aber auch aus einem ganz anderen, verborgenen Motiv heraus. Das änderte indes nichts an der Tatsache, daß wir auf ihn angewiesen waren, denn auf Grund der Umstände, unter denen ich den Ort betreten und auch wieder verlassen hatte, konnte ich mich unmöglich als Führer betätigen. Falls ich mich dessen doch unterfing, würden er und seine Abati sich gewiß aus dem Staub machen und uns mit den Kamelen und ihren Lasten uns selbst überlassen. Warum auch nicht, konnten sie doch mit ziemlicher Sicherheit annehmen, daß wir niemals Gelegenheit finden würden, ihrer Herrscherin die Dinge aus unserer Sicht zu schildern.

Die Sonne ging gerade unter, als Quick nach mir rief, um mir mitzuteilen, die Kamele würden beladen.

»Die Sache gefällt mir nicht, Doktor«, sagte er, während er mir half, meine wenigen Habseligkeiten zusammenzupacken, »und zwar deshalb, weil ich diesem Shadrach nicht traue. Seine Kumpane nennen ihn ›Katze‹, und ich finde, der Name paßt zu ihm. Und gerade jetzt zeigt er die Krallen, denn im Grunde seines Herzens haßt er uns alle und würde am liebsten nach Purr oder Mur oder wie immer das Nest heißt, zurückkehren und behaupten, er hätte uns unterwegs verloren. Sie hätten den Blick sehen sollen, den er eben dem Professor zugeworfen hat. Oh! Ich wünschte, der Captain hätte mir erlaubt, ihm eine Ohrfeige zu geben. Das hätte die Atmosphäre gereinigt.«

Das Schicksal wollte es, daß Shadrach doch noch zu ›einer Ohrfeige‹ kam, wenn auch von anderer Hand. Und das ging so: Da Shadrach erklärte, dies sei unbedingt nötig, wurde das Schilf in Brand gesteckt, auf daß die Abati-Wächter auf den fernen Bergen das Feuersignal sähen und Meldung machten, wobei ich im Licht der späteren Geschehnisse keineswegs sicher bin, ob dieses Signal nicht auch für andere Augen gedacht war. Jedenfalls ließen wir, als wir uns wie vereinbart auf den Weg machten, eine lichterloh brennende Wand hinter uns zurück und marschierten die ganze Nacht im Licht der Sterne über eine unebene und zweifellos sehr alte Straße.

Beim ersten Tageslicht verließen wir, zum Glück, ohne jemandem begegnet oder angerufen worden zu sein, diese Straße und lagerten in den überwucherten Ruinen einer verlassenen Stadt, die sich fast genau unterhalb der schroffen Felsen von Mur befand. Nach einem kalten Frühstück – wir hatten nämlich nicht gewagt, ein Feuer anzuzünden – übernahm ich die erste Wache, während die anderen sich schlafen legten. Als die Sonne höherstieg und der Nebel sich auflöste, sah ich, daß wir uns am Rande eines dicht bevölkerten Gebiets befanden, dem man eine gewisse Zivilisation nicht absprechen konnte. Unter uns, nicht mehr als fünfzehn oder sechzehn Meilen entfernt und durch meinen Feldstecher deutlich zu erkennen, lag die große Stadt Harmac, die ich bei meinem letzten Besuch hier nicht zu Gesicht bekommen hatte, weil ich des Nachts daran vorübergezogen war.

Es war eine Stadt des Typs, wie er im Westlichen Zentralafrika verbreitet ist, mit großen Marktplätzen und breiten Straßen sowie Tausenden von weißgetünchten Flachdachhäusern, die bedeutendsten von Gärten umgeben. Rings um die Stadt verlief ein hoher, dicker, offenbar aus sonnengetrockneten Lehmziegeln bestehender Wall, und vor den Toren, deren ich zwei entdeckte, erhoben sich quadratische Wehrtürme. Rings um die Stadt wurde das flache, fruchtbare Land bestellt, denn der Frühling hatte eben Einzug gehalten, und Mais und anderes Getreide spitzten bereits grün aus der Erde.

Hinter diesem Gürtel aus Ackerland konnte ich mit Hilfe des Feldstechers gewaltige Herden von grasenden Rindern und Pferden erkennen, zwischen denen sich Wild herumtrieb, ein Umstand, der mir bestätigte, was ich bereits während meines kurzen Besuches in Mur erfahren hatte, daß die Fung nämlich nur wenige oder gar keine Feuerwaffen besaßen. Andernfalls hätten die Antilopen und Zebras gewiß mehr Abstand gehalten. In weiter Ferne, ja, bis zum Horizont glaubte ich weitere Städte und Dörfer zu entdecken. Die Fung waren offenbar ein sehr zahlreiches Volk und wurden zu Unrecht als Wilde bezeichnet. Kein Wunder, daß der kleine Stamm der Abati sie trotz der schroffen Abgründe, die ihn vor ihrem Haß schützten, so sehr fürchtete.

Gegen elf Uhr löste Orme mich ab, und ich legte mich hin, denn es gab keine Meldung zu machen. Bald schlief ich tief und fest trotz der mannigfachen Sorgen, die mich, wäre ich nicht so müde gewesen, allemal wachgehalten hätten. Schließlich mußten wir uns in der kommenden Nacht durch die Reihen der Fung schleichen, und noch vor Mittag des morgigen Tages würde feststehen, ob wir Mur erreicht hatten oder nicht, wobei letzteres bedeuten würde, daß wir tot waren oder, noch schlimmer, gefangen unter Barbaren, mit der Aussicht, auf die eine andere Art gefoltert und im Anschluß daran hingerichtet zu werden.

Natürlich war es auch möglich, daß wir ohne Zwischenfälle in die Stadt gelangten, schließlich hatten wir gute Führer, die Nacht war dunkel, das Gelände weitläufig und die Straße einsam und wenig belebt, so daß unsere kleine Karawane gute Chancen hatte, unbemerkt durchzuschlüpfen, es sei denn, wir begegneten einer Wache, was an diesem Abend ja aber angeblich nicht zu befürchten war. Shadrach schien guter Dinge zu sein, doch leider dachte ich genau wie Quick und traute ihm nicht über den Weg. Selbst Maqueda, die Herrin der Abati, sie, die man Königskind nannte, schien ihre Bedenken gehabt zu haben.

Jedenfalls hatte sie mir vor meiner Abreise aus Mur anvertraut, sie habe ihn für diese Mission ausgewählt, weil er kühn und gerissen sei und zudem einer der wenigen Angehörigen ihres Volkes, der in seiner Jugend die Wüste durchquert hatte und infolgedessen den Weg kannte. »Gleichwohl, o Physikus«, hatte sie vielsagend hinzugefügt, »behalte ihn im Auge, denn nennt man ihn nicht die ›Katze‹? Ja, behalte ihn im Auge, denn blieben nicht sein Weib und seine Kinder als Geiseln in meiner Gewalt, und wäre ich nicht sicher, daß er das große Stück Land begehrt, das ich ihm als Belohnung versprochen habe, ich würde dich der Obhut dieses Mannes nicht anvertrauen.«

Nun, nachdem ich in Shadrachs Gesellschaft so manches erlebt hatte, schloß ich mich der Meinung Maquedas und auch Quicks an, der durchaus kein schlechter Menschenkenner war.

»Sehen Sie nur, Doktor«, sagte er, als er zu mir kam, um mir zu sagen, ich könne mich zur Ruhe begeben, der Sergeant schien nämlich immer im Dienst zu sein, ganz gleich, ob er gerade Wache hatte oder nicht. »Sehen Sie nur«, damit deutete er auf Shadrach, der im Schatten eines Baumes saß und, ein merkwürdig unangenehmes Lächeln im Gesicht, mit zweien seiner Untergebenen verschwörerisch die Köpfe zusammensteckte. »Wenn der allmächtige Gott jemals einen Halunken erschaffen hat, so hockt er dort drüben. Ich bin überzeugt, er wollte uns in Zeu allesamt loswerden, um unsere Habe an sich zu bringen, und ich kann nur hoffen, daß er uns heute nacht nicht noch so einen Streich spielt. Der Hund kann ihn auch nicht ausstehen.«

Ehe ich noch antworten konnte, erhielt ich den Beweis für Quicks letzte Aussage, denn Pharao, der große, gelbe Hund, der uns in der Wüste gefunden hatte, tauchte beim Klang unserer Stimmen aus irgendeinem Versteck auf und lief schwanzwedelnd auf uns zu. Als er an Shadrach vorüberkam, blieb er knurrend und mit gesträubtem Nackenfell stehen, worauf der Abati einen Stein nach ihm schleuderte und ihn am Bein traf. Im nächsten Moment war Pharao, der Bärenkräfte besaß, auch schon über ihm, und ich dachte wirklich, er würde ihm die Kehle durchbeißen.

Nun, wir konnten ihn wegziehen, ehe er Schaden anrichtete, aber Shadrachs von Angst und Wut verzerrtes Gesicht mit seinen weißen Narben bot einen denkwürdigen Anblick. Es sah fast aus wie eine Teufelsfratze.

Zurück zu meiner Erzählung. Nach diesem Vorfall legte ich mich schlafen, wobei ich mich fragte, ob dies nun mein letzte Schlummer auf Erden sein sollte, oder ob es mir nach allem, was ich um seinetwillen erduldet hatte, nicht doch beschieden sein würde, das Antlitz meines Sohnes wiederzusehen, immer vorausgesetzt, er war noch am Leben, entweder da drüben, keine zwanzig Meilen entfernt – oder irgendwo sonst.

Gegen Abend wurde ich von einem schrecklichen Tumult geweckt, aus dem ich – mit einem Schwall von Beschimpfungen, die ich hier nicht wiederholen möchte – Higgs' schrille Stimme heraushörte, vermischt mit Pharaos Gebell und dem erstickten Ächzen und Fluchen eines Abati. Als ich aus dem kleinen

Zelt stürmte, bot sich mir ein seltsames Bild: Der Professor stand da und hielt Shadrachs Kopf unter seinem linken Arm ›im Schwitzkasten‹, wie wir in der Schule zu sagen pflegten, während seine Rechte mit ihrer ganzen und, wie ich hinzufügen darf, beträchtlichen Kraft Nase und Gesicht des besagten Shadrach bearbeitete. Gleich daneben hielt Sergeant Quick, die hölzernen Züge in einem Ausdruck grimmiger Belustigung erstarrt, Pharao an dem Halsband fest, das wir ihm aus der Haut eines toten Kamels gefertigt hatten, während ringsum mehrere Abati-Treiber nach Art der Orientalen aufgeregt gestikulierten und gutturale Zorneslaute ausstießen. Orme fehlte, er schlief zu dieser Zeit.

»Was machen Sie da, Higgs?« rief ich.

»Das – sehen – Sie – doch«, prustete er und begleitete jedes Wort mit einem Schlag auf die ausladende Nase des bedauernswerten Shadrach. »Ich gebe dem Kerl ein paar saftige Ohrfeigen. Ach, beißen möchtest du, was? Dann nimm das und das und – das! Mein Gott, was hat er nur für harte Zähne. Aber ich glaube, das reicht jetzt.« Damit ließ er den Abati unvermittelt los, und der fiel, gräßlich blutüberströmt, zu Boden und blieb keuchend liegen. Empört über den jämmerlichen Zustand ihres Anführers, traten seine Gefährten drohend auf den Professor zu; einer zog sogar ein Messer.

»Nimm das Ding weg, Söhnchen!« warnte der Sergeant, »oder ich hetze den Hund auf dich, das schwöre ich dir. Haben Sie Ihren Revolver zur Hand, Doktor?«

Selbst wenn der Mann Quicks Worte nicht verstand, so hatte er doch zweifellos deren Sinn erfaßt, denn er steckte das Messer wieder in die Scheide und wich mit den anderen zurück. Auch Shadrach erhob sich und ging mit ihnen. Doch nach ein paar Yard drehte er sich um, funkelte Higgs aus seinen verschwollenen Augen haßerfüllt an und sagte:

»Das werde ich dir nicht vergessen, verfluchter Goi, du wirst es noch büßen müssen.«

In diesem Augenblick erschien auch Orme gähnend auf der Bildfläche.

»Was, zum Teufel, geht hier eigentlich vor?« fragte er.

»Ich gäbe fünf Schillinge für ein Glas eisgekühltes Ingwerbier«, antwortete Higgs zusammenhanglos. Dann trank er aus einem Becher, den Quick ihm reichte, das lauwarme, schlammfarbene Wasser, gab das Gefäß zurück und sagte:

»Vielen Dank, Sergeant, das war besser als nichts, und wenn man erhitzt ist, sind kalte Getränke ohnehin gefährlich. Was hier vorgeht? Ach, nichts weiter. Shadrach hat nur versucht, Pharao zu vergiften. Ich hatte ihn unauffällig beobachtet und sah, wie er zur Strychninbüchse ging, ein Stück Fleisch hineintauchte, das er zuerst naßgemacht hatte, und es dem armen Tier vorwarf. Ich habe den Brocken noch rechtzeitig erwischt und dort über die Mauer geworfen, wo Sie ihn sicher finden werden, wenn Sie sich die Mühe machen, danach zu suchen. Als ich Shadrach fragte, warum er das getan habe, antwortete er: ›Damit der Hund keinen Lärm macht, während wir an den Fung vorbeiziehen‹, und dann fügte er hinzu, das Tier sei ohnehin zu wild und sollte beseitigt werden, immerhin habe es ihn erst heute morgen beißen wollen. Da riß mir der Geduldsfaden, ich ging auf den Schurken los, und obwohl ich das Boxen schon vor zwanzig Jahren aufgegeben hatte, gewann ich bald die Oberhand, denn wie Sie vielleicht schon bemerkt haben, versteht sich kein Orientale auf den Kampf mit Fäusten. Das war alles. Geben Sie mir noch einen Becher Wasser, Sergeant.«

»Hoffentlich«, antwortete Orme achselzuckend. »Ehrlich gesagt, alter Junge, hätten Sie wohl besser damit gewartet, Shadrach eins aufs Auge zu geben, bis wir sicher hinter Murs Mauern gewesen wären. Aber nun ist es geschehen, und ich hätte wahrscheinlich nicht anders gehandelt, wenn ich gesehen hätte, wie er Pharao vergiften wollte.« Damit tätschelte er den Kopf des großen Hundes, den wir alle sehr liebgewonnen hatten, obwohl er in Wirklichkeit nur an Orme hing und uns andere lediglich duldete.

»Doktor«, fuhr er dann fort, »vielleicht könnten Sie die Nase unseres Führers verarzten und seinen Zorn beschwichtigen. Sie kennen ihn besser als wir alle: Geben Sie ihm ein Gewehr. Nein, lieber nicht, er könnte jemanden in den Rücken schießen – ein bewußtes Versehen. Sagen Sie ihm, er bekommt ein Gewehr, sobald wir in Mur sind; ich weiß, daß er sich dringend eines wünscht, denn ich habe ihn dabei erwischt, wie er einen Karabiner aus der Kiste stehlen wollte. Versprechen Sie ihm, was Sie wollen, nur biegen Sie die Sache wieder zurecht.«

Also ging ich mit einer Flasche Arnika und einem Stück Heftpflaster zu Shadrach, der von mitfühlenden Seelen umringt war und vor Zorn über die Kränkung weinte, die man, wie er sich ausdrückte, seiner altehrwürdigen Rasse in Gestalt seiner eigenen, unwürdigen Person zugefügt hatte. Ich richtete ihn körperlich und seelisch auf, soweit ich konnte, und erklärte ihm, während ich sein arg entstelltes Gesicht mit Arnika betupfte, er habe sich den ganzen Ärger selbst zuzuschreiben, es ginge nun wirklich nicht an, Pharao zu vergiften, nur weil der ihn fast gebissen hätte. Darauf antwortete er, er habe einen ganz anderen Grund gehabt, den Hund zu töten, und wiederholte in aller Ausführlichkeit, was er bereits dem Professor auseinandergesetzt hatte – daß Pharao uns nämlich verraten könnte, während wir uns durch die Reihen der Fung schlichen. Außerdem schwor er so gehässig Rache, daß ich es für angebracht hielt, ihm Einhalt zu gebieten.

»Nun hör mir gut zu, Shadrach«, sagte ich, »wenn du diese Worte nicht auf der Stelle widerrufst und mit dem Professor Frieden schließt, wird man dich fesseln und vor Gericht stellen. Vielleicht hätten wir sogar bessere Aussichten, unbehelligt durch die Reihen der Fung zu gelangen, wenn wir dich tot zurückließen und du uns nicht als lebender Feind begleiten würdest.«

Als er das hörte, schwenkte er sofort um und beteuerte, er sei im Unrecht gewesen und sehe es ein. Mehr noch, sobald ich mit dem Verbinden fertig war, suchte er Higgs auf, küßte ihm mit wortreichen Entschuldigungen die Hand und schwor, er habe alles vergessen und empfinde für ihn wie für einen Zwillingsbruder.

»Wunderbar, mein Freund«, antwortete Higgs, der niemals nachtragend war. »Solange du nicht noch einmal versuchst, Pharao zu vergiften, verspreche ich meinerseits, die Sache nicht zu erwähnen, wenn wir nach Mur kommen.«

»Ist er nicht wie umgewandelt, Doktor?« spottete Quick, der die erbauliche Szene beobachtet hatte. »Wie weggeblasen sind die orientalischen Wutausbrüche; kein Wort hört man von der hebräischen Maxime Auge um Auge oder Zahn um Zahn, statt dessen küßt er im wahren, christlichen Geist die Hand, die ihn schlug. Trotzdem traue ich dem Kerl nicht weiter, als ich ihn mit einem Fußtritt befördern kann, schon gar nicht im Dunkeln, und dunkel«, fügte er bedeutungsvoll hinzu, »wird es heute nacht sein.«

Ich gab keine Antwort, obwohl ich dem Sergeant zustimmte, schließlich war an der Lage nichts zu ändern, und jedes Ärgernis wird nur noch schlimmer, je mehr man darüber redet.

Inzwischen neigte sich der Nachmittag dem Abend zu, und dem würde, den aufziehenden Wolken und dem zunehmenden Wind nach zu urteilen, eine stürmische Nacht folgen. Wir sollten kurz nach Sonnenuntergang aufbrechen, also binnen einer Stunde, und nachdem ich meine Sachen gepackt und Higgs bei den seinen geholfen hatte, begaben wir uns auf die Suche nach Orme und Quick, die in einem der Räume eines Hauses ohne Dach eifrig beschäftigt waren. Wie es aussah, sortierte Quick Pfunddosen mit Tabak oder Backpulver, und Orme probierte eine elektrische Batterie aus und überprüfte sorgfältig ganze Knäuel Isolierdraht.

»Was ist das für ein Spiel?« fragte der Professor.

»Ein besseres, als Sie es spielten, alter Junge, als Satan ihren müßigen Händen eingab, Shadrach mit Ohrfeigen zu traktieren. Aber vielleicht machen Sie Ihre Pfeife doch besser aus. Diese Azo-Imid-Verbindungen sollen zwar feuersicherer sein als Kohle, aber man weiß ja nie. Vielleicht hat sich durch das Klima oder die lange Reise die Zusammensetzung verändert.«

Higgs entfernte sich hastig etwa fünfzig Yard weit und kam erst wieder, als er seine Pfeife ausgeklopft und sogar die Streichhölzer auf einem Stein abgelegt hatte.

»Sparen Sie sich Ihre Fragen«, sagte Orme, als der Professor sich behutsam näherte. »Ich werde Ihnen alles erklären. Wir haben heute nacht eine seltsame Reise vor uns – vier Weiße gegen ein Dutzend Bastarde von zweifelhafter Loyalität, und da dachten Quick und ich, es könne nichts schaden, etwas von dem Zeug hier zur Hand zu haben. Wahrscheinlich werden wir es nicht brauchen, und wenn, dann bliebe uns wohl nicht genug Zeit, es einzusetzen; trotzdem, wer weiß? Aber das genügt. Zehn Kanister; damit könnten wir die Hälfte aller Fung in die Luft jagen, wenn sie sich entgegenkommenderweise darauf setzten. Sie nehmen fünf, Quick, eine Batterie und dreihundert Yard Draht, und ich nehme fünf, eine Batterie und dreihundert Yard Draht. Ihre Zünder sitzen alle fest, nicht wahr? Die meinen auch.« Dann ging er ohne ein weiteres Wort daran, seinen Teil der Ausrüstung in den Taschen seiner Jacke und an anderen Stellen zu verstauen, und Quick folgte seinem Beispiel. Die Kiste, die sie geöffnet hatten, wurde wieder zugenagelt und weggebracht, um auf ein Kamel verladen zu werden.

6

Wie wir aus Harmac entkamen

Am Ende einigten wir uns auf folgende Marschordnung: Voran ging ein Abati-Führer, von dem behauptet wurde, er kenne jeden Fußbreit des Weges. Dann kamen Orme und Sergeant Quick mit den mit Sprengstoff beladenen Kamelen. Ich folgte ihnen, um die kostbaren Tiere und ihre Herren im Auge zu behalten. Hinter mir befanden sich wieder einige Kamele mit unserem Gepäck, dem Proviant und allerlei anderen Dingen, und die Nachhut bildete schließlich der Professor mit Shadrach und zwei Abati.

Shadrach hatte sich, wie ich vielleicht erläutern sollte, diesen Platz mit der Begründung ausgesucht, wenn er an der Spitze ginge, würde man nach allem, was geschehen war, jeden Fehler, jede Widrigkeit auf böse Absichten seinerseits zurückführen, während er als Hintermann vor derartigen Verleumdungen geschützt sei. Als Higgs, die Großmut in Person, das hörte, wollte er seinen Glauben an Shadrachs Ehrlichkeit partout dadurch unter Beweis stellen, daß er zusammen mit ihm am Ende ging. Er bestand so energisch darauf, und Shadrach schien sich durch diesen Vertrauensbeweis so geschmeichelt zu fühlen, daß Orme, der, wie vielleicht nachzutragen wäre, das alleinige Kommando über den ganzen Trupp hatte, seit man jederzeit mit Feindseligkeiten rechnen mußte, dem Plan wenn auch sichtlich widerstrebend zustimmte.

Er selbst vertrat, wie ich weiß, die Ansicht, wir vier Engländer sollten zusammenbleiben, freilich hätte es in diesem Fall keine Position in der ganzen Karawane gegeben, in der wir im Dunkeln Kontakt mit den Kamelen und ihrer Ladung hätten halten können, und die waren uns schließlich kaum weniger teuer als unser Leben. Zumindest empfanden wir so, nachdem wir uns nun einmal entschlossen hatten, sie in Mur abzuliefern, denn es ist ein Wesenszug der Angelsachsen, auch eine ganz subjektive Vorstellung von Pflicht und Schuldigkeit über die eigene Sicherheit oder Bequemlichkeit zu stellen.

Ob richtig oder falsch, so wurde es abgemacht, denn in gefahrvollen Situationen muß man tun, was momentan am besten erscheint. Kritik im Nachhinein ist immer leicht, das mußte schon so mancher vom Pech verfolgte Befehlshaber erfahren, wenn sein Unternehmen mißglückte, doch in der Not kommt es darauf an, irgendeine Entscheidung zu treffen.

Die Sonne ging unter, es dunkelte, Wind und Regen setzten ein. Soweit wir feststellen konnten, blieb unser Aufbruch aus der Ruinenstadt unbemerkt. Am Fuß des Hanges gelangten wir auf die alte Straße und hielten nun völlig lautlos – Kamelhufe pflegen nämlich nicht zu klappern – auf die Lichter von Harmac zu, die wir dann und wann, wenn die Gewitterwolken sich ein wenig lichteten, links vor uns funkeln sahen.

Ich kann mich nicht erinnern, auf all meinen ausgedehnten Reisen jemals einen aufregenderen oder unangenehmeren Fußmarsch erlebt zu haben. Es herrschte eine wahrhaft ägyptische Finsternis, die nur dann und wann von fernen Blitzen zerrissen wurde. Der windgepeitschte Regen drang durch die Öffnungen unserer Kamelhaarumhänge und der Regenmäntel, die wir darunter trugen, so daß wir bald völlig durchnäßt waren. Der kalte, feuchte Wind ließ uns, die wir ausgelaugt waren von der Wüstenhitze, frösteln bis ins Mark. Doch alle diese doch ganz erheblichen Unannehmlichkeiten gerieten in Vergessenheit über der großen Frage, die das ganze Unternehmen beherrschte. Würde es uns gelingen, Mur zu erreichen? Oder würden wir zum Lohn für die vielen Mühen und Strapazen noch unterwegs elend umkommen? Die Antwort darauf, das kann ich dem Leser versichern, war für uns alle von höchstem Interesse.

Drei Stunden waren vergangen. Die Lichter von Harmac lagen vor uns, und aus einem Tal in den Bergen etwas weiter rechts blinkten ebenfalls Lichter auf. Bisher war alles gutgegangen; das wußten wir aus den geflüsterten Botschaften, die ständig hin- und hergingen.

Plötzlich blitzte vor uns, aber noch weit entfernt, ein weiteres Licht auf. Gleich darauf ertönte ein leises ›Halt!‹. Wir blieben stehen, und alsbald kam einer der Führer zurückgeschlichen, um uns mitzuteilen, vor uns auf der Straße sei ein Trupp Fung-Kavallerie aufgetaucht. Wir beratschlagten. Shadrach kam nach vorne und meinte, wenn wir ein wenig warteten, zögen sie vielleicht wieder ab, seiner Ansicht nach sei ihre Anwesenheit rein zufällig und stehe in Zusammenhang mit dem großen Fest. Außerdem beschwor er uns, keinen Laut von uns zu geben. Mangels einer besseren Lösung gingen wir auf seinen Vorschlag ein.

Nun habe ich wohl zu erwähnen vergessen, daß der Hund Pharao, um Überraschungen vorzubeugen, in einem großen, seitlich an Ormes Kamel befestigten Korb untergebracht war, in dem er sich oft tragen ließ, wenn er müde war. Da lag er nun ganz friedlich, bis Shadrach auf die unglückselige Idee kam, mich stehenzulassen und sich nach vorne zu begeben, um mit dem Captain zu sprechen. Sobald Pharao seinen Feind witterte, brach er in wütendes Gebell aus, und von da an ging alles wild durcheinander. Shadrach huschte wieder nach hinten. Das Licht vor uns näherte sich rasch. Die vorderen Kamele verließen die Straße, wahrscheinlich dem Leittier folgend, wie es die Art dieser Tiere ist, wenn sie hintereinander gehen.

Ehe wir wußten, wie uns geschah, standen Orme, Quick und ich allein im Dunkeln; damals wähnten wir auch Higgs noch bei uns, doch das war ein Irrtum. Schreie und fremde, in einer uns unverständlichen Sprache redende Stimmen drangen an unser Ohr. Der jähe Schein eines Blitzes – das Gewitter zog eben über uns hinweg – zeigte uns mehrere Szenen zugleich. Zum einen zog das Reitkamel des Professors, sofort erkennbar an seinem reinweißen Fell und der eigentümlich schiefen Kopfhaltung, in zehn Yard Entfernung zwischen uns und der Straße vorüber, mit einem Mann auf dem Rücken, der ganz ohne Zweifel nicht der Professor war. Nun erst kam uns dessen Abwesenheit zu Bewußtsein und ließ uns das Schlimmste befürchten.

»Ein Fung hat sein Kamel geraubt«, sagte ich.

»Nein«, widersprach Quick. »Das war Shadrach. Ich habe seine häßliche Visage im Gegenlicht gesehen.«

Als zweites glaubten wir unsere Lastkamele zu erkennen, die sich schnell von uns entfernten, jedoch abseits der Straße, auf der sich ein Trupp weißgewandeter Reiter befand. Orme wies uns in knappen Worten an, den Kamelen zu folgen, da vielleicht auch der Professor bei ihnen sei. Wir schickten uns an, ihm zu gehorchen, doch ehe wir in dem Maisfeld oder wo immer wir uns befanden, zwanzig Yard zurückgelegt hatten, hörten wir vor uns Stimmen, die nicht den Abati gehörten. Offenbar hatte der Blitz, der uns die Fung gezeigt hatte, ihnen den gleichen Dienst erwiesen, und nun rückten sie an, um uns zu töten oder gefangenzunehmen.

Da gab es nur noch eines – kehrtmachen und fliehen –, und das taten wir, ohne zu wissen, wohin, aber immerhin auch, ohne uns zu verlieren.

Etwa eine Viertelstunde später – wir waren gerade im Begriff, ein aus Palmen und anderen Bäumen bestehendes Wäldchen zu betreten, das uns den Blick nach vorne versperrte – zuckte abermals ein Blitz auf, diesmal freilich viel schwächer, denn inzwischen war das Gewitter über die Berge von Mur hinweggezogen, und in seinem Gefolge prasselte ein heftiger Schauer hernieder. Im Schein dieses Blitzes sah ich, der ich als letzter ritt und in diesem Moment zufällig über die Schulter blickte, daß die Fung-Reiter keine fünfzig Yard hinter uns ausgeschwärmt waren und auf breiter Front allenthalben nach uns suchten. Ich hatte jedoch den festen Eindruck, daß sie uns im tiefen Schatten der Bäume noch nicht entdeckt hätten.

»Weiter«, feuerte ich die anderen an; »sie werden bald hier sein.« Und Quick fügte hinzu:

»Geben Sie Ihrem Kamel den Kopf frei, Captain; es kann im Dunkeln sehen, vielleicht bringt es uns zur Straße zurück.«

Orme folgte diesem Rat, der angesichts der pechschwarzen Finsternis durchaus vernünftig erschien. Und er hatte Erfolg damit, denn plötzlich ging es in flottem Tempo voran, und die drei Kamele trabten in einer Reihe zuerst über weichen Boden und schließlich über eine feste Straße. Nach einer Weile glaubte ich, der Regen habe aufgehört, weil ein paar Sekunden lang kein Tropfen auf uns fiel, doch dann hörte ich die Kamelhufe widerhallen, spürte abermals die Nässe auf meiner Haut und zog daraus den Schluß, daß wir nur einen Torbogen passiert hatten. Wir ritten weiter, und schließlich konnte ich trotz Dunkelheit und Regen Gebilde unterscheiden, die aussahen wie Häuser, in denen aber nirgendwo Licht brannte, vielleicht deshalb, weil es bereits gegen Morgen ging. Eine entsetzlicher Gedanke schoß mir durch den Kopf: waren wir etwa in Harmac? Für alle Fälle teilte ich den anderen meinen Verdacht mit.

»Nicht von der Hand zu weisen«, flüsterte Orme zurück. »Vielleicht wurden die Kamele hier gezüchtet und suchen nach ihrem Stall. Nun gibt es nur noch eines – wir müssen weiter.«

Lange Zeit ritten wir unbehelligt dahin, nur ab und zu bellte uns ein Hund hinterher. Pharao in seinem Korb nahm zum Glück keine Notiz davon, wahrscheinlich, weil er es sich angewöhnt hatte, jedem kläffenden Köter gegenüber so lange völlige Gleichgültigkeit an den Tag zu legen, bis der Rivale nahe genug war, daß er ihn anspringen, mit ihm kämpfen oder ihn gar töten konnte. Endlich passierten wir einen zweiten Torbogen und vielleicht einhundertfünfzig Yard danach blieben die Kamele plötzlich stehen. Quick saß ab, und bald hörte ich ihn sagen:

»Tore. Kann die Messingbeschläge spüren. Darüber ein Turm, glaube ich, und zu beiden Seiten eine Mauer. Sitzen offenbar in der Falle. Warten am besten, bis es hell wird. Einzige Möglichkeit.«

Wir blieben also, und nachdem wir die Kamele zusammengebunden hatten, damit sie nicht weglaufen konnten, suchten wir unter dem Turm oder was immer es sein mochte, Schutz vor dem Regen. Um uns die Zeit zu vertreiben und vor Nässe und Kälte nicht gänzlich zu erstarren, verzehrten wir den Inhalt einiger Konservendosen und ein paar Stück Zwieback aus unseren Satteltaschen und tranken einen Schluck Brandy aus Quicks Reiseflasche. Etwas wärmer wurde uns davon zwar, doch unsere Stimmung hätte wohl auch eine ganze Flasche nicht heben können. Higgs, den wir alle herzlich liebten, war verschwunden und inzwischen wahrscheinlich tot; die Abati hatten uns aus den Augen verloren oder im Stich gelassen, und wir drei Weißen waren allem Anschein nach in eine Barbarenfestung geraten, wo man uns, sobald man unser ansichtig wurde, wie Vögel in einem Netz fangen und nach Belieben schlachten würde. Unsere Lage war alles andere als erfreulich.

Das körperliche und seelische Elend überwältigte mich schließlich, und ich nickte ein; Orme verstummte, und nachdem der Sergeant wieder einmal bemerkt hatte, alle Sorgen seien überflüssig, was sein müsse, müsse eben sein, verzog er sich in eine Ecke und summte zum Trost immer wieder die Verse einer Hymne vor sich hin, die folgendermaßen beginnt:

»Jenseits des Jammertals, da liegt ein Paradies;
Wo unbekannt das Leid, wo keine Träne fließt.«

Zum Glück hörten kurz vor Morgengrauen die ›Tränen‹ in Form von Regen zu fließen auf. Der Himmel wurde klar, die Sterne zeigten sich; mit einemmal erstrahlte das Firmament in einem feenhaften Perlmuttschimmer, über der Erde lag der Nebel dagegen so dicht, daß wir nichts sehen konnten. Dann tauchte aus dem grauen Meer der große feurige Sonnenball auf, doch bis auf ein paar Yard im Umkreis war immer noch alles verhüllt.

»Jenseits des Jammertals, da liegt ein Paradies«

leierte Quick leise zum fünfzigsten Mal, offenbar kannte er keine andere Hymne, die zu unserer Lage gepaßt hätte. Doch plötzlich rief er:

»Hallo! Da ist ja eine Treppe. Wenn Sie gestatten, steige ich hinauf, Captain.« Was er denn auch tat.

Eine Minute später hörten wir ihn leise rufen:

»Kommen Sie, meine Herren. Den Anblick sollten Sie sich nicht entgehen lassen.«

Wir hasteten die Stufen hinauf und gelangten, wie ich erwartet hatte, auf einen der beiden Türme über dem Bogen. Diese Türme waren Teil eines großen Schutzwalls vor den Südtoren einer Stadt, die keine andere als Harmac sein konnte. Über dem Nebel schwebten die mächtigen Klippen von Mur, die fast direkt vor uns von einem tiefen Tal durchschnitten wurden.

In dieses Tal strömte das Sonnenlicht und fiel auf ein phantastisches, ehrfurchteinflößendes Gebilde, dessen Fuß von wallenden Nebeln verhüllt war, ein riesiges, liegendes Tier aus schwarzem Stein, der Kopf geformt wie der eines Löwen und gekrönt mit dem *Uräus*, dem Schlangenwappen der altägyptischen Könige. Wie groß das Wesen sein mochte, war von hier aus nicht zu schätzen, denn wir waren fast eine Meile davon entfernt; sicher war jedoch, daß wir noch nie einen Monolithen von solch kolossalen Ausmaßen gesehen oder auch nur von einem solchen gehört hatten.

Neben diesem gewaltigen Bildnis erschien die vielgerühmte Sphinx von Gizeh wie ein Spielzeug. Hier hatte eine längst verschwundene Rasse mit großem Geschick und unendlicher Geduld einem kleinen Felsgebirge die Gestalt eines löwenköpfigen Ungeheuers verliehen. Umbrodelt vom Nebel, im Widerschein des rötlichen Morgenlichts, das von den schroffen Felswänden zurückgeworfen wurde, verbreitete dieses majestätische Haupt einen Schrecken ohnegleichen, und auch wir waren trotz unserer elenden Verfassung so überwältigt, daß wir eine ganze Weile schwiegen. Endlich machte jeder auf seine Weise seinem Herzen Luft.

»Der Götze der Fung!« sagte ich. »Kein Wunder, daß die Wilden ihn für einen Gott halten.«

»Der größte Monolith der Welt«, murmelte Orme, »und Higgs ist tot. Oh, wenn er das noch hätte erleben können, er wäre selig gestorben. Ich wünschte, sie hätten mich erwischt; ich wünschte es wirklich!« Und er rang die Hände, denn es entspricht ganz und gar Oliver Ormes Wesen, stets zuerst an andere zu denken.

»Und das wollten wir also in die Luft jagen«, sagte Sergeant Quick zu sich selbst. »Die ›Azurbienen‹ oder wie immer man das Zeug nennt (er meinte die Azo-Imide), sind zwar recht emsig, aber falls es jemals dazu kommt, hätten sie auch einiges zu tun. Eigentlich schade, das Kätzchen ist auf seine Art recht hübsch.«

»Gehen wir«, sagte Orme. »Wir müssen feststellen, wo wir sind; vielleicht können wir im Schutz des Nebels entkommen.«

»Einen Augenblick noch«, antwortete ich. »Sehen Sie das?« Ich deutete auf einen nadelspitzen Felsen, der etwa eine Meile südlich des Götzentales und vielleicht zwei Meilen von unserem Standort entfernt aus dem Nebel ragte. »Das ist der Weiße Fels; er ist nicht von Natur aus weiß, aber die Geier nisten darauf und beschmutzen ihn mit ihrem Kot. Ich sehe ihn heute zum erstenmal, denn damals kam ich bei Nacht daran vorbei, aber ich weiß, daß er am Eingang der Felsspalte steht, die nach Mur hinaufführt; Sie wissen doch, Shadrach hat uns davon erzählt. Nun, diesen Weißen Fels müssen wir erreichen, dann haben wir eine Chance.«

Orme warf nur einen kurzen Blick auf den Felsen und wiederholte dann: »Gehen wir; hier oben könnte man uns entdecken.«

Wir stiegen hinab und erkundeten in fieberhafter Eile die Umgebung, mit folgendem Ergebnis: Der Bogen unter dem Turm wurde von einem großen Tor mit offenbar sehr alten, merkwürdig geformten Beschlägen aus Kupfer oder Bronze ausgefüllt, die tierische und menschliche Gestalten darstellten. In beide Flügel waren Gitter eingelassen, so daß eventuelle Verteidiger hinausschauen oder Pfeile hindurchschießen konnten. Wichtiger erschien uns jedoch die Tatsache, daß das Tor keine Schlösser hatte, sondern nur mit dicken Bronzeriegeln und -stangen gesichert war, die sich entfernen ließen.

»Wir sollten verschwinden, ehe der Nebel sich lichtet«, sagte Orme. »Mit etwas Glück gelangen wir unbehelligt bis zum Paß.«

Wir stimmten ihm zu, und ich rannte zu den Kamelen, die sich gleich vor dem Bogen niedergelassen hatten. Ehe ich sie jedoch erreichte, rief Quick mich zurück.

»Sehen Sie sich das an, Doktor«, sagte er und deutete auf eines der Gucklöcher.

Durch den dichten Nebel sprengte ein Trupp Reiter auf das Tor zu.

»Sie müssen uns auf der Mauer gesehen haben. Wie konnten wir nur so töricht sein, dort hinaufzusteigen!« rief Orme.

Im nächsten Moment zuckte er zurück, keine Sekunde zu früh, denn durch das Loch, an das er eben noch sein Auge gehalten hatte, sauste ein Speer und fuhr hinter dem Torbogen in die Erde. Mehrere andere prallten klappernd von den Bronzebeschlägen ab.

»Nichts zu machen!« sagte Orme. »Jetzt ist alles aus, sie wollen mit Gewalt eindringen. Ich schlage vor, wir setzen alles auf eine Karte. Haben Sie, Sergeant, und auch Sie, Doktor, Ihre Gewehre bereit? Ja? Dann wählen Sie sich eine Schießscharte, zielen sie, und ballern sie ihr Magazin leer. Aber vergeuden Sie keinen Schuß. Vergeuden Sie, um Himmels willen, keinen Schuß. Und jetzt – eins – zwei – drei, Feuer!«

Und so hielten wir mitten in die Menge, denn die Männer waren abgesessen und rannten auf die Tore zu, um sie einzurammen. Vorbeischießen konnten wir auf die geringe Entfernung kaum, und die Magazine unserer Repetiergewehre enthielten je fünf Schuß. Als der Rauch sich verzogen hatte, zählte ich ein gutes halbes Dutzend gefallener Fung, während einige andere sich verwundet davonschleppten. Zudem waren mehrere weiter hinten befindliche Männer und Pferde von Kugeln getroffen worden, die zuerst durch die Leiber der Gefallenen gegangen waren.

Die mörderische Salve tat schnell und gründlich ihre Wirkung. So tapfer die Fung auch sein mochten, an Gewehre mit Magazin waren sie nicht gewöhnt. Da sie in ihrer Flußschleife vollkommen isoliert lebten, hatten sie keine Ahnung von modernen Schußwaffen und ihrer schrecklichen Zerstörungskraft, selbst wenn sie Gerüchte gehört und gelegentlich beim Tauschhandel eine alte Gasrohrmuskete zu Gesicht bekommen haben mochten. Deshalb konnte man ihnen kaum verübeln, wenn ihr Mut beim Anblick dieser jähen Todesart, die ihnen fast wie Zauberei erscheinen mußte, rasch dahinschwand. Jedenfalls ergriffen sie kopflos die Flucht, ohne ihre Toten und Verwundeten mitzunehmen.

Auch wir dachten nun wieder an Flucht, was vielleicht die klügste Lösung gewesen wäre, doch wir zögerten, weil wir glaubten, die Fung hätten die Straße nicht geräumt, sondern wären nur ein wenig zurückgewichen, um dann auf uns zu warten. Während wir damit Zeit verloren, wurde der Nebel sehr viel dünner, so dünn, daß wir genau erkennen konnten, wo wir uns befanden. Vor uns, zur Stadt hin, lag ein großer, freier Platz, dessen Mauern an die eigentlichen Stadtmauern angrenzten und eine Art Vestibül oder Vorraum zum Schutz des Stadttors bildeten, durch das wir im Dunkeln nichtsahnend geritten waren.

»Die inneren Tore sind offen«, sagte Orme und nickte zu den großen Portalen jenseits des Platzes hin. »Wir wollen versuchen, ob wir sie nicht schließen können, denn sonst werden wir die Stellung nicht lange halten.«

Also rannten wir quer über den Platz zu diesem zweiten Tor, das jenem, durch das wir eben geschossen hatten, sehr ähnlich war, nur größer, und da wir niemandem begegneten, der unsere Bemühungen vereitelt hätte, gelang es uns mit vereinten Kräften gerade so, zuerst den einen und dann den anderen Flügel zu schließen und die verschiedenen Riegel und Stangen an die richtigen Stellen zu bugsieren. Zwei Männer hätten es niemals geschafft, aber da wir zu dritt und ziemlich verzweifelt waren, brachten wir es zuwege. Dann zogen wir uns zu unserem ersten Torbogen zurück und nützten, da weiter nichts geschah, die Gelegenheit, um ein paar Bissen zu essen und einen Schluck zu trinken, schließlich starb es sich, wie Quick weise bemerkte, gesättigt auch nicht schlechter als mit leerem Magen.

Als wir den Platz überquert hatten, war der Nebel rasch dünner geworden, doch als die Sonne nun höher stieg und die Feuchtigkeit aus der regennassen Erde sog, verdichtete er sich wieder.

»Sergeant«, sagte Orme schließlich, »die schwarzen Männer werden uns bald angreifen. Jetzt wäre es an der Zeit, eine Mine zu legen, denn noch können sie nicht sehen, was wir vorhaben.«

»Ich hatte eben den gleichen Gedanken, Captain, je eher, desto besser«, antwortete Quick. »Vielleicht könnte der Doktor hierbleiben, die Kamele bewachen und jedem, der den Kopf über die Mauer streckt, einen guten Morgen wünschen. Wir wissen doch, was für ein tüchtiger Schütze er ist.« Damit klopfte er auf mein Gewehr.

Ich nickte zustimmend, und die beiden machten sich, beladen mit Drähten und den Päckchen, die aussahen wie Tabaksdosen, auf den Weg zu einem steinernen Bauwerk in der Mitte des Platzes, das an einen Altar erinnerte, aber wohl eher eine Tribüne war, wo die einheimischen Auktionatoren Sklaven und andere Waren verkauften. Was die beiden dort taten, weiß ich wahrhaftig nicht zu sagen, denn ich war vollauf damit beschäftigt, die Mauern zu beobachten, deren Krone ich über dem Nebel deutlich sehen konnte, und schenkte ihnen daher weiter keine Beachtung.

Meine Wachsamkeit wurde alsbald belohnt, denn über dem großen Tor auf der anderen Seite, etwa hundertfünfzig Schritt von mir entfernt, tauchte eine Art Scheich in weißen Gewändern auf, angetan mit einem wunderschönen bunten Turban oder Kopfputz. Er stolzierte auf und ab, schwenkte trotzig seinen Speer und stieß laute Schreie aus.

Diesen Mann nahm ich sorgfältig ins Visier, wozu ich mich sogar hinlegte. Wie Quick ganz richtig bemerkt hatte, bin ich ein guter Gewehrschütze, da ich mich in dieser Kunst seit vielen Jahren übe; trotzdem kann jeder einmal fehlen, und das wollte ich bei dieser Gelegenheit vermeiden, wiewohl ich gegen den armen Kerl mit dem schönen Kopfputz persönlich keinen Groll hegte. Doch wenn dieser Wilde ganz plötzlich und auf rätselhafte Weise starb, würde das auf seine Untertanen gewiß einen starken Eindruck machen.

Endlich blieb er direkt über dem Tor stehen und vollführte eine Art Kriegstanz, wobei er von Zeit zu Zeit den Kopf drehte und den anderen hinter der Mauer etwas zurief. Dies war meine Chance. Ich legte mit so viel Bedacht an, als wollte ich ein Preisschießen gewinnen, zielte etwas tiefer, falls das Gewehr nach oben verriß, und drückte ganz behutsam den Abzug durch. Die Patrone explodierte, die Kugel raste aus dem Lauf, und der Mann auf der Mauer hörte auf zu tanzen und zu schreien und stand ganz still. Er hatte ganz offensichtlich den Schuß gehört oder den Luftzug der Kugel gespürt, ohne von ihr getroffen zu werden.

Ich drückte den Hebel, warf die leere Hülse aus und machte mich für den nächsten Schuß bereit, doch ein Blick nach oben zeigte mir, daß dies nicht mehr nötig war, denn der Fung-Hauptmann drehte sich wie ein Kreisel um sich selbst. Drei oder vier Mal wirbelte er unglaublich schnell herum, dann breitete er plötzlich die Arme weit aus, stürzte kopfüber von der Mauer wie ein Schwimmer vom Sprungbrett, aber rückwärts, und ward nicht mehr gesehen. Von jenseits des Walls drangen Schreie der Wut und der Bestürzung herüber.

Danach ließ sich kein Fung mehr auf der Mauer blicken, so daß ich meine Aufmerksamkeit dem Guckloch in den Toren hinter mir zuwenden konnte, und als ich in einer Entfernung von vier- oder fünfhundert Yard auf einem Felsgrat, der aus dem Nebel herausragte, einige Reiter erblickte, eröffnete ich auf sie das Feuer und hatte das Glück, mit dem zweiten Schuß einen Mann aus dem Sattel zu holen. Einer seiner Begleiter, offenbar ein tapferer Bursche, saß sofort ab, warf den Gestürzten, tot oder lebendig, quer über sein Pferd, sprang dahinter wieder auf und galoppierte mit den anderen davon, verfolgt von weiteren Kugeln, die ich ihnen nachschickte, aber wahrscheinlich, ohne zu treffen.

Nun schien die Straße zum Mur-Paß frei zu sein, und ich bedauerte schon, daß Orme und Quick nicht hier waren, um mit mir den Ausbruch zu wagen. Ich überlegte sogar, ob ich sie nicht holen oder rufen sollte, als sie ohnehin zurückkehrten und dabei unterwegs mehrere Drähte im Sand vergruben. Zugleich vernahm ich dröhnende Schläge, an deren Bedeutung kein Zweifel bestehen konnte. Die Fung waren dabei, mit einer Art Rammbock gegen die hinteren Bronzetore anzurennen. Ich lief meinen beiden Gefährten entgegen und erstattete ihnen Bericht.

»Gut gemacht«, sagte Orme ruhig. »Und jetzt, Sergeant, schließen Sie die beiden Drähte an die Batterie an, aber schrauben Sie sie gut fest. Sie haben sie doch sicher überprüft? Doktor, seien Sie so freundlich und entriegeln Sie das Tor. Nein, das schaffen Sie nicht allein, ich werde Ihnen gleich helfen. Sehen Sie nach den Kamelen und ziehen Sie die Gurte stramm. Die

Fung werden das Tor bald eingeschlagen haben, und dann ist keine Zeit mehr zu verlieren.«

»Was haben Sie vor?« fragte ich, während ich mich an die Arbeit machte.

»Ich hoffe, sie mit einem kleines Feuerwerk erfreuen zu können. Treiben Sie die Kamele unter den Torbogen, damit sie mit ihren Hufen nicht die Drähte durcheinanderbringen. Nun steht doch still, ihr zappligen Viecher! Und jetzt zu den Riegeln. Himmel! Die gehen aber schwer. Die Fung sollten sie ab und zu ölen. Ein Flügel genügt – kümmern Sie sich nicht um den anderen.«

Unter Aufbietung aller Kräfte gelang es uns, das Tor zu bewegen und einen Spalt breit zu öffnen. Soweit wir sehen konnten, wartete niemand davor. Entweder hatten wir die dort postierte Wache mit unseren Kugeln verscheucht, oder sie war aus anderen Gründen abgezogen.

»Ob wir es riskieren könnten, um unser Leben zu reiten?« schlug ich vor.

»Nein«, antwortete Orme. »Selbst wenn hinter dem Abhang keine Fung warten sollten, könnten sie uns von der Stadt aus auf ihren schnellen Pferden bald einholen. Wir müssen ihnen einen tüchtigen Schrekken einjagen, ehe wir Reißaus nehmen, dann lassen uns die paar Übriggebliebenen vielleicht in Ruhe. Und nun passen Sie gut auf. Wenn ich das Zeichen gebe, führen Sie beide die Kamele nach draußen und lassen sie in etwa fünfzig Yard Entfernung niederknien, nicht näher, denn ich kenne die Reichweite dieser neuen Sprengstoffe nicht genau, sie könnte größer sein als angenommen. Ich werde so lange warten, bis die Fung direkt über der Mine sind, dann werde ich sie zünden, um danach hoffentlich zu Ihnen zu stoßen. Komme ich nicht, so reiten Sie, so schnell Sie nur können, zu jenem Weißen Fels, und sollten Sie Mur erreichen, so bestellen Sie dem Königskind oder wie immer sie genannt wird, meine besten Grüße und sagen ihr, ich sei zwar verhindert und könne ihr daher nicht zu Diensten sein, aber Sergeant Quick verstehe von Pikraten nicht weniger als ich. Sorgen Sie auch dafür, daß man Shadrach den Prozeß macht und ihn verurteilt, falls er Higgs' Tod auf dem Gewissen hat. Der arme, alte Higgs! Er hätte sich prächtig amüsiert!«

»Bitte vielmals um Verzeihung, Captain«, sagte Quick, »aber ich bleibe bei Ihnen. Der Doktor kann sich um die Lasttiere kümmern.«

»Hätten Sie wohl die Güte, meine Befehle zu befolgen und sich zurückzuziehen, wenn man es Ihnen sagt, Sergeant? Kein Wort mehr. Um des Zieles dieser Expedition willen muß unbedingt einer von uns beiden mit heiler Haut davonkommen.«

»Sir«, flehte Quick, »darf dann nicht ich die Batterie übernehmen?«

»Nein«, lehnte Orme streng ab. »Ah, das Tor ist endlich gefallen!« Er zeigte auf eine Horde Fung, die teils zu Pferde, teils zu Fuß, mit Gebrüll, wie es ihre Art war, durch die entstandene Öffnung strömten, und fuhr fort: »Und nun nehmen Sie die Hauptleute aufs Korn und ballern los. Ich möchte sie ein wenig zurückdrängen, damit sie nicht vereinzelt daherkommen, sondern alle auf einem Haufen.«

Wir griffen nach unseren Repetiergewehren und taten, wie Orme uns geheißen. Die Fung kamen in so dichten Scharen, daß wir für jeden Mann, den wir verfehlten, einen anderen trafen und auf diese Weise eine ganze Reihe töteten oder verwundeten. Der Verlust mehrerer Anführer, von den gemeineren Leuten ganz zu schweigen, zeigte genau die Wirkung, mit der Orme gerechnet hatte. Anstatt im Alleingang loszustürmen, schwärmten die Fung-Soldaten nach rechts und links aus, bis sie sich auf der anderen Hälfte des Platzes zu Tausenden drängten, ein wahres

Meer von Menschen, in das wir, wie kleine Jungen, die Steine ins Wasser werfen, unsere Kugeln jagten.

Endlich wurde der Druck von hinten zu stark, und der aufgewiegelte, tobende Mob ergoß sich über den Platz, eine riesige Horde, die darauf brannte, die drei weißen Männer mit ihren neuartigen, schrecklichen Waffen zu vernichten. Nie wieder habe ich eine Szene von solcher Dramatik erlebt.

»Und nun«, sagte Orme, »stellen Sie das Feuer ein und tun Sie, was ich Ihnen gesagt habe. Lassen Sie die Kamele mindestens fünfzig Yard hinter der Mauer niederknien und warten Sie ab. Sollten wir uns nicht wiedersehen, nun, dann leben Sie wohl und viel Glück.«

Wir gingen, aber Quick standen vor Scham und Zorn wahrhaftig die Tränen in den Augen.

»Herr im Himmel!« rief er aus, »Herr im Himmel! Muß sich Samuel Quick, Sergeant der Pioniere, mit fünf Medaillen geehrt, nach vier Feldzügen tatsächlich mit dem Gepäck fortschicken lassen wie ein schmerbäuchiger Kapellmeister, während sein Captain zurückbleibt und ganz allein gegen dreitausend Neger kämpft? Doktor, wenn er nicht wiederkommt, dann müssen Sie alleine zusehen, wie Sie sich retten, denn ich gehe zurück und bleibe bei ihm, das ist mein letztes Wort. So, das sind fünfzig Schritt; nieder mit euch, ihr häßlichen Bestien.« Er versetzte seinem Kamel mit dem Gewehrkolben einen harten Schlag auf den Kopf.

Wir hatten an einer Stelle angehalten, wo wir durch den Torbogen den dahinterliegenden Platz im Blick hatten. Dort sah es inzwischen aus wie bei einem großen Sonntagsgottesdienst im Hyde Park, es wimmelte von Menschen, und die ersten Reihen hatten sich schon bis zu der altarähnlichen Tribüne im Zentrum vorgeschoben.

»Warum läßt er denn die Bienen nicht los?« murrte

Quick. »Ach! Jetzt durchschaue ich sein Spielchen. Sehen Sie nur!« Er deutete auf Orme, der sich auf unserer Seite hinter die geschlossene Torhälfte duckte und gespannt durch den Spalt in der Mitte spähte. Die Batterie hielt er in der rechten Hand. »Er will sie näher herankommen lassen, um fettere Beute zu machen. Er ...«

Was Quick sonst noch zu sagen hatte, hörte ich nicht mehr, denn plötzlich bebte die Erde, und der ganze Himmel schien in Flammen aufzugehen. Ein Stück der Mauer um den Platz wurde herausgeschleudert und flog durch die Luft. Die geschlossene Hälfte des bronzebeschlagenen Tores kam ausgelassen hüpfend und tanzend auf uns zu, davor erblickten wir die Gestalt eines Mannes. Und dann prasselte alles mögliche auf uns hernieder.

Steine zum Beispiel, von denen uns zum Glück keiner traf, aber auch wesentlich unerfreulichere Dinge. Man bekommt gewiß nicht oft von einer toten, vom dazugehörigen Körper getrennten Faust einen Hieb versetzt, doch genau dies widerfuhr mir bei dieser Gelegenheit, wobei die Faust sogar noch einen Speer umklammert hielt. Die Kamele wollten aufspringen und durchgehen, aber es gelang uns, die von Natur aus phlegmatischen und zudem übermüdeten Geschöpfe wieder zu beruhigen.

Während wir, vom Schock benommen, ziemlich mechanisch die Tiere streichelten, erreichte uns die Gestalt, die von der tanzenden Tür auf uns zu getrieben wurde. Der Mann schwankte wie betrunken, und wir erkannten hinter Staub und Trümmern Oliver Orme. Sein Gesicht war geschwärzt, die Kleider zerrissen, und aus einer Schädelwunde rann ihm das Blut durchs braune Haar. Doch in der Rechten hielt er immer noch die kleine Elektrobatterie, und ich sah sofort, daß er sich keine Knochen gebrochen hatte.

»Sehr wirkungsvolle Mine«, stieß er heiser hervor.

»Burische Melinitgranaten können's mit dieser Verbindung nicht aufnehmen. Los jetzt, ehe der Feind sich von seinem Schrecken erholt.« Damit stieg er auf sein Kamel und ließ es aufstehen.

Eine Minute später trabten wir bereits auf den Weißen Fels zu, während hinter uns aus der Stadt Harmac Angst- und Schmerzensschreie aufstiegen. Wir ritten die Anhöhe hinauf, wo ich den Reiter erschossen hatte, und stellten wie erwartet fest, daß die Fung in einer dahinterliegenden Senke, außer Reichweite unserer Kugeln, eine starke Wache postiert hatten, um uns im Falle einer Flucht den Weg abzuschneiden. Nun flüchteten sie freilich selbst, die Geschehnisse, die ihnen wie eine übernatürliche Katastrophe erscheinen mußten, hatten sie völlig verschreckt, und wir sahen sie nach rechts und links davonsprengen, so schnell ihre Pferde sie nur tragen konnten.

Eine Weile ritten wir also unbehelligt weiter, mit Rücksicht auf Ormes Zustand allerdings nicht sonderlich schnell. Etwa auf halbem Wege zum Weißen Fels blickte ich mich um und sah, daß wir von einem an die hundert Mann starken Trupp Kavallerie verfolgt wurden, der die Stadt vermutlich durch ein anderes Tor verlassen hatte.

»Peitschen Sie auf die Kamele ein«, rief ich Quick zu, »sonst kriegen sie uns doch noch.«

Er gehorchte, und die Tiere fielen in einen schlurfenden Galopp, doch die Reiter kamen immer näher. Ich hatte die Hoffnung schon fast aufgegeben, als zu allem Unglück hinter dem Weißen Fels auch noch ein zweiter Reitertrupp auftauchte.

»Die wollen uns den Weg abschneiden!« rief ich.

»Mag sein, Sir«, antwortete Quick. »Scheint mir aber ein anderer Haufen zu sein.«

Bei genauerer Betrachtung sah ich, daß er recht hatte. Es war ein ganz anderer Haufen, denn das

Abati-Banner, das ich als Gast des Stamms gründlich studiert hatte und deshalb sofort erkannte, flatterte ihm voran: eine ganz ungewöhnliche grüne Dreiecksflagge, auf der, umgeben von goldenen, hebräischen Schriftzeichen, die Gestalt Salomons auf dem Thron abgebildet war. Außerdem ritt unmittelbar hinter dem Banner inmitten einer Leibwache eine zierliche, weiß gekleidete Frau, das Königskind persönlich!

Zwei Minuten später hatten wir sie erreicht. Ich brachte mein Kamel zum Stehen, sah mich um und stellte fest, daß sich die Fung-Kavallerie bereits zurückzog. Nach allem, was an diesem Morgen passiert war, brachte sie für einen Kampf mit einer überlegenen Streitmacht ganz offensichtlich nicht mehr den Mut auf.

Die Dame in Weiß ritt uns entgegen.

»Sei mir gegrüßt, Freund«, rief sie mir zu, denn sie hatte mich sofort wiedererkannt. »Wer ist nun euer Hauptmann?«

Ich deutete auf den schwer angeschlagenen Orme, der mit halb geschlossenen Augen schwankend auf seinem Kamel saß.

»Edler Herr«, wandte sie sich an ihn, »berichte mir, was geschehen ist, so du es vermagst. Ich bin Maqueda von den Abati, die man das Königskind nennt. Betrachte das Symbol auf meiner Stirn, und du wirst sehen, daß ich die Wahrheit spreche.« Damit warf sie ihren Schleier zurück und enthüllte den Kronreif, das Zeichen ihrer Majestät.

7
Barung

Beim Klang ihrer weichen Stimme (Maquedas seidenweiche Stimme war immer einer ihrer größten Reize gewesen) schlug Orme die Augen auf und starrte sie an.

»Seltsamer Traum«, hörte ich ihn murmeln. »Muß doch was dran sein an der mohammedanischen Lehre. Die Frau ist wunderschön, und das goldene Ding macht sich gut auf ihrem dunklen Haar.«

»Was sagt dein edler Gefährte?« wollte Maqueda von mir wissen.

Ich erklärte ihr vorab, er stehe unter Schock, um seine Äußerungen sodann wortwörtlich zu übersetzen, worauf Maqueda bis zu ihren herrlichen, veilchenblauen Augen errötete und hastig ihren Schleier wieder fallen ließ. In der entstandenen Verwirrung hörte ich Quick zu seinem Herrn sagen:

»Nein, nein, Sir, das ist keine *Houri*, sondern eine Königin aus Fleisch und Blut, und außerdem das Hübscheste, was mir je unter die Augen gekommen ist, auch wenn sich's um eine unwissende afrikanische Jüdin handelt. Aufwachen, Captain, Sie müssen aufwachen; Sie sind nicht mehr im höllischen Feuer. Das hat nur die Fung erwischt, aber nicht Sie.«

Das Wort Fung schien Orme munter zu machen.

»Ja«, sagte er. »Verstehe. Die giftigen Dämpfe haben mich benebelt, aber das klingt bereits ab. Adams, fragen Sie die Dame, wie viele Männer sie bei sich hat. Was sagt sie? An die fünfhundert? Nun, dann soll sie Harmac unverzüglich angreifen. Die äußeren und inneren Tore sind zerstört; die Fung glauben, sie hätten den Teufel heraufbeschworen, und werden Fersengeld geben. Nun kann sie ihnen eine Niederlage zufügen, von der sie sich jahrelang nicht erholen werden, aber es muß sofort geschehen, ehe sie wieder zu sich kommen, denn im Moment haben sie nur einen Schrecken davongetragen, aber keinen echten Schaden.«

Maqueda hörte sich diesen Rat aufmerksam an.

»Das ist nach meinem Geschmack, das klingt sehr gut«, sagte sie in ihrem merkwürdig altertümlichen Arabisch, als ich zu Ende übersetzt hatte. »Aber ich muß erst meinen Kronrat befragen. Wo ist mein Onkel, der Fürst Joshua?«

»Hier, Herrin«, ertönte eine Stimme hinter ihr, und alsbald tauchte auf einem weißen Roß aus dem Gedränge ein untersetzter Mann in ziemlich vorgerücktem Alter auf, dunkelhäutig und mit auffallend runden, vorstehenden Augen. Er trug die üblichen reich bestickten, orientalischen Gewänder, darüber ein Kettenhemd und auf dem Kopf einen Helm mit gepanzerten Ohrenklappen. Insgesamt erinnerte er an einen verfetteten Kreuzfahrer aus der frühen Normannenzeit, aber natürlich ohne Kreuz.

»Ist das Joshua?« fragte Orme, der wieder ins Phantasieren geraten war. »Komischer Vogel, was? Sergeant, erklären Sie Joshua, daß die Mauern von Jericho bereits gefallen sind und er seine Trompete stecken lassen kann. Er sieht mir nämlich so aus, als würde er nur zu gerne seinen Ruhm in die Welt hinausschmettern.«

»Was sagt dein Begleiter?« fragte Maqueda wieder.

Ich übersetzte den mittleren Teil von Ormes Bemerkungen, aber weder den Beginn, noch das Ende, doch selbst das erheiterte sie sehr, denn sie brach in lautes Gelächter aus und deutete auf Harmac, das immer noch unter einer Staubwolke lag.

»Ja, ja, mein Onkel Joshua«, sagte sie, »die Mauern von Jericho sind gefallen, und nun stellt sich die Frage, ob du die Gelegenheit nicht nützen willst?

Dann wären wir in ein bis zwei Stunden entweder tot, oder aber, falls Gott mit uns ist, der Fung-Plage vielleicht auf Jahre hinaus ledig.«

Der Fürst Joshua starrte sie mit seinen riesigen, vorstehenden Augen an und kollerte dann mit heiserer Stimme:

»Hast du den Verstand verloren, Königskind? Wir Abati sind nur mit fünfhundert Mann hier, während die Fung da drüben nach Zehntausenden zählen. Bei einem Angriff würden sie uns einfach auffressen. Wie sollen fünfhundert Mann gegen Zehntausende standhalten?«

»Heute morgen scheinen ihnen drei Mann standgehalten und zudem beträchtlichen Schaden angerichtet zu haben, Onkel, aber diese drei sind natürlich auch von anderem Schlag als die Abati«, fügte sie mit bitterem Sarkasmus hinzu. Dann wandte sie sich an die hinter ihr Stehenden und rief: »Wer von meinen Hauptleuten und Kronräten will mich begleiten, wenn ich, die ich nur ein Weib bin, es wage, gegen Harmac vorzurücken?«

Hier und da rief eine Stimme: »Ich«, und auch die eine oder andere prunkvoll gekleidete Gestalt trat zögernd vor, aber das war alles.

»Da seht ihr es, ihr Männer aus dem Westen!« wandte Maqueda sich nach einer kleinen Pause an uns drei. »Ich danke euch für eure großen Taten und für euren Rat. Befolgen kann ich ihn freilich nicht, da mein Volk nicht – wehrhaft ist.« Damit schlug sie die Hände vors Gesicht.

Nun erhob sich große Unruhe unter ihrem Gefolge, und alle redeten wirr durcheinander. Joshua tat sich besonders hervor, er zog ein riesiges Schwert, schwenkte es durch die Luft und zählte mit lauter Stimme die waghalsigen Unternehmungen seiner Jugend und die Namen der Fung-Häuptlinge auf, die er angeblich im Zweikampf getötet hatte.

»Sagt' ich's doch, daß der fette Hund sich ausgezeichnet aufs Schmettern versteht«, bemerkte Orme gedehnt, während der Sergeant mit unverhohlenem Abscheu rief:

»Herr im Himmel! Was für ein jämmerlicher Haufen. Doktor, die könnten ja nicht einmal den Schiedsrichter auf einem Londoner Fußballplatz zusammenschlagen. Unser Pharao wäre schon in seinem Korb (wo er lauthals bellte) imstande, die ganze Schar das Laufen zu lehren, und wenn er erst draußen wäre – du meine Güte! Nun hör mal gut zu, du Karpfen« –, damit wandte sich der Sergeant an Joshua, der ihm mit seinem Schwert ungemütlich nahe gekommen war – »du steckst jetzt dein Spielzeug wieder ein, oder ich schlage dir deinen dicken Schädel ab«, worauf der Fürst, der zwar Quicks Worte nicht verstand, deren Sinn jedoch ganz ausgezeichnet erfaßte, sofort gehorchte und zurücktrat.

Alles drängte nun nach hinten in den Paß hinein, an dessen Eingang sich die Szene abspielte, denn mit einemmal waren drei Fung-Scheichs auf galoppierenden Pferden aufgetaucht, deren einer sich mit einer Serviette mit hineingeschnittenen Augenlöchern vermummt hatte. So allgemein war die Rückzugsbewegung, daß wir drei auf unseren Kamelen und das Königskind auf ihrer edlen Stute plötzlich ganz allein dastanden.

»Eine Abordnung« sagte Maqueda und musterte die näherkommenden Reiter, die an einen Speer eine weiße Fahne gebunden hatten. »O Physikus, würdest du mich mit deinen Freunden begleiten, wenn ich mit diesen Boten spreche?« Und schon ritt sie, ohne eine Antwort abzuwarten, vielleicht fünfzig Yard weit auf die Ebene hinaus, zügelte ihr Tier und blieb stehen, bis wir unsere Kamele gewendet und an ihre Seite getrieben hatten. Indessen kamen die drei Fung, prächtige Burschen mit schwarzen Gesichtern, in gestrecktem Galopp mit angelegten Lanzen auf uns zugesprengt.

»Steht ganz still, Freunde«, mahnte Maqueda. »Sie wollen nichts Böses.«

Kaum waren die Worte über ihre Lippen, da rissen die Fung nach Arabermanier die Pferde zurück, daß sie in der Hinterhand einknickten, und grüßten uns mit erhobenen Speeren. Dann begann ihr Anführer – nicht der verschleierte Mann, sondern ein anderer –, in einem Dialekt zu sprechen, der auf dem Arabischen basierte und den ich gut verstand, schließlich hatte ich nicht umsonst so viele Jahre bei den wilden Stämmen in der Wüste gelebt.

»O Walda Nagasta, Tochter Salomons«, sagte er, »wir sind die Zungen unseres Sultans Barung, Sohn des Barung in der hundertsten Generation, und von ihm überbringen wir den tapferen, weißen Männern, die deine Gäste sind, eine Botschaft. So spricht Barung: Gleich dem Dicken, der bereits mein Gefangener ist, seid auch ihr anderen weißen Männer Helden. Drei von euch haben gegen mein ganzes Heer das Stadttor gehalten. Mit den Waffen des weißen Mannes habt ihr uns aus der Ferne getötet, hier einen und dort einen. Und schließlich habt ihr mit einem gewaltigen Zauber Donner und Blitz und Erdbeben heraufbeschworen, habt uns zu Dutzenden in den Schoß unseres Gottes geschickt und uns unsere eigenen Mauern um die Ohren geschlagen, während ihr selbst aus dieser Hölle entkommen seid.

Nun, ihr weißen Männer, macht Barung euch folgendes Angebot: Verlaßt die Abati, diese feigen Hunde, diese schnatternden, aufgeputzten Paviane, diese Klippschliefer, die sich in ihren Bergen verkriechen, und kommt zu ihm. Nicht nur das Leben will er euch schenken, ihr sollt auch alles haben, was euer Herz begehrt – Ländereien, Frauen und Pferde; großes Ansehen sollt ihr genießen in seinem Kronrat, und glücklich leben bis ans Ende eurer Tage. Außerdem wird er um euretwillen versuchen, euren dicken Bruder zu verschonen, dessen Augen durch schwarze Fenster blicken, der Feuer speit aus seinem Munde und seine Feinde schmäht wie noch keiner vor ihm. Ja, der Sultan will versuchen, euren Bruder zu retten, obwohl ihn die Priester beim nächsten Harmac-Fest zum Opfer bestimmt haben, und vielleicht gelingt es ihm, wenn er ihn wie den ägyptischen Sänger zu einem Priester Harmacs macht und ihn so für immer dem Gott weiht, mit dem euer Bruder ja nach seinen eigenen Worten schon seit Jahrtausenden auf vertrautem Fuße steht. So lautet unsere Botschaft, o ihr weißen Männer.«

Als ich diese Ansprache für Orme und Quick grob übersetzt hatte – an der Art, wie Maqueda zusammenzuckte, als die Fung ihr Volk beleidigten, erkannte ich, daß sie alles verstanden hatte, schließlich waren sich die beiden Sprachen sehr ähnlich –, sagte Orme, der im Moment fast wieder der alte war:

»Die Burschen sollen ihrem Sultan folgendes ausrichten: er ist ein rechtschaffener alter Knabe, und wir danken ihm sehr. Außerdem bedauern wir es, so viele seiner Leute auf eine Weise getötet zu haben, die ihm sehr unsportlich erschienen sein muß, aber er wird gewiß einsehen, daß uns gar nichts anderes übrigblieb, wenn wir unsere Haut retten wollten. Sagen Sie ihnen auch, daß ich für mein Teil nach den Erfahrungen, die ich hier und auf unserer Reise mit den Abati gemacht habe, seine Einladung gerne annehmen würde. Doch auch wenn wir bisher noch keinen einzigen Mann unter ihnen gefunden haben, sondern nur Paviane und Klippschliefer, wie er sagt, Prahlhänse ohne einen Funken Kampfgeist, so sind wir doch« – und hier neigte er sein blutüberströmtes Haupt vor Maqueda – »einer Frau mit einem großen Herzen begegnet. Von ihrem Salz haben wir gegessen oder werden es bald tun; um ihr zu dienen, sind wir auf ihren Kamelen von weither gekommen, und wir können sie nicht im Stich lassen, es sei denn, es beliebte ihr, uns zu begleiten.«

All das gab ich getreulich wieder, und alle, besonders Maqueda, hörten aufmerksam zu. Nachdem die Fung über unsere Worte nachgedacht hatten, antwortete ihr Sprecher in etwa, die Motive, die uns zu dieser Entscheidung bewogen hätten, nötigten ihm und seinen Gefährten Respekt und Verständnis ab, vor allem, da unsere Einschätzung der Abati-Herrscherin, des Königskindes, bei seinem Volk volle Zustimmung finde. Infolgedessen wollten sie, da ihnen die Haltung ihres Sultans bekannt sei und sie alle Vollmachten besäßen, ihr Anerbieten erweitern.

»Herrin von Mur«, wandte er sich nun direkt an Maqueda, »schöne Tochter des großen Gottes Harmac und einer sterblichen Königin, was wir den weißen Herren, deinen Gästen angetragen haben, gilt auch für dich. Barung, unser Sultan, wird dich zu seiner Hauptfrau machen; und falls das nicht deine Billigung findet, magst du freien, wen du willst.« Vielleicht war es Zufall, daß die Augen des Abgesandten in diesem Moment auf Oliver Orme ruhten.

»So verlasse denn deine Klippschliefer, die sich nicht einmal dann aus ihren Felsen herabwagen, wenn unten nur drei mit Stöcken bewaffnete Boten warten« – er warf einen Blick auf den Speer in seiner Hand –, »um fortan unter wahren Männern zu hausen. Hör uns an, Herrin; wir wissen, wie es um dich steht. Du gibst dein Bestes, doch die Lage ist hoffnungslos. Nur dir und deinem Mut ist es zu verdanken, daß Mur nicht schon vor drei Jahren unser wurde, denn unser war es, ehe dein Volk hier erschien. Doch solange du noch hundert tapfere Krieger finden kannst, die dich unterstützen, hältst du deine Festung für uneinnehmbar. So viele magst du in der

Tat auftreiben, doch wissen wir, daß sie jetzt nicht bei dir sind, sondern oben die Tore bewachen. Ja, mit einer Handvoll deiner Hochlandsoldaten, in deren Brust noch das Herz ihrer Ahnen schlägt, hast du bisher der Macht der Fung getrotzt, und als du das Ende nahen sahst, hast du deine weibliche Klugheit eingesetzt. Du hast die weißen Männer gebeten, dir mit ihrer Magie zu Hilfe zu kommen, und ihnen versprochen, sie mit dem Gold zu entlohnen, das in solchem Überfluß in den Gräbern unserer alten Könige und in den Tiefen der Berge liegt.«

»Wer hat dir das verraten, o Zunge Barungs?« fragte Maqueda leise, und dies waren ihre ersten Worte. »Der Mann aus dem Westen, der euer Gefangener ist – er, den ihr den Dicken nennt?«

»Nein, nein, o Walda Nagasta, der Herr Schwarzfenster hat uns bisher gar nichts verraten, er hat uns nur allerlei über die Geschichte unseres Gottes erzählt, mit dem er offenbar, wie schon erwähnt, sehr vertraut ist und dem wir ihn daher umgehend weihten. Wir haben andere Quellen, um gewisse Dinge zu erfahren, denn wenn die Waffen schweigen, treiben unsere Völker ein wenig Handel miteinander, und Feiglinge geben sich nicht selten als Spione her. So wußten wir etwa, daß die weißen Männer vorige Nacht hier eintreffen würden, von ihrem Feuerzauber ahnten wir freilich nichts, sonst hätten wir die Kamele, die vielleicht noch mehr davon schleppen, niemals durchschlüpfen lassen ...«

»Zu deiner Beruhigung, sie schleppen noch mehr – sehr viel mehr«, unterbrach ich.

»Aha!« gab die Zunge zurück und schüttelte betrübt den Kopf. »Und doch ließen wir zu, daß sich die Katze, den ihr Shadrach nennt, mit dem Tier deines dicken Bruders davonmachte; ja, wir gaben es ihm sogar zum Geschenk, nachdem sein eigenes Tier sich verletzt hatte und lahm ging. Nun, das Schicksal wollte es so, und Harmac zürnt uns heute, das ist nicht zu übersehen. Doch nun zu deiner Antwort, o Walda Nagasta, wie lautet sie, o Rose von Mur?«

»Wie kann sie schon lauten, o ihr Stimmen Barungs des Sultans?« gab Maqueda zurück. »Ihr wißt doch, daß mein Blut und mein Eid mich binden und ich Mur bis zum letzten beschützen muß.«

»Und das sollst du auch«, behauptete die Zunge, »denn sobald wir es von den Pavianen und den Klippschliefern gesäubert hätten – eine Kleinigkeit, stündest du auf unserer Seite –, sobald also das Gelübde erfüllt und die alte, geheime Felsenstadt wieder in unserer Hand wäre, würden wir dich unter Barung abermals als Herrin über diese Stadt einsetzen, und du hättest eine Vielzahl von Untertanen, auf die du stolz sein könntest.«

»Das darf nicht sein, o Zunge, denn sie würden Harmac verehren, und zwischen Jehovah, dem ich diene, und Harmac herrscht Krieg«, antwortete sie lebhaft.

»Ja, du süßduftende Rosenknospe, es herrscht Krieg, und es sei auch zugegeben, daß die erste Schlacht dank der Magie der weißen Männer gegen Harmac ausging. Und doch sitzt er dort drüben in all seiner Pracht, wie ihn die Geister, seine Diener, zu Anbeginn formten.« Damit zeigte er mit seinem Speer auf das Tal des Götzen. »Du kennst unsere Prophezeiung: Solange Harmac sich nicht von seinem Sitz erhebt und fortfliegt – denn dann müßten die Fung ihm folgen, wohin er auch geht –, so lange, sage ich, werden wir über die Ebenen und die Stadt herrschen, die seinen Namen trägt – und das heißt, für immer.«

»Für immer ist ein großes Wort, o Mund des Barung.« Maqueda hielt inne, dann fügte sie langsam hinzu: »Sind nicht erst heute morgen einige Tore Harmacs weit von dannen geflogen? Wenn nun euer Gott seinen Toren und den Gläubigen folgte, die mit ihnen gingen und nicht mehr gesehen wurden? Oder wenn sich die Erde auftäte und ihn verschlänge, so daß er zur Hölle hinabführe, wohin ihr ihm nicht folgen könntet? Oder wenn die Berge einstürzten und ihn auf ewig unter sich begrüben? Oder wenn Blitze aus den Wolken sprängen und ihn zu Staub zerschmetterten?«

Bei diesen unheilvollen Worten überlief ein Frösteln die Abgesandten, und einen Moment lang schienen ihre Gesichter zu erbleichen.

»Dann, o Königskind«, antwortete der Sprecher feierlich, »werden die Fung anerkennen, daß dein Gott größer ist als der unsere, und daß die Macht von uns gewichen ist.«

So sprach er und sah dann schweigend den dritten Boten an, ihn, dessen Kopf und Brust unter einem mit Augenlöchern versehenen Tuch oder einer Serviette verborgen waren. Nun riß sich dieser Mann mit einer schnellen Bewegung den Schleier vom Gesicht und warf ihn zu Boden. Ein edles Antlitz wurde sichtbar, nicht schwarz wie das seiner Gefolgsleute, sondern kupferbraun. Dieser Fung mochte etwa fünfzig Jahre alt sein, er hatte tiefliegende, blitzende Augen, eine Hakennase und einen wallenden, graugesprenkelten Bart. Schon die goldene Kette um seinen Hals ließ auf einen hohen Rang schließen, doch als wir auf seiner Stirn ein zweites Schmuckstück aus Gold erblickten, wurde uns erst klar, wie hoch er wirklich stand. Denn dieses Schmuckstück war nichts anderes als das Zeichen des Königtums, die beiden Schlangen des *Uräus*, die sich aufbäumen, als wollten sie zustoßen. Ägyptens Pharaonen hatten es einst getragen, und auch auf der Stirn der löwenköpfigen Sphinx von Harmac hatten wir es entdeckt.

Als er sein Antlitz enthüllte, sprangen seine beiden Begleiter aus dem Sattel, warfen sich vor ihm zu Boden und riefen: »Barung! Barung!« während wir drei Engländer unwillkürlich salutierten und selbst das Königskind sich verneigte.

Der Sultan erwiderte unseren Gruß mit erhobenem Speer. Dann sprach er in ernstem, gemessenem Tonfall:

»O Walda Nagasta und ihr weißen Männer und Söhne großer Väter, ich habe das Gespräch zwischen euch und meinen Dienern mit angehört. Hiermit bekräftige ich ihre Worte und gehe noch weiter. Ich bedauere, daß meine Generäle euch vergangene Nacht zu töten versuchten. Ich betete gerade zu meinem Gott, sonst wäre es nicht geschehen. Gerechten Lohn erhielt ich für diese Tat, denn niemals sollte ein ganzes Heer Krieg führen gegen vier Männer, auch wenn diese über geheime Kräfte verfügen und das Heer besiegen können. Ich beschwöre euch und auch dich, Rose von Mur, nehmt die Hand der Freundschaft an, die ich euch reiche, sonst seid ihr bald des Todes, und eure Weisheit wird mit euch untergehen, denn überdrüssig bin ich dieses kleinen Krieges gegen eine Handvoll Menschen, die wir verachten.

O Walda Nagasta, du hast Drohungen gegen Harmacs Majestät geschleudert, doch er ist zu stark für dich, und auch die Macht, die ein paar Steine in Staub verwandeln und menschliche Gebeine zerschmettern konnte, vermag nichts gegen ihn, der aus dem Herzen eines Berges geformt ist und den Geist der Ewigkeit in sich birgt. Zumindest glaube ich das, doch selbst wenn es anders bestimmt sein sollte, was nützte es dir? Denn sollte es dem Gott gefallen, uns wegen eurer Künste zu verlassen, so werden die Fung ihm dennoch erst folgen, nachdem sie ihn gerächt haben. Und dann, das schwöre ich dir bei meiner Majestät und bei den Gebeinen meiner Vorfahren, die da sitzen in den Höhlen von Mur, dann werde ich von den Abati-Juden nur einen einzigen verschonen, nämlich dich, o Königskind, wegen deines großen Herzen, sowie die drei weißen Männer, deine Gäste, falls sie die Schlacht überleben, wegen ihres Mutes und ihrer Weisheit. Was ihren Bruder Schwarzfenster angeht, der mein Gefangener ist, so muß er dem Gott geopfert werden, denn so habe ich es geschworen. Nur wenn du dich erweichen läßt, werde ich den Gott bitten, ihn am Leben zu lassen, mit welchem Erfolg, kann ich freilich nicht sagen. Lasse dich also erweichen, und ich werde sogar darauf verzichten, die Abati hinzustrecken; dann mögen sie weiterleben, als Sklaven der Fung und zum Ruhme Harmacs.«

»Es kann nicht sein, es kann nicht sein!« antwortete Maqueda und schlug mit ihrer kleinen Hand auf den Knauf ihres Sattels. »Soll Jehovah, der Jehovah aller Generationen, den schon mein Vater Salomon verehrte, einem Götzen huldigen, der von den Händen Seiner Geschöpfe geschaffen wurde? Mein Volk ist am Ende; es hat seinen Glauben vergessen und ist in die Irre gegangen wie einst das Volk Israel in der Wüste. Ich weiß es. Vielleicht ist sogar die Zeit gekommen, daß es untergehen muß, weil es nicht mehr wehrhaft ist wie ehedem. Nun, wenn dem so ist, dann mag es frei sterben und nicht in Sklaverei. Ich zumindest, in deren Adern unser edelstes Blut fließt, bitte nicht um Gnade, o Barung. Kein Spielzeug will ich sein in deinem Hause, kann ich doch schlimmstenfalls immer noch in den Tod gehen, wenn ich meine Pflicht gegenüber meinem Gott und meinen Erzeugern erfüllt habe. So antworte ich dir als das Kind vieler Könige. Doch als Weib«, fügte sie etwas milder hinzu, »danke ich dir für deine Ritterlichkeit. Wenn ich in meinem Blute liege, Barung, falls dies mein Los ist, so gedenke meiner mit Wohlwollen als einer Frau, die gegen alle Widrigkeiten ihr Bestes tat.« Die Stimme versagte ihr.

»Das werde ich immer tun«, antwortete er ernst. »Ist dies dein letztes Wort?«

»Nicht ganz«, antwortete sie. »Ich übergebe dir

diese edlen Herren aus dem Westen und entbinde sie von ihrem Versprechen. Warum sollten sie für eine verlorene Sache sterben? Schließlich hast du gelobt, ihnen das Leben zu schenken, wenn sie ihre Weisheit in deinem Dienst gegen mich verwenden, und vielleicht auch das Leben ihres Bruders, deines Gefangenen. Außerdem hast du noch einen Sklaven – du sprachst von ihm, vielleicht auch dein Diener –, ägyptischer Sänger wird er genannt. Einer von ihnen kannte ihn als Kind; vielleicht bist du bereit, auch ihn diesem Manne zu überlassen.«

Sie hielt inne, aber Barung antwortete nicht.

»Geht, meine Freunde«, wandte sie sich an uns. »Ich danke euch, daß ihr um meinetwillen die lange Reise auf euch genommen und mir einen Dienst erwiesen habt. Zum Lohn werde ich euch ein Goldgeschenk übersenden; der Sultan wird dafür sorgen, daß es sicher in eure Hände gelangt. Ich danke euch. Ich wünschte, ich hätte euch näher kennengelernt, doch vielleicht sehen wir uns als Gegner wieder. Lebt wohl.«

Sie verstummte, und ich bemerkte, wie sie uns hinter ihrem dünnen Schleier gespannt beobachtete. Auch der Sultan musterte uns mit grübelndem Blick und strich sich seinen langen Bart. Das Spiel fesselte ihn sichtlich, und er fragte sich wohl, wie es enden würde.

»Das ist ganz ausgeschlossen«, erklärte Orme, als er endlich verstanden hatte, worum es ging. »Higgs würde uns nie verzeihen, wenn wir uns demütigen ließen, nur weil eine schwache Hoffnung besteht, ihn vor dem Opfertod zu retten. Dafür ist er in großen Fragen viel zu unbeugsam. Sie, Doktor«, fügte er abrupt hinzu, »haben natürlich ganz persönliche Interessen und müssen selbst entscheiden. Für den Sergeant glaube ich sprechen zu können.«

»Auch meine Entscheidung ist gefallen«, antwortete ich. »Ich kann nur hoffen, daß mein Sohn mir eine solche Haltung ebenfalls nie verzeihen würde; doch wenn dem nicht so ist, nun, so kann ich es nicht ändern. Auch hat Barung in bezug auf ihn keinerlei Zusagen gemacht.«

»Dann erklären Sie ihm das«, bat Orme. »Ich habe höllische Kopfschmerzen und sehne mich nach einem Bett, ganz gleich, ob über oder unter der Erde.«

Das tat ich denn auch, obwohl mir, ganz ehrlich gesagt, zumute war, als steckte mir ein Messer im Herzen. Es tat bitter weh, der Erfüllung eines jahrelangen Wunsches, der Liebe seines Lebens so nahe zu kommen, um dann nur aus Pflichtgefühl gegenüber der Herrscherin einer Horde feiger Schwächlinge, der man gerade um dieses Zieles willen ein Versprechen gegeben hatte, alle Hoffnung fahren lassen zu müssen. Hätten wir uns nur in Ehren ergeben können, dann hätte ich meinen Sohn wenigstens zu Gesicht bekommen, während ich ihn nun vielleicht niemals wiedersehen würde.

Eine Bitte fügte ich jedoch spontan hinzu – der Sultan möge dem Professor wortwörtlich berichten, was sich zugetragen habe, auf daß der, was immer ihm widerfahren würde, genau wisse, wie die Dinge stünden.

»Bei Harmac«, sagte Barung, als ich zu Ende gesprochen hatte, »es hätte mich sehr enttäuscht, wenn eure Antwort anders ausgefallen wäre, nachdem ein Weib euch den Weg gewiesen hatte. Ich habe schon von euch Engländern gehört – arabische Händler wußten von euch zu berichten. Da gab es zum Beispiel einen, der kam ums Leben, während er eine Stadt gegen einen Anhänger des Propheten verteidigte, der sich selbst einen Propheten nannte, in Khartum am Nil trug es sich zu – ein edler Tod, so wurde mir berichtet, ein edler Tod, der von eurem Volk hinterher gerächt wurde.

Nun, ich traute der Geschichte nicht so recht und gedachte, ihre Glaubwürdigkeit nach eurem Verhalten zu beurteilen. Ich habe mein Urteil gefällt, ihr weißen Herren, ich habe es gefällt, und ich bin sicher, daß Schwarzfenster, euer dicker Bruder, noch im Rachen des Löwen stolz auf euch sein wird. Fürchtet nichts, er wird jedes Wort erfahren. Der ägyptische Sänger, der offenbar seine Sprache spricht, soll ihm die Kunde bringen und ein Lied daraus machen, das über eurem Ehrenmal gesungen werden mag. Und nun lebt wohl; möge es mein Los sein, mit einem von euch die Schwerter zu kreuzen, ehe der Kampf entschieden ist. Noch ist es nicht so weit, und ihr braucht Ruhe, besonders jener hochgewachsene Sohn eines Gottes«, damit zeigte er auf Orme, »denn er ist verwundet. Du, o Königskind mit dem Herzen eines Königs, gestatte mir nun, dir die Hand zu küssen und dich zu deinem Volk zurückzugeleiten, von dem ich wünschte, es wäre deiner würdiger. Ach ja, ich wünschte, *wir* wären dein Volk.«

Maqueda reichte ihm die Hand, der Sultan nahm sie und streifte mit den Lippen flüchtig ihre Finger. Dann ritt er, ohne sie loszulassen, Seite an Seite mit dem Königskind auf den Paß zu.

Als wir uns dem Eingang näherten, von wo die Abati uns dicht aneinandergedrängt beobachteten, hörte ich sie murmeln: »Der Sultan, der Sultan höchstselbst!« und sah den Fürsten Joshua aufgeregt mit den ringsum stehenden Offizieren tuscheln.

»Halten Sie die Augen offen, Doktor«, raunte Quick mir ins Ohr. »Wenn ich mich nicht irre, führt der Karpfen irgend etwas im Schilde.«

Kaum waren die Worte über seine Lippen gekommen, als Joshua und etliche Begleiter auch schon ein heldenhaftes Kriegsgeschrei anstimmten, mit gezückten Schwertern im Galopp heransprengten und unsere kleine Gruppe umzingelten.

»Ergib dich, Barung!« brüllte Joshua. »Ergib dich, oder stirb!«

Der Sultan sah ihn nur erstaunt an und antwortete:

»Wenn ich eine Waffe hätte (er hatte seinen Speer fallen gelassen, als er nach Maquedas Hand griff), dann wäre gewiß einer von uns des Todes, o du Schwein in Männerkleidung.«

Und an Maqueda gewandt, fügte er noch hinzu: »Ich wußte ja, Königskind, daß deine Untertanen nichts als Feiglinge und Verräter sind, aber willst du es denn wirklich dulden, daß sie mit Abgesandten, die unter der Fahne des Friedens kommen, auf diese Weise verfahren?«

»O nein, o nein!« rief sie. »Joshua, mein Onkel, du bringst mich in Verruf; schmähen wird man unser Volk, auszischen, mit Vorwürfen überhäufen. Tritt zurück und laß den Sultan der Fung in Frieden ziehen.«

Aber das wollten sie nicht; zu groß war der Brocken, um ihn freiwillig wieder auszuwürgen.

Wir sahen uns an. »Das ist kein gutes Spiel«, bemerkte Orme. »Wenn sie ihn sich tatsächlich schnappen, färbt die Schande auch auf uns ab. Drücken Sie Ihr Kamel nach vorne, Sergeant, und wenn dieser elende Joshua irgendwelche faulen Tricks versucht, jagen sie ihm eine Kugel durch den Kopf.«

Das ließ sich Quick nicht zweimal sagen. Er schlug seinem Dromedar mit dem Gewehrkolben in die Rippen, trieb es geradewegs auf Joshua zu und rief:

»Geh mir aus der Sonne, Karpfen!« mit dem Ergebnis, daß das Pferd des Fürsten scheute und sich aufbäumte. Sein Reiter rutschte über die Kruppe ab und fand sich trotz seiner prächtigen Gewänder und der blanken Rüstung wie ein Häufchen Elend auf dem Boden wieder.

Wir machten uns die entstandene Verwirrung zunutze, umringten den Sultan und geleiteten ihn aus der Menge heraus und zu seinen beiden Gefährten zurück, die inzwischen gesehen hatten, daß etwas nicht stimmte und im Galopp auf uns zugesprengt kamen.

»Ich stehe tief in eurer Schuld«, sagte Barung, »und doch, o ihr weißen Männer, will ich noch mehr zum Schuldner werden. Ich bitte euch, zu diesem Schwein im Harnisch zurückzukehren und ihm auszurichten, Barung, der Sultan der Fung, entnehme seinem Verhalten, daß es ihn nach einem Zweikampf gelüste. Obwohl der Sultan selbst keine Rüstung trage, erwarte er ihn, den voll Gewappneten, auf der Stelle hier.«

Ich konnte diese Botschaft nicht schnell genug loswerden, aber Joshua war viel zu gerissen, um sich auf ein so riskantes Abenteuer einzulassen.

Nichts, sagte er, hätte ihm größere Freude bereitet, als diesem Hund von einem Goi-Scheich den Kopf von den Schultern zu trennen. Doch leider habe das Gebaren eines der Fremden dazu geführt, daß er vom Pferd gestürzt sei und sich am Rücken verletzt habe, nun könne er kaum stehen, und an einen Zweikampf sei gar nicht zu denken.

Mit dieser Antwort ritt ich wieder zu Barung, der sie mit einem stummen Lächeln quittierte. Er nahm nun eine goldene Kette ab, die er um den Hals trug, und reichte sie Quick, zum Dank dafür, wie er sich ausdrückte, daß der den Fürsten Joshua dazu bewogen habe, wenn schon nicht seinen Mut, so doch seine reiterlichen Qualitäten unter Beweis zu stellen. Dann verneigte er sich der Reihe nach vor jedem von uns, und ehe die Abati noch entschieden hatten, ob sie ihn nun verfolgen wollten oder nicht, galoppierte er mit seinen Begleitern bereits in Richtung auf Harmac davon.

Dies war unsere erste Begegnung mit Barung, dem Sultan der Fung, einem Barbaren mit vielen Vorzügen, darunter Mut, Großmut und der Fähigkeit, diese Eigenschaften auch in einem Feind zu würdigen, alles Züge, die vielleicht durch das Blut seiner Mutter verstärkt wurden, dem Vernehmen nach einer Araberin aus höchsten Kreisen, die einst von den Fung im Kampf gefangengenommen und Barungs Vater zum Weib gegeben worden war.

8

Das Schicksal wirft seine Schatten voraus

Der Weg von den Ebenen durch den Paß hinauf zur Hochebene von Mur war lang und auf seine Weise eindrucksvoll. Ob es auf dieser Welt eine menschliche Siedlung gibt, die von der Natur noch großartiger befestigt wurde, ist zu bezweifeln. Die Straße, auf der wir ritten, war ursprünglich wohl nicht von Menschenhand in den Fels gefräst worden, sondern von urzeitlichen Wassern, vielleicht von Sturzbächen aus dem gewaltigen See, der einst das Innere dieses Bergkessels ganz und gar gefüllt haben mußte, auch wenn die zwanzig Meilen lange und vielleicht zehn Meilen breite Wasserfläche heute nur noch recht bescheiden anmutet. Wie auch immer, die ersten Bewohner hatten der Natur nachgeholfen, die Spuren ihrer Werkzeuge sind heute noch im Fels zu sehen.

Auf den ersten zwei Meilen ist die Straße breit und die Steigung so gering, daß mein Pferd sie in jener Schreckensnacht, als ich das Antlitz meines Sohnes gesehen und der Zufall oder die Vorsehung mir anschließend die Flucht vor den Fung ermöglicht hatten, im Galopp bewältigen konnte. Doch von der Stelle an, wo die Löwen das arme Tier zu Boden rissen, verändert sie sich radikal. An manchen Stellen wird sie so eng, daß Reisende sich einzeln zwischen Hunderte von Fuß hohen Felswänden hindurchzwängen müssen, der Himmel ist nur noch ein schmales, blaues Band, und selbst am hellen Mittag fällt kein Sonnenstrahl bis auf den Grund. Dann wieder steigt sie so steil an, daß die Hufe der Lasttiere kaum Halt finden; ja, wir sahen uns bald genötigt, von den Kamelen auf Pferde umzusteigen, die an den Fels gewöhnt waren. Manchmal verläuft sie am Rand eines gähnenden Abgrunds, wo einen beim Reiten und vor allem bei scharfen Biegungen, die ein halbes Dutzend Mann gegen ein ganzes Heer verteidigen könnte, wildes Herzklopfen befällt, und zweimal führt sie durch Tunnel, von denen ich nicht weiß, ob sie natürlich entstanden sind oder nicht.

Neben all diesen Hindernissen wurde der Eindringling in Abständen von soliden Toren aufgehalten, die bei Tag und Nacht von Posten auf nahegelegenen Türmen bewacht wurden. Davor hatte man quer über die Straße Festungsgräben gezogen, die nur mit Hilfe von Zugbrücken zu überqueren waren. Nun kann sich der Leser gewiß erklären, wie es kam, daß die Fung trotz der Feigheit der Abati und obwohl sie seit Generationen alles daran setzten, die alte Festung bisher nicht hatten zurückerobern können, die ihnen, so heißt es jedenfalls, die Abati ursprünglich mit einem orientalischen Trick abgelistet hatten.

Hier sollte ich vielleicht erwähnen, daß es noch zwei weitere Wege hinauf auf die Ebenen gibt – auf den einen hatte man, um die Fung zu narren, die Kamele abgeseilt, als ich meine Reise nach Ägypten antrat, der zweite befindet sich im Norden, in den großen Sümpfen – doch beide strotzen, jedenfalls für einen von unten angreifenden Feind, von mindestens ebenso unüberwindlichen Schwierigkeiten.

Es muß ein merkwürdiges Bild gewesen sein, als unsere Karawane im Schneckentempo diese unheimliche Straße hinaufkroch. An der Spitze ritt vergnügt schwatzend – Disziplin war ihnen offenbar völlig fremd – eine lange, bunte, stahlblitzende Kolonne von Abati-Würdenträgern. Ihr folgten eine oder vielmehr zwei Kompanien mit Speeren bewaffneter Fußsoldaten, die das Königskind mit einigen Höflingen und den höchsten Offizieren sowie uns drei in die Mitte genommen hatten, vielleicht deshalb, wie Quick vermutete, weil die Infanterie im Falle eines Überraschungsangriffs nicht so schnell davonlaufen konnte wie die Berittenen. Die Nachhut wurde abermals von der Kavallerie gebildet, wobei dieser Trupp die Aufgabe hatte, sich von Zeit zu Zeit umzudrehen und uns nach genauer Prüfung zuzurufen, wir würden nicht verfolgt.

Wir, die wir in der Mitte des Zuges marschierten, sprühten nicht gerade vor Lebensfreude. Orme hatte sich bisher zwar gut gehalten, aber der Schock der Explosion hatte ihm doch so sehr zugesetzt, daß zu beiden Seiten seines Pferdes Männer gehen und darauf achten mußten, daß er nicht aus dem Sattel fiel. Auch litt er sehr darunter, daß wir um unserer Ehre willen Higgs einem jedenfalls sicheren und wahrscheinlich auch grausamen Tod überantwortet hatten. Und wenn ihn das schon bedrückte, wieviel mehr dann mich, der ich nicht nur meinen Freund, sondern dazu noch meinen Sohn in den Händen heidnischer Barbaren wußte.

Maquedas Gesicht war unter dem dünnen, mit Flitter besetzten Schleier verborgen, doch ihre Haltung drückte Scham und Verzweiflung aus. Ihr gesenkter Kopf, ja, sogar ihr Rücken vermittelte mir, der ich etwas seitlich hinter ihr ritt, ganz deutlich diesen Eindruck. Ich glaube, sie machte sich auch Ormes wegen Sorgen, denn sie wandte sich mehrmals nach ihm um und betrachtete ihn eingehend. Daneben war sie mit Sicherheit wütend auf Joshua und die anderen Offiziere, denn wenn sie von ihnen angesprochen wurde, richtete sie sich nur ein wenig im Sattel auf, antwortete aber nicht und schenkte ihnen auch sonst keinerlei Beachtung. Der Fürst wiederum wirkte ziemlich gereizt, hatte aber die Rückenbeschwerden, die ihn gehindert hatten, die Herausforderung des Sultans anzunehmen, offenbar überwunden, denn vor einem schwierigen Straßenabschnitt saß er ab und lief recht munter zu Fuß weiter. Jedenfalls antwortete er, so oft ihn seine Untergebenen anredeten, nur mit leisen Flüchen, und uns Engländern, insbesondere Quick gegenüber zeigte er sich keineswegs wohlgesonnen. Im Gegenteil, wenn Blicke hätten töten können, wir wären gewiß nicht lebend bis an das Tor von Mur gelangt.

Dieses sogenannte Tor war das obere Ende des Passes, und von dort aus bot sich uns der erste Blick auf die riesige Ebene inmitten der Berge. Im Sonnenschein war die Aussicht herrlich. Fast zu unseren Füßen, halb verborgen unter Palmen und anderen Bäumen, lagen die vielen Flachdächer der eigentlichen Stadt, die sehr viel Raum einnahm, da alle etwas bedeutenderen Häuser von einem Garten umgeben schienen und man es schließlich nicht nötig hatte, sich durch Mauern oder Verteidigungsanlagen irgendwelcher Art einengen zu lassen. Nach Norden hin erstreckten sich, so weit das Auge reichte, zu den fernen Ufern des großen Sees hin sanft abfallend, bewirtschaftete Felder und dazwischen hin und wieder ein Landhaus oder ein kleines Bauerndorf.

Ungeachtet ihrer sonstigen Schwächen waren die Abati offenbar tüchtige Landwirte, wie es ja auch ihre angeblichen Vorfahren, die einstigen Bewohner Judäas gewesen sein müssen, eine Rasse, von der sich wohl doch noch die eine oder andere Spur erhalten hatte. Wie weit der Jude sich auch von seinen Wurzeln entfernt haben mag, ursprünglich war er der Scholle fest verhaftet, und hier, wo so viele seiner sonstigen Wesenszüge – vor allem sein unbändiger Mut, den noch Titus zu spüren bekam – unter dem Druck der Umstände abhanden gekommen waren, hatte man, wenn auch nur aus Tradition, wenigstens diese Bindung bewahrt.

Mehr noch, da die Abati kein anderes Ventil für

ihre überschüssigen Energien hatten und es auch niemanden gab, mit dem sie hätten Handel treiben können, konzentrierten sich ihre Interessen ganz und gar auf Grund und Boden. Für das Land und vom Land lebten sie, für das Land starben sie auch, und da die verfügbaren Flächen durch den Gebirgswall begrenzt wurden, galt der am meisten, dem das meiste Land gehörte, wer wenig hatte, war nicht besonders angesehen, und wer gar keines besaß, war kaum mehr als ein Sklave. Auch die Gesetze befaßten sich hauptsächlich mit Grund und Boden; Wünsche, Verbrechen, einfach alles, was für die Abati wichtig war, drehte sich um das Land, von dessen Erträgen sie lebten und manchmal, in einigen Fällen auch durch geschicktes Tauschen, sogar reich wurden. Geld kannten sie nicht, als Zahlungsmittel dienten Getreide oder andere landwirtschaftliche Erzeugnisse, Pferde, Kamele, Grundstücke und so fort.

Dabei ist ihr Land seltsamerweise so reich an Gold und anderen Metallen, wie kein anderes selbst in Afrika – so reich, daß Higgs zufolge die alten Ägypter Jahr für Jahr Rohgold im Werte von Millionen Pfund fortschafften. Dies erscheint mir durchaus glaubwürdig, habe ich doch selbst gesehen, daß an den Hängen der alten Bergwerke, die zumeist im Tagebau betrieben wurden, das Gold noch immer offen herumliegt. Doch für diese angeblichen Juden hatte Gold keinen Wert. Man stelle sich das vor: hier stand die Welt so sehr Kopf, daß es jedem normalen Christenmenschen eiskalt den Rücken hinunterlief, wie Quick sich ausdrückte, und er sich mit dem Gedanken schlafen legte, nun sei das Ende der Welt wohl nicht mehr fern.

Um wieder auf unsere Geschichte zurückzukommen, am letzten Tor ermahnte der Fürst Joshua, dem Anschein nach der Oberbefehlshaber des Heeres, die Wachen mit formelhaften Wendungen zur Tapferkeit und riet ihnen, notfalls mit den Heiden ebenso zu verfahren, wie der oder jener mit Og, dem König von Bashan und anderen bedauernswerten Andersgläubigen verfahren sei. Dafür empfing er ihre aufrichtigen Glückwünsche zum glücklichen Ausgang unserer ach so gefahrvollen Reise.

Nach Beendigung dieser Formalitäten streiften wir oder vielmehr die Abati die eiserne, militärische Disziplin ab und stiegen aus dem Sattel, um in höchster Ausgelassenheit in den Genüssen des Friedens zu schwelgen. Keinem aus blutiger Schlacht siegreich heimkehrenden Heer hätte eine herzlichere Begrüßung zuteil werden können. Als wir die Vororte der Stadt erreichten, kamen – zum Teil durchaus ansehnliche – Frauen aus den Häusern gelaufen, umarmten Ehemänner oder Geliebte und streckten ihnen Säuglinge zum Kuß entgegen, etwas später marschierten Kinder auf und streuten ihnen Rosen und Granatapfelblüten vor die Heroenfüße. Und das alles nur, weil diese kühnen Männer den Paß hinunter- und wieder heraufgeritten waren!

»Du lieber Himmel, Doktor!« spottete Quick, nachdem er sich diese Begeisterungsstürme einige Zeit angesehen hatte. »Du lieber Himmel! Ich komme mir allmählich vor wie ein richtiger Held. Das war ganz anders, als ich aus dem Krieg mit den Buren zurückkam, nachdem man mich auf Spion Kop mit einer Kugel in der Lunge für tot liegen gelassen hatte. Damals wurde ich sogar in einem Tagesbefehl erwähnt – ja, ich Sergeant Quick, wurde von dem größten Esel von General, der mir jemals unter die Augen gekommen ist, wegen eines Unternehmens, auf das ich nicht näher eingehen will, in einem Tagesbefehl erwähnt. Und in meinem Heimatdorf hat man mich überhaupt nicht beachtet, obwohl ich dem Gemeindeschreiber, der zufällig mein Schwager ist, brieflich mitgeteilt hatte, mit welchem Zug ich ankommen würde. Ich sage Ihnen, Doktor, kein Mensch hat mir auch nur ein Glas Bier spendiert, von Wein gar nicht zu reden«, dabei deutete er auf eine Frau, die gerade ihrem Angebeteten einen Becher dieses Tranks darreichte.

»Und kein Gedanke an Umarmungen und Küsse«, er deutete auf eine andere Szene. »Meine alte Mutter – sie lebte damals noch – sagte nur: ›Ich hätt' mich nun hoffentlich lang genug in der Fremde rumgetrieben und Soldat gespielt, jetzt sei ich endlich heimgekommen, um ein ehrbares Leben zu führen, besser spät als nie.‹ Nun, Doktor, auf die Umstände kommt es an, vielleicht auch auf das Blut oder das Klima, was auf das gleiche hinausläuft, und was man nicht erwartet hat, vermißt man nicht, wie käme man auch dazu, wenn andere wie unser Captain dort, die mit viel mehr gerechnet hatten, noch schlechter wegkamen? Aber, mein Gott! Diese Abati sind ein widerliches Volk, ich hätte am liebsten nichts mehr mit ihnen zu tun. Der alte Barung ist viel mehr nach meinem Geschmack!«

Unter dem Jubel der Massen ritten wir die Hauptstraße der reizenden Stadt Mur entlang und erreichten schließlich den Marktplatz, eine große, freie Fläche, wo dank des milden, feuchten Klimas – die hohen Berge ringsum zogen nämlich reichlich Regen an – Bäume und Blumen in üppiger Fülle wuchsen. Oberhalb des Platzes stand, in einigem Abstand vor einer schroffen Felswand, umgeben von einer Doppelmauer mit einem Wassergraben dazwischen, den man zu Verteidigungszwecken angelegt hatte, ein langgestrecktes, niedriges Gebäude mit weißgetünchten Wänden und vergoldeten Kuppeln.

Dies war der Palast, den ich bei meinem letzten Besuch nur ein oder zwei Mal betreten hatte, als ich zu einer feierlichen Audienz beim Königskind befohlen wurde. Ansonsten standen um den Platz herum, jeweils inmitten eines eigenen Gartens, die Häuser der vornehmen Adeligen und hohen Beamten, und auf der Westseite, zwischen anderen öffentlichen Gebäuden, eine Synagoge oder ein Tempel, der wie ein Modell von Salomons Tempel in Jerusalem aussah und auch tatsächlich nach dessen Beschreibung, aber natürlich in verkleinertem Maßstab, gebaut worden war.

Vor dem Eingang zum Palast machten wir halt, und Joshua kam herbeigeritten und fragte Maqueda griesgrämig, ob er die ›Gojim‹, wie er uns höflicherweise nannte, in die Pilgerherberge in der Weststadt geleiten solle.

»Nein, Onkel«, antwortete Maqueda. »Die fremden Herren werden im Gästeflügel des Palastes wohnen.«

»Im Gästeflügel des Palastes? Das ist nicht üblich«, kollerte Joshua und blähte sich auf wie ein großer Truthahn. »Bedenke, o Nichte, daß du unvermählt bist. Noch lebe ich nicht im Palast, um dich zu beschützen.«

»Das habe ich unten auf der Ebene gemerkt«, gab sie zurück, »aber es ist mir gelungen, selbst für meinen Schutz zu sorgen. Kein Wort mehr, ich bitte dich. Ich halte es für angebracht, meine Gäste dort unterzubringen, wo sich auch ihre Habe bereits befindet, nämlich am sichersten Ort in ganz Mur. Du, Onkel, bist nach deinen eigenen Worten schwer verletzt, was dich ja auch gehindert hat, die Herausforderung des Sultans von Fung anzunehmen. Nun geh und ruhe dich aus; ich werde dir sofort den Hofarzt schicken. Gute Nacht, Onkel; wir sehen uns wieder, wenn du genesen bist, denn es gibt vieles zu besprechen. Nein, nein, du bist zu gütig, aber ich will dich keinen Augenblick länger aufhalten. Begib dich zur Ruhe, Onkel, und vergiß nicht, Gott für die Errettung aus so großer Gefahr zu danken.«

Diese in höflichstem Tonfall gesprochenen Worte ließen Joshua erbleichen, wobei er abermals an einen

Truthahn erinnerte, dessen purpurroter Kehllappen sich vor Wut weiß färbt. Ehe er jedoch eine Erwiderung herausbrachte, war Maqueda bereits unter dem Torbogen verschwunden, worauf er nur noch die eine Möglichkeit sah, uns alle, besonders aber Quick, der ja der Anlaß für seinen Sturz vom Pferd gewesen war, ausgiebig zu verfluchen. Leider verstand der Sergeant gerade so viel Arabisch, um den Sinn seiner Worte mitzubekommen, und da er sich darüber ärgerte, zahlte er mit gleicher Münze zurück.

»Halt den Mund, Karpfen«, sagte er, »und laß deine Augen, wo die Natur sie hingesteckt hat, sonst fallen sie dir noch aus dem Kopf.«

»Was sagt der Goi?« stammelte Joshua, worauf Orme aus seiner Apathie erwachte und auf Arabisch erklärte:

»Er bittet dich, o du größter aller Fürsten, deinen edlen Mund zu schließen und deine wohlgeborenen Augen in ihren Höhlen zu belassen, auf daß du sie nicht verlierest.« Bei diesen Worten brachen alle Umstehenden in Gelächter aus, denn die Abati hatten Sinn für Humor, ein Charakterzug, der ein wenig mit ihren Schwächen versöhnte.

Was dann geschah, bekam ich nicht mehr ganz mit, denn Orme drohten die Sinne zu schwinden, und ich mußte mich um ihn kümmern. Als ich wieder aufschaute, waren die Tore geschlossen, und wir wurden von einer Reihe farbenfroh gekleideter Diener zum Gästeflügel des Palastes geleitet.

Sie führten uns in unsere Gemächer – kühle, hohe Räume, mit geschmackvoll gemusterten und in seltenen Farben glasierten Kacheln gefliest und mit einigen wenigen Stücken aus dunklem Holz eher spärlich möbliert. Der Gästeflügel des Palastes stellte sich übrigens als eigenes Gebäude mit separatem Eingang heraus, aber wir bemerkten weder einen Gang, noch sonst irgendeine Verbindung zum Hauptbau. Davor befand sich ein kleiner Garten, an der Rückseite ein Hof mit Stallungen, in denen, wie man uns mitteilte, unsere Kamele untergebracht waren. Mehr bekamen wir zu diesem Zeitpunkt nicht zu sehen, denn bald darauf wurde es dunkel, und wir wären ohnedies viel zu erschöpft gewesen, um auf Entdeckungsreise zu gehen.

Außerdem hatte sich Ormes Zustand mittlerweile dramatisch verschlechtert – so sehr, daß er kaum einen Schritt tun konnte, obwohl wir ihn von beiden Seiten stützten. Trotzdem gab er sich erst zufrieden, als er unsere Vorräte in Sicherheit wußte, und er war nicht zu bewegen, sich hinzulegen, bevor wir ihn nicht in ein Gewölbe mit kupferbeschlagenen Türen geführt hatten, das uns die Diener öffneten und worin sich die von den Kamelen abgeladenen Päckchen befanden.

»Zählen, Sergeant«, befahl er, und Quick gehorchte und zählte im Schein einer Lampe, die ein Diener in die offene Tür hineinhielt. »Alles in Ordnung, Sir«, sagte er, »soweit ich sehe.«

»Ausgezeichnet, Sergeant. Und nun verschließen Sie die Tür und nehmen Sie die Schlüssel an sich.«

Wieder gehorchte Quick, und als der Diener ihm besagte Schlüssel nicht aushändigen wollte, fuhr er ihn so heftig an, daß der Mann sich eines Besseren besann und sich mit einem Achselzucken entfernte, vermutlich, um seinen Vorgesetzten Meldung zu machen.

Nun endlich konnten wir Orme zu Bett bringen, und da er über unerträgliche Kopfschmerzen klagte und nur Milch und Wasser zu sich nehmen wollte, verabreichte ich ihm, nachdem ich mich vergewissert hatte, daß er keine größeren Verletzungen davongetragen hatte, ein starkes Schlafmittel aus meinem kleinen Arztkoffer. Zu unserer großen Erleichterung wirkte der Trunk nach etwa zwanzig Minuten, und er sank in einen todesähnlichen Schlaf, aus dem er erst nach vielen Stunden erwachen sollte.

Quick und ich wuschen uns, aßen ein wenig von den Speisen, die uns gebracht wurden, und wachten dann abwechselnd die ganze Nacht über bei Orme. Gegen sechs Uhr am folgenden Morgen, als ich gerade auf Posten war, schlug er die Augen auf und verlangte etwas zu trinken, was ich ihm nicht verwehrte. Danach begann er zu phantasieren, und als ich seine Temperatur maß, zeigte sich, daß er einundvierzig Grad Fieber hatte. Endlich entschlummerte er wieder und kam nur hin und wieder kurz zu sich, wenn ihn abermals der Durst quälte.

Im Laufe der Nacht und am frühen Morgen schickte Maqueda zweimal einen Diener, der sich nach seinem Befinden erkundigte, und da sie mit den Auskünften offenbar nicht zufrieden war, erschien sie gegen zehn Uhr vormittag persönlich in Begleitung zweier Hofdamen und eines langbärtigen alten Herrn, der, wenn ich richtig verstanden hatte, der Hofarzt war.

»Darf ich ihn sehen?« fragte sie besorgt.

Ich bejahte unter der Bedingung, daß sie und ihre Begleiter sich ganz still verhielten. Dann führte ich sie in den verdunkelten Raum, wo Quick wie eine Statue am Kopfende des Bettes stand und ihr Eintreten nur mit einem stummen Gruß quittierte. Sie betrachtete Olivers gerötetes Gesicht, die von den Explosionsgasen geschwärzte Stirn, und ich sah, wie ihre wunderschönen Veilchenaugen sich mit Tränen füllten. Unvermittelt wandte sie sich ab und verließ das Krankenzimmer. Vor der Tür schickte sie ihr Gefolge mit einer gebieterischen Handbewegung fort und erkundigte sich flüsternd:

»Wird er überleben?«

»Ich weiß es nicht«, antwortete ich, denn ich hielt es für ratsam, ihr die Wahrheit zu sagen. »Wenn er nur unter Schock, Erschöpfung und Fieber leidet, denke ich schon, doch wenn durch die Explosion oder durch den Schlag auf den Kopf unter der Wunde der Schädel gebrochen ist, dann …«

»Rette ihn«, murmelte sie. »Ich gebe dir alles, was ich – nein, verzeih mir; was brauche ich dich, seinen Freund, mit Belohnungen zu ködern? Rette ihn nur, ich bitte dich.«

»Ich werde tun, was ich kann, Herrin, doch die Entscheidung liegt in anderen Händen«, antwortete ich, und in diesem Moment traten ihre Begleiter wieder heran, und das Gespräch war zu Ende.

Bis auf den heutigen Tag verfolgt mich die Erinnerung an den alten Rabbi, der als Hofarzt amtierte, wie ein Alptraum, denn er war auf medizinischem Gebiet bei weitem der größte Dummkopf, der mir je begegnet ist. Er wich mir nicht von der Seite und wartete mit immer neuen Behandlungsvorschlägen auf, die man schon im Mittelalter als grotesk betrachtet hätte. Die harmloseste Empfehlung war noch, den Kopf des armen Orme mit einer Salbe aus Butter und den Knochen eines totgeborenen Kindes zuzukleistern und ihm irgendein abscheuliches Gebräu einzuflößen, über das die Priester einen besonderen Segen gesprochen hatten. So manche der anderen Kuren hätte den Patienten gewiß binnen einer halben Stunde getötet.

Nachdem ich mir den Menschen endlich fürs erste vom Halse geschafft hatte, kehrte ich an Ormes Lager zurück. Es war eine traurige Wache, denn alle meine Kenntnisse reichten nicht aus, um festzustellen, ob der Patient leben oder sterben würde. Die jungen Männer von heute wären dazu vielleicht in der Lage oder würden es zumindest behaupten, doch man darf nicht vergessen, daß mein ärztliches Wissen vollkommen überholt ist. Wie könnte es auch anders sein, habe ich doch die besten Jahre meines Lebens in der

Wüste verbracht, wo ich keine Gelegenheit hatte, mich auf dem laufenden zu halten.

So vergingen drei Tage, Tage voller Sorge. Ich sprach mit keiner Menschenseele darüber, befürchtete aber insgeheim, der Patient habe eine Schädelverletzung und würde sterben oder bestenfalls gelähmt bleiben. Quick war jedoch anderer Meinung. Er habe bereits zwei Männer infolge einer Gehirnerschütterung, ausgelöst durch die Detonation einer großen Granate in nächster Nähe, in einem solchen Zustand gesehen, und beide seien wieder genesen, der eine sei freilich schwachsinnig geworden.

Die erste, die mir wirklich Hoffnung machte, war jedoch Maqueda. Am dritten Abend kam sie und setzte sich eine Weile zu Orme, während ihr Gefolge in einigem Abstand stehenblieb. Als sie von ihm ging, hatte sich ihre Miene verändert – sie strahlte förmlich –, und das bewog mich zu der Frage, was denn vorgefallen sei.

»Oh, er wird am Leben bleiben«, sagte sie.

Ich erkundigte mich, wie sie denn darauf käme.

Sie errötete. »Er sah plötzlich auf und fragte mich in meiner Sprache, welche Farbe meine Augen hätten. Ich antwortete, das hänge davon ab, bei welchem Licht man sie betrachte.«

»›Keineswegs‹«, widersprach er. »›Sie sind immer *veil-chen-blau*, ob die Gardinen geschlossen sind oder nicht. Nun, Physikus Adams, sage mir, was dieses *Veil-chen-blau* für eine Farbe ist.‹«

»Die Farbe einer kleinen Wildblume, die bei uns im Westen im Frühling wächst, o Maqueda – eine wunderschöne Blume mit süßem Duft, dunkelblau wie deine Augen.«

»So ist das also, o Physikus. Nun, ich kenne die Blume nicht, aber was macht das schon? Dein Freund wird leben und seinen Verstand behalten. Ein Sterbender kümmert sich nicht um die Augenfarbe einer

Frau, und ein Schwachsinniger kann diese Farbe nicht richtig bezeichnen.«

»Freust du dich darüber, Königskind?« fragte ich.

»Natürlich«, antwortete sie, »schließlich weiß ich, daß dieser Hauptmann als einziger mit den flammenwerfenden Stoffen umgehen kann, die ihr mitgebracht habt, und deshalb ist es für mich sehr wichtig, daß er nicht stirbt.«

»Ich verstehe«, antwortete ich. »Hoffen wir also, daß es uns gelingt, ihn am Leben erhalten. Doch gibt es verschiedene Arten von flammenwerfenden Stoffen, o Maqueda, einer davon sprüht veilchenblaues Feuer, und ich bin ganz und gar nicht sicher, daß mein Freund damit umzugehen versteht. Dabei könnte dies hier im Lande der gefährlichste Stoff von allen sein.«

Als das Königskind diese Worte hörte, musterte sie mich zornig von Kopf bis Fuß. Dann lachte sie plötzlich, kaum hörbar, wie es ihre Art ist, winkte ohne ein weiteres Wort ihre Damen zu sich und verließ den Raum.

»Die Frauen sind doch sehr variable Geschöpfe, Sir«, bemerkte Quick, der alles mit angesehen hatte. (Er meinte wahrscheinlich ›wandelbar‹.) »Diese hier kommt zum Beispiel den Gang herauf wie ein müdes Pferd – schlurf, schlurf, schlurf –, ich hörte die Absätze ihrer Schuhe über den Boden schleifen. Hinaus geht sie dagegen wie ein Bock zu seinem Weibchen – den Kopf in der Luft, den Huf hoch erhoben. Wie erklären Sie sich das, Doktor?«

»Da fragen Sie die Dame lieber selbst, Quick. Hat der Captain die Suppe gegessen, die sie ihm brachte?«

»Bis auf den letzten Tropfen, Sir, und hinterher wollte er ihr die Hand küssen, der arme Mann ist noch nicht ganz bei sich! Ich habe ihn genau beobachtet, er wußte es eben nicht besser. Wenn er aufwacht, wird er es bedauern.«

»Ganz gewiß, Sergeant. Doch wir sollten froh sein, daß alle beide wieder etwas lebhafter geworden sind, und wenn sie in meiner Abwesenheit noch einmal Suppe bringen sollte, hätte ich an Ihrer Stelle nichts dagegen einzuwenden. Es kann nicht schaden, Kranken und Frauen ihren Willen zu lassen.«

»Gewiß, Doktor, aber ...« Plötzlich fiel ihm die Kinnlade herab. »Aber manchmal werden die Kranken wieder gesund, und was ist dann mit den Frauen?«

»Man sollte sich nicht um ungelegte Eier kümmern«, antwortete ich. »Sie gehen jetzt besser und vertreten sich die Beine. Das ist meine Wache.« Doch bei mir dachte ich, das Schicksal werfe bereits seinen drohenden Schatten voraus, und der liege in den Tiefen von Maquedas veilchenblauen Augen.

Nun, um es kurz zu machen, dieser Tag brachte die Wende, von da an ging es mit Orme rasch aufwärts, denn wie sich herausstellte, hatte er keine verborgene Schädelverletzung erlitten, sondern stand nur unter Schock und hatte Fieber. Während seiner Genesung besuchte das Königskind ihn mehrmals, beziehungsweise, wenn mein Gedächtnis mich nicht trügt, jeden Nachmittag. Natürlich handelte es sich dabei um rein offizielle Visiten – das heißt, sie kam stets in Begleitung mehrerer Hofdamen, des alten Arztes, der mir noch immer ein Dorn im Auge war, und einiger Sekretäre und Hofschranzen.

Doch da Oliver nun tagsüber in einen riesigen Empfangssaal getragen wurde und man von den Höflingen erwartete, daß sie sich am einen Ende dieses Raumes aufhielten, während Maqueda sich am anderen mit ihm unterhielt, waren die Besuche, von meiner und Quicks Anwesenheit einmal abgesehen, in jeder Hinsicht privater Natur. Und auch wir waren nicht immer zugegen, denn seit sich der Patient nicht mehr in Lebensgefahr befand, ritten der Sergeant und ich oft aus – um Mur und seine Umgebung zu erkunden.

Das wirft vielleicht die Frage auf, was die beiden bei solchen Gelegenheiten miteinander zu reden hatten. Darauf kann ich nur antworten, daß sich die Gespräche, soweit ich hören konnte, hauptsächlich um die Politik von Mur und den ewigen Krieg mit den Fung drehten. Es muß freilich auch andere Themen gegeben haben, von denen ich nichts mitbekam, denn ganz nebenbei stellte ich immer wieder fest, daß Orme vieles über Maquedas Privatleben wußte, was er nur aus ihrem Munde erfahren haben konnte.

Als ich mich etwa zu der Bemerkung verstieg, es sei vielleicht nicht unbedingt klug, wenn ein junger Mann in seiner Lage sich auf so vertrauten Fuß mit der Erbmonarchin eines so weltabgeschiedenen Stammes wie den Abati stelle, da antwortete er ganz unbekümmert, das sei völlig harmlos, denn ihren alten Gesetzen zufolge könne sie natürlich nur innerhalb ihrer eigenen Familie heiraten, und damit seien jegliche Komplikationen ausgeschlossen. Ich erkundigte mich, wer von ihren zahlreichen Vettern denn der Glückliche sei, worauf er antwortete:

»Keiner von ihnen. Ich glaube, sie ist offiziell mit ihrem dicken Onkel verlobt, dem Burschen, der so gern seinen eigenen Ruhm in die Welt schmettert, aber ich brauche wohl nicht eigens zu erwähnen, daß dies eine reine Formalität ist, der sie sich unterwirft, um sich die anderen Bewerber vom Leibe zu halten.«

»Aha!« sagte ich. »Ob der Fürst Joshua wohl auch so denkt?«

»Was er denkt, weiß ich nicht, und es kümmert mich auch nicht«, gähnte er. »Ich weiß nur, daß die Dinge so liegen, wie ich sagte, und daß der Karpfen mehr oder weniger die gleichen Aussichten hat, Maquedas Gatte zu werden, wie Sie, sich mit der Kaiserin von China zu vermählen. Und um nun von den

Ehefragen auf wichtigere Dinge überzugehen, haben Sie etwas von Higgs und von Ihrem Sohn gehört?«

»Das Ausforschen von Staatsgeheimnissen ist eher Ihre Spezialität, Orme, als die meine«, antwortete ich sarkastisch, denn die jüngsten Entwicklungen und sein törichtes Benehmen ärgerten mich. »Was haben Sie gehört?«

»Folgendes, alter Junge. Ich weiß nicht, woher Maqueda ihre Informationen bezieht, doch ihr zufolge sind beide gesund und werden gut behandelt. Allerdings steht unser Freund Barung zu seinem Wort und beabsichtigt, den armen alten Higgs heute in vierzehn Tagen zu opfern. Das muß natürlich irgendwie verhindert werden, und wenn es mich mein Leben kostet. Glauben Sie ja nicht, ich hätte die ganze Zeit nur über mich nachgedacht, denn dem ist nicht so, die Schwierigkeit ist nur, daß mir kein Rettungsplan einfallen will, der einigermaßen wasserdicht wäre.«

»Was soll dann geschehen, Orme? Ich habe bisher nicht weiter von der Sache gesprochen, um Sie nicht zu beunruhigen, solange Sie noch schwach waren, doch jetzt sind Sie wieder in Ordnung, und wir müssen zu einer Entscheidung gelangen.«

»Ich weiß, ich weiß«, antwortete er eifrig, »und eines will ich Ihnen sagen, ehe ich Higgs da unten alleine sterben lasse, liefere ich selbst mich diesem Barung aus, um mit ihm und womöglich für ihn zu leiden, wenn ich ihn schon nicht retten kann. Passen Sie auf: übermorgen will das Königskind eine große Ratsversammlung abhalten, an der auch wir teilnehmen müssen, denn sie wurde nur so lange aufgeschoben, bis ich wieder bei Kräften war. Bei dieser Versammlung soll der Schurke Shadrach vor Gericht gestellt und, wie ich glaube, zum Tode verurteilt werden. Außerdem sollen wir den Ring der Königin von Saba, den Maqueda Ihnen als Nachweis für die Richtigkeit Ihrer Geschichte geliehen hatte, in aller Form zurückgeben. Vielleicht erfahren wir bei dieser Gelegenheit etwas Neues, auf jeden Fall müssen wir uns zu konkreten Schritten entschließen. Und nun darf ich meinen ersten Ausritt machen, nicht wahr? Komm, Pharao«, forderte er den Hund auf, der während seiner ganzen Krankheit so standhaft neben seinem Bett ausgeharrt hatte, daß er sich kaum zum Fressen weglocken ließ. »Wir reiten aus, Pharao, hast du gehört, du treuer Freund?«

9
Die Vereidigung

Zwei Tage nach diesem Gespräch, es mögen auch drei gewesen sein, hielt Maqueda im großen Saal des Palastes ihre Ratsversammlung ab. Als wir wie Gefangene von einer Wache hineingeführt wurden, hatten sich bereits einige Hundert Abati in Reih und Glied auf den Bänken niedergelassen. Am anderen Ende saß in einer apsidenförmigen Rundung das Königskind selbst auf einem goldenen, vielleicht auch nur vergoldeten Thron, dessen Armlehnen in Löwenköpfen endeten. Sie trug ein Gewand aus funkelndem Silber und einen ebenfalls silbernen, mit Sternen bestickten Prunkschleier, in ihrem dunklen Haar blitzte ein schmaler Goldreif mit einem einzelnen Edelstein, der aussah wie ein Rubin. In dieser Aufmachung wirkte sie trotz ihrer zierlichen Statur sehr erhaben und zugleich ungemein reizvoll, besonders, da der hauchdünne Schleier ihrem Gesicht einen Anflug des Unergründlichen verlieh.

Hinter dem Thron standen Soldaten, mit Speeren und Schwertern bewaffnet, und zu beiden Seiten und davor hatte sich ihr über hundertköpfiger Hofstaat versammelt, darunter auch ihre Hofdamen, die in zwei Gruppen zur Rechten und zur Linken angetreten waren. Alle Angehörigen des Hofes waren je nach ihrer Stellung unterschiedlich prächtig gekleidet.

Da standen die Generäle und Hauptleute mit Fürst Joshua an der Spitze in ihren normannisch anmutenden Kettenhemden, die Richter in ihren schwarzen Roben und die Priester im prunkvollen Ornat; die Gebietsfürsten, von deren Aufzug mir nur die hohen Stiefel in Erinnerung geblieben sind, die Männer, die man Marktvorsteher nannte und deren Aufgabe es war, den Tauschkurs von Waren festzulegen, sowie die Vertreter der anderen Berufsgruppen.

Kurzum, die gesamte Aristokratie der Stadt und des Staatsgebietes von Mur hatte sich eingefunden, und jeder ihrer Vertreter erfreute sich, wie wir erst später herausfanden, eines hochtrabenden Titels, dem unserer Herzöge und Lords, unserer niederen Adeligen und Ritter entsprechend, ganz zu schweigen von den Fürsten von Geblüt, deren vornehmster Joshua war.

Doch so sehr das Spektakel durch seine Farbigkeit und Eleganz auch bestechen mochte, in Wahrheit war es eher tragisch, ließ sich doch nicht übersehen, daß es sich bei allem Gepränge nur um den schwachen Abglanz eines einstmals großen Volkes handelte. Das zeigte allein schon der riesige Saal, in dem die Versammlung stattfand, denn obwohl es sich hier durchaus um ein Ereignis von öffentlichem Interesse handelte, konnten ihn all jene, die zur Teilnahme daran berechtigt waren, doch nur zu einem Viertel füllen.

Mit Musikbegleitung führte man uns feierlich das Mittelschiff entlang, das ich deshalb so bezeichnen möchte, weil das Gebäude mit seiner Apsis und den Zedernsäulen große Ähnlichkeit mit einer Kathedrale hatte. Als wir den freien Platz vor dem Thron erreichten, warfen unsere Wächter sich nach orientalischer Sitte zu Boden, und wir grüßten die auf dem Thron Sitzende, wie es bei uns Brauch war. Man wies uns Stühle zu, nach einer Weile ertönte eine Trompete, und aus einem Nebenraum erschien, an Händen und Füßen gefesselt und sehr verängstigt wirkend, unser ehemaliger Führer Shadrach.

Das nun folgende Verfahren bedarf keiner längeren Beschreibung. Es zog sich lange hin, und wir drei waren aufgerufen, über den Streit zwischen unserem Gefährten, dem Professor, und dem Gefangenen wegen des Hundes Pharao und anderer Dinge zu berichten. Was jedoch Shadrachs Schicksal besiegelte, war die Aussage der anderen Führer, die man allem Anschein nach unter Androhung von Peitschenhieben gezwungen hatte, die Wahrheit zu sagen.

Einer dieser Männer nach dem anderen erklärte nun unter Eid, es sei lange geplant gewesen, Higgs dem Feinde auszuliefern. Einige fügten noch hinzu, Shadrach habe verräterische Absprachen mit den Fung getroffen und sie von unserer Ankunft unterrichtet, indem er das Schilf in Brand steckte, er habe es sogar darauf angelegt, uns alle gefangennehmen zu lassen, in der Hoffnung, die Kamele samt unseren Gewehren und unserer Habe an sich bringen und mit ihnen und den anderen Abati unbehelligt weiterziehen zu können.

Shadrachs Verteidigung bestand darin, daß er die ganze Geschichte dreist leugnete, schon gar nicht habe er, wie man ihm unterstellte, den Goi Higgs von seinem Dromedar gestoßen und das Tier selbst bestiegen, weil sein eigenes zusammengebrochen oder verletzt worden sei.

Seine Lügen fruchteten ihm jedoch wenig, denn nachdem sich die schwarzgewandeten Richter mit dem Königskind beraten hatten, verurteilten sie ihn schließlich einstimmig zu einer äußerst grausamen Todesart, wie sie nur Verrätern vorbehalten war. Außerdem sollten sein Vermögen beschlagnahmt und sein Weib, seine Kinder und seine ganze Sippe zu Staatssklaven erklärt werden, was bedeutete, daß alle Männer dazu verdammt waren, als Soldaten zu dienen, und die Frauen je nach Rang verschiedenen Würdenträgern zugewiesen wurden.

Von jenen, die sich mit ihm verschworen hatten, um uns an die Fung zu verraten, gingen ebenfalls etliche ihres Vermögens verlustig und wurden zum Heeresdienst verurteilt, der hiesigen Form der Zwangsarbeit.

So endete dieser bemerkenswerte Prozeß unter herzzerreißendem Klagen der Betroffenen, ihrer Freunde und Verwandten, und ich habe auch nur davon berichtet, weil er ein gewisses Licht auf die sozialen Verhältnisse bei den Abati wirft. Denn welche Hoffnung gibt es noch für ein Volk, das seine Verbrecher nicht ins Gefängnis, sondern ins Heer steckt und deren unschuldige Frauen dazu verurteilt, den Richtern oder den von ihnen Bestimmten als Sklavinnen zu dienen? Hinzugefügt sei freilich, daß Shadrach und seine Freunde in diesem Fall nur bekamen, was sie verdienten, selbst wenn man ein gewisses Maß an Falschaussagen berücksichtigt, denn sie hatten ohne Zweifel aus Habgier und persönlichem Haß jene verraten, die sie nach dem Willen ihrer Herrscherin hätten führen und beschützen sollen.

Als die Verhandlung beendet war und man Shadrach abgeführt hatte, wobei er laut um Gnade winselte und uns, Schweinehund der er war, die Füße küssen wollte, zerstreuten sich diejenigen der Anwesenden, die nur gekommen waren, um das Urteil zu hören und uns, die fremden Gojim, zu sehen, und die Mitglieder des Geheimen Rates, wenn man so sagen kann, wurden namentlich aufgerufen, ihrer Pflicht Genüge zu tun. Als alle versammelt waren, forderte man uns drei auf, vorzutreten und uns zwischen die Ratsherren zu setzen, wo man Stühle für uns bereitgestellt hatte.

In der nun eintretenden Stille ging ich, wie man es mir vorher eingeschärft hatte, zu einem der Höflinge, der ein Kissen in den Händen hielt, und legte den Ring der Königin von Saba darauf, worauf der Mann ihn zu Maqueda brachte.

»Königskind«, sagte ich, »nimm zurück dies uralte Kleinod, das du mir geliehen hast zum Zeichen deiner und meiner Glaubwürdigkeit. Mit seiner Hilfe ist es mir gelungen, unseren in Gefangenschaft geratenen Bruder, einen Mann, der bestens vertraut ist mit allem, was einst gewesen, und durch ihn auch den

Captain Orme, der vor dir steht, sowie seinen Diener, den Soldaten, zu dieser Reise zu bewegen.«

Sie nahm das Siegel entgegen und zeigte es nach kurzer Prüfung mehreren Priestern, die seine Echtheit bestätigten.

»Der Ring hat seine Schuldigkeit getan, auch wenn ich mich nur in Angst und Sorge davon trennte«, sagte sie, »und ich danke dir, o Physikus, daß du ihn meinem Volk und mir wohlbehalten zurückbringst.«

Sie steckte ihn wieder an den Finger, von dem sie ihn vor vielen Monden abgezogen hatte, um ihn mir zu geben.

Damit war dieser Punkt des Zeremoniells erledigt.

Nun rief ein Höfling:

»Die Walda Nagasta hat das Wort!« worauf alles wiederholte: »Die Walda Nagasta hat das Wort!« um dann zu verstummen.

Maqueda hub an, mit ihrer angenehm weichen Stimme zu uns zu sprechen.

»Ihr Fremden aus dem Land im Westen, das England genannt wird«, sagte sie, »hört mich an. Ihr wißt, wie es steht zwischen uns und den Fung – sie haben uns umzingelt und wollen uns vernichten. Ihr wißt, daß ich mich vor einem Jahr in höchster Not an einen der euren wandte, den es hierher verschlagen hatte, und ihn bat, in seine Heimat zurückzukehren und dort flammenwerfende Stoffe zu besorgen sowie Männer anzuwerben, die damit umzugehen verstehen, um das große, alte Götzenbild der Fung zu zerstören. Erklären doch die Fung, sie würden, einer alten Prophezeiung folgend, das Land verlassen und anderswohin ziehen, sollte ihr Götze jemals zerstört werden.«

»Verzeih, o Königskind«, unterbrach Orme. »Du wirst dich erinnern, daß Barung, der Sultan der Fung, erst vor kurzem beteuerte, auch wenn dies geschähe, würde seine Nation zuvor noch ihren Gott Harmac rächen. Und er fügte hinzu, daß er von allen Abati nur dich allein verschonen wolle.«

Diese verhängnisvollen Worte ließen den Rat erschauern, und ein Murmeln ging durch die Reihen. Maqueda zuckte jedoch nur die Achseln, was die Silberornamente an ihrem Gewand zum Klirren brachte.

»Ich habe euch von der alten Prophezeiung erzählt«, gab sie zurück. »Und außerdem sind Worte noch lange keine Taten. Ich glaube, wenn Harmac, der gräßliche Dämon, sich hinweghebt, werden die Fung ihm folgen. Warum sollten sie sonst dem Erdbeben opfern wie einem bösen Gott, den es zu fürchten gilt? Und warum sind sie aus Mur geflohen und haben sich in der Ebene angesiedelt, um den Gott zu schützen, wie sie selbst sagten, als vor etwa fünf Jahrhunderten ein solches Erdbeben einen Teil der geheimen Stadt im Innern der Berge verschüttete, die ich euch noch zeigen werde?«

»Ich weiß es nicht«, antwortete Oliver. »Unser Bruder könnte es dir vielleicht sagen, er, den die Fung gefangennahmen, ist er doch bewandert in den verschiedensten Arten der Götzenverehrung und in den Sitten der fremden Völker.«

»Wie schade, o Sohn des Orme«, antwortete sie, »daß er dank dieses Verräters, den wir eben verurteilten, nicht bei uns sein kann, doch vielleicht vermöchte er uns auch gar nicht weiterzuhelfen. Die alte Prophezeiung lautet jedenfalls so, wie ich sagte, und deshalb brennen wir Abati seit vielen Generationen darauf, den Götzen der Fung zu zerstören, für den so viele der Unseren im Rachen der heiligen Löwen ihr Leben lassen mußten. Und nun frage ich dich«, sie beugte sich vor und sah Oliver an. »Bist du bereit, das für mich zu tun?«

»Erzähle ihm von der Belohnung, Nichte«, mischte sich Joshua mit seiner heiseren Stimme ein, als er sah, daß wir mit der Antwort zögerten. »Nach allem, was ich höre, sind die Gojim aus dem Westen ein habgieriges Volk und würden für das Gold, das wir verachten, ihr Leben hingeben.«

»Fragen Sie ihn doch, Captain«, rief Quick, »ob ihre Verachtung sich denn auch auf Grund und Boden erstreckt, konnte ich doch erst gestern nachmittag beobachten, wie einer von ihnen wegen eines Stücks kaum größer als ein Hundezwinger einem anderen die Kehle durchschneiden wollte.«

»Ja«, fügte ich hinzu, denn ich muß gestehen, daß mich Joshuas Bemerkung geärgert hatte. »Und fragen Sie ihn auch, ob nicht die Juden in alten Zeiten den Ägyptern ihren goldenen Schmuck raubten und ob nicht Salomon, von dem abzustammen er sich rühmt, Goldhandel mit Ophir trieb, und schließlich, ob er nicht weiß, daß die meisten seiner Rasse in anderen Ländern das Gold gar wie einen Gott verehren.«

Orme als unser Sprecher stellte dem Fürsten Joshua, den er zutiefst verabscheute, alle diese Fragen mit Begeisterung, worauf ein Teil des Rates, jene Mitglieder nämlich, die nicht der Partei des Fürsten angehörten, lächelten oder gar laut lachten und die Silberornamente auf Maquedas Kleid abermals zu klirren begannen, als ob auch sie hinter ihrem Schleier das Lachen nicht unterdrücken könne. Dennoch hielt sie es wohl nicht für angebracht, Joshua die Antwort zu überlassen – falls er dazu überhaupt fähig gewesen wäre –, sondern ergriff selbst das Wort.

»Es entspricht der Wahrheit, o meine Freunde«, sagte sie, »daß wir hier das Gold nicht sehr hoch achten, da wir von aller Welt abgeschlossen sind und keinen Handel treiben können, dient es uns höchstens als Schmuck. Wären die Umstände andere, wir würden es gewiß ebenso schätzen wie der Rest der Welt, ob Juden oder Gojim, und das wird sich gewiß erweisen, sobald wir befreit sind von den Feinden, die uns umzingeln. Folglich hat mein Onkel nicht das Recht, als Tugend zu bezeichnen, was doch lediglich unumgänglich ist. Dies gilt um so mehr, da unser Volk, wie euer Diener«, damit wies sie auf den Sergeant, »ganz richtig sagt, Grund und Boden anstelle des Goldes verehrt und keiner je genug davon bekommt, soviel er auch besitzen mag.«

»Dann verlangen die Gojim also keine Belohnung für ihre Dienste?« höhnte Joshua.

»Keineswegs«, antwortete Oliver, »wir sind Söldner, warum sonst hätten wir hierherkommen sollen, um euren Streit« (dem Wort ›euren‹ verlieh er einen gehässigen Unterton) »mit einem Scheich auszufechten, der uns, obschon ein halber Wilder, durchaus nicht ohne Vorzüge wie etwa Ehrgefühl und Mut zu sein scheint? Wenn wir unser Leben aufs Spiel setzen und unsere Arbeit tun, sind wir auch nicht zu stolz, zu nehmen, was uns zusteht. Wie kämen wir auch dazu, wenn man bedenkt, daß einige von uns darauf angewiesen sind, und daß unser Bruder, der dank der Heimtücke seiner vermeintlichen Beschützer von den Fung gefangengenommen wurde und so gut wie tot ist, in England mittellose Angehörige hat, die für den Verlust ihres Ernährers entschädigt werden sollten?«

»In der Tat, wie kämt ihr dazu?« rief Maqueda. »Hört mich an, meine Freunde. In meinem eigenen Namen und im Namen aller Abati versprach ich euch so viele Kamellasten Goldes, wie ihr von Mur forttragen könnt, und noch ehe dieser Tag zu Ende geht, werde ich euch dieses Gold zeigen, vorausgesetzt, ihr wagt es, mir in sein Versteck zu folgen.«

»Zuerst die Arbeit, dann der Lohn«, wehrte Oliver ab. »Doch nun sag uns, Königskind, was verlangst du von uns?«

»Folgendes, o Sohn des Orme. Ihr sollt schwören – falls dies nicht gegen euer Gewissen als Christen verstößt –, mir von heute an gerechnet ein Jahr lang zu dienen, für mich zu kämpfen und euch meinen Gesetzen zu unterwerfen, sowie während dieser Frist all euer westliches Wissen und eure Waffen einzusetzen, um den Götzen Harmac zu zerstören. Danach seid ihr frei und könnt mit eurer Belohnung gehen, wohin ihr wollt.«

»Und wenn wir diesen Schwur ablegen, Herrin« fragte Oliver nach einigem Nachdenken, »welchen Rang werden wir dann in deinem Dienst bekleiden?«

»Dich, o Sohn des Orme, setze ich für dieses Vorhaben als meinen obersten Hauptmann ein, über deine Begleiter magst du verfügen, wie es dir beliebt.«

Bei diesen Worten erhob sich unter den gepanzerten Generälen im Kronrat ein unzufriedenes Gemurmel.

»Soll das etwa heißen, daß wir diesem Fremden gehorchen müssen, o Königskind?« erkundigte sich Joshua als ihr Sprecher.

»Ja, mein Onkel, soweit es, wie bereits gesagt, dieses Vorhaben betrifft. Kannst du mit den flammenwerfenden Stoffen umgehen, deren Geheimnis sie alleine kennen? Oder wären etwa drei von euch imstande gewesen, das Tor von Harmac gegen die Heerscharen der Fung zu halten und gen Himmel zu schleudern?«

Sie hielt inne. Ringsum herrschte verstocktes Schweigen.

»Darauf hast du keine Antwort«, fuhr Maqueda fort. »Also füge dich und unterwirf dich vorübergehend dem Befehl von Männern, die dir an Wissen und an Macht überlegen sind.«

Das Schweigen dauerte an.

»Herrin«, sagte Orme in die atemlose Stille hinein, »du hattest die Güte, mich zum General über deine Soldaten zu machen, aber werden sie mir auch gehorchen? Und wer sind deine Soldaten? Trägt bei den Abati jeder Mann Waffen?«

»Leider nein!« Sie bezog sich nur auf die letzte Frage, vielleicht, weil sie die erste nicht beantworten konnte. »Leider nein! In den Zeiten meiner großen Vorfahrinnen war dies freilich anders, und damals brauchten wir auch die Fung nicht zu fürchten. Doch nun wollen meine Untertanen nicht mehr als Soldaten dienen. Sie sagen, das halte sie von ihrer Arbeit und von ihren geliebten Spielen ab; in der Jugend könnten sie die Zeit nicht erübrigen, sagen sie; für einen erwachsenen Mann sei es erniedrigend, den Befehlen eines Höhergestellten zu gehorchen, sagen sie; Krieg sei barbarisch und gehöre abgeschafft, sagen sie; und währenddessen warten die tapferen Fung nur darauf, unsere Männer niederzumetzeln und unsere Frauen zu versklaven. Nur die ganz Armen, die Verzweifelten und jene, die sich gegen die Gesetze vergangen haben, dienen als gemeine Soldaten in meiner Armee. Und deshalb sind die Abati dem Untergang geweiht.« Damit warf sie plötzlich ihren Schleier zurück und brach vor uns allen in Tränen aus.

Auf seine Art hat mich wohl kein Anblick jemals so berührt wie diese schöne, temperamentvolle junge Frau, die da vor ihrem Kronrat über den schmählichen Niedergang des Volkes weinte, das sie regieren sollte. Da ich schon alt und außerdem an orientalische Gefühlsausbrüche gewöhnt war, schwieg ich, doch Oliver war so tief bewegt, daß ich fürchtete, er könnte eine Torheit begehen. Er wurde abwechselnd rot und blaß und wollte sich bereits von seinem Platz erheben, um zu ihr zu gehen, aber ich packte ihn am Arm und hielt ihn zurück. Daneben richtete Quick wie zum Gebet die Augen gen Himmel, und ich hörte ihn murmeln:

»Gott helfe dem armen Ding; Gott stehe ihr bei, dieser einzigen Perle in der Schnauze so vieler vergoldeter Schweine! Wenn ich richtig verstanden habe, bin ich inzwischen fast so etwas wie ein General, und ich will nicht mehr Samuel Quick heißen, wenn es mir nicht gelingt, sie allesamt vor ihr Männchen machen zu lassen.«

Inzwischen begannen die bestürzten Höflinge, die das Gefühl hatten, persönlich und in ihrer Gesamtheit gerügt worden zu sein, empört zu murren. Wie immer in derart kritischen Momenten ging Fürst Joshua mit gutem Beispiel voran. Er erhob sich, kniete nicht ohne Mühe vor dem Thron nieder und sagte:

»O Königskind, was kränkst du uns mit solchen Worten? Hast du nicht den Gott Salomons zu deinem Schutze?«

»Gott schützt nur den, der sich selbst schützt«, schluchzte Maqueda.

»Und hast du nicht viele tapfere Offiziere?«

»Was nützen mir Offiziere ohne Armee?«

»Und hast du nicht mich, deinen Onkel, deinen Verlobten, deinen Geliebten?« Damit legte er die Hand an die Stelle, wo er sein Herz vermutete, und starrte sie mit seinen runden Fischaugen unverwandt an. »Hätte ich nicht ohne die Einmischung dieser Gojim, denen du offenbar dein ganzes Vertrauen schenkst, neulich erst Barung gefangengenommen«, fuhr er fort, »und auf diese Weise die Fung ihres Führers beraubt?«

»Und zugleich die Abati der letzten Reste ihrer Ehre, mein Onkel.«

»Laß uns erst vermählt sein, o du Rosenknospe, o du Blüte von Mur, und ich werde dich alsbald von den Fung befreien. Hilflos sind wir nur, solange wir getrennt sind, doch gemeinsam werden wir siegen. Sag, o Maqueda, wann soll unsere Hochzeit sein?«

»Wenn der Götze Harmac völlig zerstört ist und die Fung für immer abgezogen sind, mein Onkel«, antwortete sie sichtlich ungeduldig. »Hältst du dies etwa für den rechten Moment, um von Heirat zu sprechen? Ich erkläre die Versammlung für beendet. Die Priester mögen die Rollen bringen, auf daß die Fremden aus dem Westen ihren Eid leisten, und dann verzeiht mir, wenn ich mich zurückziehe.«

Nun trat hinter dem Thron ein prächtig gekleideter Herr hervor, mit einer Kopfbedeckung, die mich entfernt an eine Bischofsmitra erinnerte. Über seinen Gewändern trug er einen Harnisch aus grob polierten Edelsteinen, der von seinem langen, weißen Bart halb verdeckt wurde.

Dieser Mann, offenbar der Hohepriester, hielt in einer Hand eine doppelte Pergamentrolle, die über und über mit Zeichen bedeckt war, welche wir später als eine Abart des Hebräischen identifizierten. Es handelte sich um eine uralte Schrift, die, wenn überhaupt, höchstens noch von drei oder vier Abati entziffert werden konnte. Angeblich hatten die Stammväter diese Gesetzesrolle vor Jahrhunderten aus Abessinien mitgebracht, zusammen mit dem Ring der Königin von Saba und etlichen anderen Reliquien, darunter auch der Wiege (einer eindeutigen Fälschung), worin der Überlieferung nach das Kind Salomons und Maquedas oder Belchis', der ersten namentlich bekannten Königin von Saba, geschaukelt worden sein sollte. Nun überreichte man uns dieses Pergament, das seit Generationen bei allen wichtigen Zeremonien der Abati wie etwa der Vereidigung ihrer Könige und höchsten Würdenträger Verwendung fand, damit wir es in der Hand hielten und küßten, während wir im Namen Jehovahs und Salomons (eine etwas merkwürdige Kombination, wie wir fanden) den Treu- und Gefolgschaftseid ablegten und feierlich gelobten, die bereits beschriebenen Pflichten zu erfüllen.

»Ich finde, das geht ziemlich weit«, meinte Oliver, nachdem man uns den Eid vorgelesen und ich für Quick übersetzt hatte. »Glauben Sie, wir sollten darauf eingehen?«

Von meinem Standpunkt aus war ich dafür, denn ich sah sonst keine Chance, das Ziel zu erreichen, um dessentwillen ich mich auf dieses Abenteuer überhaupt eingelassen hatte. Erst nach ausdrücklicher

Aufforderung und einigem Überlegen gab auch der Sergeant seine wohlerwogene Meinung zum besten.

»Sir«, sagte er zu Orme, »wir sind hier drei weiße Männer, die einer Horde afrikanischer Juden und einer wirklichen Dame gegenüberstehen. Ich finde, wir sollten schwören, was immer man von uns verlangt, und darauf vertrauen, daß uns die Dame schon aus der Patsche helfen wird, denn andernfalls wären wir in diesem Land die reinen Freibeuter ohne offiziellen Titel und könnten folglich ohne weiteres vom Feind, aber auch von jedem Meuterer erschossen werden, der hier vielleicht ans Ruder kommt. Außerdem müssen wir an den Professor und den Sohn des Doktors denken. Deshalb sage ich: Schwören wir alles, was irgendwo vernünftig ist, vorbehaltlich unserer Treue zur Krone Großbritanniens, und vertrauen wir auf unser Glück. Sehen Sie, Captain, sie haben uns ohnehin in der Hand, und dieser Eid könnte uns nützen, aber bestimmt nicht schaden, während es alle diese Stinktiere und, was weitaus schlimmer wäre, vielleicht auch die Dame beleidigen würde, falls wir ihn verweigerten.«

»Wahrscheinlich haben Sie recht, Sergeant Quick. Wer A sagt, muß auch B sagen.«

Nun wandte er sich an Maqueda, die unsere Unterredung in einer ihr unbekannten Sprache, wie mir schien, mit einiger Besorgnis abgewartet hatte, und fügte auf arabisch hinzu: »O Königskind, wir werden dir den Schwur leisten, obwohl er sehr umfassend ist, und darauf vertrauen, daß uns dein Gefühl für Ehre vor allen möglicherweise darin enthaltenen Fallstricken bewahrt, denn bedenke, daß wir Fremde sind in deinem Land und seine Sitten und Gebräuche nicht kennen. Nur bedingen wir uns aus, unserem Herrscher in der fernen Heimat die Treue zu bewahren und mit allen daraus entstehenden Rechten dessen Untertanen zu bleiben. Außerdem fordern wir deine

Erlaubnis, vor Antritt unseres Dienstes oder zumindest während seiner Ausübung die Befreiung unseres Freundes und Gefährten, der sich derzeit als Gefangener in den Händen der Fung befindet, und des Sohnes eines der unseren zu versuchen, der vermutlich als Sklave bei ihnen lebt, und erbitten dazu alle Unterstützung, die du uns zu geben vermagst. Weiterhin verlangen wir, daß allein du, der wir Treue schwören, über uns zu Gericht sitzen mögest, sollte man uns wegen irgendwelcher Verstöße gegen diesen Eid anklagen, und daß es keinem anderen erlaubt sei, in das Verfahren einzugreifen. Gehst du auf diese Bedingungen ein, so werden wir den Schwur leisten; anderenfalls schwören wir gar nichts, sondern handeln nur, wenn wir einen Anlaß dazu sehen.«

Nun forderte man uns auf, ein wenig zurückzutreten, während das Königskind sich mit ihren Ratgebern besprach, was ziemlich lange dauerte, da die aufgeworfenen Fragen offenbar zu Meinungsverschiedenheiten Anlaß gaben. Letztlich überstimmten sie und ihre Anhänger jedoch wohl die Gegner, denn man rief uns nach vorne und teilte uns mit, man habe unsere Bedingungen akzeptiert und werde sie in der Eidesformel berücksichtigen, außerdem würden Herrscherin und Kronrat der Abati alles getreulich beachten, was darin enthalten sei.

Nun unterzeichneten und schworen wir und küßten nach Art zivilisierter Menschen das Buch oder vielmehr die Rolle. Müde, wie wir waren – die ganze Sache hatte uns doch sehr mitgenommen –, geleitete man uns sodann wieder in unsere Gemächer, wo wir den Lunch oder vielmehr das Dinner vorfanden, denn bei den Abati pflegt man die Hauptmahlzeit am Mittag einzunehmen. Hinterher hielten wir nach alter, orientalischer Sitte Siesta.

Etwa gegen vier Uhr nachmittags riß mich Pharaos Knurren aus dem Schlaf, und als ich aufschaute, entdeckte ich an der Tür einen Mann, der offenbar große Angst vor den Zähnen des Hundes hatte. Er wies sich als Bote von Maqueda aus, der uns fragen sollte, ob wir sie an einen Ort begleiten wollten, wie wir ihn noch nie gesehen hätten. Natürlich antworteten wir mit »Ja«, worauf uns der Bote unverzüglich in einen nicht mehr benutzten, staubigen Raum im hinteren Teil des Palastes führte. Alsbald stießen dort Maqueda und drei ihrer Damen zu uns, begleitet von einigen Männern, die brennende Lampen, Gurden mit Öl und ganze Bündel von Fackeln in den Händen trugen.

»Ihr, meine Freunde«, sagte Maqueda, die unverschleiert war und sich von ihrem Ausbruch am Morgen erholt zu haben schien, »habt auf euren Reisen in Afrika und anderen Ländern gewiß schon viele wundersame Orte gesehen, doch ich will euch nun einen zeigen, der wohl einmalig ist auf dieser Welt.«

Wir folgten ihr zu einer Tür am Ende des Raumes, und die Männer sperrten sie auf und verschlossen sie hinter uns wieder. Nun betraten wir einen langen, in den Fels gehauenen Gang, der stetig abwärts führte und schließlich durch eine zweite Tür in die größte Höhle mündete, die wir je gesehen hatten. So riesig war sie, daß der schwache Schein unserer Lampen die Decke nicht erreichte und wir zu beiden Seiten nur ganz schwach die Umrisse verfallener Steingebäude erkennen konnten.

»Hier seht ihr die Höhlenstadt Mur«, sagte Maqueda und schwenkte ihre Lampe. »Hier hatten die Alten, die wir für die Stammväter der Fung halten, ihre geheime Festung. Diese Mauern waren einst Kornspeicher, Tempel und Kultstätten, doch wie ich euch bereits sagte, wurden sie vor Jahrhunderten von einem Erdbeben zerstört und liegen seither in Trümmern. Damals stürzte auch ein großer Teil der eigentlichen Höhle ein, die Decke brach herab, und deshalb kann man viele Teile heute nicht mehr betreten. Nun kommt, ich will euch zeigen, was noch erhalten ist.«

Wir folgten ihr in die Tiefen dieses phantastischen Gewölbes, und unsere Laternen und Fackeln funkelten wie kleine Sterne in der Nacht. In den Ruinen der Kornspeicher lag noch Staub, der wohl einst Getreide gewesen war, und endlich kamen wir an ein riesiges, oben offenes Gebäude, in dessen Umkreis zertrümmerte Säulen den Boden bedeckten. Dazwischen lagen umgestürzte Statuen, freilich unter einer dicken Staubschicht, die uns nicht mehr erkennen ließ, als daß es sich zumeist um Sphingen handelte.

»Ach, wenn doch Higgs hier wäre«, seufzte Oliver und trat zu Maqueda, die ihn gerufen hatte, um ihm etwas zu zeigen.

Das Königskind führte uns fort vom Tempelgebäude, das ohnehin nicht sicher war, und zu einer starken Quelle, der einstigen Wasserversorgung der Stadt. Das Wasser sprudelte in ein Steinbecken und strömte durch eigens angelegte Öffnungen wieder heraus, ohne daß wir hätten erkennen können, wohin.

»Seht nur, wie alt die Quelle ist«, sagte Maqueda und zeigte auf eine mehrere Zoll tiefe Kerbe am Rand des Beckens, wo sich viele Generationen von Menschen beim Wasserholen mit den Händen auf den harten Fels gestützt hatten.

»Wie hat man diese riesige Höhle nur beleuchtet?« fragte Oliver.

»Das wissen wir nicht«, antwortete sie. »Mit Lampen wäre es kaum möglich gewesen. Noch kein Abati hat sich bemüht, dieses Geheimnis der Vergangenheit aufzuklären. Ein zweites Rätsel ist, wie man die Luft hier in den Tiefen des Berges stets so frisch halten konnte. Wir wissen nicht einmal, ob diese Höhle natürlich entstanden ist, wie ich übrigens glaube, oder von Menschenhand geschaffen wurde.«

»Vermutlich beides«, sagte ich. »Aber verrate mir

eines, Herrin, machen die Abati von diesem riesigen Raum auch irgendwie Gebrauch?«

»In einigen Gruben halten wir immer noch Getreide für eine Belagerung vorrätig«, erklärte sie und fügte traurig hinzu: »Aber für den Ernstfall wäre es nicht genug, denn es stammt fast zur Gänze von den königlichen Gütern. Vergeblich habe ich meine Untertanen beschworen, wenigstens den hundertsten Teil ihrer Ernte beizusteuern, aber sie sind nicht zu bewegen. Jeder sagt, er würde geben, wenn auch sein Nachbar gäbe, und so gibt keiner. Dabei könnte der Tag kommen, da nur noch dieser Getreidevorrat sie vom Hungertod trennt – wenn etwa die Fung das Tal besetzten.« Sie drehte sich ungeduldig um und ging weiter, um uns die Stallungen zu zeigen, wo die Alten ihre Pferde untergebracht hatten, und die Spuren ihrer Wagenräder auf dem Felsboden.

»Reizende Leute, diese Abati«, sagte Quick zu mir. »Wenn die Frauen und Kinder nicht wären und vor allem die kleine Dame hier, die ich, was ja nur meine Pflicht ist, allmählich ebenso verehre wie mein Herr, ich würde sie zu gerne ein wenig hungern sehen.«

»Noch einen Raum muß ich euch zeigen«, sagte Maqueda, als wir die Ställe inspiziert und uns den Kopf darüber zerbrochen hatten, was die Alten wohl bewogen haben könnte, unter der Erde Pferde zu halten, »der euch vielleicht einen Besuch wert scheint, denn er enthält die Schätze, die euer sind oder sein werden. Kommt!«

Wieder durchschritten wir verschiedene Gänge, und der letzte ging ganz unvermittelt in einen breiten, steil abfallenden Felshang über, dem wir an die fünfzig Schritte weit folgten, um dann vor einer scheinbar glatten Mauer zu stehen. Hier ließ Maqueda ihre Hofdamen und Diener halten, was deren Wünschen sichtlich entgegenkam, ohne daß wir verstanden hätten, warum. Dann begab sie sich auf die Seite der

Mauer, die an die Wand des Gangs grenzte, zeigte auf ein paar lose Steine und bat mich, sie herauszuziehen, was mir nicht ohne Mühe gelang. Als die entstandene Öffnung groß genug war, um einen erwachsenen Menschen durchzulassen, wandte sie sich an ihre Untertanen und sagte:

»Ich weiß wohl, daß ihr diesen Ort für verrufen haltet, und daß ihn auch die Tapfersten unter euch nur auf ausdrücklichen Befehl betreten würden. Doch ich und diese Fremden kennen solche Ängste nicht. Gebt uns daher eine Gurde Öl und ein paar Fackeln und wartet hier, bis wir wiederkehren. Eine Lampe stellt in das Loch in der Mauer, um uns den Weg zu weisen, falls unsere eigene erlöschen sollte. Nein, widersprecht mir nicht, sondern gehorcht. Es besteht keine Gefahr, denn dort drinnen ist es zwar heiß, aber die Luft ist rein, ich habe sie mehr als einmal geatmet.«

Damit reichte sie Oliver die Hand und kroch mit seiner Hilfe durch das Loch. Wir anderen folgten ihr und gelangten in eine zweite Höhle. Hier bestätigten sich ihre Worte, denn die Temperatur war weit höher als draußen.

»Wo sind wir?« fragte Orme leise, der Anblick schien ihn einzuschüchtern.

»In der Gruft der alten Könige von Mur«, antwortete sie. »Bald wirst du es sehen.« Wieder nahm sie seine Hand, denn der Weg war glatt und führte steil abwärts.

Immer tiefer stiegen wir hinab, vierhundert Yard weit vielleicht, unsere Schritte hallten laut durch die drückende Stille, und unsere Lampen, um die Hunderte von Fledermäusen schwirrten, wanderten wie vier Sterne durch die pechschwarze Nacht. Endlich weitete sich der Gang zu einer riesigen, kreisrunden Arena mit einem hohen, kuppelartigen Felsdach. Maqueda wandte sich nach rechts, blieb vor ein paar weiß glitzernden Gebilden stehen, hob ihre Lampe und sagte: »Seht!«

Vor uns stand ein großer Felsenthron, auf dessen Sitzfläche und um dessen Fuß herum sich Menschenknochen stapelten. Irgendwo dazwischen befand sich ein Schädel mit einer lächerlich schief sitzenden, goldenen Krone, und andere Schmuckstücke – Szepter, Ringe, Halsketten, Waffen und Rüstungen – lagen kreuz und quer zwischen den Gebeinen. Damit jedoch nicht genug, denn an die fünfzig weitere Skelette hockten im Kreis um den Thron, und auch unter ihren Knochen blitzte das Geschmeide hervor, das sie als Lebende getragen hatten.

Vor jedem Gerippe stand außerdem ein Tablett aus Metall, Silber oder Kupfer, wie wir später feststellten, und darauf türmten sich Berge von Kostbarkeiten, goldene Becher und Vasen, Toilettenartikel, Halsketten, Brustschilde, Armbänder und Beinreifen, aus Edelsteinen geschnittene Ohrringe und Perlen, haufenweise Ringmünzen und hundert andere Dinge, wie sie der Mensch seit Anbeginn der Zivilisation zu schätzen pflegt.

»Ihr versteht doch?« fragte Maqueda, während wir mit offenem Mund vor der grausigen, aber doch faszinierenden Szene standen. »Der auf dem Thron war der König. Die anderen ringsum, das waren seine Offiziere, Leibwächter und Frauen. Als man ihn bestattete, führte man alle Angehörigen seines Hauses mit seinen Schätzen hierher, setzte sie im Kreis um ihn herum und tötete sie. Blast den Staub weg, und ihr werdet sehen, daß der Fels immer noch mit ihrem Blut befleckt ist; außerdem erkennt man an Schädeln und Halsknochen die Spuren des Schwertes.«

Der stets wißbegierige Quick trat vor und überprüfte diese Behauptungen.

»Donnerwetter!« sagte er und stieß den Schädel eines Mannes zu Boden, bei dem die erschöpften Scharfrichter offenbar arg gepfuscht hatten. »Was bin ich froh, daß ich nicht den alten Königen von Mur dienen mußte. Aber im Kleinen gibt es diesen Brauch in Afrika auch heute noch, als Soldat stieß ich an der Westküste auf Leichen, die noch keine vierzehn Tage alt waren, nur hatte man die armen Teufel dort lebendig begraben.«

»Mag sein«, sagte Maqueda, als man ihr die Bemerkung des Sergeant übersetzt hatte. »Ich glaube allerdings nicht, daß mein Volk über diese Sitte sehr glücklich wäre.« Sie lachte leise, dann fügte sie hinzu: »Vorwärts, Freunde, hier gibt es noch viele Könige, und das Öl reicht nicht ewig.«

So gingen wir weiter und stießen nach etwa zwanzig Schritten auf einen zweiten Thron mit Gebeinen, die auf und neben den Sitz gefallen waren, als der Tote verweste. Ringsum lagen die Skelette der Unglücklichen, die man dazu verurteilt hatte, ihn auf seiner letzten Reise zu begleiten. Auch hier hatte jeder ein Tablett mit Goldschmuck oder anderen Schätzen vor sich stehen. Vor dem Thron dieses Königs entdeckten wir zudem die Knochen eines Hundes mit edelsteinbesetztem Halsband.

Weiter ging es zu einer dritten Grabstätte, wenn man so sagen kann, und hier machte uns Maqueda auf das Gerippe eines Mannes aufmerksam, vor dem ein Tablett mit uralten Medizinfläschchen und einer Reihe primitiver, chirurgischer Instrumente stand.

»Sage mir, o Physikus Adams«, bemerkte sie lächelnd, »wärst du gern Hofarzt bei den Königen von Mur gewesen, falls die Stadt schon damals so geheißen haben sollte?«

»Nein, Herrin«, antwortete ich, »aber wenn du gestattest, würde ich diese Instrumente gern genauer untersuchen.« Und während sie weitereilte, beugte ich mich nieder und füllte mir die Taschen. Ich darf kurz erwähnen, daß ich bei späterer Prüfung unter diesen vor Gott weiß wie vielen Jahrtausenden gefertigten Instrumenten – über ihr Alter tobt noch immer ein heftiger Streit unter den Gelehrten – eine ganze Reihe fand, die mit kleinen Änderungen bis auf den heutigen Tag in Gebrauch sind.

Viel mehr gibt es von diesem seltsamen, unheimlichen Mausoleum nicht zu berichten. Wir wanderten von einem Monarchen zum anderen, bis wir schließlich des Anblicks von Knochen und Gold überdrüssig wurden. Selbst Quick erging es so, obwohl er in früher Jugend seinem Vater, dem Totengräber seiner Pfarre, oft geholfen hatte und daher gleich mir die Überreste mit fachmännischem, wenn auch weniger ausgeprägtem Interesse musterte. Jedenfalls bemerkte er, es sei außerordentlich heiß in dieser Familiengruft, und wenn es ihrer Majestät – so redete er Maqueda an – recht sei, so könnten wir die verstorbenen Herren hiermit vielleicht als komplett betrachten, genau wie die Fragen bei der Rekrutenvereidigung.

Doch in diesem Moment kamen wir nach meiner Zählung zu Nr. 25, und wieder blieben wir staunend stehen, denn dieser König war unverkennbar der größte von allen gewesen. Um ihn herum lagen zwei- bis dreimal so viele Tote wie sonst, außerdem eine riesige Menge an Schätzen, zum Teil in Form kleiner Statuen, die Männer und Frauen, vielleicht aber auch Götter darstellten. Seltsam war, daß dieser König einen Buckel und einen riesigen Schädel hatte, also fast als Mißgeburt zu bezeichnen war. Vielleicht war er dies nicht nur körperlich gewesen, sondern auch im Geiste, denn bei seinem Leichenbegängnis waren nicht weniger als elf kleine Kinder geopfert worden, darunter, dem verkrümmten Rückgrat nach zu schließen, zwei von seinen eigenen.

Man fragt sich, wie es Mur und den umliegenden Gebieten unter der Herrschaft dieses buckeligen Herrschers wohl ergangen sein mochte. Doch darüber gibt die Geschichte leider keinen Aufschluß.

10

Quick reißt ein Streichholz an

»Von jetzt an befinden wir uns auf dem Rückweg, denn die Höhle ist wie ein großer Kreis«, sagte Maqueda über die Schulter hinweg.

Doch Oliver, den sie angesprochen hatte, befand sich nicht mehr an ihrer Seite, sondern war damit beschäftigt, mit Hilfe eines Instruments, das er aus seiner Tasche gezogen hatte, hinter dem Totenthron des Buckligen Messungen vorzunehmen.

Sie folgte ihm und fragte neugierig, was das für ein Ding sei und warum er es hier verwende.

»Wir nennen es Kompaß«, sagte er, »und es sagt mir, daß in dieser Richtung Osten liegt, wo die Sonne aufgeht; es zeigt mir auch, in welcher Höhe über dem Meer wir uns befinden, über jenem großen Wasser, das du nie gesehen hast, o Königskind. Und nun verrate mir, was würden wir erblicken, wenn wir diesen Fels durchdringen könnten?«

»Den löwenköpfigen Götzen der Fung, soviel ich weiß«, antwortete sie. »Ihr habt ihn gesehen, als ihr das Tor der Stadt Harmac gesprengt habt. Wie weit er entfernt ist, weiß ich freilich nicht, denn durch Fels kann ich nicht sehen. Freund Adams, hilf mir, die Lampen nachzufüllen, sie sind heruntergebrannt, und mit so vielen Toten wären wir im Dunkeln in schlechter Gesellschaft. Mein Volk denkt jedenfalls so, denn außer mir wagt es niemand, diese Höhle zu betreten. Als wir sie vor wenigen Jahren entdeckten und sahen, was sie enthielt, rannten alle Hals über Kopf davon und überließen es mir allein, sie zu durchsuchen. Sieh nur, da drüben im Staub, das sind meine Fußspuren.«

Ich füllte also die flachen Handlampen nach, und währenddessen nahm Orme in aller Eile ein paar Messungen vor und schrieb die Ergebnisse in sein Notizbuch.

»Was hast du in Erfahrung gebracht?« fragte sie, als sie endlich, etwas unwillig, weil er auf ihr Rufen nicht gekommen war, zu uns zurückkehrte.

»Nicht so viel, wie ich hätte erfahren können, wenn du mir mehr Zeit gelassen hättest«, antwortete er und fügte zur Erklärung hinzu: »Herrin, ich wurde ausgebildet zum Ingenieur, das ist ein Mann, der bestimmte Arbeiten ausführt und dazu Messungen vornimmt und Berechnungen anstellt. Zum Beispiel müssen die toten Männer, die einst diese Höhlen ausschachteten oder zumindest ihre Wände glätteten, ganz passable Ingenieure gewesen sein.«

»Solche haben wir auch jetzt noch unter uns«, sagte sie. »Sie schütten Dämme auf, graben Kanäle und bauen Häuser, die freilich nicht so gut sind wie jene aus alter Zeit. Aber ich frage dich noch einmal – was hast du in Erfahrung gebracht, o weiser Ingenieur?«

»Nur so viel, daß wir uns hier nicht allzu weit oberhalb der Stadt Harmac befinden, deren Meereshöhe ich zufällig bestimmen konnte, und daß hinter jenem Thron dort einst ein Gang gewesen sein muß, der zugemauert wurde. Aber sprich davon bitte zu niemandem, Herrin, und stelle mir im Moment auch keine weiteren Fragen, denn ich kann dir keine gesicherten Antworten geben.«

»Wie ich sehe, bist du nicht nur weise, sondern auch verschwiegen«, gab sie ein wenig sarkastisch zurück. »Nun, wenn du mir dein Wissen nicht anvertrauen willst, dann behalte es eben für dich.«

Oliver quittierte diese knappe Anweisung mit einer stummen Verbeugung.

Nun traten wir den Rückweg an, vorbei an vielen

weiteren Skelettgruppen, denen wir aber kaum noch einen Blick gönnten, vielleicht, weil die schwüle, vom Staub, der ehemals Menschenfleisch gewesen war, gesättigte Luft an unseren Kräften zehrte. Ich bemerkte nur – vielmehr machte mich der scharfsichtige Quick darauf aufmerksam –, daß die Könige auf ihren Thronen von immer weniger Dienern und Frauen umgeben waren, je weiter wir kamen, und daß vor ihren Füßen Gaben von immer geringerem Wert lagen. Nachdem wir abermals fünf oder sechs Gruppen passiert hatten, war das gemeuchelte Gefolge auf wenige weibliche Skelette zusammengeschmolzen, zweifellos Lieblingsfrauen, die man für diese besondere Ehre eigens auserwählt hatte.

Schließlich gab es gar keine Begleiter mehr, die armen Monarchen saßen nun in geringem Abstand voneinander und hatten sich ganz allein ins Reich der Schatten begeben müssen, nur mit ihrem eigenen Geschmeide und ihren königlichen Insignien geschmückt. Gegen Ende waren auch diese durch Imitate aus Goldfolie ersetzt worden, und anstelle der Tabletts mit den Schätzen hatte man irdene Krüge hingestellt, die offenbar nur Speisen und Wein enthalten hatten, dazu ein paar Speere und andere Waffen. Auf dem letzten der besetzten Throne, dahinter gab es nämlich auch noch leere Plätze, saß ein Gerippe, das an der Zartheit der Knochen und der geringen Größe der danebenliegenden Armbänder sofort als weiblich zu erkennen war. Diese Frau hatte man ganz ohne Begleiter oder Opfergaben bestattet.

»Gewiß«, sagte Maqueda, als ich sie darauf hinwies, »müssen die Alten damals schon sehr arm und schwach gewesen sein, wenn sie sich nach so vielen Königen von einer Frau regieren ließen und nicht einmal mehr die Opfergaben für ihre Beisetzung aufbrachten. Das könnte nach dem Erdbeben gewesen sein, aber vor der Einnahme durch die Abati, als nur noch wenige Menschen in Mur zurückgeblieben waren.«

»Und wo sind die Herrscher deines Hauses bestattet?« fragte Oliver mit einem Blick auf die leeren Throne.

»Oh! Nicht hier«, antwortete sie. »Ich sagte dir doch, die Höhle wurde erst vor wenigen Jahren entdeckt. Unsere Grabstätten liegen außerhalb, und ich selbst möchte direkt in der Erde bestattet werden, auf daß ich wenigstens in Gras und Blumen weiterlebe. Genug jetzt von Tod und Verderben. Bald, wer weiß wie bald, werden wir sein wie diese.« Sie schauderte. »Doch noch atmen wir, also laßt uns die Zeit genießen. Ihr habt euren Sold gesehen, nun sagt, seid ihr damit zufrieden?«

»Welchen Sold?« fragte er. »Den Tod als Lohn des Lebens? Wie kann ich darüber urteilen, ehe ich durch sein Tor gegangen bin?«

An dieser Stelle fand die philosophische Erörterung ein abruptes Ende, weil Quicks Lampe erlosch.

»Dachte mir schon, daß mit dem verdammten Ding etwas nicht stimmt«, sagte der Sergeant, »konnte aber den Docht nicht hochdrehen, weil es keine Schraube gibt, und ohne Schraube haben diese altmodischen Rapsöle noch nie etwas getaugt. Hallo! Doktor, da geht die Ihre hin.« Und so geschah es, noch ehe er zu Ende gesprochen hatte.

»Die Dochte!« rief Maqueda. »Wir haben vergessen, neue Dochte mitzunehmen, und was nützt uns das Öl ohne sie? Kommt, macht schnell, wir sind noch weit entfernt vom Eingang dieser Höhle, und niemand außer den Hohenpriestern wird wagen, hier nach uns zu suchen.« Sie nahm Oliver bei der Hand und begann zu laufen, während wir beiden uns nach Kräften bemühten, ihnen zu folgen.

»Ruhig, Doktor«, mahnte Quick, »ganz ruhig. In einer Katastrophe sollen die Kameraden stets zusammenbleiben, so steht es im Rotbuch, das die Krone den Feldwebeln kostenlos zur Verfügung stellte, wobei es in Wirklichkeit aus den gekürzten Zulagen bezahlt wurde. Nehmen Sie meinen Arm, Doktor. Aha! Dachte ich es mir doch, eile mit Weile, das Sprichwort gilt noch immer. Sehen Sie nur!« Damit deutete er auf die fliehenden Schatten, die uns bereits weit voraus waren und nur noch eine einzige Lampe hatten.

Gleich darauf drehte Maqueda sich um, hielt diese letzte Lampe in die Höhe und rief nach uns. Ich sah, wie der schwache Lichtschein ihr schönes Gesicht erhellte und die silbernen Ornamente auf ihrem Kleid aufblitzen ließ. Wild und fremdartig sah sie aus in diesem riesigen Gewölbe, doch nur einen Moment lang konnten wir den Anblick genießen, dann leuchtete anstelle der Flamme nur noch ein roter Funken, und schließlich war alles dunkel.

»Rühren Sie sich nicht von der Stelle, bis wir kommen«, rief Oliver, »aber geben Sie immer wieder Laut.«

»Jawohl, Sir«, antwortete Quick und stieß sofort einen gräßlichen Schrei aus, dessen Echo im Gewölbe so lange hin- und hergeworfen wurde, bis ich ganz verwirrt war.

»Gut, bin schon unterwegs«, antwortete Oliver, aber seine Stimme schien von so weit links auszugehen, daß Quick es für angezeigt hielt, noch einmal zu brüllen.

Um es kurz zu machen, als nächstes hörten wir Ormes Stimme von rechts, und dann kam sie von hinten.

»Man kann seinen Ohren hier nicht trauen, Sir, die Echos sind zu unbeständig«, sagte der Sergeant; »aber kommen Sie, ich glaube, jetzt habe ich sie geortet.« Damit rief er seinerseits den beiden zu, sich nicht vom Fleck zu rühren, und wir setzten uns in die Richtung in Bewegung, von der wir überzeugt waren, daß es die richtige sei.

Dieses Abenteuer endete damit, daß ich über ein Skelett stolperte, mich halb benommen zwischen den Schatztabletts wiederfand und in der Meinung, es handle sich um Quicks Stiefel, liebevoll einen Totenschädel umfaßte.

Irgendwie zog mich der Sergeant wieder auf die Beine, und da wir nicht wußten, was wir sonst tun sollten, setzten wir uns zwischen die Toten und lauschten. Doch nun waren die anderen offenbar so weit weg, daß Olivers Stimme nur ganz schwach und geheimnisvoll zu uns drang, ohne daß wir hätten bestimmen können, woher.

»Da wir Schwachköpfe es so eilig hatten, daß wir sogar vergaßen, Streichhölzer mitzunehmen, bleibt uns nichts anderes übrig, als zu warten«, sagte ich. »Mit der Zeit werden die Abati ihre Gespensterfurcht sicher überwinden und nach uns suchen.«

»Ich wünschte, ich könnte das auch, Sir. Bei Licht haben mich die Toten nicht gestört, aber im Dunkeln ist alles ganz anders. Hören Sie nicht, wie sie ringsum mit ihren Schienbeinen klappern und miteinander reden.«

»Gewiß höre ich etwas«, bestätigte ich. »Aber das muß das Echo unserer eigenen Stimmen sein.«

»Nun, dann sollten wir lieber den Mund halten, Sir, und hoffen, daß sie unserem Beispiel folgen, denn diese Unterhaltung gefällt mir gar nicht.«

Also schwiegen wir, doch das seltsame Gemurmel hörte nicht auf, es schien von der Höhlenwand hinter uns auszugehen, und mit einemmal kam es mir vor, als hätte ich dergleichen schon einmal gehört, konnte mich aber nicht entsinnen, wo. Erst später fiel mir ein, daß es auf der Flüstergalerie der St.-Pauls-Kathedrale in London gewesen sein mußte, wohin man mich als Kind einmal mitgenommen hatte.

Auf diese Weise verging vielleicht eine halbe Stunde, und von den Abati oder unseren beiden Vermißten war immer noch nichts zu sehen. Quick begann, in seinen Kleidern herumzukramen. Ich fragte ihn, was er denn mache.

»Ich werde den Gedanken nicht los, daß da noch irgendwo ein Wachszündholz stecken muß. Ich weiß noch, daß ich es am Tag vor unserer Abreise aus London in einer Tasche dieser Jacke spürte und hinterher Bedenken hatte, weil sie in einer Kiste mit der Aufschrift ›Laderaum‹ verpackt war. Dieses Streichholz suche ich jetzt, Fackeln haben wir nämlich reichlich, ich habe mein Bündel die ganze Zeit nicht losgelassen, obwohl ich gar nicht mehr daran dachte, als die Lampen ausgingen.«

Da ich an das Streichholz des Sergeant nicht so recht glaubte, gab ich keine Antwort, und so kramte er weiter, bis ich schließlich seinen Aufschrei hörte:

»Donnerwetter, da ist es ja, im Futter. Ja, und der Kopf fühlt sich an, als sei er noch ganz. Strecken Sie doch bitte zwei von den Fackeln zu mir her, Doktor. Achtung, Feuer!« Damit riß er das Hölzchen an und hielt es an die harzgetränkten Spitzen.

Die Fackeln loderten sofort auf und warfen einen grellen Schein in die gräßliche Finsternis. Einen Moment lang bot sich unserem Auge ein ungewöhnliches, aber durchaus reizvolles Bild. Ich vergaß wohl zu erwähnen, daß sich im Zentrum des Gewölbes eine Art Altar befand, den ich bis dahin auch tatsächlich nicht bemerkt hatte. Dieser Altar, an dem einst sicher die Totenrituale für die alten Könige abgehalten worden waren, bestand aus einem schlichten, schwarzen, von kauernden Sphingen getragenen Steinblock, auf dem ein stilisiertes menschliches Auge eingemeißelt war. Mehrere Stufen führten zu ihm hinauf.

Auf der untersten dieser Stufen, so dicht bei uns,

daß wir sie ganz deutlich sehen konnten, saßen Oliver Orme und Maqueda, das Königskind. Sie saßen ganz dicht beieinander; ja, um genau zu sein, Oliver hatte den Arm um Maquedas Taille gelegt, ihr Kopf ruhte auf seiner Schulter, und er war offenbar gerade im Begriff, sie auf den Mund zu küssen.

»Rechtsum kehrt!« zischte der Sergeant im Kommandoton. »Und auf der Stelle getreten!«

Diese Übung exerzierten wir eine ganze Weile immer wieder, dann husteten wir laut – der Rauch der Fackeln reizte dazu – und schickten uns an, die Höhle zu durchqueren, wobei wir ganz zufällig über unsere vermißten Gefährten stolperten. Ich muß gestehen, daß mir die Worte fehlten, Quick freilich zeigte sich der Situation durchaus gewachsen.

»Freut mich, Sie zu sehen, Captain«, wandte er sich an Oliver. »Hatte mir Ihretwegen schon große Sorgen gemacht, Sir, bis ich zum Glück im Futter meines Mantels ein Streichholz fand. Wenn der Professor hier gewesen wäre, hätten wir keinen Mangel an Streichhölzern gehabt, was übrigens ein Argument für das Rauchen wäre, selbst in Anwesenheit von Damen. Ach, kein Wunder, daß ihre Majestät in dieser Hitze einer Ohnmacht nahe ist. Armes, junges Ding. Nur gut, daß Sie sie festgehalten haben, Sir. Wären Sie wohl in der Lage, sie zu stützen, Sir, wir sollten uns nämlich auf den Weg machen. Ich selbst kann leider nicht dienen, weil ich mir den Fuß am Zahn eines toten Königs gestoßen habe und außerdem mit beiden Armen die Fackeln halten muß. Aber vielleicht möchten Sie, daß der Doktor – wie meinen, Sir? Sie kommen schon zurecht? Das Echo ist hier so stark, daß man kaum etwas versteht – schön, gehen wir, auch die Fackeln brennen nicht ewig, und Sie möchten gewiß nicht die ganze Nacht hier verbringen, noch dazu, wenn die Dame ohnehin so angegriffen ist. Außerdem könnten diese mißgünstigen Abati behaupten, Sie hätten es mit Absicht so eingerichtet. Nehmen Sie den Arm ihrer Majestät, Doktor, und dann ziehen wir los. Ich gehe mit den Fackeln voran.«

Auf diese schlichte Ansprache antwortete Oliver mit keinem einzigen Wort, sondern funkelte uns über Maquedas liegende, scheinbar ohnmächtige Gestalt hinweg nur argwöhnisch an. Erst als ich mich ihr erbot, ihr ärztliche Hilfe zu leisten, faßte er sich und erklärte, sie könne ganz gut allein, beziehungsweise an seinem Arm gehen.

Nun, es stellte sich heraus, daß sie tatsächlich gehen konnte, und so gingen wir denn. Die Fackeln brannten, bis wir den schmalen, steilen Gang erreichten, und als wir um die Ecke bogen, sahen wir in dem bewußten Loch in der Mauer die Laterne leuchten. Von da an war natürlich alles ganz einfach.

* * *

»Doktor«, sagte Oliver an jenem Abend, als wir uns zum Schlafengehen bereitmachten, gespielt beiläufig zu mir. »Ist Ihnen heute nachmittag in der Gruft der Könige nichts aufgefallen?«

»O doch«, erwiderte ich. »Sogar eine ganze Menge! Natürlich bin ich kein passionierter Archäologe wie der arme Higgs, aber ich fand die Stätte wirklich einzigartig. Ich bin auch kein Moralist, sonst würde ich vielleicht über den Kontrast zwischen jenen toten Herrschern und ihrer schönen, jungen Nachfolgerin reflektieren, die so erfüllt ist von Leben und Liebe« – hier warf er mir einen scharfen Blick zu –, »natürlich von Liebe zu ihrem Volk, wie auch sie es zu ihrer Zeit ohne Zweifel waren…«

»Ach, Adams, hören Sie doch auf! Mir ist nicht nach einem mit historischen Beispielen gespickten, philosophischen Diskurs zumute. Ist Ihnen außer Knochen und Gold etwas aufgefallen, als Quick, dieser unglaubliche Esel, plötzlich das Licht einschaltete – ich meine, das Streichholz anriß, das er ja nun leider bei sich hatte.«

Ich gab auf und versuchte, mich der Lage gewachsen zu zeigen.

»Wenn Sie die Wahrheit hören wollen«, sagte ich, »so habe ich selbst nicht *sehr* viel gesehen, denn meine Augen sind nicht mehr so gut, wie sie einmal waren. Doch der Sergeant hat außergewöhnlich scharfe Augen, und er glaubte zu bemerken, wie Sie Maqueda küßten, eine Annahme, die durch die Haltung, in der Sie beide sich befanden, gestützt wurde, und zudem einen Teil der merkwürdigen Geräusche erklären würde, die wir vernahmen, ehe er die Fackeln entzündete. Deshalb hat er mich auch aufgefordert, mich umzudrehen. Natürlich ist es möglich, daß wir uns getäuscht haben. Sie wollen also behaupten, der Sergeant hätte sich geirrt?«

Oliver beschwor auf den Sergeant und seine Augen ein schlimmeres Schicksal herab, als es selbst dem legendären Peeping Tom beschieden war*, dann gestand er in einem Anfall von Offenheit, denn Ausflüchte waren nie seine Stärke:

»Sie haben sich nicht geirrt. Wir lieben uns, und im Dunkeln ging plötzlich alles ganz schnell. Die fremde Umgebung hat sich wohl auf unsere Nerven ausgewirkt.«

»Aus moralischer Sicht bin ich froh, daß Sie sich lieben«, bemerkte ich, »denn Umarmungen, die nur durch schwache Nerven zustande kommen, sind nicht sehr empfehlenswert. Aus jedem anderen Blickwinkel halte ich freilich die dadurch entstandene Situation in unserer Lage für geradezu katastrophal,

---

* Ein Schneider, der Lady Godiva dabei beobachtete, wie sie nackt durch Coventry ritt, und dafür mit Blindheit geschlagen wurde – *Anm. d. Übers.)*

auch wenn Quick, der ein sehr scharfer Beobachter ist, mich von Anfang an vor einer solchen Entwicklung warnte.«

»Zum Henker mit Quick«, wiederholte Oliver leidenschaftlich. »Ich kündige ihm noch heute abend.«

»Tun Sie das nicht«, riet ich ab, »denn damit zwängen Sie ihn, sich bei Barung zu verdingen, wo er uns höchst gefährlich werden könnte. Hören Sie, Orme, ganz im Ernst, Sie haben uns in da einen ganz schönen Schlamassel gebracht.«

»Warum? Was ist dagegen einzuwenden, Doktor?« fragte er entrüstet. »Natürlich hat sie ein paar Tropfen jüdisches Blut in den Adern, und ich bin Christ, aber dergleichen regelt sich doch mit der Zeit von selbst. Natürlich steht sie auch im Rang über mir, aber dieser Rang gilt doch nur hier in der Gegend, in Europa wären wir mehr oder weniger gleichgestellt. Und daß sie Orientalin ist, was macht das schon? Jedenfalls ist es kein Einwand, der ausgerechnet für *Sie* Gewicht haben dürfte. Und was alles andere angeht, sind Sie jemals einer solchen Frau begegnet?«

»Nie, nie, *nie!*« gab ich begeistert zu. »Die junge Dame, mit der sich ein Mann eben verlobt hat, ist immer absolut unvergleichlich, und ich räume auch ohne weiteres ein, daß Maqueda das vielleicht ungewöhnlichste und bezauberndste Wesen in ganz Zentralafrika ist. Aber wie immer Sie selbst das sehen mögen, ich bin nicht sicher, ob diese Tatsache Quick und mich trösten kann, wenn man uns die Kehle durchschneidet. Hören Sie, Orme«, fügte ich hinzu, »habe ich Ihnen nicht schon vor langer Zeit gesagt, sie dürften sich *unter keinen Umständen* in das Königskind verlieben?«

»Tatsächlich? Das habe ich ganz vergessen; sie haben so vieles gesagt, Doktor«, erklärte er kühl, doch leider schoß ihm das Blut in die Wangen und strafte seine Worte Lügen.

In diesem Moment räusperte sich Quick, der unbemerkt eingetreten war, und bemerkte:

»Nehmen Sie es dem Captain nicht übel, Doktor, er hat es wirklich vergessen. Nichts beeinträchtigt das Erinnerungsvermögen mehr als ein Explosionsschock. Ich habe das im Burenkrieg oft erlebt, wenn irgendwo in der Nähe eine große Granate detoniert war und selbst die tapfersten Soldaten plötzlich reinweg vergaßen, daß es eigentlich ihre Pflicht gewesen wäre, sich nicht von der Stelle zu rühren, und statt dessen davonliefen wie die Karnickel. Sogar mir selbst ist es schon so ergangen.«

Ich mußte lachen, und Oliver sagte etwas, was ich nicht hören konnte, aber Quick fuhr ungerührt fort:

»Trotzdem, was wahr ist, muß wahr bleiben, und wenn der Captain es vergessen hat, ist es um so wichtiger, ihn daran zu erinnern. An jenem Abend im Haus des Professors in London haben Sie ihn gewarnt, Sir, und er antwortete, Sie bräuchten sich wegen der Reize einer Negerfrau nicht den Kopf zu zerbrechen …«

»Negerfrau«, platzte Oliver heraus; »dieses Wort habe ich niemals verwendet, nicht einmal in Gedanken, und es ist eine Unverschämtheit von Ihnen, es mir in den Mund zu legen. Negerfrau! Gütiger Himmel! Das wäre ja ein Sakrileg.«

»Tut mir sehr leid, Captain, jetzt fällt es mir wieder ein, ich glaube, Sie haben etwas übereilt von einer ›schwarzen Schönen‹ gesprochen. Ja, und ich bat Sie noch, doch lieber nicht zu prahlen, denn sonst würden wir am Ende noch erleben, wie Sie ihr auf allen vieren hinterherkriechen, gefolgt von mir, Samuel Quick, als Nachhut. Nun, genauso ist es gekommen, und das schlimmste ist, daß ich es Ihnen nicht einmal verübeln kann, da ich, wie prophezeit – denn eine Prophezeiung war es, auch wenn ich es damals noch nicht wußte –, in genau der gleichen Verfassung bin, in respektvollem Abstand natürlich, als Nachhut, ganz so, wie ich sagte.«

»Das soll doch wohl nicht heißen, daß Sie in das Königskind verliebt sind?« Oliver starrte den wettergegerbten Sergeant, der da so grimmig vor ihm stand, überrascht an.

»Bitte vielmals um Verzeihung, Captain, aber genau das soll es heißen. Wenn eine Katze die Königin ansehen darf, warum soll ein Mann sie dann nicht lieben dürfen? Wie auch immer, meine Art von Liebe wird Ihre Kreise vermutlich nicht stören. Bei mir bedeutet Liebe soviel wie Wachdienst und vielleicht ein Messer in den Leib. Bei Ihnen – nun, was Liebe bei Ihnen bedeutet, das haben wir ja heute nachmittag erlebt, allerdings haben wir nicht gesehen, wohin es führen soll. Dennoch, Captain, als ein Mann, der bisher nicht besonders scharf war auf das andere Geschlecht, rate ich Ihnen – segeln Sie los, es lohnt sich, selbst wenn Sie dabei untergehen sollten, denn sie ist die lieblichste und schönste, die beste und tapferste kleine Frau, die Gott der Herr jemals erschaffen hat.«

Hier ergriff Oliver seine Hand und schüttelte sie herzlich, und ich sollte vielleicht kurz erwähnen, daß es irgendwie zu Maqueda gedrungen sein mußte, wie Quick von ihr dachte. Jedenfalls behandelte sie den alten Knaben von da an bis zum Ende stets ›mit ausgesuchter Liebenswürdigkeit‹, wie die Franzosen zu sagen pflegen.

Mir, der ich nicht verliebt war, schüttelte niemand die Hand, und so überließ ich es den beiden, sich weiter über die Tugenden und Reize des Königskinds auszulassen und begab mich, erfüllt von den düstersten Vorahnungen, zu Bett. Was war ich doch für ein Narr gewesen, daß ich nicht darauf bestanden hatte, Higgs' Begleiter müsse ein verheirateter Mann sein. Und doch mußte ich bei genauerer Überlegung einräumen, daß das vielleicht nichts gebessert, sondern der ganzen Geschichte am Ende noch eine Komponente moralischer Verworfenheit hinzugefügt hätte, die derzeit nicht darin enthalten war, haben doch auch Ehemänner hin und wieder ihre schwachen Momente.

Es ließ sich nicht leugnen, daß Maqueda eine ungewöhnliche Anziehungskraft ausstrahlte. Nicht nur ihre auffallende Schönheit, auch ihre liebenswerte Art und ihr scharfer Verstand machten sie unwiderstehlich. Außerdem hätte ihre Lage wohl das Herz jedes Mannes gerührt und sein Mitleid erregt, so hilflos erschien sie in all dem eitlen Prunk, so einsam inmitten einer Nation von Feiglingen, um deren Rettung sie sich vergeblich bemühte. Und sollte sie tatsächlich der Vernichtung entgehen, so stand ihr ein um so traurigeres Schicksal bevor, dann nämlich mußte sie das Weib eines verfetteten Weichlings werden, der ihr eigener Onkel war. Nun, jedermann weiß, mit welchem Gefühl das Mitleid eng verwandt ist, die Katastrophe war eben nur ein wenig früher eingetreten als erwartet.

Verglichen mit den Männern, an die sie gewöhnt war und mit denen ihr die Etikette den Umgang gestattete, mußte ihr der tapfere, gutaussehende, junge Engländer, der nach seiner Heldentat todkrank in ihre Obhut gekommen war, wie ein wahrer Märchenprinz erschienen sein. Sie hatte geholfen, ihn zu pflegen, er hatte sich dankbar gezeigt für ihre Güte und Freundlichkeit und – dann hatten die Dinge wie von selbst ihren Lauf genommen.

Doch wie würde die Sache ausgehen? Früher oder später mußte das Geheimnis ans Licht kommen, denn bereits jetzt brannten die Abati-Adeligen, wenn ich sie in Ermangelung einer besseren Bezeichnung so nennen darf, und ganz besonders Joshua vor Eifersucht, weil ihre Herrin dem Fremden so deutlich sichtbar ihre Gunst schenkte, und die beiden wurden argwöhnisch beobachtet. Und was – was würde weiter geschehen? Nach dem Gesetz der Abati war jeder des Todes, der mit den Gefühlen des Königskindes spielte, wenn er nicht in einem noch als statthaft erachteten Verwandtschaftsgrad zu ihr stand. Das war auch nicht weiter verwunderlich, leitete die jeweilige Herrscherin ihr Anrecht auf den Thron doch allein daraus her, daß sie angeblich direkt von Salomon und der ersten Maqueda, der Königin von Saba abstammte. Fremdes Blut irgendwelcher Art konnte man folglich nicht dulden.

Zu allem Unglück war Orme, nachdem er den Treueid geschworen hatte, diesen Gesetzen nun ebenfalls unterworfen. Und zuletzt machte ich mir angesichts des Charakters der beiden Beteiligten keinerlei Hoffnungen, es könne sich nur um eine flüchtige Liebelei handeln.

Oh! Dort in den Tiefen der Höhle des Todes hatten die zwei ganz gewiß ihr eigenes Todesurteil und damit auch das unsere unterzeichnet. Dies war das Ende unserer Abenteuer und auch das Ende der langen Suche nach meinem verlorenen Sohn.

11
Der Rettungsversuch scheitert

Beim Frühstück am nächsten Morgen war die Stimmung ziemlich gedrückt. Wie in stillschweigender Übereinkunft fiel keine Anspielung auf die Ereignisse des Vortages oder auf unser Gespräch vor dem Schlafengehen.

Eigentlich wurde überhaupt kaum gesprochen, denn da ich nicht wußte, was ich sonst tun sollte, hielt ich es für das beste, meiner Geistesverfassung durch eisernes Schweigen Ausdruck zu verleihen, während Quick in philosophische Überlegungen versunken schien und Orme einigermaßen erregt und zerzaust wirkte, ganz so, als habe er Gedichte geschrieben, was wohl auch der Fall war. In dieses Trauermahl platzte ein Bote mit der Nachricht, die Walda Nagasta würde sich freuen, uns alle in einer halben Stunde bei sich zu sehen.

Um Orme keine Gelegenheit zu irgendwelchen Torheiten zu geben, antwortete ich kurz, wir würden ihr alsbald unsere Aufwartung machen, worauf der Mann ging und wir uns den Kopf darüber zerbrachen, was wohl geschehen sein mochte, daß sie den Wunsch nach unserer Gegenwart verspürte.

Zur vereinbarten Stunde betraten wir den kleinen Audienzraum, und in der Tür flüsterte ich Oliver vorsichtig zu:

»Um Ihrer selbst und um Maquedas willen, aber auch zum Schutz von uns übrigen beschwöre ich Sie, nehmen Sie sich in acht. Man wird Ihren Gesichtsausdruck nicht weniger überwachen als Ihre Worte.«

»Schon gut, alter Junge«, antwortete er und errötete leicht. »Sie können sich auf mich verlassen.«

»Ich wünschte, es wäre so«, murmelte ich.

Dann geleitete man uns feierlich hinein, und wir verneigten uns vor Maqueda, die von einigen Richtern und Offizieren, darunter auch Fürst Joshua umringt war und sich mit zwei verwegen aussehenden Männern in ganz gewöhnlichen, braunen Kutten unterhielt. Nachdem sie uns begrüßt und wir die üblichen Höflichkeiten ausgetauscht hatten, sagte sie:

»Freunde, ich habe euch nicht ohne Grund zu mir gebeten. Als der Verräter Shadrach heute morgen hinausgeführt wurde, um von diesen Männern, den Schergen des Gesetzes, hingerichtet zu werden, erbat er einen Aufschub. Auf die Frage, wieso, sein Gnadengesuch sei doch bereits abgelehnt worden, entgegnete er, wenn man ihm das Leben schenke, wolle er euch zeigen, wie euer Gefährte, den man Schwarzfenster nennt, aus den Händen der Fung zu retten sei.«

»Und wie?« fragten Orme und ich wie aus einem Munde.

»Das weiß ich nicht«, antwortete sie. »Aber man hat den Mann klugerweise verschont. Bringt ihn herein.«

Eine Tür ging auf, und Shadrach trat ein, die Hände hinter dem Rücken gefesselt und die Füße aneinandergekettet. Es war ein sehr ängstlicher und kleinlauter Shadrach, er rollte mit den Augen, klapperte mit den Zähnen, und als er sich vor der Walda Nagasta zu Boden geworfen hatte, wand er sich wie eine Schlange, um Orme den Stiefel küssen zu können. Die Wachen stellten ihn wieder auf die Beine, und Maqueda fragte:

»Was hast du uns zu sagen, Verräter, ehe du stirbst?«

»Es ist ein Geheimnis, o Rosenknospe. Muß ich vor so vielen Ohren sprechen?«

»Nein«, antwortete sie und befahl den meisten Anwesenden, darunter auch den Schergen und den Soldaten, den Raum zu verlassen.

»Der Mann ist verzweifelt, und dann wäre niemand

mehr hier, um ihn zu bewachen«, wandte Joshua nervös ein.

»Das übernehme ich, Hoheit«, antwortete Quick in seinem schlechten Arabisch, dann trat er hinter Shadrach und fügte auf Englisch hinzu: »Und nun benimm dich, mein Kätzchen, sonst wirst du es bereuen.«

Als alle gegangen waren, forderte man Shadrach abermals auf zu erklären, wie er den Engländer retten könne, den er an die Fung verraten habe.

»Folgendermaßen, o Königskind«, antwortete er. »Wie wir wissen, wird Schwarzfenster im Leib des großen Götzen gefangengehalten.«

»Woher willst du das wissen, Mann?«

»O Herrin, ich weiß es, und der Sultan hat es auch bestätigt, nicht wahr? Nun, ich kann euch einen geheimen Weg zu diesem Götzen zeigen, auf dem es möglich ist, zu Schwarzfenster zu gelangen und ihn zu retten. Ich, den man wegen meiner Geschicklichkeit im Klettern die Katze nennt, entdeckte diesen Weg schon in meiner Kindheit, und als die Fung mich später faßten und mich den Löwen vorwarfen, denen ich die Narben in meinem Gesicht verdanke, konnte ich auf ihm entkommen. Verschont mich, und ich werde ihn euch zeigen.«

»Den Weg zu zeigen, ist nicht genug«, sagte Maqueda. »Du mußt den fremden Herrn retten, den du verraten hast. Rettest du ihn nicht, so stirbst du. Hast du verstanden, du Hund?«

»Das sind harte Worte, Herrin«, gab der Mann zurück. »Bin ich Gott, daß ich versprechen könnte, diesen Fremden zu retten, der womöglich bereits tot ist? Doch ich werde mein Bestes tun, wohl wissend, daß du mich töten wirst, wenn ich scheitere, und mich nur verschonst, wenn es mir gelingt. Auf jeden Fall werde ich euch den Weg zu seinem jetzigen oder früheren Gefängnis zeigen, doch warne ich euch, er ist nicht ohne Tücken.«

»Wo du hingehst, können auch wir folgen«, erklärte Maqueda. »Und nun sag uns, was wir tun müssen.«

Das tat er, und als er fertig war, schaltete sich der Fürst Joshua ein und meinte, es schicke sich nicht, daß das erlauchte Königskind sich in eigener Person auf ein so gefährliches Abenteuer einlasse. Sie hörte sich seine Vorhaltungen geduldig an und dankte ihm für seine Fürsorge.

»Trotzdem werde ich mitgehen«, sagte sie dann, »nicht wegen des Fremden, den man Schwarzfenster nennt, sondern weil ich der Ansicht bin, falls es tatsächlich einen geheimen Weg aus Mur hinaus gibt, so sollte ich ihn kennen. Immerhin stimme ich dir zu, Onkel, daß ich bei einem solchen Unternehmen nicht ohne Schutz sein sollte, und deshalb bitte ich dich, halte dich bereit, gegen Mittag mit uns aufzubrechen, denn wenn du uns begleitest, wird gewiß niemandem ein Haar gekrümmt.«

Nun brachte Joshua tausend Ausreden vor, aber sie wollte nichts hören.

»Nein, nein«, wehrte sie ab, »du bist zu bescheiden. Die Ehre der Abati steht auf dem Spiel, denn leider war es ein Abati, der Schwarzfenster verriet, und deshalb muß ein Abati – nämlich du – ihn retten. Du hast mir oft erzählt, Onkel, wie gut du dich aufs Klettern im Fels verstehst, nun kannst du vor diesen Fremden endlich deine Tüchtigkeit und deinen Mut unter Beweis stellen. Das ist ein Befehl, kein Wort mehr.« Damit erhob sie sich, und die Audienz war beendet.

* * *

Noch am gleichen Nachmittag führte Shadrach auf nur ihm bekannten Gebirgspfaden eine kleine Gruppe zum Kamm der Westklippe von Mur. Mehr als fünfzehnhundert Fuß unter uns lagen die großen Ebenen, und einige Meilen entfernt konnte man die Stadt Harmac erkennen. Den Götzen im Tal bekamen wir freilich nicht zu Gesicht, denn die Klippe machte hier eine Biegung, die ihn unseren Blicken entzog.

»Was nun, Bursche«, sagte Maqueda, die wie eine Bäuerin in derbe Schafsfelle gekleidet war und selbst darin noch bezaubernd aussah. »Hier ist die Felswand, dort liegt die Ebene; ich sehe keine Verbindung zwischen den beiden, und mein weiser Onkel, der Fürst, sagt mir, er habe auch nie von einer solchen gehört.«

»Herrin«, antwortete der Mann, »von nun an habe ich das Kommando, und ihr alle müßt mir folgen. Doch laß uns zuvor noch nachsehen, ob nichts und niemand fehlt.«

Daraufhin ging er von einem zum anderen und zählte ab. Insgesamt waren wir sechzehn; Maqueda und Joshua, wir drei Engländer, mit Repetiergewehren und Revolvern bewaffnet, unser Führer Shadrach sowie etliche Männer aus dem Hochland, die man eigens ihrer Tüchtigkeit und ihres Mutes wegen ausgesucht hatte. Denn auch in Mur gab es noch tapfere Männer, besonders unter den Hirten und Jägern, die in den Bergen zu Hause waren. Diese kräftigen Weggefährten schleppten Seile, Lampen und lange, schmale Leitern, die man mit Riemen aneinanderbinden konnte.

Als alles kontrolliert und alle Leitern und Riemen überprüft waren, begab sich Shadrach zu einem Gestrüpp, das auf dem windgepeitschten Felsgrat kümmerlich sein Leben fristete. Inmitten der Büsche fand und entfernte er einen großen, flachen Stein, darunter wurden die obersten Stufen einer alten Treppe sichtbar, die freilich sehr brüchig und verwittert waren, da hier in der Regenzeit das Wasser wie durch einen natürlichen Kanal nach unten abfloß.

»Diesen Stollen legten die Alten einst aus unbekannten Gründen an«, erklärte Shadrach, »und ich entdeckte ihn, wie bereits gesagt, durch Zufall, als ich noch ein kleiner Junge war. Doch sollten nur die sich an den Abstieg wagen, die keine Angst kennen, denn der Weg ist steil und gefährlich.«

Nun bat Joshua, den der lange Ritt und der Anstieg zum Kamm bereits erschöpft hatten, Maqueda fast flehentlich, sie möge doch ablassen von ihrem Vorhaben und nicht in dieses gräßliche Loch hinabsteigen, wobei ihn Oliver mit wenigen Worten, aber vielen beschwörenden Blicken unterstützte, war er doch in diesem Fall, wenn auch aus anderen Gründen, mit dem Prinzen einer Meinung.

Doch das Königskind wollte nicht hören.

»Onkel«, sagte sie, »warum sollte ich mich fürchten, wenn du, ein erfahrener Bergsteiger, bei mir bist. Der Doktor hier ist alt genug, um unser beider Vater zu sein« (soweit es Joshua betraf, entsprach diese Bemerkung nicht ganz der Wahrheit), »und wenn er zum Mitkommen bereit ist, wie sollte ich dann zögern? Außerdem würdest du, wenn ich zurückbliebe, bei mir ausharren wollen, um mich zu beschützen, und ich könnte mir nie verzeihen, dich um ein solches Abenteuer gebracht zu haben, den schließlich liebe ich das Klettern nicht weniger als du. Und nun komm und laß uns keine Zeit mehr vergeuden.«

Wir seilten uns an. Shadrach ging voran, dann folgten Quick – der Sergeant hatte auf dieser Reihenfolge bestanden, um den Abati im Auge behalten zu können – und mehrere mit Leitern, Lampen, Öl, Proviant und anderen Dingen beladene Hochländer. Die zweite Gruppe bestand aus zwei weiteren Männern aus den Bergen, Oliver, Maqueda, mir selbst und hinter mir Joshua. Die restlichen Hochländer bildeten, bepackt mit zusätzlichen Vorräten, Ersatzleitern und anderem, die Nachhut. Als alles bereit war, wurden die Lampen entzündet, und dann begann eine höchst ungewöhnliche Wanderung.

Auf den ersten zweihundert Fuß durch den an einen Bergwerksschacht erinnernden Stollen führten die Stufen zwar fast senkrecht hinab und waren stark ausgetreten, bereiteten uns jedoch weiter keine Schwierigkeiten, Joshua ausgenommen, den ich hinter mir keuchen und stöhnen hörte. Dann gelangten wir auf eine Galerie, die etwa fünfzig Schritt weit ostwärts quer über einen Steilhang führte, und an ihrem Ende in einen zweiten Schacht, der in etwa so tief war wie der erste. Allerdings hatte das Wasser, das in großen Mengen an den Seitenwänden herabsickerte, die Stufen hier sehr stark ausgewaschen. Eine weitere Schwierigkeit bestand darin, daß die Lampen wegen der von unten kommenden Zugluft immer wieder zu erlöschen drohten.

Gegen Ende dieses Abschnitts waren fast gar keine Stufen mehr zu erkennen, und nun wurde jeder Schritt gefährlich. Joshua verlor tatsächlich den Halt, glitt mit lautem Geschrei den Schacht herab und landete mit beiden Beinen so hart auf meinem Rücken, daß er mich, hätte ich mich in diesem Moment nicht zufällig mit Händen und Füßen gut festgehalten, wohl auf Maqueda geschoben hätte, worauf wir wohl alle miteinander Hals über Kopf in den Tod gestürzt wären.

So umklammerte der dicke Mann in seiner Angst mit beiden Armen meinen Hals so fest, als wolle er mich erdrosseln, und erst, als mir unter seinem Gewicht schon die Sinne zu schwinden drohten, schlossen die Hochländer des dritten Trupps auf und zerrten ihn von mir herab. Als sie ihn in ihre Obhut genommen hatten – ich weigerte mich nämlich, noch einen einzigen Schritt zu tun, solange er sich unmittelbar hinter mir befand –, stiegen wir über eine Leiter, die der erste Trupp aufgestellt hatte, zur zweiten Ebene hinab, von wo aus wieder ein langer, leicht abfallender Quergang nach Osten führte und an der Einmündung eines dritten Stollens endete.

Hier erhob sich nun die große Frage, was mit dem Fürsten Joshua geschehen solle, der Stein und Bein schwor, er könne nicht weitergehen, und lautstark verlangte, wieder auf die Klippe hinaufgebracht zu werden, obwohl Shadrach ihm versicherte, von nun an sei der Weg sehr viel weniger beschwerlich. Endlich blieb uns nichts anderes mehr übrig, als die Frage an Maqueda weiterzugeben, die mit wenigen Worten eine Entscheidung herbeiführte.

»Onkel«, sagte sie, »du erklärst also, du könntest nicht weiter mitkommen, und wir können keinesfalls Zeit und Männer damit vergeuden, dich wieder nach Hause zu bringen. Also wirst du wohl bis zu unserer Rückkehr bleiben müssen, wo du bist, und sollten wir nicht zurückkehren, dann wirst du eben zusehen müssen, wie du allein den Schacht hinaufkommst. Leb wohl, Onkel, hier hast du Sicherheit und Bequemlichkeit, und wenn du klug bist, ruhst du dich ein Weilchen aus.«

»Herzloses Weib!« kollerte Joshua, der vor Wut und Zorn wie Pudding bebte. »Du willst doch deinen Verlobten wohl nicht allein in diesem entsetzlichen Loch zurücklassen, während du selbst wie eine Wildkatze in Begleitung fremder Männer die Felsen hinabkletterst? Wenn ich hierbleiben muß, bleibst du dann bei mir?«

»Ganz gewiß nicht«, erklärte Maqueda entschieden. »Soll es etwa heißen, das Königskind scheue die Wege, denen ihre Gäste folgen?«

Nun, Joshua willigte schließlich ein, den Marsch im Schutz der dritten Gruppe fortzusetzen, wobei er sich von den Männern aus den Bergen praktisch tragen ließ.

Shadrach behielt recht, aus irgendwelchen Gründen waren die Stufen von nun an besser erhalten. Aber sie schienen kein Ende nehmen zu wollen, und bis wir unser Ziel erreichten, waren wir meiner Schätzung nach an die zwölfhundert Fuß in die Tiefen des Berges hinabgestiegen. Ich war nahezu am Ende meiner Kräfte, und Maqueda litt so sehr unter Atemnot, daß sie sich auf Oliver stützen mußte und die beiden mich hinter sich herzogen wie einen Hund an der Leine, als wir plötzlich durch ein kleines Loch ein wenig Tageslicht in den Tunnel dringen sahen. An der Mündung einer weiteren Grube oder eines Stollens warteten Shadrach und die anderen auf uns. Er begrüßte uns mit erhobener Hand und sagte, wir müßten uns nun vom Seil lösen, unsere Lampen zurücklassen und ihm folgen. Oliver wollte wissen, wohin dieser letzte Schacht denn führe.

»Noch eine Ebene weiter hinab, Herr«, antwortete der Abati, »doch es wird dich wohl kaum reizen, sie zu erkunden, liegt doch an ihrem Ende die große Grube, wo die Fung ihre heiligen Löwen halten.«

»Soso.« Das schien Oliver seltsamerweise sehr zu interessieren, er warf Quick einen Blick zu, der Sergeant nickte und stieß einen anerkennenden Pfiff aus.

Shadrach übernahm abermals die Führung, und bald erreichten wir ein Plateau von der Größe eines Rakettfeldes in einer natürlich entstandenen oder von Menschenhand geschaffenen Nische in der riesigen Felswand. Wir traten an den Rand dieses Plateaus, wo viele Baumfarne und dichtes, grünes Buschwerk wuchsen, so daß wir von unten nicht zu sehen waren, selbst wenn dort jemand gestanden hätte, und stellten fest, daß sich der steile Fels noch ein paar hundert Fuß weiter nach unten fortsetzte. Viel konnten wir von diesem gähnenden Abgrund im Moment freilich nicht erkennen, teils, weil er im Schatten lag, teils aus einem anderen Grund.

Aus den Tiefen der Schlucht erhob sich nämlich ein Gebilde, das wir zunächst für einen rundlichen, schwarzen Felsen von ovaler Form hielten. Ein gewaltiger Steinspeer ragte daraus hervor und endete in einer durchbrochenen Quaste, die allein schon die Größe eines Häuschens hatte. Die Spitze dieses Quastenfelsens befand sich genau gegenüber dem kleinen Plateau, auf dem wir standen, in einem Abstand von nicht mehr als dreißig oder höchstens vierzig Fuß.

»Was ist das?« wollte Maqueda von Shadrach wissen und zeigte mit einer Hand nach vorne, während sie mit der anderem einem Hochländer den Becher zurückgab, aus dem sie Wasser getrunken hatte.

»Das, o Walda Nagasta«, antwortete er, »ist nichts anderes als der Rücken des mächtigen Götzen der Fung, der die Gestalt eines Löwen hat. Der mächtige Felsspeer mit der Quaste am Ende ist der Schweif des Löwen. Gewiß diente die Plattform, auf wir jetzt stehen, vor langer Zeit, als den Fung nicht nur ihr eigenes Land, sondern auch Mur gehörte, den Priestern der Alten als Versteck, von dem aus sie alles beobachten konnten. Sieh her«, er wies auf einige Rillen in der Felswand, »ich glaube, daß es hier einst eine Brücke gab, die man nach Belieben auf den Schweif des Löwengottes hinablassen konnte, sie ist freilich längst verrottet. Doch ich bin auch schon ohne sie hinübergelangt.«

Wir sahen ihn staunend an, und in der Stille hörte ich deutlich, wie Maqueda Oliver zuflüsterte:

»Vielleicht ist er, den wir die Katze nennen, auf diesem Wege den Fung entkommen; oder er bedient sich seiner, um als Spion mit ihnen Verbindung zu halten.«

»Vielleicht ist er auch nur ein Lügner, Herrin«, unterbrach Quick, der das Gespräch ebenfalls mit angehört hatte, und ich muß gestehen, daß diese Lösung auch mir einleuchtend erschien.

»Wozu hast du uns hierher geführt?« fragte Maqueda nach einer Weile.

»Um Schwarzfenster zu retten – sagte ich das nicht bereits in Mur, Herrin? Gib acht, bei den Fung ist es Brauch, daß alle, die im Innern des Götzen gefangengehalten werden, sich bei Sonnenaufgang und -untergang unbewacht auf seinem Rücken ergehen dürfen. Zumindest bei Schwarzfenster wird so verfahren –, frage mich nicht, woher ich das weiß; es ist die Wahrheit, ich schwöre es bei meinem Leben, und das steht schließlich auf dem Spiel. Nun habe ich folgenden Plan. Wir haben ein paar Leitern mitgebracht, die von hier bis zum Schweif des Götzen reichen. Sollte der fremde Herr auf dem Rücken des Gottes erscheinen, und das wird – so er noch lebt, wovon ich überzeugt bin – aller Voraussicht nach bei Sonnenuntergang der Fall sein, denn kein Mensch, der den ganzen Tag im Dunkeln weilt, wird Licht und Luft verschmähen, wenn er sie bekommen kann, sollte er also erscheinen, dann müssen einige von uns die Schlucht überqueren und ihn herüberholen. Am besten geht vielleicht der Herr Orme, denn wenn ich alleine oder auch mit diesen Männern käme, so würde mir Schwarzfenster nach allem, was geschehen ist, wohl nicht unbedingt vertrauen.«

»Du bist ein Narr«, unterbrach ihn Maqueda. »Wie sollte ein Mann dazu imstande sein?«

»O Herrin, es ist nicht so schwierig, wie es aussieht. Ein paar Schritte über den Abgrund, dann vielleicht hundert Fuß weit über den Schweif des Löwen, der oben abgeflacht und so breit ist, daß man sogar daran hinablaufen kann, wenn man auf die Kurven achtet und kein Wind weht – das ist alles. Aber wenn der Herr Orme sich natürlich fürchtet, was ich, der ich seinen Mut so oft habe rühmen hören, nie gedacht hätte …« Hier brach der Schurke achselzuckend ab.

»Mich fürchten, Bursche«, rief Oliver, »nun, ich schäme mich nicht zu sagen, daß ich mich vor einem solchen Wagnis fürchte. Doch wenn es sein muß, werde ich den Abgrund überqueren, freilich erst, wenn ich meinen Bruder allein dort drüben auf dem Felsen sehe, könnte doch alles nur eine List von dir sein, um mich an die Fung auszuliefern. Ich weiß wohl, daß du unter ihnen Freunde hast.«

»Es ist Wahnsinn, du darfst nicht gehen«, rief Maqueda. »Du wirst abstürzen und zerschmettert liegenbleiben. Höre auf mich und geh nicht.«

»Warum willst du ihn zurückhalten, Nichte?« unterbrach Joshua. »Shadrach hat recht; wir haben viel vom Mut dieses Goi gehört. Nun mag er ihn auch beweisen.«

Sie fauchte den Fürsten an wie ein Tiger.

»Ausgezeichnet, Onkel, und du wirst ihn begleiten. Ein reinblütiger Abati wie du steht einem ›Goi‹ an Unerschrockenheit doch gewiß nicht nach.«

Als Joshua das hörte, verstummte er, und was er bis zum Ende dieser spannenden Szene noch tat oder sagte, weiß ich nicht mehr genau.

Nun trat eine Pause ein, und mittendrin setzte sich Oliver und begann, seine Stiefel auszuziehen.

»Wozu entkleidest du dich, mein Freund?« fragte Maqueda besorgt.

»Herrin«, antwortete er, »wenn ich auf diesem Wege wandeln soll, so tue ich das besser auf Strümpfen. Hab keine Angst«, fügte er sanft hinzu, »an solche Kunststücke bin ich von Kindheit an gewöhnt, und als ich im Heer meines Landes diente, war es mir ein Vergnügen, andere darin zu unterweisen. Freilich muß ich zugeben, daß dies hier alles übertrifft, woran ich mich jemals gewagt habe.«

»Dennoch habe ich Angst«, sagte sie.

Inzwischen hatte sich auch Quick gesetzt und war im Begriff, seinerseits die Stiefel auszuziehen.

»Was tun Sie da, Sergeant?« fragte ich.

»Ich mache mich bereit, den Captain bei diesem Himmelfahrtskommando zu begleiten, Doktor.«

»Unsinn«, sagte ich, »für solche Spielchen sind Sie zu alt. Wenn jemand mit ihm geht, dann sollte das eher ich sein, schließlich rechne ich damit, dort drüben auch meinen Sohn zu finden. Aber ich kann das Risiko nicht eingehen, denn ich weiß, daß ich nicht schwindelfrei bin und sofort abstürzen würde, und das würde nur alle aus der Fassung bringen.«

»Natürlich«, fuhr Oliver dazwischen, der unser Gespräch mit angehört hatte. »Ich habe hier das Kommando, und ich sage, keiner von Ihnen kommt mit. Vergessen Sie nicht, Sergeant, wenn mir etwas zustößt, obliegt es Ihnen, die Sprengstoffvorräte an sich zu nehmen und notfalls Gebrauch davon zu machen, denn dazu sind nur Sie allein imstande. Und nun kümmern Sie sich um die Vorbereitungen und stellen Sie einen Feldzugsplan auf, denn ich will mich ausruhen und kein Wort mehr sagen. Wahrscheinlich ist ohnehin alles Humbug, und wir bekommen den Professor gar nicht zu sehen. Aber schließlich sollte man sich auf alles einstellen.«

Nun wurden nach Quicks und meinen Anweisungen zwei der leichten Leitern zusammengebunden und einige der mitgebrachten Planken oben auf den Sprossen befestigt, um das Gehen zu erleichtern. Ich fragte, wer außer Shadrach und Orme noch mit von der Partie sein sollte, und erhielt zur Antwort, niemand, alle anderen fürchteten sich. Zuletzt meldete sich doch noch einer der Hochländer, ein Mann namens Japhet, aber erst, nachdem ihm das Königskind persönlich ein Stück Land versprochen und vor allen Anwesenden verkündet hatte, die Schenkung gelte im Falle seines Todes auch für seine Angehörigen.

Als schließlich alles bereit war, trat wieder Schweigen ein, denn unser aller Nerven waren zum Zerreißen gespannt, und wir hätten kein Wort herausgebracht. Plötzlich wurde die Stille jäh von einem schrecklichen Gebrüll zerrissen, das aus den Tiefen der Schlucht zu uns heraufdrang.

»Zu dieser Stunde werden die heiligen Löwen gefüttert, die die Fung in einer Grube am Fuß des Götzen halten«, erklärte Shadrach und fügte hinzu: »Man wird Schwarzfenster wohl heute nacht den Löwen vorwerfen, wenn er nicht gerettet wird, denn es ist Vollmond und zudem ein Festtag des Harmac. Vielleicht will man ihn aber auch bis zum nächsten Vollmond aufbewahren, wenn alle Fung heraufkommen, um den Götzen zu ehren.«

Diese Mitteilung war nicht dazu angetan, die Stimmung zu heben, auch wenn der stets um Zuversicht bemühte Quick bemerkte, sie sei wahrscheinlich erstunken und erlogen.

Im Tal von Harmac sammelten sich bereits die Schatten, und daran erkannten wir, daß hinter den Bergen die Sonne unterging. Ja, wäre der merkwürdig helle Widerschein am östlichen Himmel nicht gewesen, der ganze Abgrund hätte im Dunkeln gelegen. Bald erschien weit entfernt auf einer Felskuppe, die der Sphinxkopf des riesigen Götzen sein mußte, eine kleine Gestalt vor dem Himmel und hub zu singen an. Mir schwanden fast die Sinne, als ich diese Stimme vernahm, und ich wäre zu Boden gesunken, hätte Quick mich nicht aufgefangen.

»Was haben Sie, Adams?« fragte Oliver, der neben Maqueda saß und mit ihr flüsterte, eifersüchtig beobachtet von dem dicken Joshua, der sich im Hintergrund hielt. »Ist Higgs aufgekreuzt?«

»Nein«, antwortete ich, »aber mein Sohn ist Gott sei Dank am Leben. Sie hören ihn gerade singen. Oh! Wenn es möglich ist, dann retten Sie auch ihn.«

Nun machte sich gedämpfte Erregung breit, und jemand drückte mir einen Feldstecher in die Hand, aber entweder war er falsch eingestellt, oder ich war einfach zu nervös, um etwas zu erkennen. Also nahm Quick mir das Glas ab und berichtete:

»Hochgewachsene, schlanke Gestalt in weißem Gewand, Gesicht aus dieser Entfernung und bei diesem Licht nicht zu erkennen. Vielleicht könnte man ihn anrufen, aber das würde uns verraten. Ah! Die Hymne ist zu Ende, und schon ist er verschwunden; offenbar in ein Loch im Boden gesprungen, ein Zeichen, daß er gesund ist, denn sonst könnte er nicht springen. Kopf hoch, Doktor, Sie haben Grund zur Dankbarkeit.«

»Ja«, wiederholte ich, »ich habe Grund zur Dankbarkeit, obwohl ich mir nach all diesen Jahren der Suche noch bessere Gründe vorstellen könnte. Da bin ich ihm nun so nahe, und er weiß nichts davon.«

Nachdem das Lied beendet und mein Sohn verschwunden war, erschienen auf dem Rücken des Götzen drei Fung-Krieger, prächtige Burschen in langen Gewändern, mit Speeren bewaffnet, und hinter ihnen ein Trompeter mit einem Horn oder einem ausgehöhlten Elefantenzahn in der Hand. Diese Männer marschierten die ganze Plattform vom Halsansatz bis zur Schwanzwurzel entlang und schienen alles zu inspizieren. Als sie nichts fanden – uns konnten sie hinter den Büschen auf unserem kleinen Plateau, von dessen Existenz geschweige denn seiner Verbindung zum Tal von Mur sie wohl nichts ahnten, natürlich nicht sehen –, stieß der Trompeter in sein Horn und erzeugte einen schrillen Ton. Noch ehe das Echo verklungen war, verschwand er mit seinen Gefährten.

»Inspektion bei Sonnenuntergang. Wird auf Gibraltar ebenso gehandhabt«, bemerkte der Sergeant. »Donnerwetter! Unser Kätzchen hat doch nicht gelogen – da ist er.« Und er zeigte auf eine Gestalt, die, genau wie vorher die Wachen, urplötzlich aus dem schwarzen Gestein des Götzenrückens aufgetaucht war.

Es war Higgs, ohne jeden Zweifel. Higgs mit seinem verbeulten Tropenhelm und seiner dunklen Brille; Higgs, der seine große Meerschaumpfeife rauchte und so seelenruhig in sein Notizbuch schrieb, als säße er vor einem neuen Ausstellungsstück im Britischen Museum.

Ich keuchte auf vor Staunen, denn irgendwie hatte ich nicht damit gerechnet, daß wir ihn tatsächlich zu sehen bekämen, doch Orme erhob sich ganz ruhig von seinem Platz neben Maqueda und sagte nur:

»Ja, das ist der alte Knabe, wie er leibt und lebt. Nun geht es los. Du Shadrach, schiebst die Leiter hinüber und gehst voran. Ich will sicher sein, daß du mir keinen Streich spielst.«

»Nein«, fuhr Maqueda dazwischen, »dieser Hund geht nicht mit, denn er käme von seinen Freunden, den Fung, gewiß nicht mehr zurück. Mann«, wandte sie sich an Japhet, den Hochländer, dem sie Land versprochen hatte, »geh du als erster und halte das Ende der Leiter fest, während dieser Herr nachkommt. Kehrt er wohlbehalten zurück, so verdoppele ich deine Belohnung.«

Japhet salutierte, die Leiter wurde hinübergeschoben und mit dem Ende auf die Erhebungen im Fels gelegt, die die Haare des Sphinxschweifs darstellen sollten. Der Hochländer blieb einen Moment lang stehen, Gesicht und Hände zum Himmel erhoben, und schien zu beten. Dann hieß er seine Gefährten, das hiesige Leiterende halten, und nachdem er es mit dem Fuß geprüft und für stabil befunden hatte, überquerte der wackere Bursche seelenruhig den Abgrund. Alsbald konnten wir ihn gegenüber auf dem Fels sitzen sehen.

Nun war die Reihe an Oliver. Er nickte Maqueda zu, die totenbleich geworden war, und sagte leise ein paar Worte, die nicht bis an mein Ohr drangen. Dann wandte er sich zu mir und schüttelte mir die Hand.

»Wenn Sie können, retten Sie auch meinen Sohn«, flüsterte ich.

»Ich werde mein Bestes tun, falls ich ihn zu fassen bekomme«, antwortete er. »Sergeant, sollte mir etwas zustoßen, so wissen Sie, was Sie zu tun haben.«

»Ich werde unter allen Umständen versuchen,

Ihrem Beispiel zu folgen, Captain, obwohl das nicht leicht sein wird«, antwortete Quick mit zitternder Stimme.

Oliver trat auf die Leiter hinaus. Meiner Schätzung nach hatte er eine Distanz von zwölf bis vierzehn kurzen Schritten zurückzulegen, und die erste Hälfte davon brachte er auch ruhig und sicher hinter sich. Genau in der Mitte verschob sich jedoch das Ende des einen Holms auf der anderen Seite ein wenig, obwohl Japhet sich alle Mühe gab, die Leiter festzuhalten, infolgedessen neigte sich die auf den Sprossen befestigte Planke um vielleicht einen Zoll nach rechts, und Oliver wäre beinahe in den Abgrund gestürzt. Schwankend wie ein Schilfrohr im Winde versuchte er einen Schritt nach vorne, hielt zögernd inne und ließ sich langsam auf Hände und Knie nieder.

»*Ah!*« keuchte Maqueda.

»Der Goi verliert den Kopf«, begann Joshua, unfähig, seinen Triumph zu verbergen. »Er … wird …«

Weiter kam er nicht, denn Quick drehte sich um, drohte ihm wütend mit der Faust und sagte auf Englisch:

»Kein Wort mehr, oder du folgst ihm, du Schwein«, worauf Joshua, der die Geste, wenn auch nicht die Worte verstand, sofort verstummte.

Nun meldete sich der Hochländer auf der anderen Seite und sagte:

»Keine Sorge, die Leiter steht fest.«

Oliver blieb nur einen Moment in geduckter Stellung auf dem Brett, das allein ihn von einem schrecklichen Tod im Abgrund trennte. Dann erhob er sich, während wir in qualvoller Spannung zusahen, und schritt vollkommen gelassen weiter bis ans andere Ende.

»Ein Punkt für uns!« sagte Quick zu Joshua. »Warum jubeln Königliche Hoheit nicht? Nein, laß das Messer stecken, sonst gibt es bald ein Schwein weniger auf dieser Welt.« Damit beugte er sich hinab und nahm dem Fürsten die Waffe ab, mit der dieser spielte, während er den Sergeant mit seinen runden Augen unverwandt anstarrte.

Nun schaltete sich Maqueda ein, der nichts entgangen war.

»Onkel«, sagte sie, »da drüben setzen tapfere Männer ihr Leben aufs Spiel, während wir hier außer jeder Gefahr sind. Hör auf zu streiten und schweig, ich bitte dich!«

Im nächsten Moment war Joshua vergessen, denn das Drama jenseits des Abgrunds nahm unsere ganze Aufmerksamkeit in Anspruch. Nachdem Orme einen Moment lang innegehalten hatte, um Atem zu schöpfen oder sich zu beruhigen, erhob er sich und erklomm hinter Japhet den quastenförmigen Fels bis zum eigentlichen Schweif. Hier drehte er sich um und winkte uns zu, um sodann dem Hochländer ohne erkennbare Unsicherheit über sämtliche Biegungen bis zur Schweifwurzel zu folgen. Dort mußte mit einiger Mühe eine glatte, steile Stelle bezwungen werden, um auf den breiten, terrassenartig abgeflachten Rücken zu gelangen. Doch die beiden hatten die Schwierigkeit bald überwunden, verschwanden für wenige Sekunden in der Mulde zwischen den Lenden, die natürlich etliche Fuß tief war, und tauchten auf dem Weg zu den Schultern wieder auf. Zwischen diesen stand Higgs, völlig ahnungslos, was hinter ihm vorging, und wandte uns den Rücken zu.

Oliver schob sich an Japhet vorbei, trat von hinten an den Professor heran und berührte ihn am Arm. Higgs drehte sich um, starrte das Paar einen Moment lang an und ließ sich dann, wohl ganz fassungslos vor Staunen, einfach zu Boden plumpsen. Die beiden zogen ihn wieder in die Höhe, Orme zeigte auf unsere Felswand und erklärte offenbar, wie die Dinge stünden und was nun zu tun sei. Ein kurzer, lebhafter

Wortwechsel folgte. Durch den Feldstecher konnten wir sogar sehen, wie Higgs den Kopf schüttelte. Dann sagte er etwas, und man schien eine Entscheidung zu fällen, denn er drehte sich um, trat ein paar Schritte nach vorne und verschwand, um meinen Sohn zu holen, wie ich hinterher erfuhr, da er ohne ihn nicht fliehen wollte.

Die Zeit verging; mir schien es eine Ewigkeit, doch in Wirklichkeit war es nicht einmal eine volle Minute. Endlich hörten wir Stimmen, Higgs' weißer Helm schob sich ins Freie, dann sein Körper, an den sich zwei Fung-Wachen klammerten. Er rief etwas auf Englisch, und die Worte drangen schwach bis zu uns:

»Retten Sie sich! Ich halte diese Teufel auf. Laufen Sie, Sie elender Narr, nun laufen Sie schon!«

Obwohl der Hochländer bereits an ihm zerrte, zögerte Oliver so lange, bis die Köpfe weiterer Fung auftauchten. Dann erst wandte er sich mit einer verzweifelten Geste zur Flucht und rannte an Japhet vorbei. Der folgte ihm sofort, und eine ganze Schar von Priestern oder Wächtern hetzte messerschwingend hinter den beiden her, während sich im Hintergrund Higgs mit seinen Schergen am Boden wälzte.

Danach ging alles sehr schnell. Orme glitt über die Kruppe des Götzen zum Schwanz hinab, Japhet war dicht hinter ihm, danach kamen in einer Reihe drei Fung, denen der gefährliche Pfad, auf dem sie sich bewegten, ebenso wenig Sorgen zu bereiten schien wie jenen ägyptischen Scheichs, die in Gizeh wie die Eidechsen über die Pyramiden huschen. Oliver und Japhet waren übrigens nicht weniger tollkühn, sie liefen den Schwanz hinab, als sei es eine Rennbahn. Oliver sprang auf die Leiter, die wir am anderen Ende festhielten, und hatte sie eine Sekunde später bereits zur Hälfte überquert, als sein Gefährte plötzlich aufschrie. Japhet lag bäuchlings auf der Planke, und ein Fung hielt ihn am Bein gepackt.

Oliver blieb stehen, drehte sich langsam um und zog dabei seinen Revolver. Dann zielte er, drückte ab, und der Fung ließ Japhets Bein los, riß die Arme in die Höhe und stürzte kopfüber in den Abgrund. Ehe ich mich versah, waren die beiden auch schon bei uns, und jemand rief: »Zieht die Leiter ein.«

»Nein«, sagte Quick, »wartet noch einen Moment.«

Ich fragte mich flüchtig, warum, bis ich sah, daß drei von den Fung unerschrocken die Verfolgung aufgenommen und, sich gegenseitig an den Schultern haltend, unter den ermunternden Zurufen ihrer Gefährten die Planke betreten hatten.

»Nun zieht, Brüder, zieht!« rief der Sergeant, und wir zogen aus Leibeskräften. Die armen Fung! Sie hätten ein besseres Los verdient.

»Man sollte keine Chance auslassen, dem Feind Verluste zuzufügen«, bemerkte der Sergeant und eröffnete mit seinem Repetiergewehr das Feuer auf die anderen Fung, die sich jetzt auf dem Rücken des Götzen drängten. Bald konnten sie diese Stellung freilich nicht mehr halten und zogen sich zurück, nur zwei oder drei blieben tot oder verwundet liegen.

In der nun eingetretenen Stille hörte ich Quick in seinem schlechtesten Arabisch zu Joshua sagen:

»Glauben Königliche Hoheit immer noch, daß wir Gojim feige sind, auch wenn uns diese Fung, wie ich zugeben muß, in nichts nachstehen?«

Joshua ließ sich nicht aus der Reserve locken, und ich wandte mich zu Oliver um, der das Gesicht in den Händen vergraben hatte und offenbar weinte.

»Was ist, o mein Freund, was ist dir?« hörte ich Maqueda fragen, und aus ihrer Stimme klangen ebenfalls die Tränen, allerdings wohl eher Tränen der Dankbarkeit. »Du hast eine große Tat vollbracht; du bist heil zurückgekehrt; alles ist gut.«

»Nein«, widersprach er und vergaß in seiner Erschütterung ganz auf ihre Titel. »Nichts ist gut. Ich bin gescheitert, und heute nacht wirft man meinen Bruder den Löwen vor. Er hat es mir selbst gesagt.«

Darauf wußte Maqueda keine Antwort, und so streckte sie dem Hochländer, der Orme bei diesem Abenteuer begleitet hatte, die Hand zum Kuß entgegen.

»Japhet«, sagte sie, »ich bin stolz auf dich; deine Belohnung wird vervierfacht, und außerdem ernenne ich dich zum Hauptmann meines Hochlandregiments.«

»Erzählen Sie uns, was geschehen ist«, bat ich Oliver.

»Folgendes«, antwortete er. »Ich habe an Ihren Sohn gedacht und Higgs ebenfalls. Er hat ihn sogar als erster erwähnt – die beiden sind offenbar dicke Freunde geworden. Higgs sagte, er würde nicht ohne ihn fliehen und könne ihn auch sofort holen, er sei nur etwas weiter unten. Nun, er stieg hinab und muß statt dessen auf den Wächter gestoßen sein, der uns vermutlich sprechen hörte. Den Rest kennen Sie ja. Heute nacht, zwei Stunden nach Aufgang des Vollmonds soll ein Opferritual abgehalten werden, und dabei wird man den armen Higgs in die Löwengrube hinablassen. Als wir ihn sahen, schrieb er gerade sein Testament in ein Notizbuch, denn Barung hatte ihm versprochen, es uns zu schicken.«

»Doktor«, sagte der Sergeant in vertraulichem Ton, als er diese Information verdaut hatte. »Würden Sie ein wenig für mich dolmetschen? Ich möchte mich nämlich mit der Katze da unterhalten, und mein Arabisch reicht nicht weit genug.«

Ich nickte, und wir begaben uns zu Shadrach, der etwas abseits am Rande des Plateaus stand und Augen und Ohren offenhielt.

»Nun, Katze«, sagte der Sergeant (ich gebe die Worte so wieder, wie er sie mir sagte und verzichte auf meine Übersetzung), »nun hör mir genau zu.

Über eines mußt du dir klar sein, wenn du Lügen erzählst oder deine Spielchen treibst, dann kommt einer von uns nicht mehr lebend die Felswand hinauf. Hast du das kapiert?«

Shadrach entgegnete, er habe kapiert.

»Ausgezeichnet. Du hast uns erzählt, du wärst einmal von den Fung gefangengenommen und diesen heiligen Löwen vorgeworfen worden, hättest aber entfliehen können. Nun möchte ich genau wissen, wie das zugegangen ist.«

»Folgendermaßen, o Quick. Nach einigen Ritualen, die nicht weiter von Bedeutung sind, ließ man mich im Futterkorb in die Freßhöhle hinab und kippte mich dort aus wie ein gewöhnliches Stück Fleisch. Dann wurden an Ketten die Tore hochgezogen, und die Löwen stürmten in die Höhle, um mich zu verschlingen, wie es ihre Art ist.«

»Und was geschah dann, Shadrach?«

»Was dann geschah? Nun, ich hielt mich natürlich möglichst im Schatten dicht an der Felswand, bis mich so ein teuflisches Löwenweibchen erschnüffelte und mit der Pranke nach mir schlug. Hier siehst du noch die Spuren ihrer Krallen.« Er zeigte auf die Narben in seinem Gesicht. »Diese Krallen stachen wie die Skorpione, sie machten mich wahnsinnig, und das Entsetzen, das von mir gewichen war, als ich die gelben Augen sah, kehrte zurück. Ich sprang die Felswand an wie eine Katze, die von einem Hund gejagt wird. Ich krallte mich mit den Fingernägeln, mit den Zehen, mit den Zähnen in den glatten Stein. Ein anderer Löwe machte einen Satz nach oben und riß mir hier und hier das Bein auf.« Er zeigte mir die Narben, die aber im schwindenden Licht kaum zu erkennen waren. »Dann nahm er Anlauf zu einem neuen Sprung. Ich sah über mir ein winziges Sims, breit genug, um einem Falken Platz zu bieten – nicht mehr, stieß mich ab, bekam es mit den Fingern zu fassen und riß zugleich die Beine hoch, so daß der Löwe mich verfehlte. Eine solche Anstrengung unternimmt man nur ein einziges Mal im Leben. Tatsächlich gelang es mir, einen Schenkel auf das Sims zu bringen, ich drückte mich gegen den Fels, um das Gleichgewicht wiederzufinden, und plötzlich gab die Wand nach, und ich stürzte rücklings in einen Tunnel. Irgendwie gelangte ich im Dunkeln nach Mur hinauf. O Gott Israels! Ich suchte mir den Weg mit der Nase, kletterte wie ein Pavian, geriet tausendmal in Lebensgefahr. Zwei volle Tage und Nächte brauchte ich dazu, und in den letzten Stunden wußte ich nicht mehr, was ich tat. Doch ich fand den Weg, und seither nennt man mich in meinem Volk die Katze.«

»Ich verstehe«, sagte Quick, und nun lag Respekt in seiner Stimme. »Du magst ein ausgekochter Schurke sein, aber Courage hast du. Und nun sag mir, und denk an meine Worte«, er klopfte auf den Griff seines Revolvers, »ist diese Freßhöhle noch immer am selben Ort?«

»Ich denke schon, o Quick; warum auch nicht? Man läßt die Opfer vom Bauch des Gottes aus hinab, zwischen seinen Schenkeln gibt es eine Tür. Der Freßplatz liegt in einer Mulde im Fels; die Plattform, auf der wir jetzt stehen, befindet sich darüber. Niemand hat meine Flucht bemerkt, deshalb wollte auch niemand wissen, wie ich entkam, denn alle dachten, die Löwen hätten mich verschlungen wie schon Tausende vor mir. Die Fung betreten diese Höhle nur, wenn die Bestien sich sattgefressen und sich in ihre Schlafhöhlen zurückgezogen haben, und wenn andere von oben die Gitter herablassen. Horch!« Während er sprach, war aus der Tiefe ein Rasseln und Klirren zu hören. »Da fallen sie herab, die Löwen haben gefressen. Nun wird man sie erst wieder hochziehen, wenn man Schwarzfenster und vielleicht noch andere den Bestien vorwirft.«

»Ist das Loch im Fels noch da, Shadrach?«

»Ganz bestimmt, auch wenn ich nicht unten war, um nachzusehen.«

»Dann, mein Junge, wirst du jetzt hinabsteigen«, erklärte Quick grimmig.

12

Die Löwengrube

Wir kehrten zu den anderen zurück und erzählten ihnen, was wir von Shadrach erfahren hatten.

»Wie lautet Ihr Plan, Sergeant?« fragte Oliver, als wir zu Ende waren. »Sprechen Sie nur, denn in meinem Kopf geht alles wirr durcheinander, und ich vermag keinen klaren Gedanken zu fassen.«

»Mein Plan, falls er etwas taugt, ist folgender, Captain. Ich steige durch das Loch, von dem die Katze hier spricht, in die Grube hinab. Wenn man den Professor herabläßt – falls es dazu wirklich kommt – und die Tore hochzieht, halte ich die Löwen mit meinem Gewehr in Schach, während er zu der Leiter rennt, die wir für ihn bereitgestellt haben. Ich folge ihm, sobald ich kann.«

»Großartig«, lobte Orme, »aber Sie steigen nicht allein hinab. Ich komme mit.«

»Ich ebenfalls«, schloß ich mich an.

»Was heckt ihr da aus?« fragte Maqueda neugierig, denn sie hatte unser Gespräch natürlich nicht verstanden.

Wir erklärten es ihr.

»Was, mein Freund?« fragte sie vorwurfsvoll. »Willst du dein Leben in dieser Nacht noch einmal aufs Spiel setzen? Das hieße doch wohl Gottes Güte versuchen.«

»Es hieße Gottes Güte noch viel mehr versuchen, wenn ich tatenlos zusähe, wie mein Freund von den Löwen gefressen wird, Herrin«, gab er zurück.

So ging es eine Weile hin und her, doch schließlich einigte man sich darauf, daß wir möglichst alle bis zum oberen Rand der Grube absteigen sollten. Dann sollten sich Oliver und Quick mit Japhet, der sich sofort bereitfand, sie zu begleiten, in die eigentliche Grube begeben, während ich mit einigen Hochländern als Reservetruppe am Eingang des Loches wartete, um ihnen auf der Flucht vor den Löwen Deckung zu geben. Ich setzte mich sehr dafür ein, eine aktivere Rolle spielen zu dürfen, aber die anderen wollten davon nichts hören, sondern hielten mir, nicht ganz zu Unrecht, entgegen, ich sei der weitaus beste Schütze von uns dreien und könne ihnen von oben und bei hoffentlich strahlendem Mondschein weitaus mehr nützen.

Mir war freilich klar, daß sie mich in Wirklichkeit für ein solches Abenteuer für zu alt hielten. Außerdem wollten sie mich nicht in Gefahr bringen.

Als nächstes erhob sich die Frage, wer aller durch den letzten Tunnel bis zum Schauplatz des Geschehens hinabsteigen sollte. Oliver hätte am liebsten gesehen, wenn Maqueda auf die Klippe zurückgekehrt wäre, um dort zu warten, doch sie erklärte sofort, sie könne den Aufstieg keinesfalls ohne unsere Hilfe wagen. Auch sei sie fest entschlossen, das Unternehmen bis zum Ende mitzuerleben. Nicht einmal Joshua wollte sich entfernen; ich glaube, er mißtraute den Hochländern, die ihn wohl hätten begleiten müssen und bei denen er keineswegs beliebt war.

Man machte ihm den Vorschlag, bis zu unserer – eventuellen – Rückkehr zu bleiben, wo er war, doch diese Aussicht behagte ihm noch weniger. Ja, er wies, völlig zu Recht, auf einen Umstand hin, den wir übersehen hatten, daß nämlich die Fung nun von dem geheimen Gang Kenntnis hätten und durchaus in der Lage seien, unser Spiel zu wiederholen, vom Schwanz der Sphinx aus eine Brücke zur Plattform zu schlagen und den Sturm auf Mur zu versuchen.

»Und was sollte ich wohl tun, wenn sie mich ganz alleine hier fänden?« fragte er Mitleid heischend.

Maqueda gab zur Antwort, das wisse sie nun auch

nicht, doch sei es vielleicht ratsam, den Eingang des Tunnels, durch den wir auf das Plateau gelangt waren, so zu verbarrikadieren, daß er nur mit Mühe zu öffnen sei.

»Gut«, stimmte Oliver zu. »Und wenn wir aus dieser Geschichte jemals heil herauskommen, sprengen wir den Schacht und machen ihn für immer unbrauchbar.«

»Der Schacht könnte uns noch nützlich sein, Captain«, wandte Quick skeptisch ein.

»Es gibt einen besseren Weg, Sergeant, um die Sphinx von unten zu sprengen, nämlich durch die Königsgräber. Ich habe die Meereshöhen grob verglichen, und das Ende der Gruft kann nicht allzu weit davon entfernt sein. Wie auch immer, seit die Fung davon erfahren haben, nützt uns der Schacht nichts mehr.«

Nun gingen wir daran, den Eingang des Stollens mit so viel losem Geröll zuzuschütten, wie wir nur finden konnten. Das war keine leichte Aufgabe, doch die Hochländer lösten sie nach unseren Anweisungen schließlich recht gut und stapelten die Steine so geschickt, daß sie ohne Sprengstoff nicht so bald beiseite zu räumen waren.

Währenddessen erkundeten Japhet und Shadrach unter dem Kommando des Sergeant den letzten Schacht, der bis auf die Höhe der Löwengrube hinabführte. Zu unserer Erleichterung kehrten sie zurück, als wir gerade mit dem Verrammeln des Loches fertig waren, und meldeten, sie hätten ein paar herumliegende Steine entfernt, und nun sei der Schacht mit Hilfe von Seilen und Leitern durchaus begehbar.

So machten wir uns in der gleichen Reihenfolge wie zuvor an den Abstieg und kamen nach etwa einer halben Stunde – diesmal ging es nicht einmal mehr dreihundert Fuß in die Tiefe – wohlbehalten unten an. Hier fanden wir eine Höhle voller Fledermäuse, die ganz offensichtlich von Menschenhand aus dem Fels gehauen war. Wie Shadrach gesagt hatte, befand sich an ihrem östlichen Ende ein großer, länglicher Stein, der so gelagert war, daß er sich bewegte, wenn eine Person darauf drückte, worauf sich zu beiden Seiten ein Durchlaß auftat, den ein Mann in geduckter Haltung passieren konnte.

Diese archaische Tür öffneten wir möglichst geräuschlos und spähten hinaus. Inzwischen war der Vollmond aufgegangen und tauchte die Schlucht in sein strahlendes Licht. Wir erkannten darin einen schwarzen Schatten, der vom Boden aus dreihundert Fuß in die Höhe reichte, und wußten, daß er von den Flanken der gigantischen Sphinx geworfen wurde, die weit über den Steinsockel hinausragten, auf dem sie ruhte. Von diesen Flanken aus würde man Higgs laut Shadrach in einem Korb in die Grube hinablassen. In ihrem Schatten und darüber hinaus erstreckte sich über eine Fläche von vielleicht hundert Yard im Quadrat die Freßhöhle. Ein widerlicher Gestank drang von dort herauf, die typischen Ausdünstungen von Raubkatzen, vermischt mit dem noch durchdringenderem Geruch nach verwesendem Fleisch.

Die pechschwarze Höhle wurde auf drei Seiten von Felswänden eingefaßt, und auf der vierten, der Ostseite, befand sich eine Mauer oder Barriere aus Stein mit mehreren Toren aus Metallstäben, die im schräg einfallenden Mondlicht blitzten.

Von jenseits dieser Mauer drang ein schreckliches Brüllen, Fauchen und Winseln zu uns herauf. Dort hausten offenbar die heiligen Löwen.

Noch ein Umstand bedarf der Erwähnung. Fast genau unter uns auf dem Felsboden lagen menschliche Überreste, deutlich zu erkennen an der zerrissenen Kleidung und an den Haaren. Jemand, ich glaube, Shadrach, erklärte, sie gehörten dem Mann, den Orme auf dem Schwanz der Sphinx erschossen hatte, und seinen Gefährten, die von der Leiter gekippt worden waren.

Wir konnten uns eine ganze Weile nicht von diesem grausigen Anblick lösen, doch endlich zog Oliver seine Repetieruhr aus der Tasche und ließ sie schlagen.

»Ich weiß von Higgs«, sagte er, »daß er zwei Stunden nach Mondaufgang den Löwen vorgeworfen werden sollte, also in etwa fünfzehn Minuten. Sergeant, wir sollten uns bereitmachen.«

»Jawohl, Captain«, antwortete Quick, »aber eigentlich ist alles bereit, dem Lärm nach zu urteilen auch die Bestien dort unten, die einzige Ausnahme ist vielleicht Samuel Quick, der sich in seinem ganzen Leben noch nie weniger bereit gefühlt hat. Nun komm schon, mein Kätzchen, stell die Leiter auf. Da ist Ihr Gewehr, Captain, und sechs Nachladegurte mit je fünf Hohlspitzkugeln. Mehr werden Sie nicht brauchen, und man soll keinen unnützen Ballast mit sich herumschleppen. In Ihrer rechten Tasche, Captain, denken Sie daran. Ich habe die gleiche Menge dabei. Doktor, Ihre Ration deponiere ich auf diesem Stein. Wenn Sie sich dort hinlegen, haben Sie gutes Büchsenlicht und können den Ellbogen aufstützen, Sie müßten auf diese Entfernung also wunderbar treffen können, auch bei Mondschein. Lassen Sie die Pistole lieber gesichert, Captain, ich halte es wenigstens so, wir könnten ja auch abstürzen, und diese neumodischen Waffen sind sehr empfindlich. Japhet ist auch bereit, also geben Sie uns den Marschbefehl, Sir, und dann kommen wir zur Sache. Der Doktor wird für Japhet übersetzen.«

»Wir steigen die Leiter hinab«, sagte Orme, »und rücken etwa fünfzig Schritt weit vor bis in den Schatten, wo wir alles beobachten können, ohne gesehen zu werden, und wo Shadrach zufolge auch der Freßkorb hinabgelassen wird. Dort bleiben wir stehen und warten auf den Korb. Wenn der Professor, der Mann, den die Fung und die Abati als Schwarzfenster kennen, darin sitzt, wirst du, Japhet, ihn beim Wickel nehmen und ihn zur Leiter führen oder notfalls auch tragen. Einige der Hochländer müssen sich bereithalten, um ihm beim Aufstieg zu helfen. Sie, Sergeant, ich und von oben auch der Doktor, wir müssen uns bemühen, die Löwen abzuwehren, falls überhaupt welche auftauchen, und dazu werden wir im Rückwärtsgehen schießen. Erwischen die Bestien einen von uns, so müssen wir ihn zurücklassen, denn es wäre töricht, zwei Leben sinnlos zu opfern. Ansonsten müssen Sie, Sergeant, und auch du, Japhet, unter Berücksichtigung der jeweiligen Gegebenheiten nach eigenem Ermessen handeln. Warten Sie nicht, bis ich einen ausdrücklichen Befehl gebe, es könnte sein, daß ich dazu nicht imstande bin. Und nun kommen Sie. Wenn wir nicht zurückkehren, Adams, müssen Sie dafür sorgen, daß das Königskind wohlbehalten die Schächte hinauf und nach Mur gelangt. Leb wohl, Herrin.«

»Leb wohl«, antwortete Maqueda mit fester Stimme; ihr Gesicht konnte ich im Dunkeln nicht sehen. »Gewiß bist du mit deinem Bruder bald wieder hier.«

In diesem Moment meldete Joshua sich zu Wort:

»Ich will nicht zurückstehen hinter diesen Gojim«, erklärte er. »Ich verfüge nicht über ihre todbringenden Waffen und kann mich deshalb nicht bis in die Grube wagen, aber ich werde hinabsteigen und den Fuß der Leiter bewachen.«

»Wunderbar«, antwortete Orme erstaunt. »Ich bin über die Gesellschaft des Fürsten aufrichtig erfreut. Aber er sollte bedenken, daß er beim Aufstieg schnell sein muß, denn hungrige Löwen sind flink. Auch lehne ich hiermit jede Verantwortung ab, falls ihm etwas zustoßen sollte.«

»Es wäre sicher besser, wenn du bleibst, wo du bist, Onkel«, bemerkte Maqueda.

»Um mich in alle Ewigkeit von dir verspotten zu lassen, Nichte? Nein, ich stelle mich den Löwen.« Damit kroch er langsam durch das Loch und stieg die Leiter hinab. Als Quick ihm nach einer Weile folgte, hatte er erst die Hälfte hinter sich gebracht, und der Sergeant mußte ihn zu größerer Eile antreiben, indem er ihm ganz unabsichtlich auf die Finger trat.

Wenige Minuten darauf spähte ich über den Rand und stellte fest, daß alle in der Grube waren, bis auf Joshua, der die Leiter bis zu einer Höhe von sechs Fuß wieder erklommen hatte, mit dem Rücken zu den Sprossen dastand und sich mit beiden Händen am Fels festhielt wie ein Gekreuzigter. Aus Angst, er könnte selbst im Schatten noch gesehen werden, bat ich Maqueda, ihm zu befehlen, er solle entweder ganz hinabsteigen oder wieder heraufkommen, was sie sehr entschieden, aber ohne Erfolg tat. Schließlich kümmerten wir uns nicht mehr um ihn.

Inzwischen waren die drei in den Schatten der Sphinx eingetreten, und wir sahen sie nicht mehr. Der große, runde Mond stieg immer höher und überflutete auch den Rest des Beinhauses mit seinem Licht. Bis auf ein gelegentliches Brüllen oder Winseln von den Löwen hinter der Mauer herrschte tiefe Stille. Nun konnte ich die Metalltore genau erkennen und hinter den Gitterstäben sogar dunkle Gestalten ausmachen, die lautlos auf- und abschlichen. Dann bemerkte ich, daß sich darüber auf der Mauer Menschen versammelten, woher sie kamen, wußte ich freilich nicht. Allmählich wurden es immer mehr, und schließlich drängten sie sich zu Hunderten dort oben, denn diese Mauer war breit wie eine Straße.

Offenbar handelte es sich um Zuschauer, die der Opferzeremonie beiwohnen wollten.

»Fürst«, flüsterte ich Joshua zu. »Wenn du auf dieser Leiter bleibst, verrätst du uns alle. Nein, heraufkommen kannst du nicht mehr, dazu ist es zu spät, das Mondlicht streift schon fast deinen Kopf. Steig hinab, oder wir stoßen die Leiter um und lassen dich fallen.«

Nun endlich gehorchte er und versteckte sich zwischen ein paar Farnen und Büschen, und wir sahen eine Weile nichts mehr von ihm, ja, wenn ich ehrlich sein soll, so vergaßen wir ihn ganz und gar.

Weit, weit über uns, vermutlich auf dem Rücken des Götzen, ertönte schwach ein feierlicher Gesang. Er wurde leiser, Schreie waren zu hören, dann schwoll er plötzlich wieder an. Nun berührte Maqueda, die neben mir kniete, meinen Arm, und deutete auf den Schatten, in den langsam von beiden Seiten das Mondlicht einsickerte. Vielleicht zweihundert Fuß über dem Boden entdeckte ich einen dunklen Fleck, der langsam herabsank, ohne Zweifel der Korb mit Higgs darin. Es mochte Zufall sein oder auch nicht, aber genau in diesem Moment stimmten die Löwen jenseits der Mauer ein wahrhaft markerschütterndes Gebrüll an. Vielleicht hatten sie an den Gittern Posten aufgestellt, die den vertrauten Korb sahen oder witterten und dies ihren Gefährten mitteilten.

Langsam, ganz langsam sank der Korb herab, bis er nur noch wenige Fuß über dem Boden schwebte, dann begann er in einem immer größer werdendem Bogen wie ein Pendel hin und her zu schwingen. Als er sich genau über dem uns am nächsten gelegenen Rand des Schattens befand, wurde er mit einem Ruck hinabgelassen und ausgekippt. Ein Mann fiel heraus, klein wie ein Püppchen in dieser grandiosen Kulisse und dem unsicheren Licht. Erkennen konnten wir aus dieser Entfernung fast nichts, doch ein Zufall gab uns Gewißheit über seine Identität, denn als er zu Boden stürzte, rollte sein Hut davon, und ich sah sofort, daß es Higgs' Tropenhelm war. Der Mann stand vom

Boden auf, hinkte langsam und unter Schmerzen auf den Helm zu, hob ihn auf und wollte ihn gerade an den Knien abklopfen. In diesem Augenblick war ein Klirren zu vernehmen.

»Oh! Sie ziehen die Tore hoch!« murmelte Maqueda.

Neue Geräusche drangen nun an unser Ohr, das Hecheln wilder Tiere, die nach Beute gierten, und von der Oberkante der Mauer das aufgeregte Kreischen menschlicher Bestien. Der Professor wandte sich um und begriff. Einen Moment lang schien es, als wolle er weglaufen, doch dann besann er sich eines Besseren, verschränkte die Arme vor der Brust und blieb stehen. Merkwürdigerweise erinnerte er mich, vielleicht wegen seiner kleinen, untersetzten Gestalt, an ein Bild, das ich einmal gesehen hatte und das den großen Napoleon im Angesicht der Katastrophe zeigte.

Die nun folgenden Ereignisse zu beschreiben, ist äußerst schwierig, denn nicht nur eine Szene spielte sich vor unseren Augen ab, sondern mehrere zugleich. Da waren zum Beispiel die Löwen, die sich nicht so verhielten, wie wir erwartet hätten. Ich hatte gedacht, sie würden durch die Öffnungen stürmen und sich auf das Opfer stürzen, doch entweder waren sie noch von der Fütterung am Nachmittag satt, oder sie fanden, ein einziger Mensch lohne die Mühe nicht, jedenfalls gebärdeten sie sich ganz anders.

Zwei Reihen von gelben Körpern kamen träge durch die offenen Tore getrottet, Männchen, Weibchen, halbwüchsige Tiere und Welpen, die sich spielerisch knufften, an die fünfzig oder sechzig insgesamt. Nur zwei oder drei Tiere würdigten den Professor auch nur eines Blickes, und keines rannte oder sprang auf ihn zu. Vielmehr verteilten sie sich in der ganzen Grube, einige verschwanden im Schatten am Rand der Felswand, wo das Mondlicht nicht hingelangte.

Dort mußte sich zumindest ein Löwe schnell genug bewegt haben, denn nur wenige Sekunden später vernahmen wir unter uns einen gellenden Schrei, und als ich mich über die Felskante beugte, sah ich den Fürsten Joshua mindestens so flink die Leiter heraufhuschen wie die Londoner Laternenanzünder in meiner Kindheit.

Doch so sehr er sich auch beeilte, die langgestreckte, geschmeidige Gestalt, die ihn verfolgte, war noch schneller. Sie stellte sich auf die Hinterbeine, streckte eine mächtige Pranke aus – ich sehe die blitzenden Krallen noch heute – und schlug oder kratzte nach dem armen Joshua. Die Pranke erwischte ihn am Hinterteil und schien ihn gegen die Leiter zu drücken. Dann wurde sie langsam nach unten gezogen, und Himmel! Joshua brüllte vor Schmerz. Schon näherte sich die zweite Pfote, um die Prozedur zu wiederholen, doch da beugte ich mich, von einem Abati an den Knöcheln gehalten, weit nach vorne und jagte der Bestie eine Kugel durch den Kopf, worauf sie unter Mitnahme eines großen Fetzens aus Joshuas Beinkleidern zu Boden fiel.

Sekunden später war er bei uns und stolperte stöhnend in eine Ecke, wo ihn ein paar von den Hochländern in Empfang nahmen, denn ich hatte in diesem Moment keine Zeit, ihn zu versorgen.

Als sich der Rauch verzog, sah ich, daß Japhet Higgs erreicht hatte und ihn mit Gesten zum Weglaufen aufforderte, während unweit davon zwei Löwen standen, ein Männchen und ein Weibchen, und die beiden interessiert betrachteten. Higgs deutete nach ein paar knappen Worten der Erklärung auf sein Knie. Er hatte sich offenbar verletzt und konnte nicht laufen. Japhet reagierte sofort, wies auf seinen Rücken und bückte sich. Higgs warf sich quer darüber und wurde geschultert wie ein Sack Mehl. Dann strebte das Paar der Leiter zu, wobei Japhet den Professor huckepack trug wie ein Schuljunge den anderen.

Der Löwe legte sich nieder wie ein großer Hund und beobachtete diese merkwürdigen Vorgänge mit mäßigem Interesse, doch in der Löwin war die weibliche Neugier erwacht, und sie schnüffelte hinter Higgs her, der über die Schulter zu ihr zurückschaute. Schließlich nahm er seinen ramponierten Helm ab, warf ihn nach der Bestie und traf sie auch am Kopf. Knurrend packte sie das Ding und spielte einen Moment lang damit wie ein Kätzchen mit einem Wollknäuel, doch gleich darauf hatte sie auch schon genug davon, stieß ein wütendes Fauchen aus, rannte ein paar Schritte nach vorne und kauerte sich mit wild peitschendem Schweif zum Sprung zusammen. Ich konnte nicht schießen, denn um sie zu treffen, hätte die Kugel zuerst durch Japhet und Higgs hindurchgehen müssen.

Gerade, als ich glaubte, alles sei verloren, krachte im Schatten ein Gewehr, und sie rollte mit zuckenden Beinen zur Seite und schlug die Zähne in den Fels. Nun wurde offenbar auch das träge Männchen munter, aber es sprang nicht etwa die beiden Männer an, sondern die verletzte Löwin. Ein Kampf auf Leben und Tod entbrannte, der jedoch von einer Wolke aus Staub und umherstiebenden Haaren unseren Blicken entzogen wurde.

Als die Menge auf der Mauer allmählich begriff, was sich da unten abspielte, brach sie in ein empörtes Geschrei aus, und die eher gleichgültigen Tiere ließen sich rasch davon anstecken. Sie stimmten ein schreckliches Gebrüll an und rannten ziellos hin und her, blieben aber zumeist in den Schatten, während sich Japhet mit seiner Last langsam aber stetig der Leiter näherte.

Dann waren aus dem Dunkel unter dem Hinterteil der Sphinx schnell aufeinanderfolgende Schüsse zu hören, und bald traten Orme und Quick ins Mondlicht, gefolgt von einer Schar aufgebrachter, in hastigen Sätzen dahinjagender Löwen. Die beiden Männer schienen kühlen Kopf bewahrt zu haben und nach einem bestimmten Plan vorzugehen.

Der eine feuerte so lange auf die Bestien, bis sein Gewehr leer war, während der andere ein paar Schritte rückwärts lief und dabei einen neuen Patronengurt einlegte. Dann begann dieser zu schießen, und der erste suchte hinter ihm Deckung. Auf diese Weise erlegten sie eine ganze Reihe von Löwen, denn auf diese kurze Distanz ging kaum ein Schuß daneben, und die expandierenden Kugeln leisteten ganze Arbeit und lähmten, wo sie nicht töteten. Auch ich eröffnete nun über die Köpfe der beiden hinweg das Feuer, und obwohl das Licht so schlecht war, daß die wenigsten Kugeln trafen, konnte ich doch einige Tiere außer Gefecht setzen, die gefährlich zu werden drohten.

So ging es weiter, bis alle vier, das heißt, Japhet mit Higgs auf dem Rücken, Orme und Quick, auf zwanzig Schritt, allerdings etwa um die halbe Länge eines Cricketfeldes voneinander entfernt, an die Leiter herangekommen waren. Wir glaubten sie schon in Sicherheit und jubelten laut, während die vielen hundert Zuschauer auf der Mauer, die sich zum Glück nicht in die Grube hinabwagten, da die Löwen keine Unterschiede zu machen pflegen, vor Wut über die unmittelbar bevorstehende Errettung des Opfers ebenso laut heulten.

Mit einemmal wendete sich das Blatt. Von allen Seiten strömten neue Löwen herbei, umzingelten die Männer und lechzten sichtlich nach ihrem Blut, obwohl das Geschrei und das Krachen der Feuerwaffen, das sie noch nie vernommen hatten, sie erschreckten und vorsichtig machten.

Ein halbwüchsiges Junges stürmte auf Japhet und

Higgs zu und stieß sie um. Ich feuerte und traf es in die Flanke. Erbost biß es nach der Wunde, sprang dann auf die am Boden Liegenden zu und blieb knurrend über ihnen stehen, vergaß aber vor Schmerzen ganz, sie zu töten. Der Bestienring schloß sich – wir sahen die gelben Augen im Dunkeln leuchten. Orme und Quick hätten sich mit ihren Gewehren den Weg freischießen können, aber sie konnten die beiden anderen nicht im Stich lassen. Alles schien auf eine schreckliche Katastrophe zuzutreiben.

»Mir nach«, sagte Maqueda, die während der ganzen Zeit neben mir gestanden und atemlos zugesehen hatte, erhob sich und wollte auf die Leiter zulaufen. Ich stieß sie zurück.

»Nein«, rief ich. »*Mir* nach, ihr Abati! Soll eine Frau euch führen?«

Wie ich diese Leiter hinunterkam, weiß ich nicht mehr, auch ist mir völlig entfallen, wie die Hochländer mir folgten, aber ich glaube, die meisten rutschten und schlitterten dreißig Fuß weit über die Felswand hinab. Immerhin folgten sie mir, wie zu ihrer Ehre gesagt werden muß, mit schrecklichem Gebrüll und mit langen Messern in den Händen.

Die Wirkung unseres unerwarteten Auftauchens war verblüffend. Vor dem Lärm und der Bewegung wichen die Löwen entsetzt zurück und stoben nach allen Seiten auseinander, das verletzte Junge, das sich nicht bewegen konnte oder wollte, wurde über Higgs und Japhet stehend von einem Hochländer erstochen.

Fünf Minuten später hatten wir alle wohlbehalten den Tunneleingang erreicht.

* * *

So retteten wir Higgs aus der Grube der heiligen Löwen, die den Götzen der Fung bewachten.

13

Higgs' Abenteuer

Eine so müde und abgekämpfte Gruppe wie uns, als wir im Morgengrauen endlich den alten Schacht verließen und auf den Felsen von Mur standen, habe ich selten erlebt. Dennoch fühlten wir uns mit einer einzigen Ausnahme glücklich und zufrieden, waren wir doch aus großer Gefahr als Sieger hervorgegangen und hatten sogar unser Ziel erreicht – Higgs' Rettung nämlich, was die meisten Menschen unter diesen Umständen für unmöglich gehalten hätten. Ja, da stand er leibhaftig vor uns, mit verletztem Knie und ohne Hut, aber ansonsten unversehrt bis auf ein paar harmlose Kratzer, die ihm das Löwenjunge beigebracht hatte, und immer noch mit seinen ›Schwarzen Fenstern‹, wie die Eingeborenen sie nannten, auf der Nase.

Sogar Fürst Joshua war glücklich, trotz des groben Sackleinens, in das er sich hatte wickeln müssen, weil ihm der Löwe den größten Teil seiner Beinkleider geraubt hatte, und trotz der tiefen Krallenwunden, die ihn heftig schmerzten.

Hatte er nicht den Gefahren der Löwengrube getrotzt und sich somit als Held erwiesen, dessen Ruhm Generationen überdauern würde? Hatte ich ihm nicht versichert, seine auf dem Feld der Ehre erworbenen Wunden seien zwar schmerzhaft (nachdem sich Schorf darauf gebildet hatte, war er ein paar Tage lang tatsächlich steif wie eine Mumie und mußte, wenn er nicht gerade aufrecht stand, entweder getragen werden oder starr auf dem Bauch liegen), aber aller Voraussicht nach nicht tödlich? Und hatte er nicht tatsächlich lebend die Höhen von Mur erreicht, womit er gar nicht mehr gerechnet hatte? Kein Wunder, daß er glücklich war.

Ich allein konnte nicht einstimmen in die allgemeine Freude, denn ich hatte zwar meinen Freund wieder, doch mein Sohn schmachtete noch immer als Gefangener bei den Fung. Selbst in diesem Punkt hätten die Dinge freilich schlimmer stehen können, denn ich erfuhr, daß er gut behandelt würde und ihm keine Gefahr drohe. Aber davon später.

Nie werde ich vergessen, was sich zutrug, nachdem wir Higgs glücklich in unserem Tunnel hatten, der drehbare Felsblock geschlossen und verkeilt und die Lampen angezündet waren. Da saß er auf dem Boden mit seinem roten Schopf, der wie eine Fackel leuchtete, in zerrissenen, blutverschmierten Kleidern, der zerzauste Bart nach Newgate-Manier bis zu den Ohren hinaufreichend. Insgesamt wirkte er unsäglich verwahrlost, ein Eindruck, der durch die blaue Brille mit den Bügeln aus Drahtgeflecht noch betont wurde, und verbreitete zudem einen penetranten Löwengeruch. Er steckte die Hand in die Tasche und zog seine große Pfeife hervor, die in ihrem Etui heil geblieben war.

»Darf ich um Tabak bitten?« sagte er. (Das waren seine ersten Worte an uns!) »Mein Vorrat ist verbraucht, den letzten Rest habe ich geraucht, ehe man mich in diesen stinkenden Korb steckte.«

Ich erfüllte ihm den Wunsch, und als er seine Pfeife anzündete, fiel der Schein des Streichholzes auf Maquedas Züge, in denen sich staunende Belustigung spiegelte.

»Was für eine ungewöhnlich hübsche Frau«, sagte er. »Was macht sie hier unten, und wer ist sie?«

Ich klärte ihn auf, worauf er sich erhob oder es vielmehr versuchte, nach seinem natürlich nicht mehr vorhandenen Hut tastete, um ihn vor ihr zu ziehen, und ihr in seinem geschliffenen, fließenden Arabisch auf der Stelle erklärte, wie sehr er sich über die unerwartete Ehre freue und so weiter.

Doch als sie ihn zu seiner Errettung beglückwünschte, wurde sein Gesicht ernst.

»Ja, das war eine häßliche Geschichte«, sagte er. »Im Moment weiß ich noch gar nicht so recht, ob ich mich nun Daniel oder Ptolemy Higgs nennen soll.« An uns gewandt, fügte er hinzu: »Hören Sie, wenn ich Ihnen noch nicht gedankt habe, dann gewiß nicht, weil ich nicht dankbar wäre, sondern weil ich dazu gar nicht imstande bin. Um ganz ehrlich zu sein, ich bin noch ein wenig benommen. Ihrem Sohn geht es gut, Adams; er ist ein braver Bursche, und wir sind dicke Freunde geworden. In Sicherheit? O ja, so sicher wie in einer Kirche. Der alte Barung, das ist der Sultan, ebenfalls ein braver Bursche, auch wenn er mich den Löwen vorgeworfen hat – dazu haben ihn die Priester gezwungen –, ist ihm sehr zugetan und will ihn mit seiner Tochter verheiraten.«

In diesem Augenblick verkündeten die Männer, alles sei zum Aufbruch bereit, und nachdem ich – mit nunmehr doch von Dankbarkeit erfülltem Herzen – Joshuas Wunden versorgt hatte, machten wir uns an den beschwerlichen Aufstieg und erreichten schließlich, wie bereits gesagt, wohlbehalten unser Ziel. Doch auch jetzt konnten wir uns noch keine Ruhe gönnen, zuerst mußte der Eingang des Stollens zugeschüttet werden, um den Fung, die ja nun von seiner Existenz wußten, diesen Weg nach Mur zu versperren.

Auch duldete dies keinen Aufschub, denn als wir an dem Plateau vorüberkamen, von dem aus Oliver und Japhet auf den Rücken der Sphinx gelangt waren, hatten wir jenseits der notdürftig errichteten Mauer menschliche Stimmen gehört. Offenbar hatten die Priester oder Götzenwächter voll Zorn über die Rettung ihres Opfers bereits eine Brücke über den Abgrund geschlagen und gedachten nun, Mur zu erstürmen. Diese Erkenntnis beschleunigte unsere Schritte ganz ungemein. Wären die Fung nämlich durchgebrochen, ehe wir vorüber waren, so hätte uns ein grausames Schicksal erwartet, denn bestenfalls hätte man uns unten in der Grube elend verhungern lassen.

Sobald wir oben angekommen waren und den Tunnel provisorisch verschlossen hatten, mußte Quick trotz seiner Müdigkeit in Begleitung Maquedas, Shadrachs – der nun vereinbarungsgemäß wieder ein freier Mann war – und zweier Hochländer im Galopp zum Palast von Mur reiten, um eine bestimmte Menge Sprengstoff zu holen. Wir anderen – Higgs wollte nicht mitgehen, und wir hatten keine Möglichkeit, Joshua zu tragen – blieben zurück und bewachten den Tunneleingang, vielmehr ließen wir die Abati wachen, während wir mit dem Gewehr in der Hand schliefen. Noch vor Mittag kehrte Quick in Begleitung vieler Männer mit Tragbahren und mit allem Nötigen versehen zurück.

Nun zogen wir die Steine wieder heraus, und Oliver, Japhet sowie einige andere stiegen zur ersten Ebene hinab und brachten Sprengladungen an. Als sie nach einiger Zeit wieder auftauchten, rief Quick, der mir ziemlich blaß und nervös vorkam, wir sollten zurücktreten. Er selbst folgte uns bis zu einem bestimmten Punkt, wobei er einen Draht entrollte, blieb schließlich stehen und drückte auf den Knopf einer Batterie, die er in der Hand hielt. Eine gedämpfte Detonation war zu hören, und der Boden erzitterte wie bei einem Erdbeben, während aus der Schachtöffnung Steine in die Luft geschleudert wurden.

Damit war auch schon alles vorüber, und wo zuvor der alte Stollen gewesen war, sah man nur noch eine Mulde im Boden.

»Sie tun mir leid«, sagte Oliver nach einer Weile, »aber es mußte sein.«

»Wer tut Ihnen leid?« fragte ich.

»Diese Fung-Priester oder Soldaten. Die unteren

Ebenen sind voll von ihnen, tot oder lebendig. Sie sind uns in Scharen gefolgt. Nun, auf diesem Weg wird niemand mehr nach Mur gelangen.«

* * *

Später, im Gästehaus von Mur, erzählte Higgs uns seine Geschichte. Nach Shadrachs Verrat, in den wir ursprünglich alle mit eingeschlossen waren – der Professor hatte nämlich einen hastigen Wortwechsel zwischen dem Abati und einem Fung-Hauptmann belauscht –, nahm man ihn gefangen und brachte ihn in den Rumpf der großen Sphinx, wo die Schöpfer des Götzen in uralter Zeit zahlreiche Kammern und Verliese in den Fels geschlagen hatten. Hier besuchte ihn Barung, der Sultan, berichtete ihm von seinem Treffen mit uns übrigen, zu denen er offenbar große Zuneigung gefaßt hatte, und teilte ihm auch mit, wir hätten abgelehnt, als er uns unter der Bedingung, daß wir unserem Versprechen untreu würden, Higgs' Freilassung anbot.

»Wissen Sie«, sagte der Professor, »als ich das hörte, war ich anfangs sehr wütend auf Sie und hielt Sie für Unmenschen. Doch nach einigem Überlegen sah ich auch die Kehrseite der Medaille und mußte zugeben, daß Sie recht hatten, auch wenn ich mich mit der Vorstellung, zum Opfer für eine Sphinx ausersehen zu sein und zu diesem Zweck einer Horde hungriger Löwen wie ein Stück Pferdefleisch zum Fraße vorgeworfen zu werden, nie so recht anfreunden konnte. Barung, auf seine Weise ein prächtiger Bursche, versicherte mir jedoch, daran ginge kein Weg vorbei, da sonst die Priester, die bei den Fung große Macht besitzen, zutiefst gekränkt wären und die gesamte Nation mit einem gräßlichen Fluch belegen würden.

Bis dahin gewährte er mir jedoch alle Annehmlichkeiten, die in seiner Macht standen. So durfte ich mich etwa auf dem Rücken des Götzen ergehen, Umgang haben mit den Priestern, einer sehr exklusiven, mißtrauischen Kaste, und ihr gesamtes Religionssystem studieren, das meiner Meinung nach zweifelsfrei vom ägyptischen abstammt. Dabei habe ich eine große Entdeckung gemacht, die meinem Namen über Generationen Ruhm verleihen wird, sollten wir hier jemals wieder herauskommen. Die Vorfahren dieser Fung waren zweifelsohne die gleichen wie die Vorfahren der prä-pharaonischen Ägypter, was sich mit Übereinstimmungen des Brauchtums und der philosophischen Theorien belegen läßt. Außerdem bestand in der Zeit des Altreiches bis zur Zwanzigsten Dynastie, wenn nicht gar noch länger, Kontakt zwischen den Fung, die ihren Hauptsitz damals hier in Mur hatten, und den Ägyptern. Meine Freunde, in den Kerkern, in denen ich eingesperrt war, gibt es eine Inschrift oder vielmehr ein Graffito von einem Gefangenen, der von Ramses II. nach Mur ausgeliefert wurde, nachdem er zwanzig Jahre lang in Ägypten wohnhaft war. Er fertigte es in seiner letzten Nacht, ehe man ihn den heiligen Löwen vorwarf, die schon damals eine feste Einrichtung waren. Und in meinem Notizbuch befindet sich eine Kopie dieser Inschrift. Ja«, fügte er triumphierend hinzu, »dank Shadrach besitze ich sogar eine beglaubigte Kopie dieser Inschrift. Der Himmel segne sein dreckiges Haupt!«

Ich beglückwünschte ihn herzlich zu diesem Erfolg, und bat ihn, ehe er sich weiter in archäologischen Fachsimpeleien verlieren konnte, um Informationen über meinen Jungen.

»Oh«, sagte Higgs, »ein reizender und wirklich gutaussehender junger Mann. Ich bin richtiggehend stolz darauf, einen solchen Patensohn zu haben. Er war sehr interessiert, als ich ihm erzählte, daß Sie schon seit so vielen Jahren nach ihm suchen, ja, er war ganz gerührt. Er spricht noch Englisch, aber mit Fung-Akzent, und natürlich würde er gerne fliehen. Bislang geht es ihm freilich recht gut, dank seiner wahrhaft herrlichen Stimme ist er Oberster Sänger des Gottes, ein Amt, mit dem alle möglichen Privilegien verbunden sind. Sagte ich Ihnen nicht bereits, daß er in der Nacht des übernächsten Vollmonds mit Barungs einziger legitimer Tochter vermählt werden soll? Die Zeremonie wird in der Stadt Harmac stattfinden. Ein solches Ereignis hat es seit Generationen nicht mehr gegeben, kurzum, das wird ein Fest für das ganze Volk. Ich wäre zu gern dabei, aber wenigstens hat mir dieser intelligente, junge Mann versprochen, sich über alles Notizen zu machen, die mich zu gegebener Zeit hoffentlich erreichen werden.«

»Fühlt er sich zu dieser Wilden denn überhaupt hingezogen?« fragte ich bestürzt.

»Hingezogen? Du meine Güte, nein, wenn ich mich recht entsinne, sagte er sogar, er habe sie noch nie gesehen und wisse nur vom Hörensagen, daß sie keine Schönheit und von hochmütigem Wesen sei. Wie von einem jungen Mann, den das Leben so gebeutelt hat, nicht anders zu erwarten, besitzt er jedoch eine enorme Seelenstärke, nimmt alles, wie es kommt, und dankt dem Himmel, daß es nicht schlimmer ist. Als Gemahl der Sultanstochter ist er nämlich, solange sich die beiden nicht allzu heftig streiten, vor den Löwen sicher, und das konnte er bisher noch nie so ganz von sich behaupten. Doch mit diesen persönlichen Dingen haben wir uns nicht allzu lange aufgehalten, es gab schließlich so viele wichtigere Fragen, die uns beide interessierten. Er wollte alles über Sie und Ihre Pläne wissen, und ich war natürlich begierig, alles über die Fung und über die Rituale und Traditionen in Zusammenhang mit dem Harmac-Kult zu erfahren, so daß wir uns keinen Augenblick langweilten. Ich wünschte sogar, wir hätten noch länger beisammen sein können, denn wir sind die besten Freunde geworden.

Doch was immer auch geschieht, ich denke, ich habe den Rahm seines Wissens abgeschöpft.« Damit klopfte er auf das dicke Notizbuch in seiner Hand und fügte hinzu:

»Wäre es nicht ein Jammer, wenn das ein Löwe erwischt hätte? Bei mir selbst wäre der Schaden geringer gewesen; Ägyptologen gibt es viele und bessere als mich, aber ich bezweifle, ob noch einmal jemand eine solche Gelegenheit bekommt, vor Ort Studien zu betreiben. Ich habe jedenfalls alle Vorkehrungen zum Schutz meiner Aufzeichnungen getroffen, indem ich das Wichtigste mit einheimischer Tinte auf ein Schaffell abgeschrieben und in die Obhut Ihres Sohnes gegeben habe. Eigentlich wollte ich ihm auch das Original anvertrauen, doch darauf habe ich bei meinem überstürzten Aufbruch zum Glück vergessen.«

Ich bestätigte ihm, daß dies eine einmalige Möglichkeit darstelle und er als Archäologe ein wahrer Glückspilz sei, während er weiter seine Pfeife paffte.

»Als Oliver dann so überraschend auf dem Rücken des Götzen erschien, entsann ich mich natürlich Ihres durchaus verständlichen Wunsches, Ihren Sohn zurückzuerhalten, und tat mein Bestes, um auch ihn zu retten. Aber er befand sich nicht in dem Raum, wo ich ihn vermutet hatte. Statt dessen traf ich dort auf die Priester, und die hatten bereits unsere Stimmen gehört. Den Rest kennen Sie ja. Nun, letztlich hat es nichts geschadet, auch wenn diese Fahrt in die Löwengrube – es ging zwei- bis dreihundert Fuß in die Tiefe, und das Seil wirkte schon sehr dünn und abgenutzt – nicht wenig nervenaufreibend war.«

»Woran haben Sie denn die ganze Zeit gedacht?« fragte Oliver neugierig.

»Gedacht? Ich habe kaum gedacht, dazu hatte ich zu viel Angst. Ich überlegte nur, ob der Heilige Paulus wohl das gleiche empfunden habe, als man ihn in einem Korb hinabließ, oder wie den ersten christlichen Märtyrern in der Arena zumute gewesen sein mochte, ob Barung, von dem ich mich in aller Freundschaft verabschiedet hatte, wohl am nächsten Morgen kommen und nach mir sehen würde wie Darius nach Daniel, und was er noch vorfinden würde; ich hoffte, eine der Bestien würde von meiner Brille eine Blinddarmentzündung bekommen, und so weiter. Glauben Sie mir, es war abscheulich, vor allem die Schaukelei am Ende. Ich habe das Schaukeln noch nie vertragen. Trotzdem war es so am besten, denn ich wäre auf dem Schweif dieser Sphinx keinen Meter weit gekommen, ohne herunterzufallen, Seiltanzen ist nämlich keineswegs meine Spezialität. Und eines kann ich Ihnen versichern, drei Prachtkerle wie Sie gibt es auf der ganzen Welt nicht noch einmal. Glauben Sie ja nicht, daß mir das nicht bewußt ist, nur weil ich nicht viel gesagt habe. Und jetzt will ich Ihre Geschichte hören, ich möchte schließlich wissen, wie die Dinge stehen, auch wenn ich nicht mehr geglaubt hätte, das noch vor dem Jüngsten Tag zu erfahren.«

Wir erstatteten also Bericht, und er lauschte mit offenem Munde. Als wir ihm die Königsgruft beschrieben, konnte er seine Erregung kaum noch unterdrücken.

»Sie haben sie doch nicht angerührt!« schrie er fast. »Sagen Sie jetzt nicht, Sie hätten einen solchen Frevel begangen. Jeder Gegenstand muß einzeln *in situ* katalogisiert und in einer Zeichnung festgehalten werden. Wenn möglich, sollte man ganze Skelettgruppen gemeinsam mit den dazugehörigen Opfergaben verpacken, um sie in einem Museum wieder aufstellen zu können. Mindestens sechs Monate Arbeit liegen vor mir. Nicht auszudenken, daß ich inzwischen bereits von einem Löwen, einem stinkenden, räudigen, heiligen Löwen verdaut würde, wenn Sie nicht gewesen wären!«

Am nächsten Morgen erwachte ich davon, daß

Higgs in einem phantastischen Nachtgewand, das er sich mit Quicks Hilfe zusammengeflickt hatte, in mein Zimmer gehumpelt kam.

»Hören Sie, alter Junge«, sagte er, »Sie müssen mir mehr über dieses Mädchen, diese Walda Nagasta erzählen. Ein wirklich bezauberndes Gesicht, und so viel Courage! Derlei Dinge fallen natürlich nicht in mein Fach, habe in den letzten zwanzig Jahren keine Frau mehr so genau angesehen, daß ich mich am nächsten Morgen an sie erinnert hätte, aber, zum Donnerwetter! von diesen Augen wurde mir hier drin ganz komisch.« Er tippte irgendwo in der Mitte der Brust auf sein Nachtgewand. »Vielleicht lag es auch nur daran, daß der Unterschied zu den Löwen so groß war.«

»Ptolemy«, begann ich ganz ernst, »lassen Sie sich eines gesagt sein. Diese Frau ist gefährlicher als jeder Löwe, doch damit nicht genug. Wenn Sie unsere Lage nicht durch einen handfesten Streit noch weiter komplizieren wollen, dann bleiben Sie sich treu und kümmern sich nicht um ihre Augen. Damit will ich andeuten, daß Oliver bereits in sie verliebt ist.«

»Natürlich ist er das. Das war doch nicht anders zu erwarten, aber was hat das mit mir zu tun? Warum kann ich nicht auch in sie verliebt sein? Obwohl ich zugeben muß«, fügte er mit einem traurigen Blick auf seine rundliche Gestalt hinzu, »daß er die besseren Chancen hat, noch dazu bei diesem Vorsprung.«

»So ist es, Ptolemy, denn auch sie ist in ihn verliebt.« Und dann erzählte ich ihm, was wir in der Königsgruft beobachtet hatten.

Zuerst brüllte er vor Lachen, doch dann wurde er höchst ungehalten.

»Unerhört von Oliver, uns alle auf diese Weise zu kompromittieren – dieser Glückspilz! Er wird uns mit seinen egoistischen Amouren noch in alle möglichen Schwierigkeiten bringen. Wir können nicht einmal ausschließen, Adams, daß wir beide elend zugrundegehen müssen, und das nur, weil dieser junge Mann seine erotischen Begierden nicht im Zaum halten kann. Unglaublich, seine Arbeit zu vernachlässigen, um einer hübschen, pausbäckigen Jüdin nachzulaufen, falls sie überhaupt Jüdin *ist*, was ich bezweifle, inzwischen muß doch eine sehr starke Vermischung stattgefunden haben, und die erste Königin von Saba, so sie denn jemals existiert hat, war Äthiopierin. Als sein Freund, der fast alt genug ist, um sein Vater zu sein, werde ich ein ernstes Wort mit ihm reden müssen.«

»Nur zu«, rief ich ihm nach, als er davonhumpelte, um ein Bad zu nehmen, »aber ich rate Ihnen, sich nicht an Maqueda zu wenden, denn wenn Sie sie weiterhin so anstarren wie gestern, könnte sie Ihnen ganz falsche Motive unterstellen.«

* * *

Noch an diesem Vormittag wurde ich auch zum Fürsten Joshua gerufen, um seine Wunden zu verbinden, die zwar nicht weiter bedrohlich, aber sehr schmerzhaft waren. Sobald ich vor dem Mann stand, fiel mir auf, daß eine Veränderung mit ihm vorgegangen war. Wie wir alle hatte ich ihn bisher für einen bloßen Feigling und Windbeutel gehalten, der nur zu gern seinen Ruhm in die Welt schmetterte, wie Oliver sich auszudrücken beliebte. Nun gewann ich Einblick in sein wahres Wesen und erkannte, daß alle diese und noch schlimmere Bezeichnungen auf ihn zutreffen mochten, daß er aber zudem ein sehr entschlossener und gefährlicher Mensch war, besessen von einem Ehrgeiz, den er um jeden Preis zu befriedigen gedachte.

Als ich für ihn getan hatte, was in meinen Kräften stand, und ihm auch erklärt hatte, meiner Meinung nach habe er keine schlimmen Nachwirkungen zu befürchten, da wohl alle möglicherweise an den Löwenpranken haftenden Giftstoffe an seiner dicken Kleidung abgestreift worden seien, sagte er:

»Physikus, ich wünsche unter vier Augen mit dir zu sprechen.«

Ich verneigte mich, und er fuhr fort:

»Das Königskind, kraft ihrer Geburt die Herrscherin über dieses Land, hielt es gegen den Rat ihres Kronrates für angezeigt, dich und deine Gojim-Gefährten in ihre Dienste zu nehmen, um mit Hilfe eures Wissens und gewisser Künste, in denen ihr Meister seid, unsere Erbfeinde, die Fung, zu vernichten. Falls eure Bemühungen Erfolg haben sollten, hat sie euch reichen Lohn versprochen. Nun möchte ich eines klarstellen: Ihr mögt euch für große Männer halten und es in eurer Heimat vielleicht sogar sein, doch hier seid ihr nur Knechte, Söldner, die wir angeheuert haben, weil es uns so beliebte.«

Das brachte er in so unverschämtem Ton vor, daß ich nicht an mich halten konnte und ihm ins Wort fiel, obwohl ich vielleicht besser geschwiegen hätte.

»Das sind harte Worte, Fürst«, sagte ich. »Deshalb will ich dir erklären, um welchen Lohn wir in Wirklichkeit arbeiten und nicht unerhebliche Gefahren auf uns nehmen. Ich für mein Teil hege die Hoffnung, meinen Sohn zurückzugewinnen, der als Sklave bei euren Feinden lebt. Captain Orme ist auf der Suche nach Krieg und Abenteuern, weiteren Reichtum erstrebt er nicht, ist er doch in seiner Heimat ein wohlhabender Mann. Der, den ihr Schwarzfenster nennt, der eigentlich aber Higgs heißt, ist aus Liebe zur Gelehrsamkeit mitgekommen. In England, ja, überall im Westen rühmt man sein Wissen über tote Völker, ihre Sprachen und Sitten, und um diese Dinge zu studieren, hat er diese beschwerliche Reise unternommen. Was Quick angeht, so ist er Ormes Diener und kennt ihn von Kindesbeinen an, er war als alter Soldat mit seinem geliebten Herrn im Kriege und möchte auch jetzt an dessen Seite sein.«

»Aha!« rief Joshua. »Ein Diener also, ein Mensch ohne Rang, und doch wagt er es, mir zu drohen, dem obersten Fürsten der Abati.«

»Im Angesicht des Todes sind alle Menschen gleich, Fürst. Sein Herr ging ein verzweifeltes Wagnis ein, und du hättest ihn mit deinem Verhalten fast ins Verderben gestürzt.«

»Und was kümmern mich die verzweifelten Wagnisse seines Herrn, o Physikus? Ihr legt, wie ich sehe, großen Wert auf solche Taten und haltet jeden, der sie vollbringt, für bedeutend und bewundernswert. Nun, wir denken anders. Jeder beliebige Fung-Barbar würde das gleiche tun, was dein Orme getan hat, und noch mehr, einfach deshalb, weil er ein Wilder ist. Wir dagegen sind zivilisiert, kultiviert und weise und wissen es besser. Das Leben wurde uns geschenkt, damit wir es genießen, nicht aber, damit wir es achtlos wegwerfen oder durch das Schwert verlieren, aber du würdest uns wegen dieser Einstellung gewiß als Feiglinge bezeichnen.«

»Und doch, o Fürst, kommen die Träger des Titels ›Feigling‹, der für dich ein Ehrentitel ist, oft genug ›durch das Schwert‹ um. Schließlich stehen die Fung vor euren Toren, o Fürst.«

»Und deshalb, o Goi, haben wir euch angeworben, damit ihr gegen sie kämpft. Aber ich hege keinen Groll gegen euren Diener Quick, der doch nur ein Fung mit weißer Haut ist, er handelte seinem Wesen gemäß, und deshalb verzeihe ich ihm; doch möge er in Zukunft auf der Hut sein! Und nun – zu wichtigeren Dingen. Das Königskind ist schön, sie ist jung und von heißem Blut; ein neues Gesicht aus einem anderen Land könnte sie reizen. Jedoch«, fuhr er mit Nachdruck fort, »möge der, dem dieses Gesicht gehört, bedenken, wer sie ist und wer er ist. Er möge auch bedenken, daß es für jeden Außenstehenden, der nicht vom alten Blut ist, den Tod bedeutet, seine Augen zu Salomons Tochter zu erheben, einen langsamen, qualvollen Tod für ihn selbst und alle seine Helfershelfer. Und zuletzt möge er bedenken, daß diese edle Dame, mit der er, ein unbekannter, heimatloser Goi wie ein Gleichgestellter zu sprechen wagt, seit ihrer Kindheit meine Verlobte ist und in Kürze mein Weib sein wird, auch wenn sie sich nach Art junger Frauen darin gefällt, mir die kalte Schulter zu zeigen, und daß wir Abati die Ehre unserer Frauen eifersüchtig zu hüten pflegen. Hast du mich verstanden?«

»O ja, mein Fürst«, sagte ich, denn nun hatte er mich in Rage gebracht. »Aber auch du solltest dir über eines im klaren sein – wir gehören einem führenden Volke an, dessen Arm über die halbe Welt reicht, und unterscheiden uns von dem kleinen Stamm der Abati, dessen Ruhm bisher nicht bis zu uns gedrungen ist, in folgendem: wir pflegen unsere eigene Ehre eifersüchtig zu hüten und haben es nicht nötig, Fremde anzuwerben, um Feinde zu bekämpfen, denen wir selbst uns nicht zu stellen wagen. Wenn ich das nächste Mal als Arzt zu dir komme, o Fürst, so hoffe ich, die Wunden auf deiner Brust zu finden anstatt auf deinem Rücken. Noch ein Wort. Ich kann dir nur raten, dem Captain, den du einen Goi und einen Söldner nennst, nicht zu drohen, denn du könntest die Erfahrung machen, daß es sich auch für einen Mann von noch so altem Blut nicht immer empfiehlt, ein Feigling zu sein.«

Damit ließ ich ihn stehen und entfernte mich, rasend vor Wut und mit dem Gefühl, mich gründlich zum Narren gemacht zu haben. Aber wie hätte ich einfach stillsitzen und mir anhören können, wie ein aufgeblasener Kläffer, der sich Fürst nannte und sich seiner eigenen Feigheit rühmte, meine Gefährten schmähte, von mir selbst ganz zu schweigen? Er sah mir finster nach, und seine Anhänger, die sich auf der anderen Seite des großen Raums und auf den Vorhöfen herumdrückten, musterten mich ebenfalls mit finsteren Blicken. Er mochte ein Kläffer sein, aber auf jeden Fall war er gefährlich, und ich wünschte fast, Quick hätte ihm unten im Tunnel nicht nur Ohrfeigen angedroht, sondern ihm gleich den Hals gebrochen und damit wenigstens diesem Problem ein Ende gemacht.

So dachten auch die anderen, als ich ihnen die Geschichte erzählte, aber ich glaube, sie öffnete ihnen, vor allem Oliver, wohl auch die Augen für den zunehmenden Ernst unserer Lage. Orme teilte mir später mit, er habe mit Maqueda über die Sache gesprochen, und sie ängstige sich sehr um uns, ein wenig aber auch um sich selbst. Joshua, sagte sie, sei zu allem fähig, und hinter ihm stehe die Mehrheit der Abati, eines eifersüchtigen und unduldsamen Volkes, das mit Gerissenheit aufwiege, was ihm an Mut fehle.

Und doch, ich sah es wohl, trugen die Gefahren nicht dazu bei, die beiden auseinanderzubringen oder ihre Liebe zu schmälern. Vielmehr schienen sie das Paar nur noch fester zusammenzuschweißen, noch mehr eins werden zu lassen. Kurzum, die Tragödie nahm ihren Lauf, und wir standen daneben und sahen hilflos zu.

Am Nachmittag nach meinem Disput mit Joshua berief man uns zu einer Ratsversammlung, und wir folgten dem Ruf nicht ohne Bangen, rechneten wir doch mit Schwierigkeiten. Nicht zu Unrecht, wie sich herausstellte, auch wenn sie anderer Art waren, als wir befürchtet hatten. Kaum hatten wir den großen Saal betreten, wo das Königskind mit allem Gepränge und großem Zeremoniell inmitten ihres operettenhaften Hofes auf ihrem Thron saß, als sich auch schon die großen Türen am anderen Ende öffneten und drei graubärtige Männer in weißen Gewändern hereinstolzierten, die wir sofort als Herolde oder Abgesandte der Fung erkannten. Diese Männer verneigten sich vor der verschleierten Maqueda, wandten sich dann uns zu, die wir in einer kleinen Gruppe etwas abseits standen, und verneigten sich abermals.

Joshua, der sich von zwei Dienern stützen ließ, da er noch nicht alleine stehen konnte, und den anderen Würdenträgern und Priestern der Abati schenkten sie dagegen keinerlei Beachtung.

»Sprecht«, sagte Maqueda.

»Herrin«, antwortete der Wortführer der Delegation, »unser Sultan Barung, Sohn des Barung, Herrscher der Fung, schickt uns zu dir, und dies sind seine Worte: O Walda Nagasta! Du hast die weißen Herren zu Hilfe gerufen und durch ihre Hand und ihren Witz in jüngster Zeit dem Gott Harmac und mir, seinem Diener, schweren Schaden zugefügt. Eines der Tore meiner Stadt hast du zerstört und dabei viele Menschen getötet. Harmac hast du seines Opfers beraubt, indem du einen meiner Gefangenen befreitest, und damit hast du seinen Zorn auf uns herabbeschworen. Etliche der heiligen Tiere hast du gemeuchelt, durch deren Rachen die Opfer dargebracht werden, und mehrere Priester und Wächter Harmacs hast du in einem Loch im Fels getötet. Zudem wurde mir berichtet, daß du weiteres Unheil gegen den Gott und gegen mich planst. Nun schicke ich dir meine Abgesandten mit folgender Botschaft: Zur Vergeltung für diese und andere Angriffe werde ich den Abati, die ich bislang geschont hatte, den Garaus machen. Bald werde ich meine Tochter mit dem weißen Mann vermählen, jenem Priester des Harmac, den man den ägyptischen Sänger nennt und der angeblich der Sohn des in deinen Diensten stehenden Physikus ist, doch nach diesem Fest und nachdem mein Volk seine Felder bestellt hat, werde ich allen Ernstes zum Schwert greifen und es nicht mehr aus der Hand legen, bis die Abati vom Angesicht der Erde getilgt sind.

Wisse denn, daß der Gott Harmac letzte Nacht, nachdem ihr die heiligen Bestien gemeuchelt und ihnen ihr Opfer entrissen hattet, seinen Priestern eine Prophezeiung übermittelte. Dies ist ihr Inhalt: noch vor dem Einbringen der Ernte werde er sein *Haupt* über der Ebene von Mur zur Ruhe betten. Wie der Spruch zu deuten ist, wissen wir nicht, doch eines weiß ich: Noch vor dem Einbringen der Ernte werde ich oder wer immer nach mir herrscht, mich innerhalb der Mauern meiner Stadt Mur zum Schlafe niederlegen.

Nun hast du die Wahl – ergibst du dich umgehend, so will ich euch, bis auf den Hund Joshua, der mich anderentags wider jedes Recht unter den Völkern heimtückisch in eine Falle zu locken suchte, und zehn andere, die ich noch benennen werde, alle verschonen. Joshua und diese zehn werde ich jedoch hängen, denn sie sind es nicht wert, durch das Schwert zu sterben. Widerstehst du mir dagegen, so schwöre ich dir bei Harmac, daß jeder Abati männlichen Geschlechts sterben wird, ausgenommen die weißen Herren, die ich wegen ihrer Tapferkeit achte, und einen deiner Diener, der in der letzten Nacht mit ihnen in der Löwengrube war, und daß ich jede Frau zur Sklavin machen werde bis auf dich, o Walda Nagasta, die ich um deines edlen Herzens willen davor bewahren will. Nun antworte, o Herrin der Abati!«

Maqueda blickte ihre Ratgeber der Reihe nach an und sah in allen Gesichtern das nackte Entsetzen. Wir bemerkten sogar, daß viele von ihnen vor Angst zitterten.

»Meine Antwort ist sehr kurz, ihr Abgesandten Barungs«, erklärte sie. »Dennoch bin ich nur eine Frau und ganz allein, und es geziemt sich, daß jene, die das

Volk vertreten, auch für das Volk sprechen. Joshua, mein Onkel, du bist der Erste in meinem Rat, was hast du zu sagen? Bist du willens, zusammen mit zehn anderen, deren Namen ich noch nicht kenne, dein Leben hinzugeben, auf daß Frieden herrsche zwischen uns und den Fung?«

»Was?« stammelte Joshua wütend. »Muß ich es erleben, wie eine Walda Nagasta vorschlägt, den ersten Fürsten ihres Landes, ihren Onkel und künftigen Gemahl unseren Erbfeinden auszuliefern, auf daß er gehenkt werde wie ein betagter Jagdhund, und müßt auch ihr, o ihr noch unbekannten Zehn, die ihr euch zweifelsohne mit mir in diesem Raum befindet, solches erleben?«

»O nein, mein Onkel. Ich fragte nur, ob dies dein Wunsch sei, nicht mehr.«

»Dann antworte ich dir, es ist nicht mein Wunsch, nicht der Wunsch der Zehn und auch nicht der Wunsch der Abati. Nein, wir werden gegen die Fung kämpfen und sie vernichten, ihren tierköpfigen Götzen Harmac werden wir zu Steinblöcken zerhauen, um damit unsere Synagogen zu bauen und unsere Straßen zu pflastern. Habt ihr gehört, ihr Wilden?« Damit hinkte er, von seinen beiden Dienern gestützt, auf die Fung zu und grinste ihnen ins Gesicht.

Die Sendboten musterten ihn mit festem Blick von Kopf bis Fuß. »Wir haben es vernommen, und wir haben es mit Freuden vernommen«, antwortete der Sprecher, »denn wir Fung entscheiden unsere Streitigkeiten lieber mit dem Schwert als durch Verhandlungen. Doch dir, Joshua, sagen wir nur eines: Sieh zu, daß du stirbst, ehe wir Mur erstürmen, denn der Strick ist nicht die einzige Todesart, die wir kennen.«

Dann salutierten die drei Abgesandten sehr feierlich zuerst vor dem Königskind und dann vor uns, drehten sich um und verließen den Saal.

»Tötet sie!« schrie Joshua. »Sie haben mich, euren Fürsten, bedroht und verhöhnt!«

Doch niemand erhob eine Hand gegen die Männer, und sie gelangten unbehelligt aus dem Palast und hinaus auf den Platz, wo bereits eine Eskorte mit ihren Pferden wartete.

14

Wie Shadrach an Pharao geriet

Nachdem die Gesandten gegangen waren, herrschte anfangs Stille, eine drückende Stille, spürten doch selbst die leichtfertigen Abati, daß dies eine Schicksalsstunde war. Doch mit einemmal begannen die Ratsmitglieder zu schnattern wie eine Horde Affen, jeder redete einfach drauflos, ohne auf seinen Nachbarn zu hören, bis endlich ein prunkvoll gekleideter Mann vortrat, ein Priester, soweit ich mitbekam, und die anderen niederschrie.

Als endlich alle schwiegen, richtete er einen Appell voll leidenschaftlicher Gehässigkeit an den Rat. Alles Unheil, das über Mur gekommen sei, habe man, so behauptete er, nur uns Gojim zu verdanken, vor unserer Ankunft hätten die Abati über Generationen zwar unter ständiger Bedrohung, dabei aber in ruhmreichem Frieden – er verwendete doch tatsächlich das Wort ›ruhmreich!‹ – gelebt. Nun hätten wir die Fung gestochen, einer Hornisse gleich, die einen Stier sticht, und sie seien darüber erbost und wollten die Abati abschütteln. Deshalb stelle er den Antrag, uns unverzüglich aus Mur zu verstoßen.

In diesem Moment sah ich, wie Joshua einem anderen etwas zuflüsterte, worauf dieser ausrief:

»Nein, nein, denn sie würden nur zu ihrem Freund Barung gehen, der ein Barbar ist wie sie, und ganz gewiß unsere Geheimnisse, die sie ja inzwischen ausgekundschaftet haben, gegen uns verwenden. Ich sage, sie müssen auf der Stelle getötet werden.« Damit zog er ein Schwert und schwenkte es drohend.

Quick ging auf den Burschen zu und hielt ihm eine Pistole an die Schläfe.

»Laß das Schwert fallen«, sagte er, »oder du bekommst das Ende der Geschichte nie zu hören.« Der Mann gehorchte, worauf Quick zu uns zurückkam.

Nun ergriff Maqueda das Wort, und sie sprach ganz ruhig, obwohl ich sah, daß sie vor Erregung zitterte.

»Diese Männer sind unsere Gäste«, sagte sie, »und sie kamen hierher, um uns zu helfen. Wollt ihr etwa unsere Gäste ermorden? Zudem, was würde es nützen? Retten kann uns nur eines, nämlich die Zerstörung des Gottes der Fung, denn einem alten Sprichwort zufolge werden die Fung die Stadt Harmac erst verlassen, wenn ihr Götze zerstört ist. Was nun die neue Prophezeiung der Götzenpriester angeht, daß Harmac noch vor dem Einbringen der Ernte sein Haupt über der Ebene von Mur zur Ruhe betten werde, so frage ich euch, wie das zugehen soll, wenn wir ihn demnächst zerstören, es sei denn, die Weissagung bedeutete, er würde in himmlischen Gefilden schlafen. Was also laßt ihr euch von Drohungen einschüchtern, die auf Unmöglichem gründen?

Aber seid *ihr* in der Lage, diesen falschen Gott Harmac zu zerstören, oder wagt *ihr* es, gegen die Fung zu kämpfen? Die Antwort ist beide Male nein, wie ihr wohl wißt, denn wozu hätte ich sonst diese Männer aus dem Westen kommen lassen müssen? Und würde es Barung beschwichtigen, wenn ihr sie nun ermordet? Abermals nein, denn glaubt mir, auch wenn er unser Feind ist, so ist er doch ein tapferer und ehrenhafter Mann, und eine solche Tat würde seinen Zorn auf euch zehnmal größer und seine Rache noch schrecklicher machen. Auch sage ich euch schon heute, daß ihr euch dann eine andere Walda Nagasta suchen müßtet, auf daß sie über euch herrsche, denn ich, Maqueda, wäre dazu nicht mehr bereit.«

»Das ist unmöglich«, sagte eine Stimme. »Du bist die letzte Frau von echtem Geblüt.«

»Dann sucht euch eine von anderem Geblüt, auch wenn es nicht echt ist, oder wählt euch einen König wie die Juden einst Saul wählten, denn wenn meine Gäste hingemetzelt werden, sterbe ich vor Scham.«

Diese Worte schienen den Kronrat zu verunsichern, einer der Männer fragte gar, was sie denn tun sollten.

»Was ihr tun sollt?« entgegnete sie und warf ihren Schleier zurück. »Nun, ihr sollt euch wie Männer benehmen, alle zusammenrufen, die ein Schwert führen können, und ein Heer bilden. Ihr braucht den Fremden nur zu helfen, und sie werden euch zum Sieg führen. O ihr Abati, wollt ihr euch hilflos abschlachten lassen, wollt ihr mitansehen, wie eure Frauen versklavt werden, wie euer altehrwürdiger Name aus der Liste der Völker gestrichen wird?«

Nun riefen einige von ihnen: »Nein!«

»Dann rettet euch. Noch seid ihr zahlreich, die Fremden hier verstehen sich auf den Waffenkampf, sie können euch führen, ihr braucht ihnen nur zu folgen. Faßt euch ein Herz, und ich schwöre euch, zur Erntezeit sitzen die Abati in der Stadt Harmac und nicht die Fung in Mur. Ich habe gesprochen, nun entscheidet, wie ihr wollt.« Damit erhob sich Maqueda von ihrem Thron, verließ den Saal und winkte uns, es ihr gleichzutun.

* * *

Das Ende der Geschichte war, daß Frieden geschlossen wurde zwischen uns und dem Kronrat der Abati. Schwülstig und zugleich pedantisch, wie es ihre Art war, schworen sie feierlich auf die Gesetzesrolle, uns nicht nur jede Unterstützung im Kampf gegen die Fung zu gewähren, sondern auch alle militärischen Befehle zu befolgen, die wir ihnen erteilen würden, allerdings bedürften diese Befehle der Bestätigung durch einen kleinen Ausschuß von Generälen. Kurzum, sie waren so verängstigt, daß sie für einige Zeit ihren Haß auf uns Fremde vergaßen.

Man einigte sich also auf eine Strategie, und der Kronrat, das einzige Führungsgremium der Abati, die über keinerlei repräsentative Körperschaften verfügten, erließ ein Gesetz, wonach für begrenzte Zeit die Wehrpflicht eingeführt wurde. Dazu sei sofort gesagt, daß dieses Gesetz auf erbitterten Widerstand stieß. Die Abati waren Bauern und verabscheuten den Militärdienst. Von einer unmittelbar bevorstehenden Invasion hörten sie seit frühester Kindheit, doch bisher war kein einziger fremder Krieger in Mur einmarschiert. Immer standen die Fung draußen, während sie sich drinnen wie auf einer Insel befanden, wobei die angeblich unüberwindlichen Felsen das Meer darstellten, das sie vor allen Gefahren abschirmte.

Am eigenen Leibe hatten sie Mord und Plünderung niemals erfahren, und ihre Phantasie war nicht lebhaft genug, als daß sie sich darunter etwas hätten vorstellen können. Sie gingen auf in den Belanglosigkeiten des Alltagslebens und den scheinbar so dringenden, häuslichen Problemen. Die Häuser in Brand gesteckt, die Männer hingeschlachtet, Frauen und Kinder von den Siegern in die Sklaverei verschleppt, ein kläglicher Rest zurückgeblieben, um auf den verwüsteten Feldern Hungers zu sterben oder im öden Fels zu verwildern! All dies klang in ihren Ohren wie ein Märchen oder eine der Romanzen, wie sie von ihren Heimatdichtern des Abends in der Regenzeit vorgetragen wurden. Derart abstruse, weit hergeholte Schicksalsschläge mochten einst die Kanaaniter, die Jebussiter und die Amalekiter getroffen haben, in jener grauen Vorzeit, von der ihr Gesetzesbuch berichtete, *ihnen*, den Abati in ihrer beschaulichen Idylle konnte solcherlei niemals widerfahren. Obendrein hatten die Israeliten in jenem Buch letztlich immer den Sieg davongetragen, auch wenn die Philister alias Fung schon vor ihren Toren standen. Der Leser wird sich erinnern, daß darin kein Bericht über die völlige Zerstörung Jerusalems und das schreckliche Blutbad unter seinen Bürgern enthalten ist, Ereignisse, von denen die Abati auch so gut wie nichts wußten.

So kam es, daß unsere Werbertrupps – Preßpatrouillen wäre vielleicht der bessere Ausdruck – nicht sehr freundlich empfangen wurden. Ich weiß es nur zu genau, hatte man mir doch dieses Ressort übertragen, wobei ich den Hauptleuten der Abati natürlich nur als Berater zur Seite stand. Mehrfach mußten wir auf unserem Ritt durch die Dörfer am Ufer des hübschen Sees erleben, daß wir mit Steinwürfen empfangen und sogar regelrechte Angriffe gegen uns geführt wurden, die nicht ohne Blutvergießen niedergeschlagen werden konnten. Trotzdem brachten wir irgendwie ein Heer von fünf oder sechstausend Mann zusammen, die wir auf verschiedene Lager verteilten, wo Fahnenflucht an der Tagesordnung war und ein- oder zweimal sogar Offiziere ermordet wurden.

»Es ist hoffnungslos, absolut hoffnungslos«, sagte Quick verzweifelt zu mir. »Was soll man mit einer solchen Schweineherde anfangen, wenn jedes Tier in seinen eigenen Stall oder sonstwohin laufen will, nur nicht auf den Feind zu? Je eher die Fung sie kriegen, desto besser für alle Beteiligten, sage ich, und wenn unsere Herrin dort nicht wäre« (Quick sprach von Maqueda immer als ›unserer Herrin‹, seit man ihm beigebracht hatte, ›ihre Majestät‹ sei nicht die passende Anrede), »würde ich dem Captain und Ihnen, meine Herren, folgendes empfehlen: Wir fliehen aus diesem Teufelsloch, so schnell unsere Beine uns tragen, gehen unterwegs ein wenig auf die Jagd und überlassen die Abati sich selbst.«

»Sie haben vergessen, Sergeant, daß ich einen triftigen Grund habe, in diesem Teil der Welt zu bleiben, und die anderen vielleicht nicht minder. So ist der Professor zum Beispiel ganz vernarrt in die alten Gerippe unten in der Höhle.« Hier hielt ich inne.

»Ja, Doktor, und der Captain ist, genau wie wir alle, in jemand anderen vernarrt, der einem Gerippe weit überlegen ist. Nun, dann muß die Sache eben durchgestanden werden, auch wenn ich irgendwie das Gefühl habe, daß nicht jedem von uns ein glücklicher Ausgang beschieden sein wird. Dabei läßt sich freilich nicht leugnen, daß es auf ein paar Jahre mehr oder weniger nicht ankommt, solange ein Mann nach bestem Wissen und Gewissen ein anständiges Leben geführt hat. Wer außer Ihnen würde Samuel Quick schließlich vermissen, meine Herren?«

Ohne eine Antwort abzuwarten, richtete er sich so gerade auf, als hätte er einen Ladestock verschluckt, und marschierte davon, um irgendwelchen Fatzken von Abati-Offizieren, mit denen ihn nichts als gegenseitiger Haß verband, zu helfen, dem frisch aufgestellten Heer die Anfangsgründe militärischer Disziplin einzutrichtern. Mich ließ er mit der Frage zurück, welche Ängste oder Vorahnungen sich wohl in seiner ehrlichen Seele regen mochten.

Doch nicht beim Heer lag Quicks Hauptaufgabe, vielmehr unterstützte er Oliver tagtäglich mindestens sechs Stunden lang dabei, vom Ende der Königsgruft einen tiefen Tunnel in das Felsmassiv zu hauen, das den Sockel des riesigen Fung-Götzen bildete. Es war ein gewaltiges Projekt, und hätte sich Ormes Vermutung, es müsse einst eine Verbindung zwischen dem äußersten Ende der Höhlengruft und dem Götzenbild bestanden haben, nicht als völlig zutreffend herausgestellt, es wäre undurchführbar gewesen. Tatsächlich wurde jedoch hinter dem Thron mit den Gebeinen des buckligen Königs ein zugemauerter Gang gefunden. Er führte auf den ersten paar hundert Yard steil bergab, dann folgten weitere hundert Yard, auf denen Wände und Decke so brüchig und verfallen waren, daß wir uns aus Angst vor Unfällen gezwungen sahen, sie laufend abzustützen.

Schließlich erreichten wir eine Stelle, wo, vermutlich bei jenem schweren Erdbeben, das so große Teile der alten Höhlenstadt zerstört hatte, alles zusammengebrochen war. Olivers Instrumenten und Berechnungen zufolge waren wir hier noch etwa zweihundert Fuß vom Boden der Löwengrube entfernt, zu der dieser Gang früher wahrscheinlich geführt hatte, und natürlich erhob sich die Frage, was nun zu tun sei.

Wir beriefen den Rat ein, um das Problem zu besprechen, auch Maqueda und einige Abati-Würdenträger waren anwesend. Oliver erklärte, selbst wenn es möglich sei, habe es wenig Zweck, den alten Gang freizulegen, nur um sich am Ende abermals in der Löwengrube wiederzufinden.

»Wie lautet dann dein Plan?« fragte Maqueda.

»Herrin«, antwortete er, »du hast mir, deinem Diener, aufgetragen, mit unseren aus England mitgebrachten Sprengstoffen das Bild des Götzen Harmac zu zerstören. Nun möchte ich dich fragen, ob du an diesem Wunsch auch weiterhin festhältst?«

»Wieso sollte ich davon abgehen?« erkundigte sich Maqueda. »Was spricht dagegen?«

»Zwei Dinge, Herrin. Als Kriegslist taugt das Unternehmen nicht, denn selbst angenommen, die Sphinx würde zerstört und eine Reihe von Priestern und Wachen kämen dabei ums Leben, inwiefern würde dich das deinem Ziel näherbringen? Zweitens wäre eine solche Sprengung wenn nicht unmöglich, so doch sehr schwierig durchzuführen. Gewiß, wir sind mit Substanzen versehen, die eine beängstigende Kraft entwickeln, doch wer wüßte genau, ob wir genug davon haben, um diesen Berg aus hartem Fels zu versetzen, dessen Gewicht ich nicht zu berechnen vermag, da mir die Maße fehlen und ich auch über die Größe der Hohlräume in seinem Innern nicht unterrichtet bin. Zuletzt wäre, falls der Versuch unternommen werden soll, ein Tunnel von nicht weniger als dreihundert Fuß Länge auszuschachten, der zuerst nach unten und dann nach oben direkt in den Sockel des Götzenbildes führt, und falls dies innerhalb von sechs Wochen, also zur Hochzeit von Barungs Tochter überhaupt möglich wäre, so bräuchte man dazu Hunderte von Männern, die Tag und Nacht arbeiten müßten.«

Maqueda dachte eine Weile nach, dann blickte sie auf und sagte:

»Freund, du bist tapfer und klug, und deshalb will ich deine ehrliche Meinung hören. Was würdest du tun, wenn du an meiner Stelle wärst?«

»Herrin, ich würde alle gesunden, kräftigen Männer sammeln und, sagen wir, in der Nacht des großen Festes, wenn die Fung nicht auf der Hut sind, ihre Stadt angreifen. Ich würde die Tore aufsprengen, die Stadt Harmac stürmen und die Fung vertreiben. Anschließend würde ich das Götzenbild besetzen und es, falls dies noch nötig sein sollte, nach und nach von innen her zerstören.«

Nun besprach sich Maqueda mit ihren Ratgebern, die über diesen Vorschlag sehr bestürzt schienen, und endlich rief sie uns abermals zu sich und verkündete uns ihre Entscheidung.

»Die Herren des Kronrats«, sagte sie mit leiser Verachtung in der Stimme, »erklären, dein Plan sei verrückt, und sie würden ihn niemals gutheißen, denn keinesfalls würden sich die Abati auf ein so gefährliches Abenteuer wie einen Angriff auf die Stadt Harmac einlassen, bei dem, wie sie glauben, nur alle den Tod finden würden. Sie weisen darauf hin, o Orme, daß die Fung der Prophezeiung zufolge die Ebene von Harmac erst verlassen würden, wenn ihr Gott zerstört sei, und keinen Tag früher, und daß er deshalb zerstört werden müsse. Weiter erinnern sie daran, o Orme, daß du und deine Gefährten geschworen hätten, den Abati für ein Jahr zu dienen. Deshalb sei es an euch, Befehle entgegenzunehmen, nicht aber, welche zu erteilen, und außerdem solltet ihr euren Lohn nur unter der Bedingung erhalten, daß ihr den Götzen der Fung zerstört. So lautet die Entscheidung des Rates, verkündet durch den Mund des Fürsten Joshua, zudem ergeht hiermit an dich und deine Gefährten der Befehl, euch unverzüglich ans Werk zu machen und auszuführen, wozu ihr nach Mur gekommen seid.«

»Ist das auch *dein* Befehl, o Königskind?« fragte Oliver errötend.

»Da auch ich glaube, daß man die Abati niemals zu einem Angriff auf die Stadt der Fung wird zwingen können, ja, o Orme, freilich sind die Worte, in die dieser Befehl gefaßt wurde, nicht die meinen.«

»Schön, o Königskind, ich werde mein Bestes tun. Nur gib nicht uns die Schuld, wenn die Sache anders ausgeht, als deine Ratgeber erwarten. Prophezeiungen sind zweischneidige Schwerter, und ich glaube nicht, daß ein kriegerisches Volk wie die Fung die Flucht ergreifen und dir kampflos den Sieg überlassen wird, nur weil ein steinernes Götzenbild zerschmettert wurde, falls uns das in der Zeit und mit den Mitteln, die uns zur Verfügung stehen, überhaupt gelingen sollte. Ich muß dich nun bitten, uns für unsere Arbeit zweihundertundfünfzig ausgesuchte Männer aus dem Hochland zu geben, keine Stadtbewohner, und Japhet, der sie auch auswählen soll, zu ihrem Anführer zu machen.«

»So geschehe es«, antwortete sie, und wir verneigten uns und gingen. Als wir am Rat vorüberkamen, sagte Joshua so laut, daß wir es unmöglich überhören konnten:

»Den Göttern sei Dank, endlich hat man diese bezahlten Gojim in ihre Schranken verwiesen.«

Oliver wandte sich so heftig nach ihm um, daß er zurückwich und glaubte, der Captain wolle ihn schlagen.

»Nimm dich in acht, Fürst Joshua«, sagte er, »daß man nicht dich in die Schranken verweist, ehe diese Geschichte zu Ende ist, denn es könnten sehr enge Schranken sein.« Damit sah er ihn vielsagend an.

Damit begannen also die Arbeiten, die nicht nur schwer, sondern auch gefährlich waren. Zum Glück hatten wir neben den von Quick als ›Azurbienen‹ bezeichneten Pikraten auch ein paar Kisten Dynamit mitgebracht, das wir nun zum Sprengen einsetzten. Dazu wurde in die Tunnelwand ein Loch gebohrt und eine Ladung angebracht. Dann zog sich alles in die Königsgruft zurück, bis die Sprengkapsel explodiert und der Rauch abgezogen war, was ziemlich lange dauerte, anschließend rückten unsere Leute mit Eisenstangen und Körben vor und räumten den Schutt weg, und danach begann das Ganze wieder von vorne.

Oh! In diesem engen Loch tief im Fels herrschte eine unerträgliche Hitze, und manchmal war die abgestandene Luft so schlecht, daß die Lampen kaum brennen wollten! Nach den ersten hundert Fuß glaubten wir schon, wir müßten aufgeben, da zwei Männer erstickt waren und die anderen, sonst durchaus brave Burschen, sich weigerten, in den Stollen zurückzukehren. Nur mit viel Mühe gelang es Orme und Japhet, die Besten von ihnen zum Weitermachen zu überreden, und bald darauf wurde auch die Luft sehr viel reiner, vermutlich waren wir auf eine Ritze oder einen Schacht gestoßen, der Verbindung ins Freie hatte.

Es gab auch noch andere Gefahren, vor allem drohte an manchen Stellen, wo der Fels brüchig war, die ganze Decke einzustürzen. Weiterhin bereitete uns das Wasser große Schwierigkeiten, denn ein- oder zweimal trafen wir auf kleine, mit Kupfer oder einem anderen Mineral gesättigte Quellen und holten uns Blasen an den Füßen und auf der Haut, weil jeder Tropfen des säurehaltigen Naß mit Holzeimern hinausgeschafft werden mußte. Schließlich lösten wir das Problem, indem wir einen schmalen Brunnen bis auf die Höhe des bereits erwähnten, vom Erdbeben zerstörten Gangs hinabtrieben.

So schufteten wir, oder vielmehr Oliver und Quick und die Hochländer. Auch Higgs tat sein Bestes, doch nach einer Weile zeigte sich, daß er die Hitze nicht vertrug, für einen Mann von seiner Körperfülle war sie einfach zu groß. Fortan beaufsichtigte er den Transport des Schutts in die Königsgruft, kümmerte sich um die Vorräte und so weiter. Zumindest waren das nach außen hin seine Aufgaben, in Wirklichkeit war er die meiste Zeit damit beschäftigt, die hier beigesetzten Skelettgruppen samt den antiken Grabbeigaben zu zeichnen und zu katalogisieren und die Reste der unterirdischen Stadt zu erkunden, denn in Wirklichkeit war dem armen Professor der ganze Zerstörungsplan in tiefster Seele zuwider.

»Wenn man bedenkt«, sagte er zu uns, »wenn man bedenkt, daß ich, der ich mein ganzes Leben lang voll Abscheu dagegen gewettert habe, auch nur das kleinste Relikt der Vergangenheit verkommen zu lassen, nun mithelfen soll, das herrlichste Kunstwerk dem Erdboden gleichzumachen, das die Menschen des Altertums jemals geschaffen haben! Das könnte jeden Vandalen zum Weinen bringen, und ich bestürme unablässig den Himmel, er möge Ihren ruchlosen Plan scheitern lassen. Was schadet es, wenn die Abati ausgerottet werden wie so viele bessere Völker vor ihnen? Was schadet es, wenn wir mit ihnen dem Vergessen anheimfallen, solange nur diese edle Sphinx zur Freude künftiger Generationen erhalten bleibt? Wenigstens habe ich sie noch gesehen, dem Himmel sei Dank, und das ist wahrscheinlich mehr, als Ihnen allen jemals vergönnt sein wird. Da leert doch schon wieder so ein Unmensch seinen Unrat über Nr. 14 aus!«

So mühten wir uns, jeder auf seine Weise, unentwegt ab, denn die Arbeit im Stollen kam nie zur Ruhe. Jeweils eine volle Woche lang beaufsichtigten Oliver bei Tag und Quick bei Nacht die Arbeiten, sonntags wechselten sie mit ihren Trupps die Schicht, und Quick übernahm den Tag und Oliver die Nacht oder *vice versa*. Manchmal kam Maqueda in die Höhle herunter, um sich von den Fortschritten zu überzeugen, aber immer, wie mir auffiel, zu einer Zeit, da Oliver nicht im Dienst war. Dann pflegten die beiden unter irgendeinem Vorwand davonzuschlendern, um sich in den fernsten Winkeln der unterirdischen Stadt oder sonstwo etwas anzusehen. Vergeblich warnte ich sie davor, daß sie auf Schritt und Tritt verfolgt wurden, daß Spitzel, die ihnen beständig nachschlichen – hatte ich doch schon zwei dieser Ehrenmänner auf frischer Tat ertappt –, jedes Wort, jede Bewegung registrierten. Die beiden waren blind vor Liebe und wollten nicht auf mich hören.

Zu dieser Zeit verließ Oliver die unterirdische Stadt nur zwei- bis dreimal die Woche, um ein oder zwei Stunden lang frische Luft zu atmen. In Wahrheit hatte er niemals frei. Aus diesem Grunde stellte er sich in einer ehemaligen Priesterzelle oder einem Betraum des alten Tempels ein Bett auf und schlief dort, meist nur von Pharao bewacht, dem großen Hund, der ihm auch in den Tiefen des Stollens nicht von der Seite wich.

Es war seltsam zu beobachten, wie das treue Tier sich an die Dunkelheit gewöhnte und nach Art der Blinden alle anderen Sinne, besonders den Geruchssinn, anstelle der Augen einsetzte. Schritt für Schritt machte der Hund sich auch in allen Einzelheiten mit den Arbeiten vertraut; so pflegte er sich zu erheben, sobald die Sprengkapsel angebracht und alles zur Zündung bereit war, und noch vor den verantwortlichen Männern den Tunnel zu verlassen.

Eines Nachts wäre es fast zu der von mir befürchteten Tragödie gekommen, und nur besagter Pharao verhinderte, daß das Unglück geschah. Oliver wurde gegen sechs Uhr abends nach einer achtstündigen Schicht im Tunnel abgelöst, und Higgs übernahm für die Zeit bis zu Quicks Dienstantritt das Kommando. Ich hatte mich den ganzen Tag über draußen mit der neuen Wehrpflichtigenarmee beschäftigt, wo ein Regiment aufbegehrte und die Männer, zumeist Kleinbauern, wie wir sagen würden, erklärten, sie wollten nach Hause gehen, um ihre Felder zu jäten. Wir hatten nicht umhin gekonnt, das Königskind persönlich zu bitten, es möge auf die Meuterer einwirken und einige der Rädelsführer zu einer Strafe verurteilen.

Als die Sache endlich ausgestanden war, entfernten wir uns gemeinsam, und die arme Frau war so wütend, daß sie ihre eigene Eskorte mit scharfen Worten fortschickte und mich bat, sie in den Stollen zu begleiten.

Am Tunneleingang wartete Oliver – was wohl so vereinbart gewesen war –, und nachdem er ihr berichtet hatte, wie die Arbeiten vorangingen, schlenderten die beiden wie gewöhnlich, jeder mit einer Lampe versehen, in einen verschwiegenen Winkel der unterirdischen Stadt. Ich folgte ihnen in einigem Abstand, nicht aus Neugier oder weil ich etwa von den Wundern dieser Stadt noch nicht genug gehabt hätte – ich war ihrer ganz im Gegenteil herzlich überdrüssig –, sondern weil ich argwöhnte, daß man ihnen nachspionierte.

Das Paar verschwand um eine Ecke, hinter der es,

wie ich wußte, nicht mehr weiterging, und ich löschte meine Lampe, setzte mich auf eine umgestürzte Säule und wartete darauf, daß ihr Licht wieder erschien, um dann den Rückzug anzutreten. Während ich, ehrlich gesagt sehr niedergeschlagen, so dasaß und über vieles nachdachte, glaubte ich eine Bewegung zu spüren und riß sofort ein Streichholz an. Der Lichtschein traf das Gesicht eines Mannes, den ich sofort als Kammerdiener des Fürsten Joshua erkannte. Ob er an mir vorbei dem Paar nachging oder bereits von dort zurückkam, hätte ich freilich nicht mit Sicherheit sagen können.

»Was machst du hier?« fragte ich.

»Was geht dich das an, Physikus?« entgegnete er.

Dann erlosch das Streichholz, und ehe ich ein neues entzünden konnte, war er bereits verschwunden wie eine Schlange in einer Mauerritze.

Zuerst wollte ich Maqueda und Oliver warnen, daß man sie beobachte, doch dann überlegte ich mir, daß ich sie damit gewiß in Verlegenheit bringen würde und der Spion vermutlich ohnehin aufgegeben habe, ließ es dabei bewenden und stieg in die Königsgruft hinab, um Higgs zu helfen. Gleich darauf erschien Quick, der dem Professor als Bergwerksaufseher nicht traute, viel zu früh zum Dienst, und so konnten Higgs und ich den engen, schmutzigen Tunnel verlassen und uns eine Stunde lang beim Katalogisieren von Artefakten und bei archäologischen Forschungsarbeiten entspannen, alles Tätigkeiten, die meinen Freund zutiefst beglückten.

»Wenn wir das alles nur aus Mur herausschaffen könnten«, seufzte er mit einer weit ausholenden Handbewegung, »wir wären für mindestens drei Tage die berühmtesten Männer Europas und obendrein auch noch reich.«

»Ptolemy«, mahnte ich, »wir brauchen schon großes Glück, um selbst lebend aus Mur herauszukommen, von diesen Gebeinen und Schätzen ganz zu schweigen.« Und dann erzählte ich ihm, was ich an diesem Abend beobachtet hatte.

Sein rundes, gutmütiges Gesicht wurde besorgt.

»Aha!« sagte er. »Nun, ich kann es ihm nicht verübeln; hätte wahrscheinlich nicht anders gehandelt, wenn sich die Gelegenheit geboten hätte, genau wie Sie – wenn Sie zwanzig Jahre jünger wären. Nein, ich bin ihm nicht böse und auch ihr nicht, denn ungeachtet aller Unterschiede in Rasse, Erziehung und Lebensumständen hat die Natur diese beiden füreinander bestimmt, und nichts wird sie trennen, solange sie leben. Sie können ebenso wenig voneinander lassen wie ein Magnet und ein Stück Eisen, die man auf ein Blatt Papier legt. Außerdem verraten sie sich wie alle Menschen in ihrer Situation. Die Archäologie birgt Gefahren in sich, doch ist sie sehr viel harmloser als die Jagd auf Frauen, auch wenn sie mich in eine Löwengrube gebracht hat. Wie geht es nun weiter, alter Junge?«

»Keine Ahnung, aber ich halte es nicht für ausgeschlossen, daß Oliver ermordet wird und wir das gleiche Schicksal erleiden. Wenn wir Glück haben, jagt man uns vielleicht auch nur aus Mur hinaus. Aber es ist Zeit für das Dinner, wenn sich eine Möglichkeit ergibt, lasse ich dabei eine Andeutung fallen.«

Wir begaben uns also zu dem alten Tempel in der großen Höhle, wo unsere Vorräte lagerten und Oliver sein Hauptquartier hatte. Er wartete schon auf uns, und auch das Essen, das uns stets von Dienern aus dem Palast gebracht wurde, stand bereit. Nachdem wir gespeist und die Männer abgeräumt hatten, zündeten wir unsere Pfeifen an und fütterten den Hund Pharao mit einigen Happen, die wir für ihn aufgehoben hatten. Dann erzählte ich Oliver von dem Spitzel, der ihn und Maqueda verfolgt hatte.

»Was macht das schon?« sagte er, wurde aber unwillkürlich rot. »Sie wollte mir doch nur eine Inschrift auf einer Säule im Nordschiff zeigen, die sie für sehr alt hält.«

»Dazu hätte sie besser mich mitgenommen, mein Junge«, sagte Higgs. »Wie sahen die Lettern denn aus?«

»Keine Ahnung«, gestand er schuldbewußt. »Sie konnte die Schrift nicht wiederfinden.«

Wir schwiegen verlegen, bis ich schließlich das Wort ergriff.

»Oliver«, sagte ich, »ich finde, Sie sollten nicht länger allein hier schlafen. Sie haben in dieser Stadt zu viele Feinde.«

»Unsinn«, wehrte er ab. »Auch wenn ich zugeben muß, daß Pharao letzte Nacht recht unruhig war und ich einmal aufwachte, weil ich glaubte, draußen im Vorhof Schritte zu hören. Aber ich schrieb sie den Gespenstern zu, an die ich an diesem verrufenen Ort fast glaube, und schlief wieder ein.«

»Gespenster! Blödsinn!« erklärte Higgs grob. »Ich habe bei so vielen Mumien geschlafen, daß ich sie längst hätte sehen müssen, wenn es welche gäbe. Der Zauberer, der Ihre Gespenster heraufbeschwört, ist dieser vermaledeite Joshua. Hören Sie, alter Junge«, fügte er hinzu, »ich möchte heute nacht hier bei Ihnen schlafen, denn Quick muß im Tunnel bleiben, und Adams sollte draußen nächtigen, falls er beim Heer gebraucht wird.«

»Kommt nicht in Frage«, wehrte Orme ab. »Sie wissen doch, daß Sie bei Ihrem Asthma in dieser Luft kein Auge zutun werden. Ich will kein Wort mehr davon hören.«

»Dann kommen Sie mit uns ins Gästehaus.«

»Unmöglich; der Sergeant hat gegen ein Uhr morgens eine diffizile Sprengung, und ich habe versprochen, mich bereitzuhalten, falls er mich anruft.« Damit zeigte er auf das ganz in der Nähe angebrachte, tragbare Feldtelefon, das wir glücklicherweise aus England mitgenommen hatten, und fügte hinzu: »Wenn die Leitung dieses dummen Apparats noch ein paar hundert Yard länger wäre, käme ich gerne mit; aber dem ist nun einmal nicht so, und ich muß mit den Arbeiten in Kontakt bleiben.«

In diesem Augenblick klingelte es, Orme sprang mit einem Satz zum Hörer und rasselte fünf Minuten lang Anweisungen herunter, die für uns völlig unverständlich waren.

»Da haben wir's«, sagte er und hängte das Mundstück auf den Haken zurück. »Wäre ich nicht dagewesen, so wäre inzwischen wahrscheinlich die Tunneldecke heruntergekommen und hätte ein paar Menschen getötet. Nein, nein, ich kann mich von diesem Apparat nicht wegrühren, es sei denn, ich ginge selbst in den Stollen zurück, und dazu bin ich zu müde. Aber machen Sie sich keine Sorgen. Ich habe eine Pistole, ein Telefon und Pharao, das ist Schutz genug. Und nun gute Nacht; Sie beide gehen jetzt am besten nach Hause, denn ich muß morgen früh aufstehen und möchte möglichst viel Schlaf bekommen.«

* * *

Am nächsten Morgen gegen fünf Uhr wurden Higgs und ich von einem Klopfen geweckt. Ich stand auf und öffnete die Tür, worauf Quick eintrat, völlig verschmutzt und mit grimmiger Miene. Seine durchnäßten Kleider und sein rußgeschwärztes Gesicht verrieten, daß er geradewegs aus dem Stollen kam.

»Der Captain möchte Sie so bald wie möglich sprechen, meine Herren«, sagte er.

»Worum geht es denn, Sergeant?« fragte Higgs, während wir in unsere Kleider schlüpften.

»Das werden Sie bald selbst sehen, Professor«, lautete die lakonische Antwort, und mehr bekamen wir nicht aus ihm heraus.

Fünf Minuten später hasteten wir im Laufschritt, jeder mit einer Lampe in der Hand, durch die tiefe Finsternis der unterirdischen Stadt. Ich war als erster an der alten Tempelruine, denn Quick war offenbar sehr müde und hinkte nach, und Higgs litt in der schlechten Luft an Kurzatmigkeit und konnte nicht schnell laufen. Am Eingang zu seiner Schlafkammer entdeckten wir Olivers hochgewachsene Gestalt, die eine Lampe in die Höhe hielt und bereits auf uns zu warten schien. Daneben saß Pharao, der große gelbe Hund, und als er uns witterte, kam er uns entgegengesprungen und wedelte zur Begrüßung mit dem Schwanz.

»Kommen Sie«, sagte Orme leise und ernst, »ich muß Ihnen etwas zeigen.« Damit führte er uns zu der Priesterzelle, den Betraum oder was immer es einst gewesen sein mochte, wo er auf einer primitiven Eingeborenenbettstatt schlief. Im Eingang blieb er stehen, senkte seine Lampe und zeigte auf einen dunklen Fleck am Boden, zur Rechten seines Lagers. »Sehen Sie selbst!« sagte er nur.

Da lag ein toter Mann und neben ihm ein langes Messer, das ihm offenbar aus der Hand gefallen war. Das Gesicht sah unglaublich friedlich aus, als läge er in tiefem Schlaf, doch wir erkannten es auf den ersten Blick, was nicht selbstverständlich war, denn darunter war vom Hals so gut wie nichts mehr übrig.

»Shadrach!« riefen wir wie aus einem Munde.

Es war Shadrach; Shadrach, unserer ehemaliger Führer der uns verraten hatte; Shadrach, der uns bei Higgs' Befreiung geholfen hatte, um sein Leben zu retten, und der, wie wohl bereits erwähnt, dafür begnadigt worden war. Shadrach und kein anderer!

»Unser Kätzchen war wohl auf der Jagd und ist einem Hund begegnet«, bemerkte Quick.

»Ist Ihnen auch klar, was vorgefallen ist?« Olivers Stimme klang trocken und rauh. »Vielleicht sollte ich es lieber erklären, ehe etwas verändert wird. Shadrach muß sich heute nacht mit einer ganz bestimmten Absicht hier eingeschlichen haben – um welche Zeit, weiß ich nicht, ich habe geschlafen. Aber er hatte die Rechnung ohne seinen alten Feind Pharao gemacht, und Pharao hat ihn getötet. Sehen Sie seine Kehle? Pharao knurrt nicht, ehe er zubeißt, und Shadrach konnte natürlich nichts sagen und, da er sein Messer verloren hatte, auch nichts tun. Als ich vor etwa einer Stunde erwachte, weil das Telefon läutete, lag der Hund, der an die Klingel gewöhnt ist, mit dem Kopf auf Shadrachs Leiche und schlief tief und fest. Aber was wollte Shadrach mitten in der Nacht mit einem Messer in der Hand in meinem Zimmer?«

»Die Frage ist nicht schwer zu beantworten«, entgegnete Higgs in dem schrillen Ton, den er immer anschlug, wenn er aufgeregt war. »Er wollte Sie ermorden, und Pharao ist ihm zuvorgekommen, das ist alles. Dieser Hund war der beste Kauf, den Sie jemals getätigt haben, Freund Oliver.«

»Ja«, antwortete Orme, »er wollte mich ermorden – Sie hatten doch recht –, aber ich wüßte gerne, wer ihn geschickt hat?«

»Das werden Sie im Leben nicht erfahren, Captain«, rief Quick. »Aber ich glaube, es ließe sich erraten.«

Wir schickten jemanden in den Palast, um Meldung zu machen und kaum eine Stunde später traf Maqueda ein, begleitet von Joshua und weiteren Angehörigen ihres Kronrats. Als sie sah und begriff, was geschehen war, zeigte sie sich bestürzt und fragte Joshua streng, wieviel er von der Sache wisse. Der Fürst spielte natürlich den Unschuldigen und hatte angeblich nicht die leiseste Ahnung, wer den Mörder zu seiner grausigen Tat angestiftet haben könnte. Das gleiche galt für alle anderen, und schließlich einigte man sich darauf, Shadrach habe aus Rache gehandelt und den gerechten Lohn für sein Verbrechen erhalten.

Noch am gleichen Tag wurde der arme Pharao heimtückisch vergiftet. Nun, er hatte seine Pflicht getan, Ehre seinem Andenken.

15

Sergeant Quick hat eine Vorahnung

Von da an wurden wir alle und ganz besonders Oliver Tag und Nacht von zwei besonders ausgesuchten Männern bewacht, die man für unbestechlich hielt. Infolgedessen konnte selbst das Dasein des russischen Zaren kaum von mehr Unannehmlichkeiten begleitet sein als das unsere in Mur. Wir waren keine Minute mehr allein, an allen Ecken und Enden lauerten Wachposten und Detektive, eigene Vorkoster mußten von jeder Speise essen und von jedem Becher trinken, ehe sie unsere Lippen berührten, auf daß wir nicht Pharaos Schicksal teilten, dessen Verlust wir so sehr betrauerten, als sei der arme Hund ein geliebter Mensch gewesen.

Am größten war die Belastung wohl für Oliver und Maqueda, denn sie hatten dank dieser strengen Observierung kaum mehr Gelegenheit zu einem Stelldichein. Welches Pärchen kann sich schon süße Nichtigkeiten ins Ohr flüstern, wenn zwei bis an die Zähne bewaffnete Soldaten Anweisung haben, die beiden keinen Moment aus den Augen zu lassen? Wieviel mehr gilt das, wenn die Geliebte auch noch die Herrscherin der betreffenden Soldaten ist und die überwachte Person gar kein Recht zu irgendwelchen Liebesbezeigungen hat. Denn wenn der Dienst vorüber ist, neigen selbst die treuesten Hüter zur Schwatzhaftigkeit. Die Folge war natürlich, daß das Paar Risiken einging, die nicht unbemerkt blieben. Mehr noch, ihr vertrauter Umgang setzte im ganzen Land die bösen Zungen in Gang.

So ärgerlich diese Maßnahmen auch sein mochten,

sie erfüllten ihren Zweck, denn keiner von uns wurde vergiftet, und keinem wurde die Kehle durchgeschnitten, allerdings stießen uns fortwährend mysteriöse Unfälle zu. So rollte etwa ein schwerer Felsblock auf uns herab, als wir eines Abends an einem Hang beieinandersaßen, und als wir am Rand eines Dickichts entlangritten, umschwirrten uns plötzlich Pfeile, und einer davon tötete Higgs' Pferd. Doch als man Berg und Dickicht absuchte, war niemand zu finden. Außerdem wurde eine große Verschwörung gegen uns aufgedeckt, in die auch einige Adelige und Priester verwickelt waren, doch die Stimmung im Lande war so gereizt, daß Maqueda nicht wagte, gegen diese Männer vorzugehen, sondern sie nur diskret wissen ließ, ihre Intrigen seien ans Licht gekommen.

Bald darauf besserte sich die Lage, soweit es uns betraf, und das kam so: Eines Tages meldeten sich zwei Hirten mit etlichen Gefährten im Palast und behaupteten, sie hätten Neuigkeiten zu berichten. Auf Befragen erklärten sie, viele Meilen entfernt auf den Westfelsen ihre Ziegen gehütet zu haben, als plötzlich auf dem Gipfel ein Trupp von fünfzehn Fung aufgetaucht sei, die sie gefesselt, ihnen die Augen verbunden und ihnen mit höhnischen Worten aufgetragen hätten, dem Kronrat und den weißen Männern eine Botschaft zu überbringen.

Die Botschaft lautete folgendermaßen: Die Abati sollten sich beeilen, den Gott Harmac zu zerstören, denn sonst würde sich sein Haupt, wie bereits prophezeit, nach Mur begeben, und dann würden die Fung ihm folgen, der Weg sei ihnen bekannt. Dann setzten die Abgesandten die beiden Männer auf einen Felsen, wo sie weithin sichtbar waren und auch tatsächlich am nächsten Morgen von einigen Bauern gefunden wurden, die sie an den Hof begleiteten und ihre Geschichte bestätigten.

Natürlich wurde die Sache genauestens untersucht, doch da ich selbst mich einem Suchtrupp anschloß, weiß ich, daß von den Fung weit und breit nichts zu entdecken war, als wir die angegebene Stelle erreichten, nur einer ihrer Speere steckte mit dem Griff in der Erde und zeigte mit der Spitze in Richtung auf Mur, was offenbar als Drohung oder als Herausforderung zu verstehen war. Sonst war keine Spur mehr zu finden, da kurz vorher ein schwerer Regenguß niedergegangen war und alle Fußabdrücke, die auf dem felsigen Grund ohnehin nur sehr schwach gewesen sein konnten, beseitigt hatte.

Trotz gründlicher Nachforschungen durch geschulte Männer blieb es ein Rätsel, auf welchem Wege sie gekommen und wieder gegangen waren, und daran hat sich bis auf den heutigen Tag nichts geändert. Die wenigen Stellen, an denen die Felsen von Mur vielleicht zu ersteigen gewesen wären, wurden unablässig bewacht, dort konnten sie also nicht heraufgelangt sein. Die logische Schlußfolgerung war, die Fung hätten einen bislang unbekannten Zugang entdeckt, und wenn fünfzehn Männer diesen Zugang benützen konnten, warum dann nicht auch fünfzehntausend!

Nur, wo war dieser Zugang? Vergebens versprach man jedem, der ihn entdeckte, eine hohe Belohnung in Form von Land und großen Ehren, denn obwohl ständig derartige Funde gemeldet wurden, stellten sie sich jedesmal als reines Hirngespinst oder als Windei heraus. Auf all diesen Wegen hätte nur ein Vogel Mur zu erreichen vermocht.

Nun endlich verbreitete sich heilloser Schrecken unter den Abati, denn bald ging die Geschichte mit vielen Ausschmückungen so lange von Mund zu Mund, bis man im ganzen Volk von nichts anderem mehr sprach. Es war, als hätten wir Engländer erfahren, an unseren Gestaden sei ganz unerwartet ein riesiges, fremdes Heer gelandet und marschiere, nachdem es alle Telegraphenleitungen durchschnitten und sich der Eisenbahn bemächtigt habe, auf London. Die Wirkung einer solchen Kunde auf eine Nation, für die eine Invasion bis dahin ein Ding der Unmöglichkeit gewesen war, läßt sich unschwer vorstellen, und ich hoffe nur, daß wir uns in einem solchen Fall besser benehmen würden als damals die Abati.

Ihre Prahlerei, ihr unbekümmertes Selbstvertrauen, ihr Gerede über die ›Felswälle des alten Mur‹, all das löste sich binnen einer Stunde in nichts auf. Nun sprach man nur noch von den disziplinierten und schrecklichen Regimentern der Fung, die jeden Mann zum Soldaten ausbildeten, und malte sich aus, wie es wohl den zivilisierten, zahmen Abati ergehen würde, einem friedliebenden Volk, das sich – völlig zu Recht, wie man im Brustton der Überzeugung verkündete – niemals die Bürde des Krieges aufgeladen habe, sollten diese Regimenter plötzlich in ihrer Mitte auftauchen. Man sei verraten worden, tönte es laut – und man schrie nach dem Blut bestimmter Mitglieder des Kronrates. Der Salonlöwe Joshua büßte seine Popularität für eine Weile ein, während Maqueda, die ja bekanntermaßen stets für allgemeine Wehrpflicht und absolute Verteidigungsbereitschaft eingetreten war, verlorenen Boden zurückgewann.

Die Menschen verließen ihre Bauernhöfe und drängten in die Städte und Dörfer, wo sie *Laager* errichteten, wie man in Südafrika sagt. Die Religion, die praktisch ausgestorben war – falls man den jüdischen Glauben überhaupt je praktiziert hatte, so waren davon ohnehin nur noch Spuren vorhanden –, kam wieder in Mode. Die Priester standen hoch im Kurs; Schafe und Rinder wurden geopfert, es ging sogar das Gerücht, auch einige Menschen hätten dieses Schicksal geteilt, wie es bei den feindlichen Fung gang und gäbe war. Jedenfalls wurde der Allmächtige stündlich bestürmt, die verhaßten Fung zu vernichten und Sein Volk – die Abati – vor den Folgen seines kläglichen Eigennutzes, seiner Feigheit und seines Leichtsinns zu bewahren.

Nun, die Welt erlebte ein solches Spektakel nicht zum erstenmal und wird gewiß noch öfter beobachten können, wie größere Völker als die Abati sich gebärden, wenn ihnen Wohlleben und Vergnügungssucht die Manneskraft entzogen haben.

Letzten Endes wurden die Worte der Fung an die Hirten regelrecht zu einer fixen Idee, obgleich sie doch nur die Botschaft wiederholten, die Barungs Abgesandte vor kurzem dem Kronrat überbracht hatten: man möge sich beeilen, den Götzen Harmac zu zerstören, andernfalls er sich nach Mur begeben werde. Wie ein Götzenbild von solchen Ausmaßen oder auch nur sein Haupt sich überhaupt von der Stelle bewegen sollte, darüber machte sich niemand Gedanken. Den Abati leuchtete nur ein, daß sich nichts mehr bewegen würde, wenn man den Götzen zerstörte, und zweitens, daß wir Gojim als einzige imstande waren, eine solche Zerstörung zu bewirken. Das verschaffte uns für eine Weile wieder einiges Ansehen. Jedermann gab sich liebenswürdig und überhäufte uns mit Schmeicheleien – jedermann, sogar Joshua, verneigte sich bei unserem Anblick, jedermann zeigte sich lebhaft an den Fortschritten unserer Arbeit interessiert, und zahlreiche Abordnungen und prominente Einzelpersonen drängten uns zur Eile.

Noch besser war, daß die bereits erwähnten und doch recht lästigen Unfälle aufhörten. Wir hatten uns ein paar neue Hunde besorgt, und sie wurden nicht mehr vergiftet; keine vermeintlich festsitzenden Felsblöcke fielen mehr herab; bei unseren Ausritten schwirrten uns keine Pfeile mehr um die Ohren. Wir wagten sogar, unsere Bewacher hin und wieder fortzuschicken, lag es doch – wenigstens vorläufig – im allgemeinen Interesse, daß wir am Leben blieben. Dennoch ließ zumindest ich mich keinen einzigen Moment lang täuschen und warnte die anderen unablässig, daß der Wind schon bald wieder aus einer anderen und für uns weniger günstigen Richtung wehen würde.

Wir arbeiteten, wir arbeiteten, wir arbeiteten! Der Himmel allein weiß, wie wir uns abrackerten. Schließlich hatten wir ein gewaltiges Projekt zu bewältigen, und das war nicht einmal unsere einzige Aufgabe. Ein Tunnel mußte, ich weiß nicht mehr, wie weit, mit unzulänglichem Werkzeug und ungelernten Arbeitern durch Urgestein getrieben werden und sollte auch noch zu einem bestimmten Zeitpunkt fertiggestellt sein. Eine unerwartete Schwierigkeit nach der anderen türmte sich auf, eine nach der anderen wurde überwunden. Enorme Risiken mußten eingegangen oder auch vermieden werden, und die Verantwortung für diese unglaubliche, technische Leistung ruhte auf den Schultern eines einzigen Mannes, Oliver Orme, der zwar ausgebildeter Ingenieur war, mit solchen Vorhaben jedoch so gut wie keine praktische Erfahrung besaß.

Ein Mann wächst in der Tat an seiner Aufgabe, und für Orme galt das in einer Weise, die ich nur als heroisch bezeichnen kann. Wenn er nicht persönlich im Tunnel anwesend war, brütete er über den zahlreichen Berechnungen, die durchzuführen waren, oder nahm mit den vorhandenen Instrumenten Messungen vor. Denn beim kleinsten Fehler wäre alle Mühe umsonst gewesen, man hätte nur völlig sinnlos ein Loch in eine mächtige Felsschicht gesprengt. Nun stellte sich die große Frage, welche Wirkung sich mit der Menge Sprengstoff erzielen ließ, die ihm zur Verfügung stand, denn so durchschlagend die Wirkung der Pikrate auch sein mochte, wenn man sie nicht mit wissenschaftlicher Genauigkeit plazierte und verteilte, war das gewünschte Ergebnis mit Sicherheit nicht zu erreichen.

Endlich, nach übermenschlichen Anstrengungen, war der Stollen fertig. Unser Vorrat an Sprengstoffkonzentraten, insgesamt etwa vier Kamellasten, wurde auf ebenso viele einzelne Kammern verteilt, die man genau so groß, daß sie die Ladung aufnehmen konnten, in das Urgestein getrieben hatte, aus dem auch das Götzenbild herausgearbeitet war.

Die Kammern waren etwa zwanzig Fuß voneinander entfernt, empfehlenswert wäre freilich ein Abstand von mindestens vierzig Fuß gewesen, um den Wirkungsbereich zu vergrößern, doch dazu hätten wir den Tunnel verlängern müssen und folglich mehr Zeit gebraucht. Olivers mathematischen Berechnungen zufolge befanden sie sich genau im Zentrum des Götzenbildsockels, etwa dreißig Fuß unter dem Rumpf der kauernden Sphinx. In Wirklichkeit wiesen diese Berechnungen mehrere kleine Fehler auf, und man hatte die Ladungen weiter östlich, zum Kopf der Sphinx hin, und weiter oben im Sockel angebracht als angenommen. Wenn man freilich bedenkt, daß er keine Gelegenheit gefunden hatte, das Monument zu vermessen und seine Länge und Dicke exakt zu bestimmen, und daß wir es eigentlich nur einmal von hinten gesehen hatten, noch dazu unter Bedingungen, die einer genauen Beobachtung nicht unbedingt zuträglich waren, so waren diese kleinen Fehler nicht weiter von Bedeutung.

Durchaus von Bedeutung ist dagegen, daß der allgemeine Operationsplan sich so genau einhalten ließ, obwohl er auf rein hypothetischen Schätzungen beruhte.

Endlich war alles bereit, und auch die tödlichen Gußeisenkolben waren zusammen mit den Dynamitkapseln, den erforderlichen Zündern, elektrischen Kabeln und so weiter in Sand eingepackt worden, eine in dieser beklemmenden Atmosphäre diffizile und wahrhaft kritische Aufgabe, die ausschließlich von Orme und Quick eigenhändig ausgeführt wurde. Nun mußten die Tunnel wieder aufgefüllt werden, reine Knochenarbeit, die jedoch unumgänglich war, soweit ich verstanden hatte, wenn man verhindern wollte, daß die sich ausdehnenden Gase den Weg des geringsten Widerstandes gingen und sozusagen durch den Schornstein verpufften. Erschwerend kam hinzu, daß man eine kleine Rille für die Drähte in den Fels meißeln mußte, um das Risiko zu verringern, daß sie beim Zuschütten beschädigt wurden. Wäre dies nämlich versehentlich geschehen, so wäre der Stromkreis unterbrochen worden, und die Betätigung der elektrischen Batterie hätte keine Explosion ausgelöst.

Man hatte vereinbart, den Stollen in jener Vollmondnacht zu sprengen, in der den Aussagen der Fung zufolge – die von unseren Spitzeln bestätigt wurden – in der Stadt Harmac die Hochzeit von Barungs Tochter mit meinem Sohn gefeiert werden sollte. Wir hatten diesen Termin gewählt, weil der Sultan verkündet hatte, nach diesen Feierlichkeiten, die mit dem Abschluß der Ernte zusammenfielen, gedenke er seinen Angriff gegen Mur zu führen.

Auch aus einem anderen Grund war uns an diesem Stichtag gelegen, wußten wir doch, daß in dieser Nacht nur eine kleine Gruppe von Priestern und Wachposten zum Schutz des Götzen zurückbleiben würde, der mein Sohn gewiß nicht angehörte. Was immer die Abati auch dachten, wir als Christen hegten keinen Groll gegen die Fung und legten es nicht darauf an, zahllose Unschuldige zu töten, was wohl geschehen wäre, wenn wir den Stollen zu einer Zeit gesprengt hätten, zu der das ganze Volk versammelt war, um seinem Gott zu opfern.

* * *

Endlich war der schicksalhafte Tag da. Alle Arbeiten waren abgeschlossen, nur der Tunnel mußte noch fertig aufgefüllt oder vielmehr die Blockierung durch Aufschütten von losem Geröll am Eingang verstärkt werden, womit sich an die hundert Mann ununterbrochen abmühten. Die Zünddrähte waren in die kleine Kammer im alten Tempel geführt worden, wo der Hund Pharao Shadrach die Kehle durchgebissen hatte, und wurden aus Angst vor Unfällen oder Verrat Zoll für Zoll streng bewacht.

Die elektrischen Batterien – zwei an der Zahl, für den Fall, daß eine versagte – waren überprüft, aber noch nicht mit den Drähten verbunden worden. Da standen sie nun auf dem Fußboden und sahen ganz harmlos aus, und wir vier hockten um sie herum wie Hexenmeister, die sich um ihren Zauberkessel versammeln, um auf die Wirkung einer Beschwörungsformel zu warten. Von Befriedigung war nichts zu spüren, wie hätte sie auch aufkommen sollen bei dem Druck, unter dem wir alle standen? Besonders Orme, der infolge der ständigen Überforderung von Geist und Körper schmal und blaß geworden war, schien am Ende seiner Kräfte zu sein. Er brachte keinen Bissen hinunter, auch seine Pfeife wollte ihm nicht schmecken, und ich konnte ihn nur mit Mühe überreden, einen Schluck von dem hiesigen Wein zu trinken. Er war nicht einmal bereit, sich das fertige Werk anzusehen oder die Drähte zu kontrollieren.

»Kümmern Sie sich darum« sagte er. »Ich habe getan, was ich konnte. Nun müssen die Dinge ihren Lauf nehmen.«

Nach dem Mittagessen legte er sich hin und schlief ein paar Stunden lang tief und fest. Gegen vier Uhr stellten alle, die Geröll zum Tunneleingang schleppten, die Arbeit ein und verließen unter Quicks Aufsicht die unterirdische Stadt.

Dann nahmen Higgs und ich je eine Lampe, gingen

die Drähte ab, die unter einer Staubschicht in einer kleinen Rinne lagen, wischten in regelmäßigen Abständen den Staub ab und inspizierten sie. Da wir keine Schäden feststellten, kehrten wir zum alten Tempel zurück, und dort begegneten wir dem Hochländer Japhet, der uns die ganze Zeit über Halt und Stütze gewesen war. Ohne seine Hilfe und seinen Einfluß auf die Abati wäre der Stollen wohl nie vollendet worden, auf gar keinen Fall aber in der vorgegebenen Zeit.

Das Licht unserer Lampen fiel auf sein besorgtes Gesicht.

»Was ist los?« fragte ich.

»O Physikus«, antwortete er, »ich möchte dem Hauptmann Orme ein paar Worte ins Ohr flüstern und bitte dich, mich zu ihm zu bringen.«

Wir erklärten, daß Orme schliefe und nicht gestört werden dürfe, doch Japhet wiederholte nur seine Bitte und fügte hinzu:

»Kommt mit mir, die Worte sind auch für eure Ohren bestimmt.«

Wir traten also in den kleinen Raum und weckten Oliver, der erschrocken in die Höhe fuhr, weil er dachte, im Stollen sei ein Unglück geschehen.

»Was ist passiert?« fragte er Japhet. »Haben die Fung die Drähte durchschnitten?«

»Nein, o Orme, viel schlimmer; ich habe erfahren, daß der Fürst Joshua ein Komplott schmiedet, um ›Sie-mit-dem-großen-Namen‹ zu entführen.«

»Was soll das heißen? Ich will die ganze Geschichte hören, Japhet«, rief Oliver.

»Sie ist schnell erzählt, Herr. Ich habe ein paar Freunde, deren einer – er ist vom gleichen Blut wie ich, aber frage mich nicht nach seinem Namen – im Dienste des Fürsten steht. Wir tranken einen Becher Wein miteinander, den ich dringend nötig hatte, und das hat ihm wohl die Zunge gelöst. Jedenfalls hat er mir folgendes berichtet, und ich glaubte ihm. Um seiner selbst und um des Volkes willen wünscht der Fürst, daß du den Götzen der Fung zerstörst, und deshalb hat er dich in letzter Zeit nicht mehr behelligt. Solltest du jedoch Erfolg haben, so könnte alles mögliche geschehen, und er befürchtet, die Abati könnten euch aus lauter Dankbarkeit zu hohen Würdenträgern machen.«

»Dann ist er ein Esel!« fuhr Quick dazwischen. »Denn die Abati kennen keine Dankbarkeit.«

»Er hegt«, fuhr Japhet fort, »auch noch andere Befürchtungen. So könnte etwa das Königskind seiner Dankbarkeit dadurch Ausdruck verleihen, daß sie einem von euch sichtbar ihre Gunst bezeigt.« Dabei sah er Orme vielsagend an, und der wandte den Kopf zur Seite. »Nun ist der Fürst mit dieser Dame verlobt und strebt aus zwei Gründen eine Vermählung mit ihr an: Erstens, weil er durch diese Heirat der Oberste unter den Abati würde, und zweitens, weil er seit kurzem meint, sie zu lieben, und Angst hat, sie zu verlieren. Deshalb hat er eine Falle gestellt.«

»Was für eine Falle?« fragte einer von uns, denn Japhet hatte innegehalten.

»Das weiß ich nicht«, antwortete der Hochländer, »und mein Freund wußte es wohl auch nicht, jedenfalls hat er es mir nicht gesagt. Doch soviel ich hörte, geht der Plan dahin, das Königskind in die Burg des Fürsten Joshua zu entführen, die sechs Reitstunden entfernt am anderem Ende des Sees liegt, und sie dort zu zwingen, ihn auf der Stelle zu heiraten.«

»Was du nicht sagst«, meinte Orme. »Und wann soll das alles stattfinden?«

»Auch das weiß ich nicht, Herr. Ich weiß nur, was mein Freund mir sagte, und hielt es für angebracht, mich unverzüglich an dich zu wenden. Allerdings habe ich ihn gefragt, welcher Tag dafür denn vorgesehen sei, und er meinte, man habe die Nacht nach dem nächsten Sabbat ins Auge gefaßt.«

»Der nächste Sabbat ist erst in fünf Tagen, so dringend scheint die Sache also nicht zu sein«, seufzte Oliver erleichtert. »Ist dein Freund auch wirklich vertrauenswürdig, Japhet?«

»Dessen bin ich nicht sicher, Herr, er war schon immer ein Lügner. Dennoch hatte ich das Gefühl, dich warnen zu müssen.«

»Das ist sehr freundlich von dir, Japhet, aber vielleicht wäre es besser gewesen, du hättest mich ausschlafen lassen. Und jetzt gehst du die Leitung ab, siehst nach, ob alles in Ordnung ist, kommst anschließend zurück und berichtest mir.«

Japhet salutierte nach Art seines Volkes und ging.

»Was halten Sie von der Geschichte?« fragte Oliver, sobald er außer Hörweite war.

»Alles Blödsinn«, antwortete Higgs. »In der Stadt jagt ein Gerücht das andere, und mit einem Gerücht haben wir es auch hier zu tun.«

Er verstummte und sah mich auffordernd an.

»Oh!« sagte ich. »Ich bin ganz Ihrer Meinung. Wenn Japhets Freund wirklich etwas gewußt hätte, so hätte er genauere Angaben gemacht. Es gibt wahrscheinlich so einiges, was Joshua gerne täte, aber so weit wird er wohl nicht gehen, jedenfalls vorerst noch nicht. Wenn ich Ihnen einen Rat geben soll, dann erzählen Sie niemandem davon, auf keinen Fall Maqueda.«

»Dann sind wir uns ja einig. Woran denken Sie eigentlich, Sergeant?« wandte sich Oliver an Quick, der in einer Ecke stand und wie gebannt den Fußboden zu betrachten schien.

»Ich, Captain?« Der Sergeant nahm Haltung an. »Verzeihen Sie, ich dachte eben, ich könne den Herrn nur insoweit zustimmen, als auch ich unserer Herrin gegenüber nichts von der Sache erwähnen würde, da sie momentan genug Sorgen hat und sich nicht noch zusätzlich zu ängstigen braucht. Dennoch würde ich die Geschichte nicht ganz von der Hand weisen, denn dieser Japhet mag zwar ein dummer Mensch sein, aber er ist ehrlich, und manchmal bekommen gerade die ehrlichen Menschen den Stock am rechten Ende zu fassen. Zumindest glaubt er, auf etwas gestoßen zu sein, und das würde ich nicht auf die leichte Schulter nehmen.«

»Wenn Sie dieser Ansicht sind, Sergeant, was ist dann zu tun? Auch ich halte es für unnötig, das Königskind einzuweihen, und ich kann frühestens gegen zehn Uhr heute abend von hier weg, wenn wir an unserem Ablauf festhalten, und das sollten wir tun, einmal, weil das Geröll im Tunnel einige Zeit braucht, um sich zu setzen, aber auch aus anderen Gründen. Was kritzeln Sie denn da?« Er zeigte auf den Boden, wo Quick mit dem Finger etwas in den Staub gezeichnet hatte.

»Einen Grundriß der Privatgemächer unserer Herrin, Captain. Hatte sie nicht vor, sich bei Sonnenuntergang oder kurz zuvor etwas hinzulegen, weil sie letzte Nacht fast kein Auge zugetan hatte und ein paar Stunden Schlaf nachholen wollte, bevor – etwas passiert? Nun, ihr Schlafgemach liegt hier, nicht wahr? Davor befindet sich ein zweiter Raum, in dem ihre Dienerinnen schlafen, dahinter gibt es nichts außer einer hohen Mauer und einem unüberwindlichen Graben.«

»Das stimmt soweit«, schaltete sich Higgs ein. »Man hat mir nämlich gestattet, einen Plan des Palastes anzufertigen, allerdings führt noch ein sechs Fuß breiter und zwanzig Fuß langer Gang vom Wachlokal zum Vorzimmer der Damen.«

»Ganz recht, Professor, und wenn ich mich nicht irre, macht dieser Gang eine Biegung und könnte dort von zwei gut bewaffneten Männern gegen eine große Übermacht gehalten werden. Was meinen Sie, Professor, sollen wir beide nicht in dieses Wachlokal gehen, um dort ein Nickerchen zu machen? Wir wären ganz unter uns, denn die Wache steht sicher am Palasttor. Hier werden wir nicht gebraucht, denn wenn der Captain den Stollen nicht sprengen kann, dann kann es niemand, außerdem ist der Doktor hier, um ihm zu helfen, falls doch etwas schiefgehen sollte, und Japhet bewacht die Drähte. Wahrscheinlich ist alles aus der Luft gegriffen, aber wer weiß? Wenn nun doch etwas daran wäre, würden wir uns hinterher Vorwürfe machen. Was halten Sie davon, Professor?«

»Ich? Oh, ich tue alles, was Sie wollen, obwohl ich lieber auf die Felsen gestiegen wäre, um zu beobachten, was passiert.«

»Sie würden gar nichts sehen, Higgs«, unterbrach Oliver, »bestenfalls den Widerschein eines Blitzes am Himmel. Wenn es Ihnen also nichts ausmacht, mir wäre es sehr lieb, wenn Sie mit dem Sergeant gingen. Zwar bin ich ganz sicher, daß wir Maqueda nicht in Angst versetzen sollten, dennoch verspüre ich ihretwegen eine gewisse Unruhe, und wenn ich Sie beide in Ihrer Nähe wüßte, wäre das eine große Erleichterung für mich.«

»Damit ist die Sache entschieden«, erklärte Higgs. »Wir sind schon unterwegs. Hören Sie, Sie könnten uns eigentlich das Feldtelefon mitgeben, inzwischen wird es doch nirgends mehr gebraucht. Die Leitung reicht bis zum Palast, und wenn es funktioniert, können wir mit Ihnen sprechen und uns gegenseitig berichten, wie sich die Dinge entwickeln.«

Zehn Minuten später waren alle Vorbereitungen getroffen. Quick trat vor Oliver hin, nahm Haltung an und meldete:

»Marschbereit. Weitere Befehle, Captain?«

»Ich glaube nicht, Sergeant.« Orme hob nur kurz den Blick von den kleinen Batterien, die er so unverwandt anstarrte, als seien sie lebendig. »Sie kennen die Absprachen. Um zehn Uhr – in etwa zwei Stunden also – drücke ich auf diesen Schalter. Vorher können wir nichts unternehmen, wenn wir nicht riskieren wollen, daß sich der Sohn des Doktors, von all den anderen armen Teufeln ganz zu schweigen, noch am Götzenbild befindet. Wenn man den Spitzeln glauben kann, beginnen die Vermählungsfeiern frühestens drei Stunden nach Mondaufgang.«

»Das habe ich auch gehört, als ich dort gefangen war«, warf Higgs dazwischen.

»Mag sein«, antwortete Orme; »aber es empfiehlt sich immer, einen gewissen Spielraum zu lassen, falls sich etwa der Festzug verspätet oder etwas dergleichen. Ich kann mich also bis zehn Uhr nicht von der Stelle rühren, und Sie dürfen sich darauf verlassen, Doktor, daß ich den Stollen unter keinen Umständen früher sprengen werde. Außerdem werden Sie ja selbst zugegen sein. Was danach geschieht, kann ich nicht sagen, aber wenn wir nicht auftauchen, sollten Sie beide wohl herkommen, um nach uns zu sehen – es könnte ja ein Unglück gegeben haben. Tun Sie auf Ihrem Posten und unter den gegebenen Umständen Ihr Bestes; der Doktor und ich werden es hier ebenso halten. Ich glaube, das wäre alles, Sergeant. Melden Sie sich über Telefon, vorausgesetzt, das Kabel ist lang genug und der Apparat funktioniert, und ansonsten erwarten Sie uns gegen halb elf. Leben Sie wohl!«

»Leben Sie wohl, Captain«, antwortete Quick, griff nach Ormes Hand und schüttelte sie. Dann nahm er ohne ein weiteres Wort seine Lampe und verließ den alten Tempel.

Irgend etwas bewog mich, ihm zu folgen, während Orme und Higgs noch einen Moment zurückblieben, um etwas zu besprechen. Der Sergeant ging vielleicht fünfzig Yard weit durch die schaurig stille, unterirdische Stadt mit den gähnenden Ruinen auf allen Seiten, dann blieb er plötzlich stehen und sagte:

»Sie glauben nicht an Vorahnungen, Doktor?«

»Nicht im mindesten«, antwortete ich.

»Das freut mich, Doktor. Trotzdem habe ich im Moment ein ungutes Gefühl, und es sagt mir, daß ich weder den Captain noch Sie jemals wiedersehen werde.«

»Schlechte Aussichten für uns, Quick.«

»Nein, Doktor, eher für mich. Ihnen beiden wird nichts geschehen, glaube ich, und dem Professor auch nicht. Der Name, der da oben gerufen wird, klingt eher wie der meine. Nun, es kümmert mich nicht allzu sehr, denn wenn ich auch kein Heiliger bin, so habe ich mich doch stets bemüht, meine Pflicht zu tun, und was vorbei ist, ist eben vorbei. Wenn es so bestimmt ist, muß es sich wohl erfüllen, nicht wahr? Unser Schicksal steht nämlich längst fest, wenn wir ins Leben treten, davon war ich immer überzeugt. Trotz allem fällt mir die Trennung von meinem Captain schwer, den ich schon als Kind gehütet habe, und ich hätte gerne noch miterlebt, wie er aus diesen Wirren herausfindet und mit unserer bezaubernden Herrin in den sicheren Hafen der Ehe einläuft, auch wenn ich bezweifle, daß es so ausgehen wird.«

»Unsinn, Sergeant«, wies ich ihn scharf zurecht. »Sie sind ganz aus dem Geleise. Die viele Arbeit und die Sorgen sind Ihnen aufs Gemüt geschlagen.«

»Das wäre kein Wunder, Doktor, aber ich glaube nicht, daß es so ist. Wie auch immer, wenn ich recht habe und Sie alle mitsamt dem Plunder aus der Totengruft das alte England wiedersehen sollten, könnten Sie daran denken, daß ich zu Hause noch drei Nichten habe. Erzählen Sie dem Captain nichts von alledem, bis das Spiel gelaufen ist, es könnte ihn beunruhigen, und er braucht bis zehn Uhr und vielleicht auch danach noch einen klaren Kopf. Sollten wir uns freilich nicht wiedersehen, dann bestellen Sie ihm, Sergeant Quick entbiete ihm seinen Respekt und wünsche ihm Gottes Segen. Das gilt übrigens auch für Sie, Doktor, und Ihren Sohn. Da kommt der Professor, leben Sie wohl.«

* * *

Im nächsten Moment waren sie schon fort, und ich sah ihnen nach, bis die Dunkelheit die hellen Sterne ihrer Laternen verschluckte.

16

Harmac begibt sich nach Mur

Langsam und tief bedrückt kehrte ich, dem Telefonkabel folgend, das Higgs und Quick unterwegs abspulten, in den alten Tempel zurück. Dabei glaubte gar nicht unbedingt an die Schwarzsehereien des Sergeant, sie schienen mir eher eine Ausgeburt der insgesamt unerfreulichen Situation zu sein, die keinen von uns unberührt ließ, nicht einmal den unverwüstlichen Higgs.

Man betrachte etwa meinen eigenen Fall. Da stand ich nun im Begriff, mich an einer Aktion zu beteiligen, die womöglich den Tod meines einzigen Sohnes zur Folge haben würde. Gewiß, wir glaubten, daß in dieser Nacht mehrere Meilen entfernt in der Stadt Harmac seine Hochzeit gefeiert werden sollte, und die Aussagen unserer Spitzel stützten diese Information. Doch woher sollten wir wissen, ob Zeitpunkt und Ort der Zeremonie nicht im letzten Moment geändert worden waren? Nur einmal angenommen, sie würde nicht, wie angekündigt, in der Stadt abgehalten, sondern in den Höfen vor dem Götzenbild, dann würde der Feuerdämon, den wir zum Leben erwecken wollten, mit seiner ungeheuren Kraft alle Festgäste ins Verderben reißen.

Bei dem Gedanken überlief es mich eiskalt, und doch mußte die Tat vollbracht werden, das Risiko für Roderick ließ sich nicht vermeiden. Und dabei war, selbst wenn alles gut ging und er mit heiler Haut davonkam, das Schlimmste noch längst nicht vorüber. Man bedenke, er war ein Christ, vermählt mit einer Barbarin, die ein steinernes Götzenbild mit Löwenhaupt anbetete, ein Staatsgefangener, dreifach bewacht und mit ihr und ihrem Stamm untrennbar verbunden, wo gab es da eine Hoffnung auf Rettung? Es war schrecklich, doch die Verwicklungen gingen noch tiefer. Ich war innerlich fest überzeugt, daß die Fung aufs äußerste gereizt sein würden, falls der Plan gelang und das Götzenbild tatsächlich zerstört wurde. Allem Anschein nach kannten sie einen Weg in diese Festung. Sie würden ihn benützen. Zu Tausenden würden sie heraufströmen und ein grausiges Blutbad anrichten, dem wir, nicht zu Unrecht, als erste zum Opfer fallen würden.

Ich betrat den Tempel. Oliver saß mutterseelenallein da und grübelte, denn Japhet war ja unterwegs, um die Drähte zu kontrollieren.

»Ich mache mir Sorgen um Maqueda, Doktor«, empfing er mich. »Ich fürchte nämlich, Japhets Geschichte ist doch nicht aus der Luft gegriffen. Sie wollte bei uns sein; fast unter Tränen hat sie mich angefleht, mit mir kommen zu dürfen. Aber ich bin hart geblieben, denn Unfälle lassen sich niemals ganz ausschließen; so könnte durch die Erschütterung das Dach einstürzen oder etwas dergleichen. Ich finde, daß nicht einmal Sie sich hier aufhalten sollten. Warum gehen Sie nicht fort und lassen mich allein?«

Ich antwortete, das komme keinesfalls in Frage, mit einer solchen Aufgabe dürfe man nicht nur einen einzelnen Mann betrauen.

»Nein, da haben Sie recht«, sagte er. »Ich könnte ohnmächtig werden oder die Nerven verlieren. Hätten wir es doch anders eingerichtet und die Sprengung im Palast ausgelöst. Vielleicht wäre es möglich gewesen, das Telefonkabel mit den anderen Drähten zu verbinden. Aber um ganz ehrlich zu sein, ich traue den Batterien nicht. Die Zellen sind neu, aber sehr schwach, das lange Liegen und das Klima haben sie angegriffen, und ich mußte befürchten, daß durch die zusätzliche Entfernung das Maß überschritten und sie den Dienst versagen würden. Deshalb wollte ich von hier aus zünden. Hallo, es klingelt. Mal hören, was es Neues gibt!«

Ich schnappte mir den Hörer, und alsbald drang ganz vergnügt Higgs' Stimme an mein Ohr und verkündete mir, die beiden hätten den Vorraum zu Maquedas Privatgemächern wohlbehalten erreicht.

»Der ganze Palast ist wie ausgestorben«, fügte der Professor hinzu. »Wir sind nur einem einzigen Posten begegnet, ich glaube, außer Maqueda und einigen ihrer Hofdamen haben sich alle aus dem Staub gemacht, aus Angst, bei der Explosion von Steinen getroffen zu werden.«

»Hat der Mann das gesagt?« fragte ich.

»Ja, so ungefähr; außerdem wollte er uns den Zutritt verwehren, angeblich habe der Fürst Joshua ausdrücklich verboten, daß wir Gojim die Privatgemächer des Königskindes beträten. Nun, der Fall war schnell erledigt, und der Mann suchte das Weite. – Wohin? Ach, keine Ahnung, er wollte irgend jemandem Meldung machen.«

»Wie geht es Quick?« fragte ich.

»Eigentlich wie immer. Genauer gesagt, er steht in einer Ecke und spricht seine Gebete, dabei sieht er aus wie ein schwermütiger, bis an die Zähne mit Gewehren, Revolvern und Messern bewaffneter Bandit. Wenn er nur nicht so laut beten würde«, fuhr Higgs mit empört überschnappender Stimme fort. »Mir ist das unangenehm, weil ich das Gefühl habe, ich müßte mich anschließen. Aber ich bin weder als Dissenter noch als Moslem aufgewachsen und kann deshalb nicht in aller Öffentlichkeit beten. Hallo! Moment mal, ja?«

Nach einer längeren Pause ließ sich Higgs' Stimme wieder vernehmen.

»Alles in Ordnung«, sagte er »Eine von den Hofdamen hatte uns gehört und wollte sehen, wer wir sind. Wenn Maqueda von unserer Anwesenheit erfährt, kommt sie sicher zu uns heraus, das Mädchen sagt, sie sei nervös und könne nicht schlafen.«

Higgs Vermutung bestätigte sich, denn etwa zehn Minuten später erhielten wir wieder einen Anruf, diesmal von Maqueda persönlich, worauf ich den Hörer an Oliver weitergab und mich ans andere Ende des Raumes zurückzog.

Offen gestanden hatte ich gegen die Unterbrechung gar nichts einzuwenden, denn sie lenkte Oliver ab und vertrieb uns die Zeit.

Der nächste erwähnenswerte Vorfall ereignete sich etwa eine Stunde später, als Japhet mit ziemlich verstörtem Gesicht wieder auftauchte. Wir stellten ihm die übliche Frage: ob mit den Drähten etwas nicht in Ordnung sei. »Nein«, stöhnte er, an den Drähten sei ihm nichts aufgefallen, aber dafür sei ihm ein Geist begegnet.

»Was für ein Geist, du Esel?« fragte ich.

»Der Geist eines toten Königs, o Physikus, dort drüben in der Begräbnishöhle. Es war der König mit dem krummen Rücken, der auf dem letzten Thron sitzt. Nur hatte er inzwischen Fleisch auf den Knochen, und glaube mir, er sah furchterregend aus, sehr ungestüm muß er sein, dieser König oder vielmehr sein Geist.«

»Was du nicht sagst. Und hat er auch zu dir gesprochen, Japhet?«

»O ja, sehr viel sogar, o Physikus, aber ich konnte nicht alles verstehen, weil seine Sprache ein wenig anders klang als die meine und er die Worte herauszischte wie ein grüner Holzklotz die Funken. Ich glaube jedoch, er fragte mich, wie mein elendes Volk es wagen könne, seinen Gott Harmac zu zerstören. Worauf ich entgegnete, ich sei nur ein Diener und wisse es nicht, und hinzufügte, er solle seine Fragen doch an dich richten.«

»Und was hat er darauf gesagt, Japhet?«

»Er sagte wohl, Harmac werde nach Mur kommen und seine Rechnung mit den Abati begleichen, und die fremden Männer seien gut beraten, wenn sie möglichst schnell möglichst weit weg liefen. Mehr habe ich nicht verstanden; frag mich nicht weiter, denn niemals würde ich in diese Höhle zurückkehren, und wenn man mich dafür zum Fürsten machte.«

»Er hat mitbekommen, was Barungs Abgesandte uns verkündet haben«, bemerkte Oliver gleichmütig, »und an diesem unheimlichen Ort ist es kein Wunder, wenn jemand Gespenster sieht. Ich werde Maqueda davon berichten, es wird sie erheitern.«

»Das würde ich an Ihrer Stelle nicht tun«, warnte ich, »die Geschichte ist nicht unbedingt komisch, und vielleicht hat auch sie Angst vor Gespenstern. Außerdem«, damit zeigte ich auf die Uhr, die neben den Batterien auf dem Tisch lag, »ist es fünf Minuten vor zehn.«

Oh, diese letzten fünf Minuten! Sie kamen uns vor wie fünf Jahrhunderte. Wie Statuen saßen wir da, jeder mit seinen eigenen Gedanken beschäftigt, obgleich ich persönlich das Gefühl hatte, überhaupt keinen klaren Gedanken mehr fassen zu können. Stattdessen wurde mein Geist von einer Art Visionen überschwemmt, die aber, ähnlich wie Wasser, das über Marmor fließt, nicht in die Tiefe gingen, und ich war nur noch mit Mühe fähig, meine Augen fest auf das Ziffernblatt dieser Uhr zu richten, deren Sekundenzeiger für meine überreizte Phantasie im flackernden Schein der Lampe riesengroß zu werden und von einer Seite des Raumes zur anderen zu springen schien.

Orme fing laut zu zählen an: »Eins, zwei, drei, vier, fünf – *jetzt!*« und drückte fast gleichzeitig zuerst den Knopf der einen und dann der anderen Batterie. Doch noch ehe sein Finger den linken Knopf berührte, bäumte sich der harte Fels unter uns auf – kein anderes Wort kann die Bewegung wiedergeben. Dann löste sich der große, mehrere Tonnen schwere, steinerne Sturz, der die hohe Tür zu unserem Raum nach oben hin abschloß, fiel ganz sanft herab und versperrte den Ausgang.

In einiger Entfernung stürzten mit lautem Getöse weitere Felsbrocken herab, und ehe ich mich versah, war mein Hocker unter mir weggeglitten, und ich lag auf der Erde. Nun erscholl ein gedämpftes, aber deshalb nicht weniger schreckliches Dröhnen, und zugleich raste ein Windstoß daher, wo sich seit Anbeginn der Welt noch kein Lüftchen geregt hatte, und verlor sich mit schaurigem Heulen in den zahllosen Nischen der Höhlenstadt. Als er an uns vorüberkam, löschte er die Lampen aus. Ganz zuletzt, meiner Schätzung nach eine volle Minute später, spürte ich einen Schlag, als sei ein Gegenstand von enormem Gewicht weit über uns auf die Erde niedergefallen.

Dann war alles wieder wie zuvor: dunkel und vollkommen still.

»Nun, das wäre erledigt«, sagte Oliver nervös, und seine Stimme klang in der undurchdringlichen Finsternis sehr kleinlaut und sehr weit entfernt. »So oder so. Ich habe mir ganz umsonst Sorgen gemacht, die erste Batterie war stark genug, ich konnte spüren, wie die Ladung hochging, als ich den Knopf der zweiten berührte. Wissen möchte ich nur«, fuhr er wie zu sich selbst fort, »was eine knappe halbe Tonne dieser furchterregenden Azo-Imid-Verbindungen der alten Sphinx angetan hat. Wenn meine Berechnungen stimmen, hätte die Menge genügen müssen, um das ganze Ding in tausend Stücke zu zerfetzen, aber wir konnten die Ladungen nicht allzu gut verteilen, und deshalb bin ich ganz und gar nicht sicher. Vielleicht hat die Sprengung auch nur ein Loch in den Rumpf gerissen, besonders, wenn Hohlräume vorhanden waren, durch die die Gase entweichen konnten. Nun, mit etwas Glück werden wir es bald erfahren. Reißen Sie ein Streichholz an, Adams, und entzünden Sie die Lampen. Oh, was ist das? Hören Sie nur!«

Während er noch sprach, vernahmen wir von irgendwoher ganz schwach eine Serie von knatternden Schlägen, und obwohl sie so leise waren, erinnerten sie unwillkürlich an Gewehre, die in großer Entfernung abgefeuert wurden. Krach, krach, krach! ging es fast unhörbar weiter.

Ich tastete um mich, fand den Hörer des Feldtelefons und hielt ihn mir ans Ohr. Nun war alles klar. Am anderen Ende der Leitung wurde geschossen, und der Lautsprecher übermittelte uns die Geräusche. Ganz schwach, aber deutlich hörte ich Higgs' schrille Stimme: »Vorsicht, Sergeant, da kommt die nächste Welle!« Und Quick antwortete: »Halten Sie tief, Professor; halten Sie um Himmels willen tief. Ihr Magazin ist leer, Sir. Nachladen, nachladen! Da haben Sie einen Patronenstreifen. Nicht zu schnell feuern. Ah! Der Teufel hat mich erwischt, aber ich ihn auch; der wirft nie wieder einen Speer.«

»Sie werden angegriffen!« rief ich. »Quick ist verwundet. Maqueda ruft nach Ihnen. Sie sagt: ›Oliver, komm! Joshuas Männer überfallen mich. Oliver, komm!‹«

Dann drang lautes Geschrei aus dem Hörer, das mit weiteren Schussen beantwortet wurde, und gerade als Orme mir den Hörer entwand, riß die Verbindung ab. Vergebens rief er mit gequälter Stimme in die Muschel. Ebenso gut hätte er den Planeten Saturn bestürmen können.

»Jemand hat den Draht durchschnitten«, rief er aus, warf den Hörer zu Boden und riß die Laterne an sich, die Japhet eben wieder angezündet hatte. »Kommen Sie, da drüben gibt es Mord und Totschlag!« Damit sprang er zur Tür, nur um vor dem großen Stein zurückzutaumeln, der ihm den Weg versperrte.

»Gütiger Himmel!« schrie er. »Wir sind eingeschlossen. Wie kommen wir nur hinaus? Wie kommen wir hinaus?« Und dann begann er im Kreis heraumzulaufen und sprang sogar wie eine verstörte Katze die Wände an. Dreimal versuchte er, zur Mauerkrone hinaufzugelangen, denn eine Decke gab es nicht, doch jedesmal fiel er wieder zurück, er konnte sie nicht erreichen. Ich schlang meine Arme um seinen Leib und hielt ihn mit aller Kraft fest, obwohl er nach mir schlug.

»Immer mit der Ruhe!« beschwor ich ihn. »Wollen Sie sich umbringen? Als Toter oder Verwundeter können Sie ihr nicht helfen. Lassen Sie mich nachdenken.«

Inzwischen hatte Japhet auf eigene Faust gehandelt, denn auch er hatte die ominösen Laute aus dem Telefon vernommen und erraten, was sie bedeuteten. Als erstes lief er zu dem massiven Steinblock, der die Tür versperrte, und stemmte sich dagegen. Es war aussichtslos; nicht einmal ein Elefant hätte ihn von der Stelle bewegen können. Dann trat er zurück und betrachtete ihn eingehend.

»Ich glaube, er läßt sich ersteigen, o Physikus,« sagte er. »Aber du mußt mir helfen.« Er bedeutete mir, ein Ende des schweren Tisches anzuheben, auf dem die Batterien standen, und wir schoben das Ding gemeinsam zur Tür. Als Oliver begriff, was der Hochländer vorhatte, sprang er mit ihm auf die Platte. Während ich mich auf das gegenüberliegende Ende stützte, damit der Tisch nicht umkippte, lehnte sich Orme auf Japhets Weisung mit der Stirn gegen den Stein und machte ihm, wie die Schuljungen es nennen, ›die Räuberleiter‹. Der Hochländer kletterte ihm behende auf die Schultern und konnte nun, wenn er sich streckte, die Kante des herabgefallenen Türsturzes berühren. Während ich ihm mit hochgehaltener Lampe leuchtete, tastete er mit den Zehen nach Unebenheiten in dem behauenen Stein, und wenige Augenblicke später stand er auf der Mauerkrone, mehr als zwanzig Fuß über dem Boden.

Der Rest war verhältnismäßig einfach, denn Japhet zog seinen Leinenkittel aus, verknotete ihn ein paarmal und ließ ihn dann zu uns herab. An diesem provisorischen Seil und mit Ormes tatkräftiger Unterstützung von unten gelangte auch ich auf die Mauerkrone. Zu zweit zogen wir sodann Oliver nach, der ergriff ohne ein Wort Japhets Arme, schwang sich über die Mauer, hielt sich noch einen Moment lang fest und sprang schließlich auf der anderen Seite zu Boden. Nun war die Reihe an mir. Es ging tief hinab, und hätte Oliver mich nicht aufgefangen, ich wäre wohl nicht unverletzt davongekommen. So blieb mir nur die Luft weg. Japhet sprang als letzter und landete so leichtfüßig wie eine Katze. Die Lampen hatte er uns schon vorher zugeworfen, Sekunden später hatten wir sie angezündet und eilten durch die große Höhle.

»Vorsicht«, rief ich, »es könnten Felsbrocken herabgestürzt sein.«

Die Warnung war berechtigt, denn genau in diesem Moment stieß Oliver gegen einen solchen, fiel hin und zog sich ganz erhebliche Abschürfungen zu. Zwar war er sofort wieder auf den Beinen, doch von da an ging es nur noch langsam voran, denn aus der Decke hatten sich Hunderte von Tonnen Fels gelöst, die uns nun den Weg versperrten. Außerdem waren ganze Gebäude der alten unterirdischen Stadt in sich zusammengebrochen, die meisten hatte allerdings der Luftzug eingedrückt. Als wir endlich das Ende der Höhle erreichten, blieben wir betroffen stehen, denn hier, wo die von der Sprengung ausgehende Druckwelle auf Widerstand gestoßen war, türmte sich ein ganzer Wall von Trümmern auf, die sie vor sich hergeschoben hatte.

»Mein Gott! Ich fürchte, hier kommen wir niemals durch!« rief Oliver verzweifelt.

Doch Japhet sprang, die Laterne in der Hand, bereits von einem Felsblock zum anderen und rief uns alsbald von oben zu, wir sollten zu ihm kommen.

»Ich glaube, es gibt noch einen Weg, ihr Herren, aber er ist beschwerlich«, sagte er und wies auf ein gezacktes, brunnenartiges Loch, das wohl durch den Rückstoß der Druckwelle entstanden war. Unter vielen Mühen und Gefahren – nicht wenige der aufgetürmten Steine saßen nämlich locker – kletterten wir den Wall hinab und zwängten uns durch eine schmale Öffnung, die zum Boden der Höhle führte, wobei wir nur hoffen konnten, daß sich die große Tür zum dahinterliegenden Gang nicht verklemmt hatte, denn in diesem Fall hätten unsere schwachen Kräfte nicht ausgereicht, um sie zu bewegen. Zum Glück erwies sich zumindest diese Befürchtung als unbegründet, denn die Tür ging nach außen auf, und der Schwall komprimierter Luft hatte sie aus den massiven Steinangeln gerissen und zu Boden geworfen, wo sie zerschellt war.

Wir kletterten über die Trümmer und rückten mit schußbereiten Revolvern durch den Verbindungsgang zum Palast vor. Der Audienzsaal war leer und lag im Dunkeln. Wir wandten uns nach links, durchquerten mehrere Räume, und stießen im letzten, der zu einem der Palasttore führte, auf die ersten Spuren der Tragödie. Auf dem Boden waren Blutlachen zu sehen.

Orme zeigte darauf, ohne stehenzubleiben, und in diesem Moment kam ein Mann aus dem Dunkeln gesprungen wie eine Antilope aus dem Busch und rannte, beide Hände auf eine offenbar schwere Wunde in der Seite drückend, an uns vorbei. Als wir nun den Korridor zu den Privatgemächern des Königskindes betraten, stießen wir mit den Füßen immer wieder gegen die Leiber von Toten und Sterbenden.

Ich bemerkte – in solchen Situationen fallen einem Kleinigkeiten besonders auf –, daß einer der ersteren die Enden des Telefondrahts in der Hand hielt. Vermutlich hatte er ihn im Todeskampf gepackt und auseinandergerissen und damit unsere einzige Verbindung zum Palast unterbrochen.

Wir stürmten in den kleinen Vorraum, der hell erleuchtet war, und dort erwartete uns ein Anblick, den zumindest ich niemals vergessen werde.

Im Vordergrund lagen weitere Tote, die alle die Livree des Fürsten Joshua trugen. Dahinter saß Sergeant Quick auf einem Stuhl. Man schien ihn regelrecht in Stücke gehackt zu haben. In seiner Schulter steckte ein Pfeil, den offenbar niemand zu entfernen versucht hatte; sein Kopf, den Maqueda mit feuchten Tüchern betupfte ... nein, ich will seine Wunden nicht eingehender beschreiben.

Neben ihm lehnte Higgs an der Wand, auch er blutete und war sichtlich erschöpft. Dahinter standen neben Maqueda zwei oder drei ihrer Hofdamen, rangen die Hände und weinten. Das grausige Spektakel ließ uns unvermittelt innehalten. Kein Wort fiel, uns allen hatte es die Sprache verschlagen.

Der sterbende Quick öffnete die Lider, hob die von einer gräßlichen Schwertwunde verunstaltete Hand an die Stirn, wie um das Licht abzuwehren – oh! die rührende Geste steht mir noch heute vor Augen –, und sah uns lange an. Dann erhob er sich aus seinem Stuhl, faßte sich, vermutlich zum Zeichen, daß er nicht sprechen könne, an die Kehle, salutierte vor Orme, drehte sich um, deutete auf Maqueda, sank mit einem Lächeln des Triumphes zu Boden und – starb.

Dies war das heldenhafte Ende des Sergeant Quick.

Was nun geschah, ist schwer zu beschreiben, denn alles ging wirr durcheinander. Außerdem lassen Schock und Trauer die Bilder in meinem Gedächtnis verschwimmen. Ich weiß noch, daß Maqueda und

Orme sich vor aller Augen in die Arme fielen. Ich sehe Maqueda vor mir, wie sie sich auf ihre unverwechselbar hoheitsvolle Art aufrichtete, auf Quicks Leiche deutete und sprach:

»Hier liegt ein Mann, der uns zeigte, wie man zu sterben hat. Dein Landsmann war ein Held, o Oliver, und du solltest sein Andenken in Ehren halten, denn er hat mich vor einem Schicksal bewahrt, das schlimmer gewesen wäre als der Tod.«

»Was ist geschehen?« wollte Orme von Higgs wissen.

»Eigentlich nicht viel«, antwortete der Professor. »Wie ich Ihnen bereits am Telefon sagte, kamen wir wohlbehalten hier an. Dann sprach Maqueda lange mit Ihnen, bis Sie auflegten, angeblich, weil Japhet gekommen war. Bald darauf, um Punkt zehn Uhr, hörten wir die Explosion. Gerade als wir uns bereitmachten, um ins Freie zu gehen und uns anzusehen, was passiert war, erschien Joshua allein, verkündete, der Götze Harmac sei zerstört, und verlangte, das Königskind solle ihn ›aus Gründen der Staatsraison‹ auf sein Schloß begleiten. Sie lehnte ab, und als er nicht lockerließ, machte ich mich anheischig, ihn hinauszuwerfen. Daraufhin zog er sich zurück und ward nicht mehr gesehen, doch nur wenige Minuten später kam ein Schwarm von Pfeilen durch den Gang geflogen, und dann stürmte ein Trupp Männer mit dem Schlachtruf: ›Tod den Gojim! Rettet die Rose!‹ auf uns zu.

Wir eröffneten das Feuer und brachten auch eine ganze Reihe von ihnen zur Strecke, aber dabei bekam Quick den Pfeil in die Schulter. Dreimal wurden wir auf diese Weise angegriffen, dreimal trieben wir sie zurück. Schließlich gingen uns die Patronen aus, und wir hatten nur noch die Revolver, die wir ebenfalls leerschossen. Einen Moment lang schienen die Abati noch unschlüssig, doch dann rückten sie abermals vor, und alles schien verloren.

Nun drehte Quick durch. Er entriß einem toten Soldaten sein Schwert und stürmte ihnen, brüllend wie ein Stier, entgegen. Sie hieben und stachen auf ihn ein, doch er trieb sie rückwärts aus dem Gang hinaus, während ich mich hinter ihm hielt und an ihm vorbeischoß.

Nun suchten die letzten Schurken Hals über Kopf das Weite, und erst als alle fort waren, sank der Sergeant zu Boden. Die Frauen und ich trugen ihn hierher, doch er sprach kein Wort mehr, und dann tauchten Sie ja endlich auf. Nun hat er es überstanden, der Herr gebe ihm die ewige Ruhe, und wenn diese Welt jemals einen Helden hervorgebracht hat, so hieß er Samuel Quick!« Damit wandte sich der Professor ab, schob sich die unvermeidliche, blaue Brille auf die Stirn und wischte sich mit dem Handrücken die Tränen aus den Augen.

Von unbeschreiblicher Trauer und Bitterkeit erfüllt, hoben wir die Leiche des wackeren Quick auf, trugen sie in Maquedas Privatgemach und legten sie auf ihr Bett, denn allein dieses Lager erachtete sie als gut genug für den Mann, der sein Leben für sie hingegeben hatte. Es mutete seltsam an, den alten Soldaten, dessen grimmiges Gesicht friedlich, ja sogar schön wirkte, nachdem ich seine Wunden gesäubert hatte, im Tode auf den Kissen des Königskindes ruhen zu sehen. Es war ein kostbares, prächtiges Bett, wie ich mich erinnere, aus schwarzem Holz mit goldenen Intarsien, und umgeben von weißen Netzvorhängen, die wie Maquedas Prunkschleier mit goldenen Sternen bestickt waren.

Wir legten unsere Bürde auf die parfümierten Kissen und die Seidendecke, falteten die abgearbeiteten Hände wie zum Gebet über der Brust und sagten dem treuen, aufrechten Mann, dessen Antlitz wir fürderhin nur noch im Spiegel der Erinnerung sehen sollten, nacheinander Lebewohl. Nun, er war gestorben, wie er gelebt hatte und wie es wohl auch sein Wunsch gewesen wäre – in Erfüllung seiner Pflicht und im Kriege. Und so verließen wir ihn. Friede seiner kühnen Seele!

Im blutbesudelten Vorzimmer verband und nähte ich die zum Glück weder besonders tiefen noch gefährlichen Verletzungen des Professors, eine Platzwunde am Kopf, eine Streifwunde von einem Pfeil im Gesicht und einen Speerstich im Oberschenkel, und dann hielten wir kurz Kriegsrat.

»Freunde«, sagte Maqueda, die sich auf den Arm ihres Geliebten stützte, »hier können wir nicht bleiben, die Gefahr ist zu groß. Die Verschwörung meines Onkels ist vorerst gescheitert, doch dies war nur ein geheimer Plan mit wenigen Eingeweihten. Bald wird er wohl mit einer tausendköpfigen Schar zurückkehren, und dann...«

»Was hast du vor?« fragte Oliver. »Willst du aus Mur fliehen?«

»Wie sollen wir denn fliehen«, antwortete sie, »wenn der Paß von Joshuas Männern bewacht wird und draußen die Fung auf uns lauern? Die Abati hassen euch, meine Freunde, und da eure Arbeit – der einzige Grund, warum sie euch so lange ertragen haben – nun getan ist, werden sie euch wohl mit allen Mitteln zu töten suchen. Oh, wie sehr ich es doch bedauere, euch in dieses falsche, undankbare Land gelockt zu haben!« Sie brach in Tränen aus, und wir sahen uns hilflos an.

Da erhob sich Japhet, der die ganze Zeit auf dem Boden gekauert und sich nach orientalischer Art zum Zeichen der Trauer um Quick, dem er sehr zugetan war, hin- und hergewiegt hatte, trat vor das Königskind und warf sich zu Boden.

»O Walda Nagasta«, sagte er »höre die Worte deines Dieners. Nur drei Meilen entfernt, am Eingang des Passes, lagern fünfhundert von meinen Leuten,

Hochländer, die den Fürsten Joshua und seinen Anhang hassen. Zu ihnen sollst du fliehen, o Walda Nagasta, denn sie werden zu dir halten, und sie werden auf mich hören, hast du mich doch zu ihrem Scheich gemacht. Später magst du handeln, wie du es für klug hältst.«

Maqueda warf Oliver einen fragenden Blick zu.

»Ich halte den Rat für gut«, sagte der. »Bei den Hochländern sind wir keinesfalls in größerer Gefahr als hier an diesem ungeschützten Ort. Sag deinen Frauen, sie sollen Umhänge herbeischaffen, unter denen wir uns verbergen können, und dann laß uns gehen.«

Fünf Minuten später stiegen wir, ein klägliches Häufchen, von tausend Ängsten geschüttelt, über die Toten und Sterbenden im Korridor hinweg, schlüpften durch eine offenstehende Seitenpforte des Palastes und überquerten auf der herabgelassenen Zugbrücke den Burggraben. Auf dem gleichen Weg waren ohne Zweifel auch Joshuas Schläger in den Palast und wieder hinaus gelangt. In lange Umhänge mit Mönchskapuzen gehüllt, wie sie von den Abati bei Nacht oder bei kaltem und nassem Wetter getragen wurden, eilten wir über den großen Platz. Auf der anderen Seite hatte sich eine Menschenmenge versammelt, unter die wir uns mischten, da wir ihr nicht ausweichen konnten. Alle – Männer Frauen und Kinder – schnatterten wie eine Horde Affen in den Bäumen und deuteten auf die Felswand an der Rückseite des Palastes, unter der sich, wie man sich gewiß erinnern wird, die unterirdische Stadt befand.

Ein Trupp Soldaten kam angeritten und drängte sich durch das Volk, und da wir ihnen lieber nicht begegnen wollten, weil wir fürchteten, sie könnten Oliver an seiner Größe erkennen, flüchteten wir uns in den Schatten einer Allee aus grünen Laubbäumen ganz in der Nähe. Hier drehten wir uns um und blickten ebenfalls zur Felswand empor, um zu sehen, was denn alle anderen daran so fesselte. In diesem Augenblick glitt der Vollmond hinter einer Wolke hervor und beleuchtete eine unter den gegebenen Umständen schlechterdings grauenvolle Szene.

Die Felswand hinter dem Palast ragte etwa einhundertundfünfzig Fuß weit in die Höhe, und zufällig befand sich genau an dieser Stelle ein ovaler Vorsprung, den die Abati den Löwenfelsen nannte, obwohl ich persönlich bis dahin keine große Ähnlichkeit mit einem Löwen hatte entdecken können. Das änderte sich nun schlagartig, denn ganz oben auf der Spitze dieses Felsens ruhte das Haupt des riesigen, löwengesichtigen Götzen der Fung und starrte auf Mur herab. Bei dieser Beleuchtung und vor der Kulisse des sich weithin erstreckenden Vorgebirges konnte durchaus der Eindruck entstehen, das ganze Götzenbild habe das Tal jenseits der Berge verlassen und sich auf die Felswand hinaufbegeben.

»Oh! oh! oh!« jammerte Japhet. »Die Prophezeiung hat sich erfüllt – Harmac hat sein Haupt über Mur zur Ruhe gebettet.«

»Du meinst, wir haben ihn hergeholt«, flüsterte Higgs. »Laß dich nicht ins Bockshorn jagen, Mann; begreifst du denn nicht, daß unsere mächtige Medizin den Kopf der Sphinx hoch in die Lüfte getragen und dort abgesetzt hat, wo du ihn jetzt siehst?«

»Ja«, warf ich ein, »und wir haben in der Höhle den Aufprall gespürt, als er auf dem Felsen landete.«

»Wie er hierher gelangt ist, kümmert mich nicht«, gab Japhet zurück, der nach allem, was er durchgemacht hatte, ganz entnervt schien. »Ich weiß nur, daß die Prophezeiung sich erfüllt hat und Harmac nach Mur gekommen ist. Und wo Harmac hingeht, werden die Fung ihm folgen.«

»Um so besser«, sagte Higgs respektlos. »Vielleicht kann ich ihn jetzt skizzieren und vermessen.«

Ich jedoch sah, wie Maqueda zitterte, denn auch sie hielt den Vorfall für ein schlechtes Omen, und Oliver schwieg ebenfalls, vielleicht, weil er die Wirkung dieses Omens auf die Abati fürchtete.

Das war nicht weiter verwunderlich, denn wie man den Gesprächen ringsum entnehmen konnte, war diese Wirkung sehr stark. Gleich Japhet schienen die Menschen zutiefst verängstigt zu sein. Wir hörten, wie sie Unheil prophezeiten und uns Gojim als böse Zauberer verfluchten, die nicht, wie versprochen, den Götzen der Fung zerstört, sondern nur bewirkt hätten, daß er nach Mur geflogen kam.

Hier darf ich erwähnen, daß sie damit sogar recht hatten. Wie wir später entdeckten, hatte die gewaltige Explosion den massigen Rumpf des steinernen Bildes nicht zerschmettert, statt dessen war die Druckwelle durch die Hohlräume in seinem Innern nach oben gerast, bis sie auf den massiven Kopf traf. Dann hatten die expandierenden Gase die gewaltige Felsmasse angehoben wie ein Spielzeug, sie in unbekannte Höhen geschleudert und auf den Bergen von Mur abgesetzt, wo sie wahrscheinlich für immer bleiben wird.

»Nun«, sagte ich, nachdem wir dieses erstaunliche Phänomen eine Weile betrachtet hatten, »wir sollten Gott danken, daß der Kopf nicht noch weiter geflogen und auf den Palast gestürzt ist.«

»Oh, hätte er das nur getan«, flüsterte Maqueda mit tränenerstickter Stimme. »Dann hättest du Gott wahrhaft danken können, denn in diesem Fall wäre ich wenigstens meiner Sorgen ledig gewesen. Kommt, Freunde, laßt uns gehen, ehe man uns entdeckt.«

17

Ich finde meinen Sohn

Um zum Paß zu gelangen, mußten wir das Feldlager des neu gebildeten Abati-Heeres durchqueren, und was wir auf dem Weg dorthin sahen, zeigte uns deutlicher als alle Worte oder Berichte, wie völlig demoralisiert diese Menschen waren. Wo Posten hätten aufgestellt sein sollen, war niemand zu sehen; wo man Soldaten erwartet hätte, standen Grüppchen von Offizieren im Gespräch mit Frauen; anstelle der Offiziere begegnete uns betrunkenes Gesindel.

Unbeachtet oder zumindest, ohne angesprochen zu werden, bahnten wir uns einen Weg durch die verwirrte, erregte Menge, bis wir schließlich das Hochländerregiment erreichten, das zum größten Teil aus Ziegenhirten bestand, armen Leuten, die auf den Berghängen rings um das Land Mur ihr Leben fristeten. Diese Menschen hatten mit ihren wohlhabenden Brüdern in den Ebenen nur wenig gemein, es waren kühne, schlichte Naturen, die sich ein paar Urtugenden der Menschheit wie Mut und Loyalität bewahrt hatten.

Wegen der ersten, aber auch wegen der zweiten dieser Eigenschaften hatte Joshua sie am Eingang des Passes postiert, denn ihm war wohl bewußt, daß nur sie allein ihn zuverlässig gegen einen schweren Angriff verteidigen konnten. Außerdem war es aus seiner Sicht wünschenswert, sie aus dem Weg zu haben, während er seine Pläne gegen das Königskind schmiedete, denn diese einfachen Menschen brachten ihrer Herrscherin von alters her eine fast abergläubische Verehrung entgegen.

Der Unterschied zwischen diesen Hochländern und den übrigen Abati wurde erkennbar, sobald wir ihre

Reihen erreichten. Die anderen Regimenter hatten wir ungefragt passieren können, hier wurden wir sofort von einem Vorposten angehalten. Japhet flüsterte dem Offizier ein paar Worte ins Ohr, die diesen bewogen, uns scharf zu mustern. Dann salutierte er vor der vermummten Gestalt des Königskindes und führte uns an ein Feuer, wo der Kommandant des Trupps und seine Untergebenen beisammensaßen und debattierten. Auf ein Zeichen oder ein Wort hin, das uns entgangen war, erhob sich der Kommandant, ein alter Mann mit langem, grauem Bart und sagte:

»Verzeiht, aber ich muß euch bitten, mir eure Gesichter zu zeigen.«

Maqueda warf die Kapuze ab und drehte den Kopf, so daß das Licht des Vollmondes darauf fiel, worauf der Mann sein Knie beugte und sagte:

»Was befiehlst du, o Walda Nagasta?«

»Ruf dein Regiment zusammen, und ich werde es euch sagen«, antwortete sie und ließ sich auf einer Bank neben dem Feuer nieder. Wir drei und Japhet stellten uns hinter sie.

Der Kommandant gab seinen Hauptleuten die entsprechenden Befehle, und alsbald nahmen die Hochländer, etwas über fünfhundert Mann an der Zahl, auf drei Seiten eines oberhalb von uns gelegenen Platzes Aufstellung. Als alle versammelt waren, bestieg Maqueda die Bank, auf der sie gesessen hatte, warf ihre Kapuze zurück, damit jeder im Feuerschein ihr Gesicht sehen konnte, und begann zu sprechen.

»Ihr Männer aus den Bergen, heute nacht, kurz nach der Zerstörung des Götzen der Fung, kam der Fürst Joshua, mein Onkel, zu mir und verlangte, daß ich mich ihm ausliefere. Ich weiß nicht, ob er mich töten oder aus Gründen der Staatsraison, wie er sagte, in seiner Burg am anderen Ende des Sees einsperren wollte oder ob er andere, nicht weniger schändliche Absichten verfolgte.«

Bei diesen Worten erhob sich ein Gemurmel unter den Zuhörern.

»Wartet«, bat Maqueda und hob die Hand, »es kommt noch schlimmer. Ich nannte meinen Onkel, den Fürsten Joshua, einen Verräter und empfahl ihm zu gehen, was er unter Drohungen auch tat. Bald darauf, ich weiß nicht, wann, zog er die Wachen ab, die eigentlich vor den Toren meines Palastes postiert sein sollten. Nun war ein Gerücht zu den Fremden in meinen Diensten gedrungen, wonach ich in Gefahr schwebte, und zwei von ihnen, der Mann, den man Schwarzfenster nennt und den wir aus den Händen der Fung befreiten, und der Soldat namens Quick eilten herbei, um über mich zu wachen, während der Herr Orme und der Doktor Adams in der Höhle blieben, um den Feuerfunken auszusenden, der den Götzen zerstören sollte. Die beiden waren nicht vergebens gekommen, denn wenig später erschien ein Trupp von Fürst Joshuas Männern, um mich zu entführen.

Schwarzfenster und sein Gefährte, der Soldat, kämpften mit großer Tapferkeit, ganz allein hielten sie den schmalen Verbindungsgang gegen eine große Übermacht und töteten mit ihren schrecklichen Waffen eine ganze Reihe von Gegnern. Zuletzt, ihr Männer aus den Bergen, stürmte der Krieger Quick den Gang hinunter und verjagte alle Diener Joshuas, die noch am Leben waren. Doch dabei wurde er tödlich verwundet. Ja, der wackere Mann ist tot, er gab sein Leben, um das Königskind aus den Händen ihrer eigenen Untertanen zu erretten. Auch Schwarzfenster wurde verwundet – ihr seht die Verbände um seinen Kopf. Bald darauf fanden sich der Herr Orme und der Doktor Adams und mit ihnen euer Bruder Japhet ein, die nur mit knapper Not lebend aus der Höhlenstadt entkommen waren, und da ich mich im Palast, wo sogar mein Schlafgemach mit Blut besudelt worden war, nicht mehr sicher fühlen konnte, floh ich mit ihnen und suche nun bei euch Zuflucht. Werdet ihr mir Schutz bieten, o ihr Männer aus den Bergen?«

»Ja, ja«, erscholl es aus allen Kehlen. »Befiehl, und wir werden gehorchen. Was sollen wir tun, o Königskind?«

Nun ließ Maqueda die Offiziere des Regiments beiseite treten, beriet sich mit ihnen und bat einen um den anderen um seine Meinung. Einige sprachen sich dafür aus, Joshuas Aufenthaltsort ausfindig zu machen und ihn unverzüglich anzugreifen. »Zertritt den Kopf der Schlange, und bald wird auch ihr Schwanz nicht mehr zucken!« sagten sie, und ich gestehe, daß auch uns ein solches Vorgehen in vieler Hinsicht empfehlenswert erschien.

Doch Maqueda wollte davon nichts hören.

»Was!« rief sie. »Soll ich einen Bürgerkrieg unter meinem Volk entfesseln, wenn womöglich der Feind vor unseren Toren steht?« Leise, nur für unsere Ohren, fügte sie hinzu: »Und wie sollen sich diese paar Hundert Mann, so tapfer sie auch sein mögen, gegen die Tausende unter Joshuas Kommando behaupten?«

»Was willst du denn tun?« fragte Orme.

»Mit den Hochländern in den Palast zurückkehren, o Oliver, um ihn mit Hilfe dieser Truppe gegen alle Feinde zu verteidigen.«

»Schön«, antwortete er. »Für den, der in die Irre gegangen ist, taugt eine Straße so viel wie die andere; er kann sich nur noch von den Sternen leiten lassen.«

»Ganz richtig«, pflichtete Higgs ihm bei; »und je früher wir aufbrechen, desto besser, denn mein Bein schmerzt, und ich brauche Schlaf.«

Also erteilte Maqueda den Offizieren ihre Befehle, und diese übermittelten sie dem Regiment, das sie mit lautem Beifall aufnahm und sofort daranging, das Lager abzubrechen.

Und nun folgte auf so viel Leid, Verlust und Zweifel völlig unverhofft der glücklichste Moment meines ganzen Lebens. Zu Tode erschöpft und ganz und gar entmutigt saß ich auf einer Pfeilkiste, wartete auf den Marschbefehl, beobachtete teilnahmslos Oliver und Maqueda, die in einiger Entfernung in eine ernsthafte Unterhaltung vertieft waren, und versuchte dazwischen immer wieder, den armen Higgs neben mir am Einschlafen zu hindern. Während ich noch damit beschäftigt war, wurde es plötzlich unruhig, und ich erblickte im hellen Mondlicht einen Mann, der von mehreren Abati-Wachposten ins Lager geleitet wurde. Wie ich an ihrer Kleidung erkannte, gehörten sie jener Kompanie an, die derzeit mit der Bewachung des unteren Paßeingangs betraut war.

Ich schenkte dem Vorfall weiter keine Beachtung, sondern dachte, man habe wohl einen Spion gefaßt, bis ein erstauntes Gemurmel und die allgemeine Erregung mir verrieten, daß sich etwas Außergewöhnliches zugetragen haben mußte. Nun erhob ich mich von meiner Kiste und schlenderte auf den Mann zu, der von Hochländern umringt war. Die Gruppe teilte sich, als ich hinzutrat, und die Männer verneigten sich mit staunendem Respekt vor mir, was mich unwillkürlich beeindruckte.

Dann sah ich den Gefangenen zum erstenmal. Er war groß, jung und von athletischem Körperbau, trug festliche Gewänder und hatte eine schwere Goldkette um den Hals, und ich fragte mich flüchtig, was jemand wie er in dieser Zeit nationalen Aufruhrs hier zu suchen hatte. Dann wandte er den Kopf, und das Mondlicht schien auf seine dunklen Augen und das ovale Gesicht mit dem schwarzen Spitzbart und den feingeschnittenen Zügen. Ich erkannte ihn sofort.

Es war mein Sohn Roderick!

Im nächsten Moment lag er, zum erstenmal seit vielen, vielen Jahren, in meinen Armen.

Ich weiß noch genau, daß ich ihn mit einer typisch angelsächsischen Wendung begrüßte, denn wir mögen uns noch so lange im Orient oder sonstwo aufhalten, die Gewohnheiten und Redewendung der Heimat werden sich nie ganz verlieren. Was ich sagte, war: »Wie geht's dir, mein Junge, und wie in aller Welt kommst du hierher?« Worauf er, langsam, gewiß, und mit fremdländischem Akzent antwortete:

»Gut, danke, Vater. Ich bin auf meinen zwei Beinen gelaufen.«

Inzwischen war Higgs herangehumpelt und begrüßte meinen Sohn mit großer Herzlichkeit, die beiden waren schließlich alte Freunde.

»Solltest du nicht heute abend heiraten, Roderick?« fragte der Professor.

»Ja, ja«, antwortete mein Sohn. »Nach Brauch der Fung, der für mein Herz nicht zählt, ich bin halb verheiratet. Sieh hier, das ist mein Hochzeitsstaat.« Er deutete auf die reich bestickte Robe und den kostbaren Schmuck.

»Und wo ist deine Frau?« fragte Higgs.

»Ich weiß nicht und kümmert mich auch nicht«, antwortete er, »denn mag ich diese Frau nicht leiden. Hat auch alles nichts zu sagen, bin ich nämlich nicht ganz mit ihr vermählt. Fung-Hochzeit dauert bei vornehmen Leuten zwei Tage und gilt nur, wenn alles vollständig. Sie kann also anderen heiraten, wenn sie will, und ich auch.«

»Was ist denn passiert?« fragte ich.

»Dies, Vater. Nachdem wir Hochzeitsmahl gegessen hatten, aber noch bevor wir vor Priester treten, hören wir plötzlich lauten Donner und sehen Feuersäule gen Himmel schießen, und obendrauf sitzen Haupt von Harmac, das in Himmel verschwinden und nicht wiederkommen. Dann springen alles auf und rufen:

›Magie von weißem Mann! Magie von weißem Mann! Weißer Mann töten den Gott, der da sitzen seit

Anbeginn der Welt, jetzt Tage der Fung gezählt, weil Prophezeiung erfüllt. Lauft, ihr Fung, lauft weg!‹

Auch Barung der Sultan zerreißen seine Kleider und rufen – ›Lauft weg, ihr Fung‹, und meine Halbfrau, sie zerreißen ebenfalls ihre Kleider und sagen gar nichts, rennen aber wie Antilope. Also rennen alle gen Osten auf großen Fluß zu und lassen mich allein zurück. Ich stehe auf und laufe auch – aber gen Westen, denn als ich mit Schwarzfenster«, er deutete auf Higgs, »in Bauch von Gott eingeschlossen, erzählt er mir, ehe er zu Löwen hinuntergelassen wird, was das ganze Spiel bedeuten, und ich deshalb keine Angst. Nun, ich laufen durch die Nacht und begegnen niemandem, bis ich zu Paß kommen, dann laufen weiter, bis ich auf Wachen treffen. Erzähle ihnen meine Geschichte, und sie mich nicht töten, sondern durchlassen, und dann bin ich endlich hier, wohlbehalten und gottlob ohne Fung-Frau, und damit Geschichte zu Ende.«

»Ich fürchte, da irrst du dich, mein Junge«, sagte ich, »du bist nur vom Regen in die Traufe geraten.«

»Von Regen in Traufe«, wiederholte er. »Ich das nicht verstehen; Vater müssen bedenken, daß ich kleiner Junge, als Khalifas Leute mich gefangennehmen, und seit damals ich kein Englisch sprechen, bis ich Schwarzfenster begegnen. Erst er mir geben Bibelbuch aus seiner Tasche, als er hinuntergehen, um sich von Löwen fressen zu lassen.« (Hier räusperte sich Higgs etwas peinlich berührt, denn bei ihm, den strengen Kritiker aller Religionen, hätte niemand eine Bibel vermutet, und murmelte etwas von ›alten Hebräerbräuchen‹.)

»Nun«, fuhr Roderick fort, »seitdem ich immer in diesem Buch lesen, und du siehst, mein ganzes Englisch wiedergekommen.«

»Die Frage ist nur«, sagte Higgs, ganz offensichtlich bemüht, das Thema zu wechseln, »ob auch die Fung wiederkommen werden.«

»O Schwarzfenster, ich nicht wissen, nicht sagen kann. Glaube aber nicht. Prophezeiung verheißt, daß Harmac nach Mur gehen, aber als sie sehen, wie sein Kopf in Himmel springen und dort bleiben, sie rennen alle Mann gen Sonnenaufgang, und ich glaube, sie rennen noch immer.«

»Aber Harmac ist tatsächlich nach Mur gekommen, Roderick«, sagte ich; »zumindest ist sein Haupt auf dem Felsen über der Stadt gelandet.«

»O mein Vater«, antwortete er, »das großer Unterschied. Wenn Fung erfahren, daß Haupt von Harmac hier, dann sie ihm sicher folgen, denn Haupt ist heiligstes Teil, und noch dazu sie wollen alle Abati aufhängen, weil nicht können leiden.«

»Nun, dann wollen wir hoffen, daß sie nichts davon erfahren«, gab ich zurück, um die Angelegenheit abzuschließen. Dann nahm ich Roderick bei der Hand, führte ihn zu Maqueda, die etwas abseits stand und unserem Gespräch zugehört aber natürlich kaum etwas verstanden hatte, stellte ihn ihr vor und erklärte in wenigen Worten, welches Wunder da geschehen war. Sie hieß meinen Sohn sehr freundlich willkommen und beglückwünschte mich zu seiner Errettung. Roderick hatte sie die ganze Zeit mit unverhohlener Bewunderung angestarrt. Nun wandte er sich an uns und sagte in seinem drollig gebrochenen Englisch:

»Walda Nagasta schönste Frau von Welt! Kein Wunder, daß König Salomon ihre Mutter lieben. Wenn Barungs Tochter, meine Frau, wäre wie sie gewesen, ich wären wahrscheinlich mit Fung durch großen Fluß in aufgehende Sonne gelaufen.«

Oliver übersetzte diese Bemerkung prompt, wir mußten alle lachen, auch Maqueda selbst, und waren sehr dankbar, in dieser tragischen Nacht wenigstens einmal Anlaß zu harmloser Fröhlichkeit gefunden zu haben.

Inzwischen war das Regiment bereit zum Aufbruch und hatte sich bereits kompanieweise aufgestellt. Ehe der Marsch jedoch tatsächlich angetreten wurde, verlangte der Offizier der Abati-Patrouille, die Roderick zu uns gebracht hatte, wir sollten ihm den Gefangenen ausliefern, damit er ihn seinem Oberkommandierenden, dem Fürsten Joshua übergeben könne. Das wurde natürlich abgelehnt, worauf der Mann schroff fragte:

»Auf wessen Befehl?«

Wie es der Zufall wollte, hörte ihn Maqueda, von deren Anwesenheit er nichts wußte, trat spontan vor und lüftete ihren Schleier.

»Auf meinen Befehl«, sagte sie. »Du solltest wissen, daß der Herrscher der Abati immer noch das Königskind ist und nicht der Fürst Joshua, und daß jeder, den ihre Soldaten gefangennehmen, ihr gehört und nicht ihm. Und jetzt geh zurück auf deinen Posten!«

Der Hauptmann starrte sie erschrocken an, salutierte und zog mit seinen Begleitern ab, freilich nicht wie befohlen zum Paß, sondern zu Joshua. Ihm meldete er, daß der Sohn des Goi eingetroffen sei und die Nachricht gebracht habe, das Volk der Fung sei tief erschüttert über die Zerstörung seiner Gottheit und fliehe kopflos über die Ebenen von Harmac, mit dem Ziel, den großen Fluß zu überqueren und niemals wiederzukehren.

Diese frohe Botschaft verbreitete sich mit Windeseile; so schnell in der Tat, daß wir bereits die Jubelschreie der verängstigten Menge auf dem großen Platz vernahmen, ehe wir uns noch recht auf den Weg gemacht hatten. Die drückende Angst, unter der die Menschen seit Wochen lebten, war plötzlich von ihnen genommen, und in ihrer Erleichterung gerieten sie ganz aus dem Häuschen. Sie entfachten Freudenfeuer, sie betranken sich, sie schmausten um die Wette, sie fielen sich in die Arme und prahlten damit, daß ganz allein ihre Tapferkeit das mächtige Volk der Fung für alle Zeiten in die Flucht geschlagen habe.

Unser Zug hatte sich mittlerweile in Bewegung gesetzt und wurde inmitten des allgemeinen Jubels kaum beachtet, bis wir mitten auf dem Platz von Mur angelangt und nur noch eine halbe Meile vom Palast entfernt waren. Hier hatte sich im Mondschein ein großer Truppenverband, an die zwei- bis dreitausend Mann, vor uns aufgebaut und wollte uns offenbar den Weg versperren. Trotzdem gingen wir so lange weiter, bis einige Offiziere angeritten kamen, sich an den Kommandanten des Hochländerregiments wandten und ihn fragten, wieso er seinen Posten verlassen habe und wohin er gehe.

»Ich gehe, wohin man es mir befiehlt«, antwortete er, »denn hier ist jemand, der höher steht als ich.«

»Wenn du damit den Goi Orme und seine Gefährten meinst, so lautet der Befehl des Fürsten Joshua, sie uns zu übergeben, damit sie ihm Bericht erstatten über ihr Tun in dieser Nacht.«

»Und der Befehl des Königskinds lautet«, gab der Hauptmann der Hochländer zurück, »sie zusammen mit ihr in den Palast zurückzugeleiten.«

»Dieser Befehl hat kein Gewicht«, behauptete der Sprecher dreist, »wurde er doch nicht vom Kronrat gebilligt. Liefere die Gojim aus, übergib uns das Königskind, das du in deine Gewalt gebracht hast, und kehre auf deinen Posten zurück. Man wird dir die Wünsche des Fürsten Joshua zu gegebener Zeit schon kundtun.«

Nun war Maquedas Geduld erschöpft.

»Ergreift diese Männer!« sagte sie, und der Befehl wurde unverzüglich ausgeführt. »Und nun schlagt dem, der sich erfrechte, meine Auslieferung und die meiner Offiziere zu fordern, den Kopf ab und übergebt ihn seinen Gefährten. Dies ist meine Antwort auf die Botschaft des Fürsten Joshua.«

Als der Mann, ein Feigling wie alle Abati, das hörte, warf er sich vor Maqueda zu Boden, versuchte den Saum ihres Gewandes zu küssen und flehte um Gnade.

»Du Hund!« wies sie ihn ab. »Du warst bei denen, die es heute nacht wagten, in mein Schlafgemach einzudringen. Oh, lüge nicht, denn ich erkenne deine Stimme und hörte, wie die anderen Verräter dich bei deinem Namen riefen. Hinweg mit ihm!«

Wir versuchten, uns für ihn zu verwenden, aber sie wollte nicht hören, nicht einmal auf Orme.

»Willst du etwa um Gnade für den Mörder deines Bruders flehen«, fragte sie, auf Quick anspielend. »Ich habe gesprochen!«

Also wurde er weggeschleppt, und alsbald kam eine traurige Prozession zurück, die etwas auf einem Schild vor sich her trug. Als sie die gegnerischen Reihen erreichte, erhob sich ein Murren, das Zorn, aber auch Angst verriet.

»Vorwärts!« befahl Maqueda. »Besetzt den Palast!«

Das Regiment formierte sich zu einem Quadrat, nahm Maqueda und uns in die Mitte und setzte sich abermals in Marsch.

Nun kam es zum Kampf. Die Abati umringten uns in großer Zahl, wagten es aber nicht, uns direkt anzugreifen, sondern schossen statt dessen Schwärme von Pfeilen ab, die eine ganze Reihe von Männern töteten oder verwundeten. Doch auch die Hochländer verstanden sich aufs Schießen, und sie hatten die besseren Bogen. Das Quadrat machte halt, die erste Reihe kniete nieder, die zweite blieb dahinter stehen. Sodann wurden auf Kommando die steifen Bogen gespannt, mit denen diese kühnen Männer sonst in ihren Bergen Löwen und Büffel jagten, und ein tödlicher Pfeil nach dem anderen zischte durch die Luft.

Auf dem weiten Platz waren die Abati-Massen, die keinerlei Kampferfahrung besaßen und daher ohne

Schlachtordnung kämpften, fast nicht zu verfehlen. Außerdem trugen sie nur leichte Harnische, die von den massiven, mit Widerhaken versehenen Pfeilen mühelos durchschlagen wurden. Nach zwei Minuten begannen diese tapferen Krieger zu wanken, nach dreien rannte alles, was an Männern und Pferden noch übrig war, in kopfloser Flucht zum Haupttrupp zurück. So mußten die Franzosen bei Crécy und Poitiers vor den furchtbaren Langbogen der Engländer geflohen sein, ein Vergleich, der nicht von ungefähr kam, fühlte man sich doch wahrhaftig in eine Schlacht des Mittelalters versetzt.

Oliver, der gespannt zugesehen hatte, trat zu Japhet und flüsterte ihm etwas ins Ohr. Der Hochländer nickte und begab sich im Laufschritt zum Kommandanten seines Regiments. Das Getuschel zeitigte bald ein Ergebnis, denn die Seiten des hohlen Quadrats schwenkten nach außen, und die Nachhut rückte auf und verstärkte die Mitte.

Die Hochländer hatten sich in Zweier- oder Dreierreihen aufgestellt, dahinter befanden sich nur noch etwa ein Dutzend Soldaten, die nun Maqueda in die Mitte nahmen und sie mit ihren Schilden vor verirrten Pfeilen schützten. Auch wir vier gesellten uns zu ihnen, außerdem etliche Mitläufer sowie jene Männer, die auf ihren Schilden die schwer verwundeten, nicht mehr gehfähigen Regimentsangehörigen trugen.

Wir ließen die Toten liegen und rückten vor, wobei wir einen Pfeilhagel nach dem anderen auf die Gegner losließen. Zweimal versuchten uns die Abati zu überrennen, zweimal trieben diese schrecklichen Pfeile sie zurück. Dann hängten sich die Hochländer auf ein weiteres Kommando ihre Bogen über die Schulter, zogen die Kurzschwerter und gingen ihrerseits zum Angriff über.

Fünf Minuten später war alles vorbei. Joshuas Soldaten ließen ihre Waffen fallen und rannten oder galoppierten nach allen Seiten davon, bis auf ein Häuflein, das durch die geöffneten Tore des Palastes und über die Zugbrücke in die Innenhöfe flüchtete. Die Hochländer verfolgten sie oder drängten sich vielmehr dazwischen und töteten alles, was sie erwischen konnten, denn sie waren nun außer Rand und Band und wollten nicht hören, obwohl Maqueda und ihre Offiziere ihnen befahlen, doch Gnade walten zu lassen.

So endete diese denkwürdige, nächtliche Schlacht bei Tagesanbruch, gewiß, es war nur ein keines Scharmützel, in das auf unserer Seite nicht mehr als fünfhundert und auf der anderen drei- bis viertausend Mann verwickelt waren, aber es kostete doch viele Menschenleben und leitete alles Unheil ein, das nun folgen sollte.

Immerhin waren wir erst einmal in Sicherheit, denn nach der Lehre, die wir Joshua eben erteilt hatten, würde er sicher nicht ohne ausgiebige Vorbereitung versuchen, die Doppelmauern und den Burggraben des Palastes zu stürmen. Dafür erwarteten uns neue Schwierigkeiten, denn aus irgendeinem Grund, den wir nie herausfanden, ging plötzlich der Flügel des Palastes, in dem sich Maquedas Privatgemächer befanden, in Flammen auf.

Ich persönlich glaube, daß der Brand durch eine brennende Lampe entfacht wurde, die neben dem Bett des Königskindes mit der aufgebahrten Leiche von Sergeant Quick stand. Vielleicht hatte sich ein Verwundeter im Raum versteckt und diese Lampe umgeworfen; vielleicht war auch durch die geöffneten Türen ein Luftzug entstanden und hatte die goldglitzernden Vorhänge mit dem Docht in Berührung gebracht.

Jedenfalls fingen die holzvertäfelten Räume Feuer, und hätte der Wind nicht günstig gestanden, so wäre vielleicht der ganze Palast in Schutt und Asche gelegt worden. So gelang es uns, das Feuer auf diesen einen

Teil zu begrenzen, der allerdings brannte binnen zwei Stunden bis auf die nackten Steinmauern nieder.

So wurde Sergeant Quick auf durchaus würdevolle Weise eingeäschert, dachte ich bei mir, während ich den Flammen zusah.

Als wir das Feuer soweit unter Kontrolle hatten, daß die Gefahr einer weiteren Ausbreitung gebannt war – wir hatten zu diesem Zweck den Verbindungsgang eingerissen, in welchem Higgs und Quick ihre große Schlacht geschlagen hatten – und alle Wachen eingeteilt waren, konnten wir uns endlich etwas Ruhe gönnen.

Maqueda bezog mit zwei oder drei ihrer Hofdamen – darunter auch die alte Amme, wie ich mich erinnere, die sie aufgezogen hatte, nachdem ihre Mutter bei ihrer Geburt gestorben war – ein paar leere Räume, deren es im Palast viele gab, während wir uns in den Gästezimmern, in denen wir auch bisher geschlafen hatten, niederlegten oder vielmehr fallen ließen, um bis zum Abend die Augen nicht wieder aufzutun.

Ich weiß noch, daß ich beim Erwachen glaubte, mich in einem aus Freude und Trauer gemischten Traum zu befinden. Oliver und Higgs schliefen noch tief und fest, aber mein Sohn Roderick war bereits aufgestanden, saß, immer noch in seinem Hochzeitsstaat, das hübsche Gesicht in nachdenkliche Falten gelegt, an meinem Bett und starrte mich unverwandt an.

»Du bist also wirklich da«, sagte ich und nahm seine Hand. »Ich dachte schon, ich träume.«

»Nein, Vater«, antwortete er in seinem eigenartigen Englisch. »Kein Traum, alles wahr. Sonderbare Welt, Vater. Sieh mich an! Seit so vielen Jahren – zwölf – vierzehn, ich lebe als Sklave unter Wilden und singe für sie, dann Priester für Fung-Götzen, immer dem Tode nahe, aber niemals sterben. Dann Sultan Barung findet Gefallen an mir, sagt, ich von weißer Rasse, muß Gemahl seiner Tochter werden. Dann dein Bruder Higgs zusammen mit mir Gefangener, erzählt mir, daß du all die Jahre nach mir gesucht. Dann Higgs den Löwen vorgeworfen, du ihn retten. Gestern ich soll Sultanstochter heiraten, die ich nur zweimal bei Festmahl für Götzen gesehen. Dann Harmacs Haupt fliegt gen Himmel, alle Fung rennen weg, ich renne auch weg und finde dich. Dann große Schlacht, viele werden getötet, ein Pfeil streift meinen Hals, aber nichts passiert.« Er deutete auf einen Kratzer direkt über der Drosselvene. »Und nun wir beisammen. O Vater, sehr sonderbare Welt! Ich glaube, irgendwo da oben ein Gott, der uns beschützen!«

»Das glaube ich auch, mein Junge«, antwortete ich, »und ich hoffe, Er wird es auch weiterhin tun, denn ich schwöre dir, wir schweben hier in größerer Gefahr als du, solange du bei den Fung warst.«

»Ach, das macht nichts, Vater«, antwortete er unbekümmert, denn Roderick hat ein glückliches Naturell. »Wie Fung-Sprichwort sagt, es gibt kein Haus ohne Tür, auch wenn viele Leute blind und sie nicht sehen können. Aber wir nicht blind, sonst wir längst tot. Werden Tür schon noch finden, aber da kommt Mann und will mit dir sprechen.«

Der Mann war Japhet, wie sich herausstellte, und das Königskind hatte ihm aufgetragen, uns zu ihr zu bringen, da sie uns etwas mitzuteilen habe. Also weckte ich die anderen, und nachdem ich die schmerzhaft angeschwollenen Fleischwunden des Professors verbunden hatte, suchten wir das Königskind im Torturm an der inneren Mauer auf. Sie begrüßte uns recht wehmütig und erkundigte sich bei Oliver, wie er geschlafen habe, und bei Higgs, ob seine Verletzungen ihm Beschwerden bereiteten. Dann wandte sie sich an meinen Sohn und beglückwünschte ihn zu seiner wundersamen Rettung und dazu, daß er seinen Vater wiedergefunden, wenn auch dafür seine Frau verloren habe.

»Es ist wahrlich ein Glück, o Sohn des Adams«, fügte sie hinzu, »wenn man so geliebt wird. Wie viele Väter würden vierzehn lange Jahre auf alles verzichten und unter Gefahr ihres Lebens nach ihrem Sohn suchen, würden Sklaverei, Schläge und Hunger auf sich nehmen und Hitze und Kälte der Wüste ertragen, nur um ein längst verlorenes Gesicht wiederzusehen? So hielt mein Stammvater David seinem Bruder Jonathan die Treue, und eine solche Liebe ist größer als die Liebe zu einer Frau. Sieh zu, daß du dich ihm und seinem Andenken dankbar erweist, solange du lebst, o Kind des Adams.«

»Das werde ich, das werde ich ganz gewiß, o Walda Nagasta«, versicherte Roderick, umarmte mich stürmisch und küßte mich vor aller Augen. Es ist nicht übertrieben, wenn ich sage, daß mich dieser Kuß voll kindlicher Liebe mehr als entschädigte für alles, was ich um seinetwillen durchgemacht hatte. Wußte ich doch nun, daß ich für keinen Unwürdigen gearbeitet und gelitten hatte, wie es so oft das Los ehrlicher Herzen ist in dieser schnöden Welt.

In diesem Moment kamen Maquedas Hofdamen mit dem Essen, und sie forderte uns auf, es uns munden zu lassen.

»Aber seid maßvoll«, lächelte sie wehmütig, »denn ich weiß nicht, wie lange die Vorräte reichen. Hört! Ich habe ein letztes Angebot von meinem Onkel Joshua erhalten. Ein Pfeil überbrachte es mir – kein Mann; wahrscheinlich wagte sich kein Mann mehr in meine Nähe, aus Angst, das gleiche Schicksal zu erleiden wie gestern dieser Verräter.« Damit zog sie einen Streifen Pergament hervor, der an einem Pfeilschaft befestigt gewesen war, entfaltete ihn und las:

»O Walda Nagasta, übergibst du uns die Gojim, die dich behext und dazu verführt haben, das Blut so vieler deiner Untertanen zu vergießen, und mit ihnen die Offiziere

der Hochländer, auf daß wir sie töten, so sollen alle übrigen verschont werden. Auch dir werde ich verzeihen und dich zu meinem Weibe machen. Widersetzt du dich aber, so sollen alle, die dir anhangen, dem Schwerte zum Opfer fallen, und du selbst erhältst keinerlei Zusagen.

›Auf Befehl des Kronrats‹,

JOSHUA, FÜRST DER ABATI.«

»Was soll ich darauf antworten?« fragte sie und sah uns neugierig an.

»Glaube mir«, entgegnete Orme achselzuckend, »wenn die treuen Offiziere nicht wären, ich müßte dir fast dazu raten, auf die Bedingungen einzugehen. Wir sind hier eingesperrt, draußen lauern Tausende, und selbst wenn sie keinen Angriff wagen, können sie uns doch aushungern, denn der Palast ist nicht auf eine Belagerung eingerichtet.«

»Du vergißt eine der Bedingungen, o Oliver!« sagte sie und deutete mit dem Finger auf den Abschnitt des Briefes, wo Joshua versprach, sie zu seinem Weibe zu machen. »Rätst du mir immer noch zur Kapitulation?«

»Wie könnte ich das?« antwortete er errötend und verstummte.

»Nun, dein Rat hat sich ohnehin erübrigt«, fuhr sie lächelnd fort, »denn ich habe, ebenfalls mittels eines Pfeils, meine Antwort bereits abgeschickt. Dies hier ist eine Abschrift.« Und sie las vor:

»An mein rebellisches Volk, die Abati:
Mein Onkel Joshua und ihr Angehörigen des Rates, die ihr das Schwert gegen mich erhoben habt, unterwerft ihr euch mir, auf daß man nach dem Gesetz der Alten mit euch verfahre, so soll keinem der anderen ein Haar gekrümmt werden. Weigert ihr euch aber, so hört meinen Schwur: Noch ehe die Nacht des neuen Mondes zu Ende geht, wird großes Leid herrschen in Mur, genau wie da-

mals in der Stadt Davids, als die Fahnen der Barbaren von den Mauern wehten. Wahrlich, ich sage euch, dies ist der Rat, der mir, der Tochter Salomons, in den langen Stunden der Nacht zuteil wurde. Entscheide, wie du willst, Volk der Abati, oder wie du mußt, sind doch dein Schicksal und das unsere längst bestimmt. Doch eines ist gewiß, ich und die Herren aus dem Westen sind deine einzige Hoffnung.

WALDA NAGASTA.«

»Was meinst du, o Maqueda«, fragte ich, »mit dem Rat, der dir in den langen Stunden der Nacht zuteil wurde?«

»Was ich sage, o Adams«, antwortete sie ruhig. »Nachdem wir uns im Morgengrauen getrennt hatten, fiel ich in tiefen Schlaf, und im Traum erschien mir eine schwarze Frau von königlicher Gestalt, in der ich meine große Vorfahrin, die Geliebte des Salomon erkannte. Sie sah mich traurig an, und doch spürte ich auch Liebe in ihrem Blick. Dann zog sie einen Vorhang wie aus dichten Wolken beiseite, der die Zukunft verbarg, und ich erblickte den jungen Mond, der über den Himmel zog, und darunter Mur, eine geschwärzte Ruine mit Straßen voller Leichen. Ja, sie zeigte mir noch mehr, Dinge, von denen ich nicht sprechen darf, die aber ebenfalls eintreffen werden, dann hob sie die Hände, als wolle sie mich segnen, und war verschwunden.«

»Alte Hebräerprophezeiung! Hochinteressant«, murmelte Higgs vor sich hin, während ich den Traum eher auf eine überreizte Phantasie und einen leeren Magen zurückführte. Nur zwei von uns waren beeindruckt, mein Sohn übrigens sehr viel stärker als Oliver, der an die ganze Geschichte vielleicht nur deshalb glaubte, weil er ohnehin jedes Wort von Maqueda für eine Offenbarung hielt.

»Gewiß wird alles so kommen, wie du sagst, Walda Nagasta«, erklärte Roderick im Brustton der Überzeugung. »Die Tage der Abati sind gezählt.«

»Warum sprichst du so, mein Sohn?« fragte ich.

»Weil ich, Vater, bei den Fung seit meiner Kindheit habe zwei Aufgaben, ich bin Sänger des Gottes, und ich bin Traumdeuter. Oh! lache nicht. Ich dir viele Träume kann erzählen, die so eintreffen, wie ich sie deute; Barungs Traum etwa, den ich so auslege, daß Harmacs Haupt nach Mur kommt, und siehe, da ist es.« Er drehte sich um und deutete durch die Tür des Turms auf den grimmigen Löwenkopf, der auf dem Felsen hockte und Mur belauerte wie ein Raubtier seine Beute. »Ich weiß, wann Träume wahr und wann Träume falsch; das ist eine Gabe wie meine Stimme. Und dieser Traum ist wahr, das ist alles.« Er verstummte, und ich sah, wie er Maquedas Augen suchte und die beiden einen ganz merkwürdigen Blick wechselten.

Orme dagegen sagte nur:

»Ihr Orientalen seid ein seltsames Volk, und wenn man an etwas glaubt, Maqueda, dann mag auch etwas daran sein. Aber ist dir auch bewußt, daß deine Botschaft Krieg bis zum Äußersten bedeutet, Krieg zwischen sehr ungleichen Gegnern?« Er sah hinaus auf die Abati, die sich in hellen Scharen auf dem großen Platz versammelten.

»Ja«, sagte sie leise. »Das ist mir bewußt, doch ich sage euch, o meine Freunde: unsere Lage mag hoffnungslos sein, und seltsame Dinge mögen geschehen, doch um den Ausgang dieses Krieges braucht ihr euch nicht zu sorgen.«

18

Der Palast brennt nieder

Orme hatte recht. Maquedas trotzige Antwort bedeutete tatsächlich Krieg, ›einen ungleichen Krieg‹. Für uns stellte sich die Lage folgendermaßen dar: Wir saßen in einer langen Reihe von Gebäuden fest, deren eine Seite abgebrannt war, die aber infolge des Grabens und der Doppelwälle bei einigermaßen beherzter Verteidigung nur von einem sehr mutigen und wild entschlossenen Feind gestürmt werden konnte, der auch große Verluste an Menschenleben in Kauf nahm. Dieser Umstand sprach zu unseren Gunsten, denn Mut war nicht gerade die Stärke der Abati, und die Vorstellung, getötet oder auch nur verwundet zu werden, war ihnen in tiefster Seele zuwider.

Leider war dies auch unser einziger Trumpf. Wenn man die Verluste der vergangenen Nacht abzog, belief sich unsere Streitmacht auf kaum mehr als vierhundert Mann, und davon waren fünfzig zum Teil schwer verwundet. Außerdem war die Munition knapp, denn die Hochländer hatten bei der Schlacht auf dem großen Platz die meisten ihrer Pfeile verschossen, und wir sahen keine Möglichkeit, an neue zu kommen. Am schlimmsten war freilich, daß man im Palast nicht auf eine Belagerung eingerichtet war und die Hochländer nur drei Tagesrationen sonnengetrocknetes Rind- oder Ziegenfleisch und eine Art harter Kekse aus Mais und Gerstenmehl bei sich hatten. Wenn es uns also nicht gelang, mehr Proviant zu beschaffen, würde unsere Sache bald hoffnungslos stehen, soviel war uns von Anfang an klar.

Und es gab noch eine Gefahr. Der Palast selbst war zwar aus Stein erbaut, doch die vergoldeten Kuppeln und die Ziertürmchen waren aus Holz und konnten deshalb, wie sich ja bereits gezeigt hatte, leicht in Brand gesteckt werden. Auch das Dach bestand aus uralten Zedernbalken, die nur mit einer dünnen Schicht Zement überkleistert waren, und die Innenwände waren großflächig mit Paneelen oder vielmehr Brettern aus harzreichem Holz verkleidet.

Dagegen waren die Abati reichlich mit Vorräten und Waffen aller Art versehen und konnten uns mit ihrer großen Streitmacht einkesseln, auch wenn sich diese nur aus ängstlichem und undiszipliniertem Pöbel zusammensetzte.

Nun, wir trafen alle erdenklichen Vorbereitungen, wovon ich freilich nicht viel zu sehen bekam, da ich den ganzen Tag damit beschäftigt war, mit Hilfe meines Sohnes und einiger recht grober Sanitäter, die ihre medizinischen Erfahrungen hauptsächlich beim Kastrieren von Rindern gesammelt hatten, die Verwundeten zu betreuen. Ohne Betäubungsmittel, einen ausreichenden Vorrat an Verbandmaterial und verschiedene Geräte war dies ein elendes Geschäft. Mein Arztkoffer war sehr großzügig ausgestattet, doch zur Behandlung von Kriegsopfern genügte er bei weitem nicht. Trotz allem tat ich mein Bestes und konnte auch einigen Männern das Leben retten, viele Fälle starben mir freilich einfach unter den Händen am Wundbrand.

Inzwischen taten auch Higgs, der trotz seiner heftig schmerzenden Fleischwunden einen bewundernswerten Eifer an den Tag legte, und Orme mit Hilfe von Japhet und den anderen Offizieren des Hochländerregiments, was in ihren Kräften stand. Der ganze Palast wurde gründlich inspiziert und alle Schwachstellen in den Verteidigungsanlagen beseitigt. Die verfügbaren Streitkräfte wurden in verschiedene Wachen aufgeteilt und möglichst günstig postiert. Eine Reihe von Männern stellte man dazu ab, aus den in den hölzernen Ställen und Nebengebäuden an der Rückseite des

Haupthauses reichlich vorhandenen Zedernbalken Pfeilschäfte herzustellen und selbige mit Eisenspitzen und Federn – von beidem entdeckte man zum Glück in einem der Wachhäuschen einen größeren Vorrat – zu versehen. Ein paar Pferde, die sich in einem Schuppen fanden, wurden geschlachtet und das Fleisch eingepökelt und so weiter.

Auch traf man alle nur möglichen Vorkehrungen, um einen Erstürmungsversuch abzuwehren, man stapelte Pflastersteine auf, um sie etwaigen Angreifern auf den Kopf zu werfen, und entzündete Feuer auf den Wällen, um zum gleichen Zweck Pech, Öl und Wasser zu erhitzen.

Sehr zu unserer Enttäuschung gab es jedoch keinen direkten Angriff, solche Verzweiflungstaten waren nicht nach dem Geschmack der Abati. Ihre Strategie bestand vielmehr darin, Deckung zu suchen, wo immer das möglich war, hauptsächlich aber unter den Bäumen im Garten vor den Toren, und von dort aus jeden, der sich auf den Wällen blicken ließ, mit Pfeilen zu beschießen, oder auch, wie einst die Normannen bei Hastings, ganze Pfeilsalven gen Himmel zu schicken, die dann auf die Köpfe der eventuell in den Höfen des Palastes Versammelten niedergingen. Diese Methode kostete uns etliche Männer, aber dafür hatte sie den Vorteil, uns mit dringend benötigter Munition zu versorgen. Alle verschossenen Pfeile wurden sorgfältig eingesammelt und wieder verwendet, wenn wir bei jeder sich bietenden Gelegenheit auf unsere Feinde schossen. Viel richteten wir damit freilich nicht aus, da sie sorgsam darauf bedacht waren, sich vor unseren Blicken zu verbergen.

Auf diese Weise schleppten sich drei Tage ohne besondere Vorkommnisse hin, abgesehen vielleicht von einem Scheinmanöver – denn mehr war es kaum – der Abati in der zweiten Nacht, wobei sie offenbar versuchen wollten, im Schutze eines Gewitters die großen Tore aufzubrechen. Der Vorstoß wurde sofort entdeckt und mit zwei oder drei Pfeilsalven und einigen Gewehrschüssen zurückgeschlagen. Diese Gewehre, deren wir an die zwanzig besaßen, jagten den Abati einen wahrhaft heillosen Schrecken ein. Wir suchten uns ein paar von den intelligenteren Soldaten aus, gaben ihnen die Ersatzflinten und brachten ihnen bei, damit umzugehen, und obwohl sie miserable Schützen waren, gelang es im Verein mit unseren besser gezielten Schüssen doch, den Feind in seine Deckung zurückzutreiben. Ja, nachdem die Gegner ein- oder zweimal die Wirkung der Kugeln zu spüren bekommen hatten, wagte sich im Umkreis von fünfhundert Yard kein einziger Mann mehr bei Tageslicht ins Freie.

Am dritten Nachmittag hielten wir Kriegsrat, um zu beschließen, was nun geschehen sollte, denn seit vierundzwanzig Stunden war allen klar, daß es so nicht weitergehen konnte. Erstens waren unsere Lebensmittelvorräte so stark zusammengeschrumpft, daß wir unsere Truppe nur noch zwei weitere Tage vor dem Verhungern bewahren konnten. Auch erlahmte in dieser Atmosphäre des Müßiggangs zusehends die Begeisterung der Soldaten, obwohl sie sich durchaus als tapfer erwiesen hatten, als es hart auf hart ging. Immer häufiger saßen sie nun in kleinen Gruppen beisammen, redeten von ihren Frauen und Kindern und malten sich aus, was Joshua wohl alles mit ihnen anstellen würde; auch um ihr Vieh und ihre Ernte sorgten sie sich, gewiß würde alles verwüstet und ihre Häuser niedergebrannt, jammerten sie. Maqueda versprach ihnen, nach dem Krieg jeden Verlust fünffach zu ersetzen, aber vergebens, denn im tiefsten Herzen hielten sie offenbar nur einen Ausgang für möglich. Und wie, fragten sie, wolle ihnen das Königskind ihre Kinder zurückbringen, wenn diese erst einmal tot wären?

Bei dieser sorgenvollen Konferenz wurden alle denkbaren Pläne besprochen und schließlich festgestellt, daß letzten Endes zwei Möglichkeiten übrig blieben – zu kapitulieren, oder den Stier bei den Hörnern zu packen, bei Nacht einen Ausfall zu machen und Joshua anzugreifen. Auf den ersten Blick erschien das letztere Vorhaben wie reiner Selbstmord, doch in Wirklichkeit war es gar nicht so aussichtslos. In Anbetracht der Feigheit der Abati ließ sich nicht ausschließen, daß sie vor ein paar Hundert entschlossenen Männern zu Tausenden die Flucht ergreifen würden und, sobald sich ein Sieg für das Königskind abzeichnete, die Mehrheit ihrer Untertanen sich wieder zu ihr bekannte. Wir zogen also diesen Plan einer Kapitulation vor, wußten wir doch, daß diese für uns den sicheren Tod bedeuten würde, während Maqueda nur die Wahl zwischen dieser letzten, schrecklichen Lösung aller ihrer Probleme und einer erzwungenen Heirat bliebe.

Doch davon mußten auch noch andere überzeugt werden, die Hochländer nämlich. Japhet, der an der Besprechung teilgenommen hatte, wurde ausgeschickt, um alle außer den Wachhabenden zusammenzurufen, und als sie sich im großen Innenhof eingefunden hatten, ging Maqueda hinaus und sprach zu ihnen.

Ich erinnere mich nicht mehr an den genauen Wortlaut ihrer Rede und hatte mir auch keine Notizen gemacht, ich weiß nur, daß sie sehr schön und ergreifend war. Maqueda beschrieb das Dilemma, in dem wir uns befanden, und betonte, wir könnten nicht länger zwischen zwei Extremen verharren, sondern müßten entweder kämpfen oder uns ergeben. Um ihre eigene Person sei ihr nicht bange, versicherte sie, denn trotz ihrer Jugend und ihres hohen Ranges hänge sie nicht am Leben und gäbe es viel lieber hin, als sich in eine Ehe hineintreiben zu lassen, die sie für eine Schande halte, und wider Willen mit Verrätern an einem Strang zu ziehen.

Wir Fremden lägen ihr freilich am Herzen. Auf ihre Bitte seien wir in ihr Land gekommen, wir hätten ihr treu gedient, einer von uns habe sogar sein Leben geopfert, um sie zu beschützen, und nun drohe uns trotz ihrer Zusicherungen und der Garantien des Rates ein grausamer Tod. Ob es denn um die Ehre und die Gastfreundschaft ihrer Untertanen so schlecht bestellt sei, daß sie ein solches Unrecht duldeten, ohne die Hand zu unserer Rettung zu erheben?

Darauf rief die Mehrheit ›Nein‹, doch einige schwiegen, und ein alter Hauptmann trat vor, salutierte und ergriff das Wort.

»Königskind«, sagte er, »wir sollten dieser Sache auf den Grund gehen. Sind alle diese Schwierigkeiten nicht deshalb entstanden, weil du den fremden Soldaten Orme liebst? Ist diese Liebe nach unseren Gesetzen nicht verboten, und bist du nicht zudem in aller Form mit dem Fürsten Joshua verlobt?«

Maqueda überlegte eine Weile, dann antwortete sie mit Bedacht:

»Freund, mein Herz gehört mir, deshalb mußt du dir die erste Frage selbst beantworten. Was nun meinen Onkel Joshua angeht, so wurde der Vertrag zwischen uns, so er denn noch Bestand hatte, vor ein paar Nächten gebrochen, als er seinen Dienern Waffen gab und sie ausschickte, mich zu überfallen und an einen unbekannten Ort zu verschleppen. Soll ich etwa einen Mann heiraten, der ein Verräter und ein Feigling ist? Ich habe gesprochen.«

»Nein«, rief die Mehrheit der Soldaten abermals.

In das nun eintretende Schweigen hinein erwiderte der alte Hauptmann mit fast schottisch anmutender Gerissenheit:

»Du hast eine Frage aufgeworfen, o Königskind, zu der ich mich nicht äußern will, denn du bist doch nur eine wenn auch hochgestellte Frau und würdest ohnehin nicht auf mich hören, sondern gewiß deinem

Herzen folgen, von dem du eben schon sprachst, wohin es dich auch immer führen mag. Diesen Streit wirst du wohl allein mit deinem Verlobten Joshua austragen müssen. Aber auch wir haben mit Joshua einen Streit auszutragen, und er ist eine Kröte mit langer Zunge, ein scheinbar schwerfälliges Tier, dem doch keine Fliege entkommt. Wir haben uns auf deine Seite geschlagen, wir haben viele von seinen Anhängern getötet, von uns fielen dagegen nur wenige. Das wird er uns nicht vergessen, und deshalb erscheint es mir klug, in dem Nest auszuharren, das wir uns gebaut haben, denn in der Schlacht stirbt es sich immer noch besser als am Galgen. Deshalb, und da unseres Bleibens hier nicht länger ist, bin ich bereit, heute nacht den Ausbruch zu wagen und für dich zu kämpfen, obwohl Joshuas Leute so viele sind und wir so wenige, daß es reines Glück wäre, wenn ich den nächsten Sonnenaufgang noch erlebte.«

Diese harten, nüchternen Worte schienen die Gegner des Plans wachzurütteln, sie gaben ihren Widerstand auf, und wir beschlossen, etwa eine Stunde vor Morgengrauen, wenn die Feinde in tiefem Schlaf lagen und am ehesten in Schrecken zu versetzen waren, den Versuch zu unternehmen, uns durch das Belagerungsheer zu kämpfen.

Freilich sollte dieser Ausbruch niemals stattfinden, und das war vielleicht unser Glück, denn ich bin überzeugt, daß er niemals gelungen wäre. Gewiß, wir hätten uns vielleicht durch Joshuas Heer hindurchschlagen können, doch danach hätte man alle Überlebenden umzingelt und ausgehungert, um uns, wenn unsere Kräfte erschöpft und unsere Munition verschossen war, gefangenzunehmen oder sofort zu töten.

Wie auch immer, die Dinge nahmen einen anderen Verlauf, vielleicht, weil die Abati von unseren Absichten Wind bekamen und für einen offenen Kampf gegen verzweifelte Männer nicht den Mut aufbrachten. Wie es der Zufall wollte, war es in dieser Nacht von Sonnenuntergang bis Mondaufgang so stockdunkel, daß man die Hand nicht vor den Augen sehen konnte, außerdem blies ein starker Ostwind, der alle Geräusche übertönte. Wir hatten nur wenige Wachen aufgestellt, denn unsere Männer sollten ausgeruht sein, wenn die Zeit kam, sich auf das große Wagnis vorzubereiten. Auch rechneten wir kaum mit einem direkten Angriff.

Gegen acht Uhr meldete jedoch mein Sohn Roderick – er war einer der Wächter in den Tortürmen –, der ein sehr feines Gehör besaß, er glaube bemerkt zu haben, daß sich hinter den massiven Holztoren jenseits des Grabens etwas rege. Einige von uns gingen hin und lauschten, hörten aber nichts und nahmen an, er habe sich geirrt. Also kehrten alle auf ihre Posten zurück und warteten geduldig, daß der Mond aufginge. Doch der Mond ging nicht auf, jedenfalls konnten wir ihn nicht sehen, weil der Himmel von schweren Gewitterwolken bedeckt war – ein Zeichen, daß ein Ende der großen Hitzewelle bevorstand. Da der Wind sich inzwischen gelegt hatte, kamen diese Wolken nicht von der Stelle und schirmten alles Licht ab.

Wieder war etwa eine Stunde vergangen, als ich mich zufällig umblickte und glaubte, vom Felsen hinter dem Palast, jenem Felsen, auf dem nach der Explosion das Haupt des Götzen Harmac niedergegangen war, einen Meteor fallen zu sehen.

»Sehen Sie nur, eine Sternschnuppe«, sagte ich zu Oliver, der neben mir stand.

»Das ist keine Sternschnuppe, das ist Feuer«, rief er überrascht, und in diesem Moment regneten auch schon Dutzende von weiteren Lichtstreifen von der Felswand herab und landeten auf den durch die Hitze zundertrockenen Holzbauten hinter dem Palast und, was noch schlimmer war, den vergoldeten Holzkuppeln auf dem Dach.

»Wissen Sie nicht, was das bedeutet?« fuhr er fort. »Sie haben Feuerbrände an die Pfeile gebunden, um uns auszuräuchern. Schlagen Sie Alarm. Schlagen Sie Alarm!«

Ich gehorchte, und bald ging es in der langen Gebäudereihe zu wie in einem Bienenstock. Die schlaftrunkenen Soldaten rannten verstört hin und her und riefen wild durcheinander. Auch bei den Offizieren kam in dieser Schreckensstunde die typische Hysterie der Abati zum Durchbruch, sie brüllten ihre Untergebenen unbeherrscht an und prügelten mit Fäusten und Schwertern auf sie ein, bis endlich eine gewisse Ordnung hergestellt war.

Nun versuchte man, die Brände zu löschen, die inzwischen an einem halben Dutzend verschiedener Stellen ausgebrochen waren. Es war von Anfang an ein hoffnungsloses Unterfangen. Gewiß, der Graben führte genügend Wasser, denn er wurde von einem niemals versiegenden Bach gespeist, der dahinter von der Felswand herabstürzte, aber die Abati kannten keine Pumpen irgendwelcher Art. Wenn hier ein Haus Feuer fing, so ließ man es einfach abbrennen und begnügte sich damit, die umliegenden Gebäude zu schützen. Überdies war man selbst im Palast mit Gefäßen wie Eimern oder Krügen nur spärlich versehen.

Was wir finden konnten, wurde jedoch mit Wasser gefüllt und über Menschenketten an die am meisten gefährdeten Stellen weitergereicht – also praktisch überallhin –, daneben versuchten einige Männer, die Ausbreitung der Flammen dadurch zu verhindern, daß sie ganze Gebäudeteile niederrissen.

Doch kaum war ein Brandherd gelöscht, da brach das Feuer auch schon an anderer Stelle von neuem aus, denn von der Felswand kam ein nicht enden wollender Regen aus brennenden Pfeilen und Feuertöpfen oder mit Öl gefüllten Lampen herab. Einen schaurigen Anblick boten diese zuckenden Lichter, man fühlte sich an die feurigen Blitze gemahnt, die am Tage von Harmageddon auf die Sünder niederfahren werden.

Dennoch schufteten wir verzweifelt weiter. Wir vier Weißen standen mit einigen Soldaten unter Japhets Kommando auf dem Dach und gossen Wasser auf die vergoldeten Kuppeln, die nun alle brannten. Unweit davon stand Maqueda in einem schwarzen Umhang bei einigen ihrer Hofdamen. Sie war ganz ruhig, obwohl etliche brennende Pfeile und Speere mit großer Wucht von der Felswand herabsausten und ganz in ihrer Nähe in das flache Dach einschlugen.

Ihre Damen nahmen sich freilich kein Beispiel an dieser Gelassenheit. Sie rangen weinend die Hände, eine bekam sogar einen hysterischen Anfall, so groß war ihr Entsetzen. Daraufhin drehte sich Maqueda um und befahl allen, sich in den Hof vor dem Tor zu begeben, sie würde bald zu ihnen kommen. Die Frauen hasteten davon, erleichtert, dem Anblick dieser brennenden Pfeile zu entgehen, deren einer eben erst einen Mann getroffen und seine Kleider und sein Haar in Brand gesetzt hatte, worauf der Ärmste in wahnsinniger Angst vom Dach gesprungen war.

Auf Olivers Bitte hin näherte ich mich dem Königskind, um sie, wenn möglich, an einen weniger gefährdeten Ort zu bringen. Aber sie wollte ihren Platz nicht verlassen.

»Laß mich hier, o Adams« bat sie. »Hier will ich sterben, wenn es denn sein muß. Freilich glaube ich nicht, daß es mir so bestimmt ist.« Dabei stieß sie mit dem Fuß einen brennenden Speer beiseite, der vom Zementdach abgeprallt und dicht neben ihr gelandet war. »Meine Untertanen mögen zwar nicht kämpfen«, fuhr sie mit bitterem Sarkasmus fort, »aber auf die anderen Künste des Krieges verstehen sie sich sehr wohl, denn dies war ein geschicktes Manöver. Und grausam sind sie obendrein. Hör nur, wie sie draußen auf dem Platz über uns spotten. Sie fragen, ob wir bei lebendigem Leibe braten oder herauskommen wollen, um uns die Kehle durchschneiden zu lassen. Oh!« fuhr sie fort und ballte die Fäuste. »Oh! was mußte ich als Oberhaupt dieses verfluchten Volkes geboren werden? Von mir aus können sie alle ins Sheol* fahren, keinen Finger werde ich am Tag der Drangsal heben, um sie zu retten.«

Sie verstummte, und in diesem Moment hörte ich unten vor dem Tor irgendeinen Grobian schreien: »Nun, ihr hübschen Täubchen! Haben eure Federn schon Feuer gefangen? Nun springt schon in die Pfanne, ihr hübschen Täubchen!« Dann brach er in lautes, vulgäres Gelächter aus.

Wie es das Schicksal wollte, sollte dieser Hund selbst in die ›Pfanne‹ wandern. Als die Flammen heller loderten, entdeckte ich ihn inmitten einer Schar von Bewunderern. Wieder grölte er sein schmutziges Lied, nur diesmal eine andere Strophe, die von Maqueda handelte und deren Wortlaut ich nicht wiedergeben werde. Das Glück war mir hold, und ich konnte ihm eine Kugel durch den Kopf jagen. Unter diesen Umständen und bei den herrschenden Lichtverhältnissen war es kein schlechter Schuß, der einzige, den ich in dieser Nacht abgab und hoffentlich der letzte, den ich jemals auf einen Menschen abgeben werde.

Gerade als ich mich von Maqueda abwenden wollte, um Orme ihre Botschaft zu übermitteln, sie wolle bleiben, wo sie sei, kam es zur größten Katastrophe. Bei den Ställen befand sich auch ein großer Schuppen voll Rauhfutter für die Pferde und Kamele

---

* althebräisches Totenreich – *Anm. d. Übers.*

des Palastes. Dieser stand plötzlich lichterloh in Flammen, und das Feuer breitete sich nach allen Seiten aus. Noch einmal brach eine schreckliche Panik aus. Aus allen Winkeln des Palastes strömten die Hochländer, Offiziere wie einfache Soldaten zusammen und eilten zum Tor hinab. Eine Minute später befand sich außer uns vieren und Maqueda nur noch Japhet auf dem Dach, und wir waren alle vor Schreck wie gelähmt und wußten nicht, was wir tun sollten. Wir hörten die Zugbrücke herabfallen; wir hörten die großen Tore unter dem Druck des Pöbels aufspringen; wir hörten eine rauhe Stimme – ich glaubte, Joshua zu erkennen –, und sie schrie:

»Tötet, wen ihr wollt, meine Kinder, doch wer dem Königskind auch nur ein Haar krümmt, ist selbst des Todes. Sie ist meine Beute!«

Was nun folgte, ließ uns Hören und Sehen vergehen. Die listenreichen Abati hatten Seile vor die Tore gespannt; das waren die Geräusche, die am frühen Abend an Rodericks Ohr gedrungen waren. Über diese Seile stolperten die verschreckten, vor dem Feuer flüchtenden Soldaten, stürzten zu Boden und konnten sich wegen der Nachdrängenden nicht mehr erheben. Ich weiß nicht von allen, was ihnen widerfuhr, doch mit Sicherheit wurden viele zu Tode getrampelt und noch viel mehr von Joshuas Leuten erschlagen. Ich kann nur hoffen, daß wenigstens einige entkamen, denn im Vergleich zu den übrigen Abati waren sie die reinen Löwen, obwohl auch sie wie das ganze Volk angesichts widriger Umstände nicht genug Stehvermögen zeigten.

In den ersten Minuten dieser grauenvollen Szene erschoß ich den unflätigen Sänger.

»Das hätten Sie besser nicht getan, alter Junge«, kreischte Higgs, der trotz seiner schrillen Stimme Mühe hatte, den Tumult zu übertönen. »Nun wissen diese Schweine, wo wir sind.«

»Hierher werden sie bestimmt nicht kommen«, gab ich zurück.

Dann sahen wir eine Weile schweigend zu.

»Komm«, sagte Orme schließlich und nahm Maqueda bei der Hand.

»Wo willst du hin, o Oliver?« fragte sie, ohne sich von der Stelle zu rühren. »Lieber verbrenne ich, als daß ich mich Joshua ausliefere.«

»Ich will in die Höhlenstadt«, erklärte er. »Das ist unsere einzige Zuflucht, und wir haben keine Zeit mehr zu verlieren. Da unten können sich vier mit Gewehren bewaffnete Männer gegen ein tausendköpfiges Heer verteidigen. Nun komm.«

»Ich gehorche«, antwortete sie und senkte den Kopf.

Vom Dach, wo sich die Palastbewohner tagsüber gerne aufhielten und, wie im Orient üblich, bei heißem Wetter auch des Nachts schliefen, führte eine Treppe nach unten. Wir hätten keine Minute länger zögern dürfen. Das Feuer hatte von einer der Kuppeln auf das obere Stockwerk übergegriffen, und schon züngelten kleine Flämmchen, vermischt mit schwarzen Rauchfäden durch die Risse in der brüchigen Decke.

Diese Decke stürzte übrigens genau in dem Moment ein, als mein Sohn Roderick als letzter die Treppe hinunterstieg. Neugierig, wie die Jugend nun einmal ist, war er noch ein wenig geblieben, um die traurige Szene zu betrachten, und das hätte ihn beinahe das Leben gekostet.

Im Erdgeschoß waren wir vorerst außer Gefahr, denn in diesem Teil des Palastes fraß sich das Feuer von oben nach unten. Wir fanden sogar noch Zeit, unsere Schlafräume aufzusuchen und so viel von unseren Habseligkeiten und Wertsachen einzusammeln, wie wir tragen konnten. Zum Glück nahmen wir auch unsere sämtlichen Notizbücher mit, die heute von unschätzbarem Wert sind. Schwerbepackt begaben wir uns sodann in den Audienzsaal, der abgesehen von der Hitze unverändert schien, eine riesige, leere Halle, die Decke mit Sternen bemalt und auf dicken, aus jeweils einem einzigen Baum gehauenen Zedernpfeilern ruhend.

Von diesem prunkvollen Raum aus, der schon eine Stunde später nicht mehr existierte, gelangten wir, ohne einer Menschenseele zu begegnen, mit unseren Lampen – sogar sie hatten wir noch holen und anzünden können – in den Gang, der zur unterirdischen Stadt führte.

Ein anders geartetes Volk hätte nun gut und gerne den Palast stürmen und uns gefangennehmen können, denn noch war die Zugbrücke heil. Die Abati fürchteten jedoch, das Feuer könnte ihnen den Rückweg abschneiden, und ihre Feigheit war unsere Rettung. Das ist zumindest meine Überzeugung, wenngleich ich gerechterweise einräumen muß, daß es vielleicht nicht so ohne weiteres möglich war, die von gestürzten oder toten Soldaten blockierten Tore freizubekommen, und daß es auch schwierig gewesen wäre, über die Leichen hinwegzusteigen.

Diese Erklärung bekamen wir jedenfalls hinterher zu hören.

Jedenfalls erreichten wir völlig ungehindert den Einstieg zu der riesigen Höhle und zwängten uns durch den kleinen Durchlaß zwischen den Felstrümmern, die durch die Wucht der Explosion hierhergerollt oder von oben herabgestürzt waren. Dieses Loch, denn mehr war es nicht, verbarrikadierten wir sodann mit Steinen, so daß es nur mit Mühe und unter beträchtlichem Lärm freigelegt werden konnte, und ließen nur einen kleinen, gewundenen Stollen offen, durch den notfalls ein Mann kriechen konnte.

Das mühsame Steineschleppen, an dem sich sogar Maqueda beteiligte, beschäftigte uns eine ganze Weile und erfüllte uns sogar mit trügerischer Zuversicht. Doch als die Arbeit getan war und sich die unheimliche Stille der gewaltigen Höhle – ein allzu krasser Gegensatz zu dem Getöse aus prasselnden Flammen und menschlichem Geschrei, das wir hinter uns gelassen hatten – so jäh auf uns herabsenkte wie die kalte, pechschwarze Nacht eines Gewitters in den sonnigen Bergen auf einen Wanderer, da war unsere ganze Erregung wie weggeblasen. Schlagartig wurde uns klar, in welch auswegloser Lage wir uns befanden, und es schien, als seien wir dem roten Feuer nur entronnen, um in der schwarzen Finsternis langsam zugrundezugehen.

Dennoch bemühten wir uns nach Kräften, den Mut nicht sinken zu lassen. Higgs blieb zurück, um den blockierten Gang zu bewachen, eine im Grunde überflüssige Vorsichtsmaßnahme, war doch das Feuer der beste Wächter, und wir übrigen tasteten uns an dem Telefondraht entlang, den der arme Quick in jener Nacht gelegt hatte, als der Gott Harmac gesprengt wurde, in die Höhle vor, bis wir den alten Tempel, unser altes Hauptquartier beim Tunnelbau erreichten. Das Zimmer, das Oliver bewohnt hatte und aus dem wir nach der Sprengung nur unter so großen Schwierigkeiten entkommen waren, konnten wir nicht betreten, weil der steinerne Türsturz noch immer den Eingang versperrte. Doch gab es in dem alten Gemäuer genügend andere Räumlichkeiten, freilich verschmutzt vom Kot der Fledermäuse, die uns zu Tausenden umschwirrten und offenbar irgendeinen geheimen Zugang ins Freie kannten. Einer dieser Räume hatte uns damals als Vorratskammer gedient, und nachdem wir ihn notdürftig gesäubert hatten, wiesen wir ihn Maqueda zu.

»Freunde«, sagte sie und betrachtete die finstere Türöffnung, »ich komme mir vor wie am Eingang eines Grabmals. Nun, im Grabe findet man Ruhe, und

Ruhe brauche ich. Laßt mich nun allein, damit ich schlafen kann, und wenn du nicht wärest, o Oliver, so würde ich darum beten, nie wieder aufwachen zu müssen.

Mann«, fuhr sie leidenschaftlich vor uns allen fort, denn im Angesicht des Todes hatte sie jegliche falsche Scham abgelegt und spürte nicht mehr den Wunsch, die Wahrheit zu verheimlichen. »Mann, wurdest du denn nur geboren, um Leid über mein Haupt und Freude in mein Herz zu bringen? Nun gut, die Freude ist stärker als das Leid, und sollte der Engel, der dich zu mir führte, auch Azrael heißen, ich will ihn dennoch preisen, hat er mir doch meine eigene Seele offenbart. Um dich aber weine ich, und wenn mein Tod dein Leben retten könnte, auf daß du Glück und Erfüllung fändest in dem Land, das dich gebar, oh, wie gerne würde ich für dich sterben.«

Sichtlich gerührt trat Oliver an ihre Seite und flüsterte ihr etwas ins Ohr, wohl einen Vorschlag, dessen Inhalt ich zu erraten glaubte. Sie lauschte mit einem wehmütigen Lächeln, dann hob sie die Hand, als wolle sie ihn von sich stoßen.

»O nein«, sagte sie, »dein Angebot ist edel, doch nähme ich es an, ich könnte durch noch so viele Welten wandern und würde doch überall erkannt, denn auf Schritt und Tritt hinterließe ich Spuren vom Blut des Mannes, der mich einst liebte. Am Ende würde ein solches Verbrechen uns gar auf ewig trennen. Und noch eines will ich dir sagen: Mag die Zukunft auch so schwarz erscheinen wie diese undurchdringliche Finsternis, ich glaube dennoch an ein gutes Ende für dich und mich – in dieser oder in einer anderen Welt.«

Damit ging sie, und Orme starrte ihr nach wie in Trance.

»Damit mag sie sogar recht haben«, bemerkte Higgs *sotto voce* zu mir, »und für die beiden sind das erstklassige Aussichten. Aber ich hätte doch ganz gerne gewußt, wie das Ende für *uns* aussieht, wir haben schließlich keine holde Schöne, die uns über den Styx geleiten könnte.«

»Zerbrechen Sie sich deshalb weiter nicht den Kopf«, antwortete ich düster. »Wahrscheinlich werden in dieser gräßlichen Höhle bald einige Skelette mehr liegen, und damit basta. Ist Ihnen denn nicht klar, daß die Abati glauben werden, wir seien im Palast verbrannt?«

19

Hunger

Ich behielt recht. Die Abati glaubten tatsächlich, wir seien verbrannt, und kamen gar nicht auf die Idee, wir könnten in die unterirdische Stadt geflüchtet sein. Das schloß ich zumindest daraus, daß sie so lange keinen Versuch unternahmen, uns dort zu suchen, bis sie auf dem noch zu beschreibenden Wege die Wahrheit erfuhren. Doch die Tatsache, daß wir hier vor unseren Feinden in Sicherheit waren, machte das Elend dieser entsetzlichen Tage und Nächte eher noch schlimmer. Hätten wir Angriffe zurückschlagen müssen, die Aufregungen eines Kampfes gegen eine überwältigende Übermacht hätten uns wenigstens geistig beschäftigt und ein Ventil für unser restliches bißchen Energie geschaffen.

Aber niemand griff uns an. Abwechselnd lauschten wir am Eingang des Korridors auf das Echo von Schritten, die niemals kamen. Nichts zerriß die Stille, die so absolut war, daß unsere nach Geräuschen gierenden Ohren irgendwann das leise Flattern der Fledermäuse zu einem Rauschen wie von Adlerschwingen aufbauschten und wir schließlich nur noch im Flüsterton sprachen, weil uns eine normale menschliche Stimme die feierliche Ruhe zu verletzen schien und unsere Nerven überforderte.

In den beiden ersten Tagen fanden wir immerhin noch etwas zu tun. Vor allem mußten wir natürlich versuchen, irgendwie Lebensmittel aufzutreiben, denn wir hatten ursprünglich nur geringe Mengen Proviant für unseren eigenen Bedarf – aus London mitgebrachtes Dosenfleisch und so weiter – in den Kammern des alten Tempels deponiert, und die waren jetzt nahezu aufgezehrt. Nun erinnerten wir uns an Maquedas Worte, sie ließe alljährlich Getreide von ihren Gütern in Gruben einlagern, um für eine mögliche Belagerung von Mur vorzusorgen, und fragten sie, wo diese Gruben denn zu finden seien.

Sie führte uns an eine Stelle, wo runde Steinplatten mit Ringen daran, ähnlich den Abdeckungen über den Kohlenrutschen auf einem städtischen Gehsteig, nur größer, in den Höhlenboden eingelassen waren. Unter Aufbietung aller Kräfte stemmten wir eine solche Platte in die Höhe – ich hatte den Eindruck, als sei sie seit der Herrschaft der alten Könige von Mur nicht mehr bewegt worden –, dann warteten wir ziemlich lange, damit die abgestandene Luft aus dem Innern entweichen konnte, und endlich ließen wir Roderick an einem mitgebrachten Seil hinunter, damit er sich den Inhalt ansehen konnte. Im nächsten Moment rief er auch schon: »Wollen bitte hinaufkommen. Das kein angenehmer Ort.«

Wir zogen ihn heraus und fragten, was er gesehen habe.

»Nichts gut zu essen«, antwortete er, »nur viele Gebeine und eine Ratte, die mein Bein hinaufläuft.«

Wir versuchten unser Glück bei den beiden nächsten Gruben, mit dem gleichen Ergebnis – sie enthielten nichts als menschliche Gebeine. Nun nahmen wir Maqueda ins Kreuzverhör, und nach einigem Überlegen erklärte sie, ihr sei eingefallen, daß vor etwa fünf Generationen in Mur eine schreckliche Seuche gewütet und die Bevölkerung auf die Hälfte reduziert habe. Auch habe sie gehört, daß man alle an dieser Seuche Erkrankten in die unterirdische Stadt getrieben habe, damit sie die anderen nicht anstecken konnten, die Knochen, die wir gesehen hätten, seien vermutlich deren sterbliche Überreste. Daraufhin hatten wir es sehr eilig, die Gruben wieder zuzudecken, dabei hätte es wirklich keinen großen Unterschied gemacht, ob wir nun an der Seuche erkrankt wären oder nicht.

Da Maqueda weiterhin überzeugt war, daß irgendwo Getreide vergraben sein müsse, begaben wir uns zu einer zweiten Gruppe von solchen Gruben in einer weit entfernten Grotte und öffneten den ersten Deckel. Diesmal hatte unsere Suche insofern Erfolg, als wir auf dem Boden ein Häufchen verschimmelten Staubes fanden, der vor Jahren einmal Getreide gewesen sein mochte. Die beiden anderen Gruben – wie wir dem Datum auf dem Wachs entnahmen, waren zwei davon innerhalb der letzten drei Jahre versiegelt worden – waren völlig leer.

Nun begriff Maqueda, was geschehen war.

»Die Abati sind ein Volk von Schurken«, rief sie. »Seht euch das an, die Offiziere haben das Getreide, das ich ihnen gab, um es einzulagern, einfach gestohlen! Oh, ich wünsche ihnen, daß ihnen das Brot eines Tages noch schmerzlicher fehlen möge als uns heute.«

Schweigend kehrten wir zu unserem Schlafplatz zurück, und wir hatten allen Grund, schweigsam zu sein, denn was wir noch an Lebensmitteln übrig hatten, reichte gerade für eine einzige, kärgliche Mahlzeit. Wasser gab es genug, aber nichts zu essen. Nachdem wir uns von der grausamen Enttäuschung ein wenig erholt hatten, beratschlagten wir.

»Wenn es möglich wäre, durch den alten Stollen zu gelangen«, sagte Oliver, »dann könnten wir uns in die Löwengrube flüchten, deren Bewohner bei der Explosion wahrscheinlich alle getötet wurden, und von dort aus weiter ins freie Land.«

»Wo uns die Fung sofort ergreifen würden«, befürchtete Higgs.

»Nein, nein«, fiel Roderick ein. »Fung alle fort, und selbst wenn, alles besser als dieses schwarze Loch, ja, sogar mein Weib.«

»Lassen Sie uns nachsehen«, schlug ich vor, und wir brachen auf.

Als wir den Gang erreichten, der von der Stadt in

die Königsgruft führte, stellten wir fest, daß die Mauer an seinem Ende in einem Stück in die Haupthöhle geschleudert worden war, wodurch eine Öffnung entstand, die wir ganz bequem nebeneinander passieren konnten. Natürlich war der Inhalt der Gruft in alle Winde verstreut. Knochen, Grabbeigaben aus Gold und anderen Metallen und umgestürzte Thronsessel lagen wirr durcheinander. Nur Decke und Wände waren erhalten geblieben.

»Wie barbarisch!« rief Higgs, der sich trotz allen Jammers noch entrüsten konnte. »Warum haben Sie mir damals nicht gestattet, die Dinge zu entfernen, Orme?«

»Weil dann alle geglaubt hätten, wir wollten sie stehlen, alter Junge. Auch waren die Hochländer sehr abergläubisch, und ich wollte nicht, daß sie uns wegliefen. Aber was macht das denn jetzt noch aus? Andernfalls wären sie eben im Palast verbrannt.«

Inzwischen hatten wir jenes Ende des riesigen Mausoleums erreicht, wo einst der bucklige König gesessen hatte, und sahen auf einen Blick, daß wir umsonst gekommen waren. Der Tunnel, den wir dahinter gegraben hatten, war mit solchen Massen von Geröll verstopft, daß wir ihn in alle Ewigkeit nicht hätten freiräumen können, nicht einmal mit Hilfe unserer Sprengstoffe, die wir ohnehin restlos verbraucht hatten.

Damit war auch die letzte Hoffnung zerstört, und wir kehrten zurück.

Ein zweites Problem starrte uns ins Gesicht; unser Vorrat an Rohpetroleum, das die Abati in ihren Lampen zu verbrennen pflegten, ging allmählich zur Neige. Eine Überprüfung des beim Stollenbau für unseren eigenen Bedarf angelegten Vorrats ergab, daß wir nur noch vier Lampen drei Tage und Nächte lang füllen konnten: eine für Maqueda, eine für uns, eine für den Wächter am Tunneleingang und eine für allgemeine Zwecke.

Von dieser Allzwecklampe machte übrigens hauptsächlich Higgs Gebrauch, der sich wahrhaftig wie dic Verkörperung einer bis in den Tod alles beherrschenden Leidenschaft gebärdete. Ohne Rücksicht auf Hunger und Elend trottete er in diesen Tagen unentwegt mit einem großen Korb am Arm zwischen dem alten Tempel und der Königsgruft hin und her, so lange, bis ihn seine Kräfte im Stich ließen und das Öl zu Ende war. Wenn er fortging, war der Korb leer, doch bei seiner Rückkehr war er jedesmal mit goldenen Bechern und anderen Kleinodien gefüllt, die er zwischen den Gebeinen und dem verstreuten Geröll in der Gruft aufgesammelt hatte. Am Abend trug er jeden einzelnen Gegenstand gewissenhaft in sein Notizbuch ein, hinterher verpackte er seine Beute in leere Kisten, die unseren Sprengstoffvorrat und andere Dinge enthalten hatten, und wenn sie voll waren, nagelte er sie fein säuberlich zu.

»Wozu in aller Welt soll das gut sein, Higgs?« fragte ich gereizt, als er wieder eine Kiste fertigmachte, ich glaube, es war seine zwanzigste.

»Ich weiß nicht, Doktor«, antwortete er mit dünner Stimme, denn wie wir alle wurde er von der Wasserdiät zusehends schwächer. »Wahrscheinlich erheitert mich die Vorstellung, wie famos es doch wäre, alle diese Kisten nach einem erstklassigen Dinner mit gebratener Scholle und einem dicken Steak in meiner Londoner Wohnung zu öffnen.« Der Ärmste schmatzte mit seinen kläglich schlaffen Lippen. »Ja, ja«, fuhr er fort, »ein Stück nach dem anderen würde ich herausholen und es dem **** und dem **** zeigen«, dabei erwähnte er namentlich einige große Museen, mit denen er auf Kriegsfuß stand, »und sie würden sich vor Wut und Neid die Haare raufen und sich gleichzeitig den Kopf zerbrechen, wie es wohl anzustellen wäre, alles als herrenlosen Fund für die Krone zu beanspruchen oder mich sonst irgendwie darum zu prellen.« Und dann ließ er sein altes, wohlklingendes Lachen erschallen.

»Natürlich wird es nicht dazu kommen«, fuhr er traurig fort, »aber vielleicht entdeckt eines Tages ein anderer diese Kisten und bringt sie nach Europa, und wenn er ein anständiger Kerl ist, dann wird er auch meine Notizen und Beschreibungen veröffentlichen – ich habe in jede Kiste eine Abschrift gesteckt – und auf diese Weise meinen Namen unsterblich machen. Nun, ich muß mich sputen. Ich habe noch vier Kisten zu füllen, ehe das Öl zur Neige geht, und in eine davon muß dieser kolossale Goldschädel hinein, so entsetzlich mühsam es auch sein mag, ihn über weite Strecken zu tragen. Doktor, was ist das für eine Krankheit, bei der einem ganz plötzlich die Beine wegsacken, so daß man auf dem Boden sitzt, ohne zu wissen, wie man dahin gekommen ist? Sie kennen sie nicht? Ich auch nicht, aber sie hat mich schlimm erwischt. Glauben Sie mir, ich bin schon ganz grün und blau von diesen ständigen und unvermuteten Kontakten mit dem harten Fels.«

Armer, alter Higgs! Ich wollte ihm nicht sagen, daß seine Krankheit unter dem Namen Hunger bekannt war.

Nun, das Holen, Herbeischleppen, Katalogisieren und Verpacken beschäftigte ihn auch weiterhin. Ich weiß noch, daß er als letztes den oben erwähnten Goldschädel anbrachte, jenes wunderbar gearbeitete Abbild eines prähistorischen Königs, das seither auf der ganzen Welt so lebhafte Anteilnahme gefunden hat. Das Ding – es ist weit mehr als lebensgroß – war so schwer, daß er es in seinem geschwächten Zustand nicht tragen konnte und sich gezwungen sah, es vor sich herzurollen, wobei die doch recht beträchtlichen Schäden an der Nase und dem semiägyptischen Diadem entstanden.

Niemals werde ich vergessen, wie der Professor,

auf den Knien rutschend, wo seine Hose bereits große Löcher zeigte, aus der Dunkelheit auftauchte und im schwachen Schein der Lampe, die er von Zeit zu Zeit schwenkte, die große, gelbe Kugel mühsam Fuß um Fuß weiterstieß

»Da wären wir endlich«, keuchte er triumphierend, während wir ihm teilnahmslos zusahen. »Japhet, hilf mir, ihn in diese Decke zu wickeln und in die Kiste zu heben. Nein, nein, du Esel – mit dem Gesicht nach oben –, so ist es recht. Kümmere dich nicht um die Ecken, die werde ich mit Ringmünzen und anderen Kleinigkeiten ausfüllen.« Damit entleerte er den Inhalt seiner geräumigen Taschen wie einen goldenen Regen in die Kiste und streute Hände voll Staub vom Boden der Höhle und alle möglichen anderen Dinge als Füllmaterial dazwischen. Schließlich nahm er eine Ziegenhaardecke von seinem Bett und legte sie oben drauf.

Dann schob er ganz langsam den Deckel auf die Kiste und nagelte ihn fest, wobei er alle paar Hammerschläge eine Pause einlegen mußte. Wir beobachteten ihn mit durchdringendem, aber leerem Blick und konnten über diese ungewöhnliche Form des Wahnsinns nur staunen.

Endlich war der letzte Nagel eingeschlagen, Higgs setzte sich auf die Kiste, steckte die Hand in eine Innentasche, um nach seinem Notizbuch zu suchen und fiel unversehens in Ohnmacht. Ich rappelte mich auf und spritzte ihm Wasser ins Gesicht, bis er wieder zu sich kam und sich auf den Boden wälzte, wo er alsbald in einen todesähnlichen Schlaf fiel. In diesem Moment erlosch die erste Lampe.

»Zünde sie wieder an, Japhet«, verlangte Maqueda, »es ist so dunkel hier.«

»O Königskind«, antwortete der Mann, »wie gerne würde ich dir gehorchen, aber das Öl ist verbraucht.«

Eine halbe Stunde später erlosch die zweite Lampe.

Nun beeilten wir uns, um möglichst alles Nötige zu erledigen, solange wir noch etwas Licht hatten, wußten wir doch, daß wir bald völlig im Dunkeln sitzen würden. Viel gab es nicht zu tun: ein paar Krüge Wasser mußten geholt, Waffen und Munition zurechtgelegt und einige Decken ausgebreitet werden, unser Totenbett, wie zumindest ich fest glaubte, auf dem wir Seite an Seite liegen würden.

Während wir damit beschäftigt waren, kam Japhet von irgendwoher aus den Schatten in unseren Kreis gekrochen. Sein abgezehrtes Gesicht tauchte so plötzlich auf, als sei ein Geist aus dem Grabe gestiegen.

»Meine Lampe ist ausgebrannt«, wimmerte er. »Sie begann zu flackern, als ich noch am Tunneleingang wachte, und ich hatte noch nicht einmal die Hälfte des Weges zurückgelegt, als sie auch schon erlosch. Wäre der Draht des ›Sprechenden Dings‹ nicht gewesen, an dem ich mich entlangtasten konnte, ich hätte euch nicht wiedergefunden. Ich hätte mich in der dunklen Stadt verirrt und wäre allein zwischen all den Geistern zugrundegegangen.«

»Nun bist du ja hier«, tröstete Oliver. »Hast du etwas zu melden?«

»Nichts, Herr, oder nur sehr wenig. Ich räumte ein paar der kleineren Steine weg, die wir aufgeschichtet hatten, und kroch in das Loch hinab bis zu einer Stelle, wo das herrliche Licht des Tages auf mich fiel, ein winziger Strahl nur, aber doch Tageslicht. Ich glaube, daß etwas auf den Tunnel gestürzt ist und ihn eingedrückt hat, vielleicht eine von den Außenmauern des Palastes. Zumindest schaute ich durch einen Spalt und sah überall nur Trümmer – rauchende Trümmer. Und dazwischen hörte ich menschliche Stimmen.

Ein Mann rief seinem Gefährten zu, wenn die Gojim und das Königskind im Feuer umgekommen seien, könne er nicht verstehen, warum man ihre

Knochen nicht gefunden habe, man hätte sie doch an ihren Waffen erkennen müssen. Sein Freund stimmte ihm zu, meinte aber, da sie ja Magier seien, hätten sie sich vielleicht irgendwo versteckt. Er hoffe das sogar, denn dann würde man sie früher oder später finden und langsam zu Tode foltern, wie sie es verdienten, hätten sie doch das Königskind auf Abwege geführt und den Tod so vieler gottgesandter Abati verschuldet. Als die Stimmen immer näher kamen, kroch ich zurück, aus Angst, sie könnten mich finden und töten. Das ist meine ganze Geschichte.«

Wir schwiegen, denn was hätte man dazu auch sagen können, und so saßen wir nur traurig im Kreise herum und beobachteten die erlöschende Lampe. Als die Flamme zu flackern begann und wie ein lebendes Wesen auf- und niederhüpfte, geriet der arme Japhet plötzlich in Panik.

»O Walda Nagasta«, schrie er und warf sich ihr zu Füßen, »du hast mich einen tapferen Mann genannt, aber ich bin nur tapfer, wenn das Licht der Sonne und der Sterne auf mich fällt. Hier im Dunkeln zwischen so vielen zornigen Geistern, wenn noch dazu der Hunger in meinen Eingeweiden wühlt, bin ich ein großer Feigling, ein größerer Feigling als selbst Joshua. Laß uns hinausgehen ins Licht, solange noch Zeit ist. Liefern wir uns dem Fürsten aus. Vielleicht läßt er Gnade walten und schenkt uns oder wenigstens dir das Leben, und wenn wir sterben müssen, dann doch wenigstens im warmen Schein der Sonne.«

Doch Maqueda schüttelte nur den Kopf, worauf er sich an Orme wandte und fortfuhr:

»Herr, soll das Blut des Königskindes an deinen Händen kleben? Ist das der Lohn für ihre Liebe? Führe sie hinaus. Dort wird ihr nichts geschehen, während sie hier elend zugrundegehen muß.«

»Du hörst, was der Mann sagt, Maqueda?« fragte

Orme heiser. »Es steckt Wahrheit in seinen Worten. Für uns ist es wirklich einerlei, ob wir von den Abati getötet werden oder hier verhungern; ich glaube, ersteres wäre sogar vorzuziehen, und sicher würde niemand es wagen, Hand an dich zu legen. Willst du nicht gehen?«

»Nein«, rief sie leidenschaftlich aus. »Einer würde Hand an mich legen, nämlich Joshua, und lieber will ich tausend Tode sterben, als mich von ihm berühren zu lassen. Das Schicksal mag seinen Lauf nehmen, ich bin wie gesagt ganz sicher, daß sich irgendwann ein Tor für uns auftut, das uns im Moment noch verborgen ist. Und wenn ich vergebens hoffe, nun, dann gibt es ein anderes Tor, o Oliver, das wir gemeinsam durchschreiten können, und dahinter liegt Frieden. Befiehl dem Mann zu schweigen oder jage ihn fort. Er soll mich nicht länger bedrängen.«

* * *

Die Flamme in der Laterne wurde immer kleiner. Sie flackerte, einmal, zweimal, dreimal, jedesmal ließ sie unsere sechs bleichen, starren Gesichter aufleuchten, denn wir saßen im Kreis um sie herum wie Zauberer bei einer Beschwörung, wie Leichen in einer Gruft.

Dann erlosch sie ganz.

Wie lange wir uns danach noch dort aufhielten? Meiner Schätzung nach mindestens drei Tage und Nächte, wenn nicht mehr, aber natürlich verloren wir bald jegliches Zeitgefühl. Anfangs bereitete uns der Hunger noch entsetzliche Qualen, die wir vergebens mit großen Mengen Wasser zu lindern suchten. Ohne Zweifel hielt uns das am Leben, doch sogar Higgs, der Abstinenzler war, wie man sich vielleicht erinnert, gestand mir später, daß ihm der Anblick und der Geschmack von Wasser seither zuwider seien. Tatsächlich trinkt er mittlerweile wie alle Leute Bier und

Wein. Es war die Hölle, wir hätten einfach alles essen können. Einmal gelang es dem Professor tatsächlich, eine Fledermaus zu erwischen, die sich in seinem roten Haar verfangen hatte, und er verspeiste sie. Ich weiß noch genau, wie er auch mir einen Bissen davon anbot und rührend dankbar war, als ich ablehnte.

Das schlimmste war, daß wir ja noch ein wenig Nahrung hatten, ein paar Stücke harten Schiffszwieback, die wir nur zu einem einzigen Zweck aufsparten, um sie nämlich Maqueda zu geben. Dabei bedienten wir uns folgender List. Ich verkündete in bestimmten Abständen, nun sei Essenszeit, und reichte Maqueda ihren Zwieback. Dann stellten wir uns alle so, als äßen auch wir, wobei wir wortreich beteuerten, wie sehr wir uns erquickt fühlten und wie gerne wir noch mehr davon hätten, während wir doch nur so laut mit den Lippen schmatzten und auf einem Stück Holz herumkauten, daß sie es nicht überhören konnte.

Diese klägliche Farce setzten wir achtundvierzig Stunden oder noch länger fort, bis uns der arme Japhet, der ganz und gar gebrochen und nicht mehr in Stimmung zum Schauspielern war, endlich doch irgendwie verriet. Danach wollte Maqueda keinen Bissen mehr anrühren, was freilich nicht viel änderte, da nur noch ein einziges Stück übrig war. Als ich ihr das anbot, dankte sie uns allen für unsere Ritterlichkeit, nahm es und gab es Japhet, der es gierig wie ein Wolf hinunterschlang.

Einige Zeit nach diesem Vorfall entdeckten wir, daß Japhet fehlte; zumindest konnten wir ihn nicht mehr ertasten, und er antwortete auch nicht, wenn wir ihn riefen. Daraus schlossen wir, er habe sich irgendwo verkrochen, um zu sterben, und dachten, wie ich leider gestehen muß, nicht weiter darüber nach, denn schließlich mußten wir nicht weniger leiden als er litt oder gelitten hatte.

Ich erinnere mich noch gut an jene seltsame Phase,

kurz bevor uns der letzte Schlaf übermannte. Die schmerzhaften Krämpfe ließen nach wie bei einer Wunde, wenn der Brand einsetzt, und zugleich legte sich auch das unbändige Verlangen nach Nahrung. Wir wurden wieder ganz munter und redeten viel. So erzählte mir Roderick die ganze Geschichte des Volkes der Fung und berichtete über sein Leben bei ihnen und anderen wilden Stämmen. Des weiteren erläuterte er Higgs den Harmac-Kult bis in die geheimsten Einzelheiten, was diesen so lebhaft interessierte, daß er sogar versuchte, sich beim Schein unserer restlichen Streichhölzer Notizen zu machen. Als auch dieses Thema erschöpft war, sang uns mein Sohn mit seiner wunderschönen Stimme englische Hymnen und arabische Lieder vor. Auch Oliver und Maqueda schwatzten vergnügt miteinander, ich hörte sie lachen und entnahm ihren Worten, daß er versuchte, ihr Englisch beizubringen.

Das letzte, woran ich mich erinnere, ist eine Szene im flüchtigen Schein eines der letzten Streichhölzer. Maqueda saß neben Oliver. Er hatte den Arm um sie gelegt, ihr Kopf ruhte an seiner Schulter, ihr langes Haar hing lose herab, die großen Rehaugen in dem bleichen, matten Gesicht waren unverwandt auf seine Züge gerichtet, die wiederum fast mumienhaft wirkten.

Ihnen gegenüber lehnte mein Sohn an der Wand, und hinter ihm bewegte Higgs, nur noch ein Schatten seiner selbst, zittrig einen Bleistift hin und her, offenbar in der Absicht, etwas auf den Panamastrohhut in seiner Linken zu schreiben, den er wohl fälschlicherweise für ein Notizbuch hielt. Der Sonnenhut wirkte an diesem Ort, den nie ein Sonnenstrahl erreichte, so grotesk, daß ich lachen mußte, und als das Streichholz erlosch, bedauerte ich, ihm nicht ins Gesicht gesehen zu haben, um festzustellen, ob er immer noch seine dunkle Brille trug.

»Was nützen ein Strohhut und eine dunkle Brille im Jenseits?« fragte ich mich immer wieder, und einmal glaubte ich, Roderick, der den Arm um mich gelegt hatte, antworten zu hören:

»Fung-Zauberer sagen, die Sphinx Harmac hatte einst einen Hut auf, doch weiß ich nicht, mein Vater, ob sie auch eine Brille trug.«

Dann war mir, als würde ich wie in einer riesigen Trommel unablässig im Kreis herumgewirbelt und dabei immer weiter auf einen nachtschwarzen Trichter zugerissen, dessen Name Tod war.

Von ferne, ganz von ferne kam mir zu Bewußtsein, daß ich getragen wurde. Stimmen drangen an mein Ohr, doch was sie sagten, konnte ich nicht verstehen. Dann hatte ich das Gefühl, als träfe quälend helles Licht meine Augen. Wellen von Schmerz durchzuckten meinen Körper, als sei ich fast schon ertrunken und würde wieder ins Leben zurückgeholt. Etwas Warmes rann durch meine Kehle, und ich schlief ein.

Als ich wieder erwachte, befand ich mich in einem großen Raum, den ich nicht kannte. Ich lag auf einem Bett, durch ein Fenster schien die aufgehende Sonne, und in ihrem Licht sah ich die drei anderen, meinen Sohn Roderick, Orme und Higgs schlafend auf weiteren Betten liegen.

Abati-Diener traten ein, brachten eine scharf gewürzte Suppe mit Fleischstücken darin und reichten mir eine Holzschale voll, die ich gierig leerte. Meine Gefährten wurden so lange geschüttelt, bis sie erwachten und fast automatisch den Inhalt ähnlicher Schalen verzehrten, worauf sie wieder entschlummerten. Ich folgte ihrem Beispiel, aber nicht ohne vorher dem Himmel zu danken, daß wir noch am Leben waren.

Fortan erschienen diese Männer wie Traumgestalten alle paar Stunden mit Schalen voll Suppe oder

Brei, doch irgendwann hatte mich das Leben endgültig wieder, die Vernunft kehrte zurück, und ich bemerkte Higgs, der auf dem Bett gegenüber saß und mich unverwandt betrachtete.

»Eine Frage, alter Junge«, sagte er, »sind wir noch am Leben oder schon im Hades?«

»Der Hades kann es nicht sein«, gab ich zurück, »sonst wären die Abati nicht hier.«

»Ganz recht«, stimmte er zu. »Wenn die Abati irgendwo landen, dann in der Hölle, und dort gibt es weder weißgetünchte Wände noch Himmelbetten. Oliver, wachen Sie auf. Wenigstens sind wir dieser Höhle entronnen.«

Orme stützte sich auf einen Ellbogen und starrte uns an.

»Wo ist Maqueda?« fragte er, und darauf wußten wir natürlich keine Antwort, doch schließlich erwachte auch Roderick und sagte:

»Ich mich erinnern an etwas. Sie uns alle aus der Höhle bringen, auch Japhet dabei. Das Königskind sie tragen in eine Richtung und uns in andere. Mehr ich weiß nicht.«

Bald darauf erschienen die Abati-Diener mit festerer Nahrung und mit ihnen kam einer ihrer Heilkundigen, gottlob nicht jener alte Schwachkopf von einem Hofarzt. Er untersuchte uns und verkündete, wir würden alle genesen, was uns aber mittlerweile selbst schon klar geworden war. Nun bestürmten wir ihn und die Diener mit Fragen, erhielten aber keine Auskunft, man hatte ihnen offenbar streng verboten, mit uns zu sprechen. Immerhin ließen sie sich überreden, uns Wasser zum Waschen zu holen. Als sie damit wiederkamen, brachten sie auch eine Platte aus blankem Metall mit, wie sie von den Abati anstelle eines Spiegels verwendet wird, und wir konnten zum erstenmal unsere Gesichter sehen, die entsetzlich ausgemergelten Züge von Menschen, die nur um Haaresbreite in einer dunklen Höhle dem Hungertod entgangen waren.

Doch auch wenn unsere Wärter sich beharrlich ausschwiegen, etwas in ihrer Miene verriet uns, daß wir in höchster Lebensgefahr schwebten. Sie beäugten uns so sehnsüchtig wie ein Terrier, der vor einem Drahtkäfig mit Ratten darauf wartet, daß die Tür geöffnet wird. Obendrein belauschte Roderick, der, wie bereits erwähnt, sehr feine Ohren hat, wie einer der Aufseher dem anderen zuflüsterte:

»Wie lange müssen wir diese Hunde von Gojim denn noch bedienen?« Worauf der zweite antwortete: »Der Kronrat hat noch nicht entschieden, aber morgen oder übermorgen, sobald sie wieder bei Kräften sind, ist es wohl so weit. Es wird ein großes Spektakel.«

Am gleichen Abend bei Sonnenuntergang begann überdies eine Horde von Menschen vor der Kaserne, in der wir festgehalten wurden, so lange »Heraus mit den Gojim! Heraus mit den Gojim! Wir wollen nicht länger warten!« zu grölen, bis sie von einigen Soldaten vertrieben wurde.

Nun, wir beratschlagten lange, kamen aber nur zu dem Ergebnis, daß wir nichts tun konnten. Außer Maqueda hatten wir hier keinen einzigen Freund, und sie wurde offenbar ebenso gefangengehalten wie wir und konnte sich deshalb nicht mit uns in Verbindung setzen. Auch für eine Flucht bestanden nicht die geringsten Aussichten.

»Vom Regen in die Traufe«, bemerkte Higgs düster. »Jetzt wünschte ich fast, man hätte uns in der Höhle sterben lassen. Immer noch besser, als von diesem Abati-Pöbel zu Tode gehetzt zu werden.«

»Ja«, seufzte Oliver, denn er dachte an Maqueda. »Aber deshalb haben uns diese rachsüchtigen Bestien doch gerettet, um uns für das zu töten, was man hier Hochverrat zu nennen beliebt.«

»Hochverrat!« rief Higgs. »Hoffentlich bestraft man dieses Verbrechen hier anders als im England des Mittelalters; Hängen allein wäre schon schlimm genug – aber alles andere ...«

»Ich glaube nicht, daß die Abati sich mit europäischer Geschichte befaßt haben«, schaltete ich mich ein, »aber wir sollten uns nichts vormachen, sie haben gewiß ihre eigenen Methoden. Hören Sie, meine Freunde«, fuhr ich fort, »für den Fall, daß es zum Schlimmsten kommen sollte, trage ich immer etwas bei mir.« Damit zog ich ein Fläschchen mit Tabletten aus der Tasche, die ein besonders schnell und tödlich wirkendes Gift enthielten, und gab jedem eine davon. »Ich rate Ihnen, sie zu schlucken«, fuhr ich fort, »sobald Sie merken, daß man uns zu foltern oder auf eine besonders grausame Art zu töten gedenkt. Ich werde es ebenso halten, und sei es nur, um die Abati um ihre Genugtuung zu bringen.«

»Das ist alles schön und gut«, sagte der Professor und steckte die Tablette ein, »aber ich konnte Pillen noch nie ohne Wasser schlucken, und daß diese Bestien uns welches geben werden, glaube ich nicht. Nun, dann werde ich sie eben lutschen müssen. Oh, wenn sich das Blatt nur wenden würde – wenn sich das Blatt nur wenden würde!«

Drei Tage vergingen, und immer noch wies nichts darauf hin, daß Higgs' Wunsch in Erfüllung gehen könnte. Ganz im Gegenteil, mit einer Ausnahme war das Schicksal unerschütterlich weiter gegen uns. Die Ausnahme bestand darin, daß wir ausreichend zu essen erhielten und infolgedessen über Erwarten rasch genasen und wieder zu Kräften kamen. Für uns hieß es also im wahrsten Sinne des Wortes: ›Lasset uns essen und trinken, denn morgen sind wir tot.‹*

---

* Isaisas, 22.12; Zitiert nach ›Die Bibel in der Übersetzung Martin Luthers‹, Deutsche Bibelgesellschaft Stuttgart, 1985.

Irgendwie hatte ich jedoch das Gefühl, als glaubte keiner von uns wirklich daran, daß wir sterben würden, sei es, weil wir mit Ausnahme des armen Quick schon so vieles überstanden hatten, oder weil wir insgeheim doch auf Maquedas optimistische Träume vertrauten. Jedenfalls aßen wir mit Appetit, machten uns in einem Innenhof des Gefängnisses Bewegung und taten auch sonst alles, um Kräfte zu sammeln, spürten wir doch, daß wir sie bald dringend brauchen würden. Am meisten von uns allen hatte Oliver auszustehen, nicht weil der arme Bursche um sein eigenes Leben gefürchtet hätte, sondern weil er sich ständig mit den schrecklichsten Sorgen um Maqueda und deren Schicksal quälte, auch wenn er kaum je etwas davon verlauten ließ. Mein Sohn Roderick war im Gegensatz dazu regelrecht vergnügt. Er hatte so viele Jahre im Schatten des Todes gelebt, daß er den Schrecken vor dessen Rachen verloren zu haben schien.

»Werden schon alles irgendwie gut, Vater«, bemerkte er unbekümmert. »Wer weiß, was noch kommt? Vielleicht zieht Königskind uns aus Schlammloch, sie doch immer sehr starke Kuh oder Färse, wie du sagen, kann Joshua sicher mit Hörnern stoßen, wenn er sie in Ecke drängt. Vielleicht passieren auch andere Dinge.«

»Was für andere Dinge, Roderick?« fragte ich.

»Ach, weiß nicht, kann nicht sagen, hat aber mit Fung zu tun, glaube ich. Habe Gefühl, wir mit Fung noch nicht fertig, Fung nicht weit laufen. Nächsten Tag sie überlegen und kehren wieder um. Hoffe nur«, fügte er traurig hinzu, »daß mein Weib nicht mitkommt, altes Mädchen zu viel stolz für mich. Wie auch immer, Kopf hoch, wir noch lange nicht tot. Essen hier ist gut und wir uns von gräßlicher unterirdischer Stadt können erholen. Und jetzt ich muß Professor noch mehr Geschichten über Fung-Religion, Löwengrube und so weiter erzählen.«

Am Morgen nach diesem Gespräch spitzten sich die Dinge zu. Wir waren eben mit dem Frühstück fertig, als die Türen zu unserem Zimmer aufgerissen wurden und ein ganzer Trupp Soldaten mit Joshuas Abzeichen hereinmarschierte. Angeführt wurden sie von einem Offizier seiner Leibwache, und der befahl uns, sofort aufzustehen und ihm zu folgen.

»Wohin?« fragte Orme.

»Zum Königskind und ihrem Kronrat, Goi, auf daß sie über euch richten. Ihr steht unter Anklage, mehrere ihrer Untertanen ermordet zu haben«, antwortete der Offizier streng.

»Dann ist alles gut«, seufzte Higgs erleichtert. »Mit Maqueda als Oberster Richterin können wir, allein schon um Ormes willen, ziemlich sicher auf einen Freispruch rechnen.«

»Ich wäre mir da nicht so sicher«, flüsterte ich ihm ins Ohr. »Die Umstände sind recht merkwürdig, und sie wäre nicht die erste Frau, die sich anders besonnen hätte.«

»Adams«, entgegnete er und funkelte mich durch seine dunkle Brille an. »Wenn Sie so weiterreden, geraten wir noch in Streit. Maqueda und sich anders besinnen! So etwas nur anzudeuten, ist schon eine Kränkung, und wenn ich Ihnen einen guten Rat geben darf, dann lassen Sie das ja nicht Oliver hören. Haben Sie denn ganz vergessen, Mann, daß sie ihn liebt?«

»O nein«, antwortete ich, »aber ich habe auch nicht vergessen, daß Fürst Joshua sie liebt und daß sie seine Gefangene ist.«

20

Der Prozeß und danach

Wir mußten uns in einer Reihe aufstellen, vier abgerissene Gestalten mit Bärten in verschiedenen Stadien des Wachstums – ich stellte die einzige Ausnahme dar, war mein Bart doch seit vielen Jahren eine feste Einrichtung –, denn da man uns alles weggenommen hatte, besaßen wir weder Rasiermesser noch Schere.

Im Hof unserer Kaserne nahm uns eine ganze Kompanie Soldaten in Empfang und bildete sofort einen dreifachen Ring um uns, um jeden Fluchtversuch zu verhindern, wie wir anfangs dachten. Sobald wir die Tore passiert hatten, wurde mir jedoch klar, daß der Grund dafür ein ganz anderer war, man wollte uns nämlich vor dem Zorn der Bevölkerung schützen. Entlang des Weges von der Baracke zum Gerichtsgebäude – da der Palast niedergebrannt war, führte man uns diesmal dorthin – hatten sich die Menschen zu Hunderten versammelt und schrien im wahrsten Sinne des Wortes nach unserem Blut. Es war ein seltsamer und irgendwie auch erschreckender Anblick, wie selbst die bunt gekleideten Frauen und Kinder uns mit den Fäusten drohten und uns mit haßverzerrten Gesichtern anspien.

»Warum sie euch lieben so wenig, Vater, wenn ihr doch so viel für sie tut?« fragte Roderick und wich achselzuckend einem Stein aus, der ihn beinahe am Kopf getroffen hätte.

»Aus zwei Gründen«, antwortete ich. »Weil ihre Herrin einen von uns zu sehr liebt, und weil durch uns viele von ihnen ihr Leben verloren haben. Außerdem hassen sie alles Fremde und sind wie die meisten Feiglinge von Natur aus grausam. Nun, da sie die

Fung nicht länger zu fürchten brauchen, sind sie auf einmal mutig geworden und wollen uns töten.«

»Aha!« sagte Roderick. »Aber Harmac doch ist nach Mur gekommen.« Damit deutete er auf das gewaltige Götzenhaupt auf dem Felsen über uns. »Und ich glaube, wo Harmac hingeht, werden Fung ihm folgen, und wenn dem so, dann Abati müssen teuer bezahlen für mein Leben, denn ich großer Mann bei Fung; bin selbst Fung und Gemahl von Sultanstochter. Diese Narren hier wie Kinder, glauben, weil sie keine Fung sehen, es geben keine Fung. Nun, in einem Jahr, vielleicht auch schon in einem Monat sie werden sehen.«

»Mag sein, mein Junge«, gab ich zur Antwort, »aber ich fürchte, uns hilft das nicht mehr.«

Inzwischen waren wir dem Gerichtsgebäude, wo die Priester und Gelehrten der Abati zivile und manchmal auch strafrechtliche Fälle verhandelten, schon ganz nahe, und bald wurden wir durch eine Schar von Adeligen und Soldaten, die uns unablässig verspotteten, in den großen, bereits zum Bersten gefüllten Gerichtssaal geführt.

Wir marschierten durch den Mittelgang auf einen freien Platz zu, der den beiden gegnerischen Parteien in einem Streitfall oder den Angeklagten und ihren Verteidigern vorbehalten war. Dahinter an der Wand befanden sich die Plätze der Richter. Hier thronten fünf Mitglieder des Kronrats, darunter auch Joshua, und in ihrer Mitte, auf dem Stuhl des Obersten Richters saß Maqueda selbst, angetan mit ihrem Prunkschleier und ihrem prächtigen Festgewand.

»Gottlob ist ihr nichts geschehen!« murmelte Oliver mit einem Seufzer der Erleichterung.

»Das schon«, antwortete Higgs. »Aber was tut sie da? Gehörte sie nicht eher zu uns auf die Anklagebank, anstatt hinter den Richtertisch?«

Währenddessen hatten wir unser Ziel erreicht und

wurden von Soldaten mit Schwertern auf unsere Plätze gestoßen. Als wir uns alle vor Maqueda verneigten, fiel mir unwillkürlich auf, daß sie von unserer Begrüßung keinerlei Notiz nahm. Statt dessen wandte sie den Kopf und machte eine Bemerkung zu dem rechts von ihr sitzenden Joshua, die diesen zum Lachen brachte.

Dann begann ohne jede Einleitung der Prozeß. Ein Staatsanwalt trat vor und leierte die Anklage herunter. Obwohl wir im Dienste der Abati stünden, hätten wir in verräterischer Weise unsere Stellung als Söldnerhauptleute mißbraucht, um einen Bürgerkrieg anzuzetteln, in dessen Verlauf viele Menschen ums Leben gekommen seien, einige hätten wir und unser inzwischen verstorbener Gefährte auch eigenhändig ermordet. Außerdem sei unseretwegen der Palast in Brand gesteckt worden, und zuletzt, der größte aller Frevel, hätten wir uns der geheiligten Person ihrer Walda Nagasta bemächtigt und sie in die Tiefen der unterirdischen Stadt verschleppt, von wo sie nur gerettet worden sei, weil einer unserer Komplizen, ein gewisser Japhet, unser Versteck verraten habe.

So lautete die Anklage, und der Leser wird bemerken, daß sie nicht die leiseste Anspielung auf die Liebesaffäre zwischen Maqueda und Oliver enthielt. Als der Staatsanwalt zu Ende war, forderte er uns auf, uns zu den Vorwürfen zu äußern, worauf Oliver als unser Sprecher erklärte, gewiß, es habe einen Kampf gegeben, in dem Männer ums Leben gekommen seien, richtig sei auch, daß man uns in die besagte Höhle getrieben habe, doch in allen übrigen Punkten überlasse er es dem Königskind, für uns auszusagen, sie kenne die Wahrheit.

Nun begannen die Zuhörer zu lärmen: »Sie bekennen sich schuldig! Tötet sie!« und so weiter, während sich die Richter von ihren Plätzen erhoben, sich um Maqueda drängten und sie um Rat fragten.

»Beim Himmel! Ich fürchte, sie verrät uns!« rief Higgs, worauf Oliver wütend auf ihn losging, ihm befahl, den Mund zu halten und hinzufügte:

»Überall sonst müßten Sie sich für diese Verleumdung verantworten!«

Endlich war die Beratung abgeschlossen; die Richter begaben sich wieder auf ihre Plätze, und Maqueda hob die Hand. Sofort senkte sich Totenstille über den Raum, und dann begann sie, mit kalter, unnatürlicher Stimme zu sprechen.

»Gojim«, wandte sie sich an uns, »ihr habt gestanden, in Mur einen Bürgerkrieg angezettelt und viele seiner Bewohner getötet zu haben, Tatsachen, für die genügend Witwen und Waisen Zeugnis ablegen können, so daß sie nicht eigens bewiesen zu werden brauchen. Weiterhin habt ihr mich, wie mein Anklagevertreter behauptet, bei lebendigem Leibe in besagte Höhle verbracht und dort gewaltsam als Geisel festgehalten, um euer Leben zu retten.«

Als wir das hörten, keuchten wir erschrocken auf, und Higgs entfuhr der Ausruf: »Du lieber Himmel, was für eine Lüge!« Wir anderen schwiegen.

»Für diese Missetaten«, fuhr Maqueda fort, »hättet ihr alle einen grausamen Tod verdient.« Hier hielt sie kurz inne und fuhr dann fort: »Doch steht es in meiner Macht, Gnade walten zu lassen, und so verfüge ich, daß man euch noch heute mit all eurer Habe und allem, was ihr in der Höhlenstadt und sonstwo gefunden habt, sowie mit Kamelen für euch selbst und euer Gepäck aus Mur verstoße. Sollte einer von euch noch einmal hierher zurückkehren, so möge man ihn ohne weitere Verhandlung den Scharfrichtern übergeben. Ich treffe diese Entscheidung, weil man euch bestimmte Versprechungen machte, als ihr in meine Dienste tratet, und weil ich trotz eurer schweren Verfehlungen nicht will, daß auch nur der Hauch eines Verdachtes das Ansehen und den Ruhm der Abati beflecke. Hebet euch hinweg, ihr Heimatlosen, und laßt euch nie wieder hier blicken!«

Nun begann die im Saal versammelte Menge zu jubeln, doch ich hörte auch einige Stimmen rufen: »Nein, töte sie! Töte sie!«

Als der Tumult sich gelegt hatte, ergriff Maqueda abermals das Wort:

»O ihr edlen, großmütigen Abati, ihr billigt also diesen Gnadenerweis; ihr wollt in der Ferne nicht für mitleidlos gehalten werden, o ihr Abati, wo es andere Völker gibt, die sich für nicht minder groß halten als ihr, obwohl ihr vielleicht noch nie von ihnen gehört habt. Nicht einmal im Flüsterton soll uns jemand der Grausamkeit zeihen können, sagt ihr, uns, das edelste Volk auf Erden, uns, die Kinder Salomons, und sei es nur streunenden Hunden gegenüber, die sich zu uns verirrten? Und schon gar nicht, wenn wir diese Hunde riefen, auf daß sie ein gewisses Tier, die löwenköpfige Bestie namens Fung, für uns jagten, muß man ihnen doch gerechterweise zugestehen, daß sie gute Jäger waren. Erspare ihnen daher den Strick, sagt ihr, so sehr er ihnen auch gebühren mag, und laß sie laufen mit dem Knochen, den sie sich verdient zu haben glauben. Was kümmert die reichen Abati schließlich ein Knochen mehr oder weniger, wenn dafür ihr heiliger Boden rein bleibt vom Blut der Gojim-Hunde?«

»Nichts! Überhaupt nichts!« riefen alle. »Bindet ihnen den Knochen an die Schwänze und jagt sie fort!«

»So soll es geschehen, o mein Volk! Und nun, da wir fertig sind mit diesen Hunden, habe ich euch noch etwas zu sagen. Ihr habt vielleicht gedacht oder sagen hören, ich sei besonders einem von ihnen allzu wohlgesonnen.« Sie warf einen Blick auf Oliver. »Nun, manche Hunde kann man nur zur Arbeit bewegen, wenn man ihnen den Kopf streichelt. Diesem einen habe ich den Kopf gestreichelt, denn er ist ein kluger Hund und weiß vieles, was uns unbekannt ist, so zum Beispiel, wie man den Götzen der Fung zerstört. O ihr großen Abati, könnt ihr denn wirklich geglaubt haben, ich, ein Abkömmling des uralten Geschlechts, ich, die Tochter Salomons und der Königin von Saba, sei gesonnen, meine edle Hand einem herumziehenden Goi zu geben, der als Mietling hierher kam? Habt ihr wirklich geglaubt, ich, die ich in aller Form meinem Onkel Joshua, dem obersten Fürsten, versprochen bin, könnte diesem selbst im innersten Herzen auch nur einen einzigen Augenblick lang einen solchen Mann vorziehen?« Wieder sah sie Oliver an, der eine heftige Bewegung machte, als ob er sprechen wolle. Doch ehe er den Mund auftun konnte, fuhr Maqueda bereits fort:

»Nun, auch wenn ihr es geglaubt und nicht erraten habt, daß ich die ganze Zeit über nur die Sicherheit meines Volkes im Auge hatte, so werdet ihr schon bald eines Besseren belehrt werden, denn morgen sollt ihr alle meine Gäste sein beim Fest meiner Vermählung. Morgen werde ich, wie es guter alter Brauch ist, das Glas mit ihm brechen, um ihn in der darauffolgenden Nacht zu meinem Gemahl zu nehmen.« Damit stand sie auf, verneigte sich dreimal vor den Zuhörern und reichte Joshua die Hand.

Auch er erhob sich, blähte sich auf wie ein großer Truthahn, küßte ihre Hand und kollerte dabei ein paar Worte, die wir nicht verstanden.

Wilder Jubel brandete auf, dann wurde es still, und diesen Moment nützte Oliver, um das Wort zu ergreifen.

»Herrin«, sagte er kalt und verbittert, »wir ›Gojim‹ haben deine Worte gehört und danken dir dafür. Du warst so freundlich, unsere Dienste zu würdigen, besonders die Zerstörung des Fung-Götzen, die uns viel Mühe kostete und nicht ohne Risiko war. Dank auch, daß du so großmütig warst, uns zum Lohn für diese

Dienste zu gestatten, unter Schmähungen und harten Worten, aber mit unserer verbliebenen Habe aus Mur abzuziehen, anstatt uns zu Tode foltern zu lassen, wie es in deiner und deines Kronrates Macht gestanden hätte. Solche Großmut ist bezeichnend für dich wie für das gesamte Volk der Abati, und wir werden sie zu rühmen wissen, sollten wir unsere Heimat lebend erreichen. Hoffentlich werden auch die wilden Fung davon erfahren und endlich begreifen, daß wahrer Adel und echte Größe nicht im grausamen Spiel der Waffen zu finden sind, sondern nur in den Herzen der Menschen. Doch nun, o Walda Nagasta, habe ich eine letzte Bitte an dich. Laß mich noch einmal dein Gesicht sehen, denn ich will ganz sicher sein, daß wirklich du es bist, die zu uns gesprochen hat, nicht eine andere, die sich unter deinem Schleier verbirgt. Denn wenn du es bist, dann will ich dich so in meinem Herzen bewahren, wie du dich heute gezeigt hast, als wahre Tochter deines Landes und als hochherzige Gastgeberin.«

Sie hörte ihm aufmerksam zu, dann hob sie ganz langsam ihren Schleier und enthüllte ein Antlitz, das ich nie zuvor gesehen hatte. Es war Maqueda, kein Zweifel, aber eine andere Maqueda. Ihr Gesicht war bleich, doch das war nach allem, was sie durchgemacht hatte, nicht anders zu erwarten; die Augen blitzten wie glühende Kohlen, die Lippen waren zusammengepreßt. Doch vor allem ihr Mienenspiel, angriffslustig und zugleich voller Verzweiflung, beeindruckte mich so sehr, daß ich es nie vergessen werde. Zu deuten wußte ich es nicht, wie ich gestehen muß, doch es hinterließ in mir die Überzeugung, sie sei falsch, schäme sich aber gleichzeitig ihrer Falschheit. Daß es ihr noch in dieser entsetzlichen Situation gelang, mir und Hunderten von anderen, die sie beobachteten, diesen Eindruck von Verworfenheit zu vermitteln, war wohl ihr größter Triumph.

Nur einen Moment lang heftete sie ihre Augen auf Orme, doch obwohl er mit verzweifelt flehendem Blick darin zu lesen suchte, zeigten sie keine Spur von Erbarmen, nur Provokation, vermischt mit Spott. Dann stieß Maqueda ein kurzes, scharfes Lachen aus, ließ den Schleier wieder fallen und wandte sich abermals Joshua zu. Oliver stand wortlos da, und Higgs nahm die Gelegenheit wahr, um mir zuzuflüstern:

»Na sowas, ist das nicht einfach grauenvoll? Am liebsten säße ich wieder in der Löwengrube, um das nicht mit ansehen zu müssen.«

Noch während er sprach, griff sich Oliver mit der Hand an die Hüfte, wo gewöhnlich sein Revolver hing, aber den hatte man ihm natürlich abgenommen. Als nächstes durchsuchte er seine Tasche, fand die Gifttablette, die ich ihm gegeben hatte, und führte sie zum Munde. Doch gerade, als sie seine Lippen berührte, wurde mein Sohn, der neben ihm stand, darauf aufmerksam, schlug sie ihm mit einer schnellen Bewegung aus der Hand und zertrat sie.

Oliver hob den Arm, als wolle er ihn ohrfeigen, dann sank er lautlos zu Boden. Das war offenbar auch Maqueda nicht entgangen, denn ich sah, wie sie ein Schauder überlief und wie sie mit beiden Händen die Armlehnen ihres Stuhls umfaßte, bis die Knöchel weiß unter der Haut hervortraten. Doch sie sagte nur:

»Dem Goi sind vor Enttäuschung über seinen Lohn die Sinne geschwunden. Bringt ihn hinaus, sein Gefährte, der Doktor Adams, mag sich um ihn kümmern. Sobald er wieder bei sich ist, werden sie Mur verlassen, wie ich es angeordnet habe. Kein Haar soll ihnen gekrümmt werden und ausreichend Nahrung sollen sie erhalten, auf daß niemand sagen könne, wir hätten sie nur verschont, um sie vor unseren Toren Hungers sterben zu lassen.«

Dann winkte sie zum Zeichen, daß die Angelegenheit damit erledigt sei, mit der Hand, erhob sich und verließ, gefolgt von den Richtern und Offizieren, durch einen Hinterausgang den Gerichtssaal.

Während sie noch sprach, hatte uns ein Trupp Soldaten eingekreist, und nun traten einige vor, legten den ohnmächtigen Oliver auf eine Bahre und trugen ihn aus dem Saal. Wir anderen gingen hinterdrein.

»Seht nur«, höhnten die Abati, als wir vorüberkamen, »seht euch dieses Schwein von Goi an. Er hat geglaubt, er kann sich die Rosenknospe an den Busen stecken. Nun hat er den Dorn, nicht aber die Rose. Ob das Schwein wohl tot ist?«

So verspotteten sie ihn und uns.

Nachdem wir unser Gefängnis wohlbehalten erreicht hatten, machte ich mich daran, Oliver wieder ins Bewußtsein zurückzuholen, was mir schließlich auch gelang. Er schlug die Augen auf, trank einen Becher Wasser und sagte dann ganz ruhig:

»Sie haben ja alles miterlebt, ich brauche also keine langen Erklärungen abzugeben. Nur eine Bitte habe ich, wenn Sie meine Freunde sind, dann tadeln sie Maqueda nicht in meiner Gegenwart, ja, sprechen Sie nicht einmal von ihr. Sie hatte gewiß ihre Gründe für das, was sie tat; außerdem ist sie nicht so aufgewachsen wie wir, und auch ihr Sittencodex ist ein anderer. Wir wollen nicht richten über sie. Ich war sehr töricht, und nun muß ich für meine Torheit bezahlen oder habe es bereits getan. Kommen Sie, lassen Sie uns essen, wer weiß, wann wir wieder Gelegenheit zu einer Mahlzeit finden.«

Wir lauschten dieser Rede schweigend, nur Roderick wandte sich ab, um ein Lächeln zu verbergen, und ich fragte mich, was es da wohl zu lächeln gäbe.

Kaum hatten wir gegessen oder wenigstens so getan, als ob, da trat auch schon ein Offizier ein und teilte uns in barschem Ton mit, die Zeit zum Aufbruch sei gekommen. Einige Diener, die ihm gefolgt waren, warfen uns Bündel mit Kleidern und vier Umhänge aus feinstem Kamelhaar zum Schutz vor der Kälte vor die Füße. Wir wechselten unsere Lumpen, denn anders konnte man sie kaum noch bezeichnen, gegen einige der Kleidungsstücke aus und verschnürten sie und den Rest der neuen Sachen zu mehreren Paketen.

Nachdem wir uns ausstaffiert hatten wie vornehme Abati, führte man uns vor das Kasernentor, wo uns bereits eine ganze Karawane von Reitkamelen erwartete. Ich sah auf den ersten Blick, daß es sich dabei um äußerst wertvolle Tiere handelte, die besten im ganzen Land. Für Oliver stand sogar Maquedas Lieblingsdromedar bereit, das sie manchmal bei offiziellen Anlässen anstelle eines Pferdes ritt. Der Ärmste erkannte es sofort und errötete tief ob dieses unerwarteten Freundschaftszeichens, des einzigen, das sie ihm gewährt hatte.

»Kommt, ihr Gojim«, sagte der Offizier, »und begutachtet eure Habe, auf daß ihr hinterher nicht sagen könnt, wir hätten euch bestohlen. Hier sind eure Feuerwaffen und die restliche Munition, doch aushändigen werde ich sie euch erst am Fuß des Passes, sonst begeht ihr unterwegs noch weitere Morde. Auf diesen Kamelen sind die Kisten festgeschnallt, in denen sich das magische Feuer befand. Sie standen fertig gepackt in eurem Versteck in der Höhlenstadt. Was sie enthalten, wissen wir nicht, und es kümmert uns auch nicht. Nehmt sie, sie gehören euch. Diese beiden«, damit zeigte er auf die nächsten Tiere, »tragen euren Lohn. Das Königskind schickt ihn und bittet euch, ihn erst zu zählen, wenn ihr Ägypten oder euer Heimatland erreicht habt, denn sie wünscht keinen Streit über die Höhe. Die anderen Tiere sind mit Reiseproviant beladen, außerdem sind zwei Ersatzkamele dabei. Nun sitzt auf und schert euch fort!«

Wir schwangen uns folgsam in die bestickten Sättel der knienden Dromedare, und wenige Minuten später waren wir bereits auf dem Weg durch die Stadt und strebten dem Paß zu. Begleitet wurden wir von unserer Wache und von johlenden Horden, die zwei- oder dreimal eine drohende Haltung einnahmen, aber jedesmal von den Soldaten verscheucht wurden.

»Na sowas, Doktor!« flüsterte Higgs in heller Aufregung. »Ist Ihnen klar, daß in diesen fünfundzwanzig Kisten die kostbarsten Schätze aus der Königsgruft liegen? Die ganze Zeit über dachte ich, ich müsse vollkommen verrückt gewesen sein, als ich beim Einpacken mit solcher Sorgfalt die wertvollsten und seltensten Stücke auswählte und alle Hohlräume mit Ringmünzen und kleinen Raritäten füllte, erst jetzt wird mir klar, daß es eine geniale Idee war. Mein unterbewußtes Ich ahnte, was geschehen würde, und war auf Posten, das ist alles. Oh, wenn ich nur diese Kisten heil von hier fortbrächte, dann hätte es sich wahrhaftig gelohnt, Daniel zu spielen und um Haaresbreite dem Hungertod zu entgehen. Für den goldenen Schädel allein würde ich alles noch einmal auf mich nehmen. Weiter, nur weiter, ehe sie sich anders besinnen; es ist zu schön, um wahr zu ...«

In diesem Moment landete ein faules Ei, von einem hoffnungsvollen Abati-Knaben geworfen, mit voller Wucht auf seinem Nasenrücken, der schleimige Inhalt rann ihm in den Mund und über die dunkle Brille und schnitt ihm das Wort ab oder lenkte seinen Redefluß vielmehr in eine andere Richtung. Der Anblick war so grotesk, daß ich unwillkürlich laut herausplatzte, und dieses Lachen erleichterte mein Herz, als sei die Last unserer Schwierigkeiten endlich von uns gewichen.

Am Eingang zum Paß erwartete uns Joshua höchstpersönlich. In seinem prunkvollem Festgewand und dem blanken Harnisch erinnerte er mehr denn je an einen Karpfen zu Pferde.

»Lebt wohl, ihr Gojim«, sagte er und verneigte sich

spöttisch. »Wir wünschen euch eine schnelle Reise ins Sheol oder wohin es Schweine wie euch sonst verschlägt. Gib acht, du Orme. Für dich habe ich eine Botschaft von der Walda Nagasta. Sie bedauert sehr, daß sie dich nicht bitten konnte, ihrer Vermählung beizuwohnen, sie hätte es gerne getan, doch sie mußte befürchten, das Volk würde dir die Kehle durchschneiden, und sie wollte Murs heiligen Boden nicht mit deinem Hundeblut besudeln. Weiterhin hofft sie, du seist durch deinen Aufenthalt hier klüger geworden und würdest fürderhin nicht mehr von jeder Frau, die dich für ihre Zwecke benützt, sofort annehmen, sie sei deinen Verführungskünsten erlegen. Morgen und übermorgen nacht bitte ich dich, an uns zu denken und einen Becher Wein auf das Wohl der Walda Nagasta und ihres Gemahls zu leeren. Nun komm schon, o Goi, wünsche mir Glück.«

Orme wurde bleich wie ein Leintuch und sah ihn starr an. Dann trat ein merkwürdiger Ausdruck in seine grauen Augen, fast so, als habe er eine Eingebung.

»Fürst Joshua«, sagte er ganz ruhig, »wer weiß, was noch geschieht, ehe die Sonne dreimal über Mur aufgegangen ist? Nicht alles, was gut beginnt, endet auch gut, wie ich am eigenen Leibe erfahren mußte und wie vielleicht auch du noch erfahren wirst. Früher oder später kommt der Tag der Vergeltung auch für dich, und vielleicht wirst du dann so verraten wie ich heute. Du solltest mich lieber bitten, dir die Kränkungen zu verzeihen, mit denen du mich so schamlos überhäufst in der Stunde deines Triumphes, während ich nicht die Macht habe, mich dafür zu rächen.« Damit trieb er sein Kamel an Joshua vorbei.

Als wir ihm folgten, bemerkte ich, daß der Fürst ebenso bleich geworden war wie zuvor Oliver, und daß seine großen, runden Kugelaugen tatsächlich hervorquollen wie die eines Fischs.

»Was will er damit sagen?« fragte er seine Begleiter. »Gebe Gott, daß es keine Unheilsprophezeiung war. Ich hätte noch jetzt nicht übel Lust… nein, laßt ihn laufen. Es könnte Unglück bringen, mein Heiratsgelübde zu brechen. Laßt ihn laufen!« Furcht und Haß verzerrten seine groben Züge, als er Oliver nachschaute.

So sahen wir Joshua, den Onkel Maquedas und den obersten Fürsten der Abati zum letzten Mal.

* * *

Nun ging es den Paß hinab und durch die verschiedenen Festungstore, die vor uns aufgerissen und hinter uns wieder geschlossen wurden. Auf dieser Strecke machten wir kein einziges Mal halt. Wozu auch, wenn unsere Wachen es doch ebenso eilig hatten, uns loszuwerden, wie wir sie? Ja, kaum lag das letzte Tor hinter uns, da machten die Abati, sei es aus Angst vor den Fung, oder weil sie es nicht erwarten konnten, zu den bevorstehenden Hochzeitsfestlichkeiten zu kommen, ganz unvermittelt kehrt, schleuderten uns zum Abschied einen letzten Fluch hinterher und überließen uns dann uns selbst.

Wir banden die Kamele mit Stricken aneinander und zogen allein weiter, allesamt aufrichtig erleichtert, dieses Volk hinter uns lassen zu können, und mit dem dringenden Wunsch, nie wieder, weder in dieser noch in der nächsten Welt, das Gesicht eines Abati sehen oder seine Stimme hören zu müssen.

Genau an der Stelle, wo wir vor Monaten jene bewußte Unterredung mit Barung, dem Sultan der Fung führten, und wo der arme Quick sein Kamel auf Joshuas Pferd zugetrieben und den edlen Helden aus dem Sattel gehoben hatte, gelangten wir auf die Ebene hinaus. Nun erst legten wir eine Rast ein, um unsere kleine Karawane neu zusammenzustellen und die Gewehre, Revolver und Patronen an uns zu nehmen, die wir bisher nicht hatten berühren dürfen.

Um die vielen Kamele mit nur vier Mann bewältigen zu können, mußten wir uns trennen. Higgs und ich gingen voran, da ich die Wüste und den Weg am besten kannte, Oliver bezog in der Mitte Posten, und Roderick, der sehr scharfe Augen und Ohren hatte und viel Erfahrung darin besaß, widerspenstige Kamele voranzutreiben, die vielleicht auch noch kehrtmachen wollten, bildete die Nachhut.

Zu unserer Rechten lag die große Stadt Harmac. Sie schien wie ausgestorben. Das wiederaufgebaute Tor, durch das wir vor den Fung geflohen waren, nachdem wir so viele von ihnen in die Luft gesprengt hatten, sah uns finster entgegen, doch niemand ging dort ein oder aus. Die Stadt war menschenleer und die Ernte zwar überreif, aber noch nicht eingebracht. Allem Anschein nach hatten die Fung das Land verlassen.

Dann lag das Tal Harmacs vor uns, und wir sahen die riesige Sphinx darin hocken wie seit Jahrtausenden. Nur der Kopf fehlte, denn der hatte sich ›nach Mur begeben‹, und in Hals und Schultern klafften nach der gewaltigen Explosion breite Risse. Aus den Gehegen, wo einst die heiligen Löwen gehaust hatten, drang kein Laut. Zweifellos hatte keines der Tiere überlebt.

»Meinen Sie nicht«, schlug Higgs vor, dessen Begeisterung für Archäologie zusehends wieder aufflackerte, »wir könnten eine halbe Stunde erübrigen, um das Tal hinaufzureiten und uns Harmac von außen anzusehen? Mit seinem Inneren, der Löwengrube und so weiter sind Roderick und ich natürlich bestens vertraut, aber es läge mir sehr am Herzen, auch den Rest untersuchen und einige Messungen vornehmen zu können. Irgendwo müssen wir schließlich die Nacht verbringen, und wenn die Kamera nicht zu finden ist, könnte man vielleicht bei Tagesanbruch eine Skizze anfertigen.«

»Sind Sie verrückt?« fragte ich anstelle einer Antwort, und Higgs gab sich sofort geschlagen, aber verziehen hat er mir bis auf den heutigen Tag nicht.

Wir warfen einen letzten Blick auf Harmac, den ruhmreichen Gott, den wir zerstört hatten, und ritten rasch weiter, bis uns, fast genau gegenüber dem Ruinendorf, wo Shadrach versucht hatte, den Hund Pharao zu vergiften, der ihm später die Kehle durchbeißen sollte, die Dunkelheit überraschte. Hier nahmen wir den Kamelen ihre Lasten ab, durchaus keine leichte Aufgabe, und schlugen ein Lager auf, denn ganz in der Nähe gab es Wasser und ein kleines Maisfeld, wo die Tiere sich sattfressen konnten.

Ehe es ganz dunkel wurde, ritt Roderick noch ein Stück weiter, um zu rekognoszieren, und als er zurückkehrte, erklärte er wortkarg, er habe niemanden gesehen. Nun aßen wir trotz gewisser Bedenken, ob man uns nicht vergiften wollte, von dem Proviant, mit dem uns die Abati versorgt hatten, und hielten alsdann Kriegsrat.

Die Frage war, ob wir wieder die alte Straße nach Ägypten nehmen oder nun, da die Sümpfe trocken waren, auf jenem anderen Weg nach Norden ziehen sollten, von dem uns Shadrach erzählt hatte. Der Karte nach wäre dieser Weg der kürzere gewesen, und Higgs plädierte mit großem Nachdruck dafür, weil er, was ich freilich erst später erfuhr, in dieser Richtung auf weitere archäologische Funde hoffte.

Ich dagegen trat dafür ein, der Straße zu folgen, die wir bereits kannten und die zwar lang und sehr beschwerlich, dafür aber einigermaßen sicher war, da es in den Weiten der Wüste kaum Angreifer gab. Oliver, unser Hauptmann, hörte uns nacheinander an und behielt sich ein Urteil vor.

Entschieden wurde die Frage letztlich von Roderick, und zwar mit der Bemerkung, wenn wir nach Norden ritten, würden wir wahrscheinlich an die Fung geraten. Auf meine Frage, was er damit meine, erklärte er, bei seinem Kundschaftergang vor einer Stunde habe er zwar tatsächlich niemand gesehen, doch sei er keine tausend Yard von unserem Lagerplatz entfernt auf die Spuren eines großen Heeres gestoßen. Aus verschiedenen Hinweisen schließe er, daß es sich dabei um Barungs Heer handle und daß es vor höchstens zwölf Stunden dort vorübergezogen sei.

»Vielleicht mein Weib dabei, deshalb ich will nicht diesen Weg nehmen, Vater«, fügte er mit schöner Aufrichtigkeit hinzu.

»Wohin könnten sie wohl unterwegs sein?« fragte ich.

»Weiß nicht«, antwortete er, »glaube aber, sie machen großen Bogen, um Mur von anderer Seite anzugreifen, vielleicht auch, um neues Land im Norden zu suchen.«

»Wir bleiben auf der alten Straße«, entschied Oliver lakonisch. »Mir geht es wie Roderick, ich habe sämtliche Bewohner dieses Landes gründlich satt. Und nun wollen wir uns ein wenig Ruhe gönnen, wir haben sie nötig.«

Gegen zwei Uhr morgens waren wir wieder auf den Beinen, und noch ehe es dämmerte, hatten wir die Kamele beladen und brachen auf. Im ersten Licht des Tages sahen wir, daß Roderick die Wahrheit gesagt hatte. Wir überquerten die Spur eines viele Tausend Mann starken Heeres, das erst vor kurzem mit schwer beladenen Kamelen und Pferden vorübergekommen war. Es handelte sich tatsächlich um die Fung, denn wir lasen ein paar Dinge auf, die keinem anderen Stamm gehören konnten, einen Turban etwa, den jemand verloren oder weggeworfen hatte, und einen Pfeil, der aus einem Köcher gefallen war.

Sie selbst bekamen wir freilich nicht zu Gesicht,

und da wir uns beeilten, erreichten wir gegen Mittag sehr zu unserer Erleichterung den Fluß Ebur, den wir jetzt, bei niedrigem Wasserstand, ohne Schwierigkeiten überquerten. Jenseits des Flusses stieg das Gelände an, und nachdem wir den ganzen Nachmittag lang bergauf marschiert waren, lagerten wir am Abend in dem dahinterliegenden Waldgebiet.

Gegen Morgengrauen kam Higgs, der Kamelwache hatte, zu mir und weckte mich.

»Störe Sie nur ungern, alter Junge«, sagte er, »aber hinter uns sieht der Himmel ganz merkwürdig aus, und ich dachte mir, dieses Schauspiel sollten Sie sich nicht entgehen lassen.«

Ich stand auf. In der sternenklaren Nacht zeichneten sich schwach die mächtigen Umrisse der Berge von Mur ab. Darüber war das Firmament in ein seltsam rötliches Licht getaucht. Ich zog daraus sofort meine Schlüsse, sagte aber nur:

»Das müssen wir Orme zeigen«, und ging zu dem Baum, unter dem er sich schlafen gelegt hatte.

Er schlief nicht; ich glaube, er hatte in dieser Nacht, Maquedas Hochzeitsnacht, überhaupt noch kein Auge zugetan. Er stand vielmehr auf einer kleinen Kuppe und starrte zu den fernen Bergen unter dem seltsamen Lichtschein hinüber.

»Mur steht in Flammen«, sagte er ernst. »O mein Gott, Mur steht in Flammen!« Damit wandte er sich ab und schritt davon.

In diesem Augenblick trat Roderick zu uns.

»Fung in Mur eingedrungen«, sagte er, »schneiden allen Abati Kehle durch. Wir können froh sein, daß nicht mehr dort, aber Schwein Joshua hat heißes Hochzeitsfest, denn Barung hassen Joshua, weil der ihn heimtückisch überrumpeln. Barung das nie vergessen; spricht oft davon.«

»Arme Maqueda!« sagte ich zu Higgs. »Was wird nun aus ihr werden?«

»Ich weiß es nicht«, antwortete er, »ich habe die junge Frau einst ebenso vergöttert wie Sie alle, doch Gerechtigkeit muß sein, und ich finde, das falsche kleine Biest bekommt nur, was es verdient. Immerhin«, fuhr er etwas gnädiger fort, »hat sie uns sehr gute Kamele gegeben, von der Ladung ganz zu schweigen.«

Doch ich wiederholte nur: »Arme Maqueda!«

* * *

An diesem Tag legten wir keine weiten Strecken zurück, denn wir brauchten Erholung und wollten, daß die Kamele sich noch einmal sattfressen konnten, ehe wir uns in die Wildnis stürzten, außerdem sahen wir keinen Grund, uns sonderlich zu beeilen, waren wir doch überzeugt, daß man uns nicht nachsetzte. Am Abend schlugen wir in einer kleinen Senke neben einem Bach am Fuß eines Abhangs unser Lager auf. Bei Tagesanbruch weckte uns die Stimme Rodericks, der auf Wache war, mit dem besorgten Ruf, wir sollten uns erheben, jemand sei uns gefolgt. Wir sprangen sofort auf und griffen nach unseren Gewehren.

»Wo sind sie?« fragte ich.

»Da, da«, rief er und zeigte auf den Abhang hinter uns.

Wir liefen um ein paar Büsche herum, und da sahen wir ganz oben eine einzelne Gestalt auf einem Pferd, das sehr erschöpft sein mußte, denn es keuchte und ließ den Kopf hängen. Da die Gestalt einen langen Umhang mit Kapuze trug, war sie nicht zu erkennen, aber sie schien nach Art eines Spitzels unser Lager zu beobachten. Higgs hob sein Gewehr und drückte ab, doch Oliver, der neben ihm stand, stieß den Lauf nach oben, so daß die Kugel über das Ziel hinwegging, und sagte:

»Lassen Sie doch die Dummheiten. Wenn es nur ein

einzelner Mann ist, besteht kein Anlaß, ihn zu erschießen, sind es aber mehrere, so fallen sie nur über uns her.«

Die Gestalt setzte ihr müdes Pferd in Bewegung und kam langsam auf uns zu. Nun fiel mir auf, wie klein sie doch war. »Ein Knabe«, dachte ich bei mir, »der eine Botschaft bringt.«

Der Reiter erreichte uns, glitt von seinem Pferd, blieb stehen.

»Wer bist du?« fragte Oliver und musterte das vermummte Wesen.

»Ich bringe dir ein Unterpfand, Herr«, kam mit leiser, gedämpfter Stimme die Antwort. »Sieh her.« Eine Hand, eine sehr zarte Hand wurde ausgestreckt. Sie hielt einen Ring zwischen den Fingern.

Ich erkannte ihn sofort; es war der Ring der Königin von Saba, den Maqueda mir zum Zeichen ihres Vertrauens geliehen hatte, als ich nach England reiste, um Hilfe zu holen. Man wird sich erinnern, daß wir ihr diesen Ring bei unserer ersten öffentlichen Audienz feierlich zurückgegeben hatten. Der Anblick ließ Oliver erbleichen.

»Wie kommst du an den Ring?« fragte er heiser. »Ist sie tot, die ihn allein nur tragen darf?«

»Ja, ja«, antwortete die Stimme, und nun kam es mir vor, als sei sie verstellt. »Das Königskind, das du kanntest, ist tot, und da sie für dieses alte Symbol ihrer Macht keine Verwendung mehr hatte, vermachte sie es dir, den sie bis zuletzt in guter Erinnerung behielt.«

Oliver schlug die Hände vors Gesicht und wandte sich ab.

»Doch«, fuhr der Sprecher langsam fort, »die Frau Maqueda, von der es heißt, du hättest sie einst geliebt …«

Er ließ die Hände sinken, und sein Blick wurde starr.

»... die Frau Maqueda, von der es heißt, du hättest sie einst – geliebt – sie ist noch am Leben.«

Die Kapuze glitt nach hinten, und im Schein der aufgehenden Sonne erkannten wir das Gesicht, das sich darunter verborgen hatte.

Es war Maqueda selbst!

Die Stille, die nun eintrat, war auf ihre Art fast ehrfurchtgebietend.

»Mein Herr Oliver«, fragte Maqueda schließlich. »Nimmst du den Ring der Königin von Saba als Geschenk von mir an?«

Maqedas Bericht

Einst Walda Nagasta und Takla Warda,
das heißt, Königskind und Rosenknospe genannt,
außerdem kraft ihrer Geburt Herrscherin
über das Volk der Abati, die Kinder Salomons
und der Königin von Saba.

Ich, Maqueda, schreibe dies auf Geheiß meines Gatten Oliver, ist es doch sein Wunsch, daß ich gewisse Dinge in meinen eigenen Worten darlege.

Wahrlich, alle Männer sind Toren, und der größte Tor ist mein Gatte Oliver, immerhin stehen ihm der gelehrte Mann, den die Abati Schwarzfenster nannten, und der Doktor Adams fast in nichts nach. Nur er, den man Roderick nennt, der Sohn des Adams, ist nicht ganz so sehr mit Blindheit geschlagen, denn durch seine Erziehung bei den Fung und anderen Stämmen der Wüste hat er doch ein wenig Weisheit mitbekommen. Ich weiß es, weil er mir erzählte, er allein habe meinen Plan durchschaut, mit denen ich ihnen allen das Leben zu retten gedachte, aber darüber geschwiegen, weil es ihm ein Anliegen gewesen sei, Mur zu verlassen, wo auf ihn und seine Gefährten nur der sichere Tod gewartet habe. Vielleicht lügt er aber auch, um mir eine Freude zu bereiten.

Um der Wahrheit zu ihrem Recht zu verhelfen, will ich nun erzählen, was geschah, aber in aller Kürze, denn ich bin im Schreiben nicht sehr geübt.

Schwach vor Hunger wurde ich mit meinem Gatten und den anderen aus der Höhlenstadt getragen, so schwach, daß ich mich nicht selbst zu töten vermochte, was ich sonst getan hätte, um nicht meinem verhaßten Onkel Joshua in die Hände zu fallen. Doch war ich noch kräftiger als die anderen, denn sie hatten mich, was ich erst später erfuhr und ihnen auch niemals verzeihen werde, mit Zwieback hereingelegt, indem sie so taten, als äßen sie, obwohl sie gar nichts zu essen hatten. Japhet war es, der uns schließlich verriet, einerseits ein tapferer Mann, andererseits jedoch ein Feigling wie alle Abati. Getrieben wurde er dazu von einer Leere in seinem Innern, einem Feind, gegen den sich nur schwer ankämpfen läßt. So ging er denn hinaus und berichtete Joshua, wo wir uns versteckt hielten, und dann kamen sie natürlich, um uns zu holen.

Nun, sie brachten meinen Geliebten und die anderen fort, und mich trugen sie an einen anderen Ort, wo sie mich aufpäppelten, bis ich wieder zu Kräften kam. Oh, wie köstlich schmeckte der Honig, mit dem man mich zu Anfang fütterte, weil ich sonst nichts bei mir behalten konnte. Als ich genesen war, kam der Fürst Joshua zu mir und sagte: »Nun hängst du in meinem Netz; nun bist du mein.«

Doch ich antwortete: »Du bist ein Narr, dein Netz besteht aus Luft, ich werde einfach hindurchfliegen.«

»Wie denn?« fragte er. »Indem ich sterbe«, antwortete ich, »wofür es hundert Möglichkeiten gibt. Eine hast du mir genommen, doch was hat das schon zu bedeuten, wenn mir noch so viele bleiben? Ich gehe an einen Ort, an den du mir mit deiner Liebe nicht zu folgen vermagst.«

»Schön und gut, Königskind«, gab er zu bedenken, »doch was ist mit dem großen Goi, der deinen Blick auf sich gezogen hat, und mit seinen Gefährten? Auch sie haben sich wieder erholt, und nun werden sie sterben, einer wie der andere, auf eine ganz bestimmte Art (die ich, Maqueda, nicht niederschreiben werde, gibt es doch einige Dinge, die man besser nicht zu Papier bringen sollte). Stirbst du, so sterben auch sie;

und ich sage dir, sie werden sterben wie der Wolf, wenn er den Hirten in die Hände fällt, oder wie der Pavian, wenn ihn der Bauer erwischt.«

Verzweifelt suchte ich nach einem Ausweg und mußte schließlich einsehen, daß es keinen gab. Da schloß ich einen Handel ab.

»Joshua«, sagte ich. »Laß diese Männer frei, und ich werde dich heiraten, ich schwöre es beim Namen unserer Mutter, der Herrin von Saba. Hältst du sie aber fest und tötest sie, so wirst du mich nie bekommen.«

Nun, er willigte schließlich ein, weil er mich begehrte und die Macht, die in meinen Händen liegt.

Dann spielte ich allen eine Komödie vor. Ich ließ meinen Geliebten und seine Gefährten zu mir bringen, verhöhnte sie vor aller Augen und spie ihnen ins Gesicht. Und sie, diese ausgemachten Toren, sie glaubten mir! Ich hob meinen Schleier und zeigte ihnen meine Augen, und sie glaubten auch, was sie darin zu sehen meinten, und vergaßen ganz, daß ich eine Frau bin, die sich notfalls zu verstellen weiß. Weiterhin vergaßen sie, daß es auch andere zu täuschen galt, denn wenn das Volk der Abati den Eindruck gewonnen hätte, ich triebe ein falsches Spiel, man hätte die Fremden in Stücke gerissen. Daß es mir freilich gelungen sein sollte, mich sogar meinem Liebsten als das ruchloseste Weib hinzustellen, das jemals auf Erden wandelte, das war für mich schwer zu ertragen. Aber so war es, und er kann es nicht leugnen, denn wir haben so oft darüber gesprochen, daß er nichts mehr davon hören will.

Nun, sie zogen schließlich ab, und ich gab ihnen mit, soviel ich konnte, wenngleich ich wußte, daß meinem Geliebten nichts an den Reichtümern lag, die ich zu verteilen hatte, und auch dem Doktor nicht, ihm war allein sein Sohn wichtig, den Gott zu ihm zurückgeführt hatte. Nur Schwarzfenster freute sich über meine Gaben, nicht etwa, weil er den Reichtum liebte, sondern weil er alles verehrt, was alt und häßlich ist, und sich aus solchen Dingen seinen Gott erschafft.

Sie zogen ab, das wurde mir gemeldet, und ich, ich stürzte in die tiefste Hölle, wußte ich doch, daß mein Geliebter mich für falsch hielt, und daß er die Wahrheit, daß ich dies alles nämlich nur getan hatte, um sein Leben zu retten, erst erfahren würde, wenn er endlich in seiner Heimat eintraf, falls es dazu jemals kam, und die Schatzkisten öffnete, falls er das jemals tat, denn vielleicht würde er gar keine Neigung dazu spüren. Und die ganze Zeit über würde er glauben, ich sei Joshuas Weib und – oh! – ich kann darüber nicht schreiben. Und ich, ich wäre längst tot; ich, ich könnte ihm die Wahrheit erst sagen, wenn wir uns im Land des Todes wiederbegegneten, falls Männer und Frauen dort überhaupt miteinander sprechen können.

Dies und kein anderer war nämlich der Weg, den ich einzuschlagen gedachte. Er und seine Gefährten sollten einen so großen Vorsprung bekommen, daß sie nicht mehr einzuholen waren, und dann wollte ich Joshua und den Abati die ganze Wahrheit sagen, mit Worten, an die sie noch Generationen später denken würden, um mich anschließend vor ihren Augen zu entleiben. Auf diese Weise wären zugleich Joshua seines Weibes und die Abati ihres Königskindes beraubt worden.

Während des ganzen Vorbereitungsfestes saß ich da und lächelte unermüdlich. Der Tag verging, der nächste Tag verging, die Nacht des Hochzeitsfestes kam heran. Das Glas wurde zerbrochen, dem Brauch Genüge getan. Joshua erhob sich, um vor allen Priestern, Adeligen und Stammesoberen einen Trinkspruch auf mich auszubringen. Dabei verschlang er mich mit seinen verhaßten Blicken, denn nun war ich bereits sein. Doch ich, ich tastete nach dem Messer in meinem Gewande und wünschte, daß der Zorn in meinem Herzen wüchse, bis ich auch ihn zu töten vermöchte.

Dann sprach Gott, und der Traum, den ich geträumt hatte, erfüllte sich. Weit in der Ferne ertönte ein einzelner Schlachtruf, dem weitere folgten, Stimmengewirr und Marschtritte waren zu hören. Weit in der Ferne schossen Flammen gen Himmel, und alles fragte sich: »Was mag das sein?« Dann entrang sich allen Festgästen ein einziger Aufschrei, und dieser Aufschrei lautete: »Fung! Fung! Die Fung greifen an! Flieht, flieht, flieht!«

»Komm!« rief Joshua und packte mich am Arm, aber ich zückte meinen Dolch, und da ließ er los. Er lief mit den anderen Adeligen davon, und ich blieb auf meinem Thron unter dem goldenen Baldachin allein.

Die Menschen rannten an mir vorüber, ohne sich zu wehren; sie flüchteten in die Höhlenstadt, sie flüchteten auf die Felsen; sie versteckten sich in den Klippen, und die Fung folgten ihnen mordend und brandschatzend, bis ganz Mur in Flammen stand. Und ich, ich saß da und sah zu und wartete, bis auch meine Stunde kam.

Endlich, ich weiß nicht, wie lange ich so gesessen hatte, trat Barung vor mich hin. In seiner Hand hielt er ein blutiges Schwert, und damit salutierte er mir.

»Sei gegrüßt, Königskind«, sagte er. »Wie du siehst, hat Harmac sich in Mur zur Ruhe gelegt.«

»Ja«, antwortete ich, »Harmac hat sich zur Ruhe gelegt in Mur, und viele der einstigen Bewohner sind mit ihm in Schlaf gefallen. Was nun? Sprich, Barung, wirst du mich töten, oder soll ich selbst Hand an mich legen?«

»Keines von beiden, Königskind«, antwortete er auf seine hoheitsvolle Art. »Habe ich dir nicht ein Versprechen gegeben dort unten im Paß, als ich mit dir und den Männern aus dem Westen zusammenstand?

Ist es Brauch, daß ein Sultan der Fung sein Wort bricht? Ich habe die Stadt zurückerobert, die einst unser war, wie ich es geschworen hatte, und ich habe sie mit Feuer gereinigt.« Damit zeigte er auf die lodernden Flammen. »Nun will ich sie wiederaufbauen, und du sollst herrschen unter mir.«

»O nein«, wehrte ich ab. »Statt dessen erbitte ich drei Dinge von dir.«

»Sprich«, sagte Barung.

»Erstens, du gibst mir ein gutes Pferd und Proviant für fünf Tage und läßt mich gehen, wohin ich will. Zweitens, du räumst einem gewissen Japhet, einem von den Hochländern, der mir geholfen hat und auch andere dazu bewog, so er noch lebt, in deinem Land eine ehrenvolle Stellung ein. Drittens, du verschonst den Rest des Abati-Volkes.«

»Du magst gehen, wohin du willst, und ich glaube, ich weiß auch, wohin«, antwortete Barung. »Einige meiner Spitzel sahen letzte Nacht vier weiße Männer auf schönen Kamelen gen Ägypten reiten und meldeten es mir, als ich mein Heer zu dem geheimen Paß führte, den Harmac mir zeigte und den ihr Abati nicht finden konntet. Doch ich sagte: ›Laßt sie ziehen; es ist nur gerecht, so tapferen Männern, die von den Abati zum Gespött gemacht wurden, die Freiheit zu schenken.‹ Ja, so sprach ich, obwohl einer davon schon fast der Gemahl meiner Tochter gewesen wäre. Doch seit er lieber zu seinem Vater floh, als bei ihr zu bleiben, will sie nichts mehr wissen von ihm, und so war es besser, auch ihn gehen zu lassen, denn wäre er zurückgeholt worden, ich hätte ihn töten müssen.«

»Ja«, antwortete ich kühn, »ich will den Männern aus dem Westen folgen, denn ich bin der Abati überdrüssig. Es zieht mich in neue Länder.«

»Und zu einer alten Liebe, die im Moment nicht gut von dir denkt«, sagte er und strich sich den Bart. »Kein Wunder, fand hier doch eben noch eine Hochzeit statt. Sag, was gedachtest du zu tun, o Königskind? Wolltest du den fetten Joshua an deinen Busen drücken?«

»Nein, Barung, *diesen* Gemahl gedachte ich an meinen Busen zu drücken«, sagte ich und zeigte ihm das Messer in meinem Hochzeitsgewand.

»Nein«, lächelte er, »ich glaube, das Messer war zuerst für Joshua bestimmt. Gleichwohl bist du ein tapferes Weib und warst bereit, dein Leben hinzugeben, um deinen Geliebten zu retten. Doch eines bedenke, Königskind, seit vielen Generationen schon sind deine Mütter Königinnen, und auch du könntest Königin bleiben unter mir. Wie wird eine Frau, deren Geschlecht schon so lange herrscht, es ertragen, in einem fremden Lande die Dienerin eines Mannes aus dem Westen zu sein?«

»Ich werde es herausfinden müssen, o Barung. Erträge ich es nicht, so kehre ich wieder, freilich nicht, um über die Abati zu herrschen, denn von ihnen wende ich mich ab für alle Zeit. Doch mein Herz, o Barung, sagt mir, daß ich es ertragen werde.«

»Das Königskind hat gesprochen«, sagte er und verneigte sich. »Mein bestes Pferd erwartet dich, und fünf meiner tapfersten Soldaten sollen mit dir reiten und für deine Sicherheit sorgen, bis du das Lager der Männer aus dem Westen erblickst. Glücklich der Mann, sage ich, dem es bestimmt ist, sich die süßduftende Rosenknospe an den Busen zu heften. Was den Mann Japhet angeht, so befindet er sich bereits in meiner Hand. Er hat sich mir freiwillig ausgeliefert, denn nach allem, was man seinen Freunden, den weißen Männern angetan hatte, war er nicht mehr bereit, für sein Volk zu kämpfen. Und zuletzt habe ich bereits Befehl gegeben, das Morden einzustellen, brauche ich die Abati doch als Sklaven, denn sie sind zwar feige, aber in vielen Künsten bewandert. Nur ein Mann muß noch sterben«, fügte er streng hinzu, »und das ist Joshua, der mich am Eingang des Passes so heimtückisch in die Falle locken wollte. Also bitte nicht um sein Leben, denn ich schwöre dir bei Harmacs Haupt, es wäre vergebens.«

Als ich das hörte, verzichtete ich darauf, mich für ihn zu verwenden, denn damit hätte ich Barung nur sinnlos verärgert.

* * *

Bei Tagesanbruch bestieg ich mein Pferd und machte mich mit den fünf Fung-Soldaten auf den Weg. Als wir den Marktplatz überqueren wollten, begegnete ich den überlebenden Abati, die wie Tiere zusammengetrieben wurden, um ihr Urteil zu vernehmen. Auch mein Onkel, der Fürst Joshua war unter ihnen, ein Mann führte ihn an einem Seil, das um seinen Hals befestigt war, während ein zweiter ihn von hinten weiterdrängte, denn Joshua wußte, daß ihn der Tod erwartete und ging ihm nicht gern entgegen. Als er mich sah, warf er sich zu Boden und jammerte, ich möge ihn retten. Ich sagte ihm, daß ich dazu nicht imstande sei, und das ist die Wahrheit. Ich schwöre bei Gott, trotz allem, was er mir, meinem geliebten Oliver und seinen Gefährten angetan hatte, und obwohl der tapfere Mann, der mich zu beschützen suchte, auf sein Betreiben den Tod fand, ich hätte ihn gerettet, wenn es mir möglich gewesen wäre. Doch obwohl ich noch einen Versuch unternahm, wollte Barung nicht auf mich hören. Also antwortete ich:

»Wende dich, o Joshua, an den, der heute die Macht in Mur hat, denn ich habe sie nicht mehr. Du hast dir dein Schicksal selbst zuzuschreiben, nun mußt du den Weg gehen, den du dir erwählt hast.«

»Und welchen Weg gehst du, o Maqueda, auf einem Pferd aus den Ebenen? Oh, was brauche ich noch zu fragen? Du läufst diesem verfluchten Goi hinterher, von dem ich wünschte, ich hätte ihn langsam zu Tode gefoltert, genau wie ich es mit dir nur zu gerne tun würde.«

Dann stieß Joshua einen Schwall von Beschimpfungen hervor und ging auf mich los, als wolle er mich niederstrecken, doch der Mann mit dem Strick riß ihn zurück wie einen Hund, er fiel zu Boden, und so sah ich ihn zum letzten Mal.

Oh, wie schwer fiel es mir sodann, über den großen Platz zu reiten, wo mich die Gefangenen – Männer, Frauen und Kinder – zu Hunderten unter Tränen und Wehklagen anflehten, ich möge sie vor dem Tod oder der Sklaverei bei den Fung bewahren. Doch für sie hatte ich nur eine Antwort.

»Das bittere Unrecht, das ihr mir und den tapferen Fremden zugefügt habt, die so redlich für euch kämpften, verzeihe ich euch, doch erforschet eure Herzen, ihr Abati, und sagt mir dann, ob ihr euch selbst verzeihen könnt. Hättet ihr auf mich und auf jene gehört, die ich zu Hilfe holte, ihr hättet die Fung zurückschlagen und für immer frei sein können. Aber ihr wart feige; ihr habt es abgelehnt, Waffen zu tragen wie richtige Männer, nicht einmal eure Gebirgswälle wolltet ihr bewachen, und früher oder später wird jedes Volk untergehen, das nicht wehrhaft sein will, und versklavt werden von anderen, die mehr Kampfbereitschaft zeigen.«

Und nun, mein Oliver, bleibt mir nur noch eines zu sagen. Ich bin froh, so vieles ertragen und damit das Glück errungen zu haben, das mir heute beschieden ist. Noch hatte ich, Maqueda, nicht den Wunsch, abermals in Mur zu herrschen, kann ich doch heute einen anderen Thron mein eigen nennen.

HENRY RIDER HAGGARD

Die Ausgabe der Romane von

SIR HENRY RIDER HAGGARD

im Wilhelm Heyne Verlag

Band 1: Sie · 0604130
Band 2: Allan Quatermain · 0604131
Band 3: Ayesha – Sie kehrt zurück · 0604132
Band 4: Sie und Allan · 0604133
Band 5: König Salomons Diamanten · 0604134
Band 6: Die heilige Blume · 0604135
Band 7: Das Halsband des Wanderers · 0604136
Band 8: Tochter der Weisheit · 0604137
Band 9: Das Sehnen der Welt · 0604138
Band 10: Morgenstern · 0604146
Band 11: Das Herz der Welt · 0604149
Band 12: Das Nebelvolk · 0604148
Band 13: Kleopatra · 0604310
Band 14: Als die Welt erbebte · 0604147
Band 15: Der Geist von Bambatse · 0604311
Band 16: Allan Quatermain der Jäger · 0604367
Band 17: Allan Quatermain und die Eisgötter · 0604368

Band 18: Das Elfenbeinkind · 0604369
Band 19: Der Gelbe Gott · 0604370
Band 20: Heu-Heu oder das Monster · 0604466
Band 21: Nada die Lilie · 0604467
Band 22: Der Schatz im See · 0604545
Band 23: Marie · 0604601
Band 24: Kind des Sturms · 0604656
Band 25: Zikalis Rache · 0604874
Band 26: Der Allan der Antike · 0604874
Band 27: Der Ring der Königin von Saba · 0605144
Band 28: Die Jungfrau der Sonne · (in Vorb.)

Die Bände 1, 3 und 4 erschienen auch als Sonderausgabe in einem Band:
Die Rückkehr der Göttin · 0604950

Die Bände 2, 5 und 21 erschienen auch als Sonderausgabe in einem Band:
Die Berge des Mondes · 0604951

Weitere Bände in Vorbereitung